烟波江南 著

将军家的小娘子

中

浙江出版联合集团

浙江文艺出版社

将军家的小娘子 中 / CONTENTS / 目录

将军家的小娘子 中 / CONTENTS / 目录

第十七章
喜忧皆至

沈熙见沈锦这般动情，更添了几分亲近，只是安慰道："三姐姐，有母亲和兄长在，定会没事的。"

赵嬷嬷赶紧端了蜜水给沈锦，沈锦喝下后心神才稍平静了下来："是我失态了。"

沈熙说道："我刚知道事情的时候，还不如三姐姐呢。"

一时间两个人都不再说话，毕竟也没了谈笑的心情，安宁端了茶点给沈熙，就站到沈锦的身后。

沈锦渐渐冷静了下来，先让安宁把小不点带了出去，才仔细思考了起来。想到刚才安平的表现，她并不是那般毛躁之人，就算是知道了什么消息也不会如此，想来是故意做给沈熙看的，也就意味着早就有了瑞王的消息，不过因为自己那时候不知不觉睡了，就没有与自己说罢了。

赵嬷嬷并不是不知道轻重的人，想来是觉得这件事并不严重。当初瑞王妃说得含糊，只说了个大概，沈锦所知也有限，不过是诚帝是在先帝暴毙后直接登基的，而先太子并非诚帝。

有些事情瑞王妃根本不敢说，想来在皇室之中都是禁忌。

不知不觉沈锦又想到了楚修明，今日楚修明也被诚帝召唤了去。按照楚修明的性子怕是不会眼看着瑞王被定罪，也不知道到底发生了什么。

沈锦觉得小腹有些胀痛，还有些气闷，身子一软歪在了软垫上。她是断断续续的疼，倒也不是忍不住，而现在外面正乱着，怕是要请大夫也难，毕竟地动的时候，还是有人受伤。她的手不由自主地按了下小腹，说道："嬷嬷，给我下碗面吧。"

赵嬷嬷以为沈锦饿了，便应了下来。沈锦看向沈熙："弟弟也一起用些垫垫吧。今日这么多事，你也用不好。"

沈熙点了点头，说道："那就麻烦三姐姐了。"

"都是自家人，哪里用得着如此客气。"沈锦笑了一下，说道，"只怕简陋了一些，等事了了，再请弟弟吃些好的。"

"是热的就够了。"沈熙道。

赵嬷嬷亲自去下面，本身瑞王府今日要设宴，备了不少吃食，可是因为这些事情，怕是生辰也过不了了，瑞王妃就让人收拾了不少东西送来。赵嬷嬷选了卤鸡一类的，厨娘在一旁擀面条，很快就煮好了两碗热腾腾的面端了上来。

面很香，里面的料也很足，此时沈熙也没那么多讲究，就坐在桌旁埋头吃了起来。而沈锦却吃不下，有些想念楚修明，那时候她不过有些食欲不振，楚修明就专门唤了大夫来……小腹又是一阵疼痛，也不知道是被疼痛刺激的还是别的，沈锦猛地灵光一闪，脸色大变，再也顾不上会不会添麻烦，带着哭腔和害怕说道："嬷嬷，我肚子疼！"

赵嬷嬷神色一紧："安平、安宁快扶夫人回房。"

沈熙刚吃了几口，此时闻言也是一愣，追问道："三姐姐如何了？"

赵嬷嬷心中痛恨自己的疏忽，此时说道："麻烦二公子请王府上的大夫来一趟。"

沈熙也说道："我马上就来。"说着，放下筷子用衣袖一擦嘴就往外跑去，然后喊着侍卫跟着他骑马回府。

赵嬷嬷又叫了岳文，让他去请上次的老大夫，若是大夫不在，就多买些安胎所需的药材回来，又叫了另外一个侍卫到宫门口等着，只说夫人不适让将军快些回府，若是没办法传话进去，就在宫门口等着。

事情都安排完了，赵嬷嬷又让厨房去熬了滋补的汤和红枣水，这才进里屋去，沈锦脸色苍白地躺在床上，满脸惶恐不安。安宁和安平也满脸焦急，赵嬷嬷过来伸手握着沈锦的手，安慰道："夫人无须担心的，老奴已经让人去叫了大夫，不会有事的，你放心。"

"我是不是有孩子了？"沈锦想到沈琦的那个没能出生的孩子，还有沈梓的，越发惶恐，"我是不是……是不是……"

剩下的话说不出来了，赵嬷嬷心中揪着疼，看着沈锦的样子，却只是说道："想来夫人是在外面吃了凉风，才会如此。"

安平也说道："是啊，夫人一直没能好好用饭，前段时间不是刚请了大夫，大夫也说夫人没事吗?"

沈锦心中稍安,点了点头不再说话,她的手轻轻放在小腹上。沈锦想到前段时间赵嬷嬷对自己的照顾,还有赵嬷嬷看见夫君背着她跑的时候激动的神色,动了动唇却不知道该说什么。

赵嬷嬷看着沈锦这般故作坚强的样子,眼睛一红,坐在床边给她掖了掖被子,柔声说道:"夫人,不会有事的,若是真的有孕,也是好事。"

沈锦摇了摇头。赵嬷嬷说道:"若是夫人实在担忧,不如瞧瞧有没有见红?"

安宁也说道:"夫人,你想那日二郡主小产,可是流了那么多的血,所以就算夫人有孕了,也不碍事的。"

沈锦咬唇说道:"把床幔放下。"到底没亲眼看见,心中不安。

赵嬷嬷说道:"那老奴伺候夫人?"

沈锦顾不得羞涩和难堪,点了点头,赵嬷嬷这才脱了鞋子上床,安平和安宁关好了门窗又把床幔给拉上。等确定沈锦真的没有见红了,众人这才安了心,沈锦此时也冷静了下来,脸红了红说道:"是我太过大惊小怪了。"

"这种事情夫人真要瞒着不说才是不好。"赵嬷嬷道。

沈锦觉得肚子疼也不是忍不了,这时候才想到沈熙,问道:"弟弟……"

"二少爷回府请大夫了。"赵嬷嬷温言道,"外面正乱,虽然也让侍卫去请上次的老大夫,就怕老大夫忙着空不出手来。"

沈锦咬了咬唇。她是容易害羞的性子,可是此时却没有那些情绪,就算大夫来了说她不过是吃了冷风或者别的原因才会难受,她也安心。她不希望自己以后后悔,沈梓就是前车之鉴,若是她多注意些或者谨慎些,也不会如此。

瑞王府离永宁伯府不算远,沈熙更是连停都没敢停下来,回府后直接拽了大夫走,就连瑞王妃那边都是交给了侍卫去回禀。瑞王妃闻言心中一动,想了一下,就把沈蓉交给教养嬷嬷看管起来,把李氏接到身边亲自照顾,让陈侧妃去永宁伯府照看沈锦。

沈熙带着大夫过来后,整个人都累得喘气,大夫也是满头大汗。永宁伯府的众人自然看在眼底,心中感激。

沈锦已经穿了外衣,被扶坐在了椅子上,看着沈熙的样子说道:"快歇歇,莫累坏了才是。"

"没事的。三姐姐,好些了吗?"沈熙喝了几杯水,坐在沈锦对面的椅子上问道。

沈锦点头:"并没什么大碍了。"

大夫也喝了水,说道:"在下给伯夫人把把脉。"

沈锦点了下头说道:"麻烦大夫了。"

赵嬷嬷给沈锦挽起袖子,又拿了帕子垫上,大夫这才坐在旁边仔细地给沈锦把脉。

"麻烦夫人换下手。"

沈锦把另一只手放在脉枕上,赵嬷嬷照样拿帕子垫着,过了许久,大夫才说道:"恭喜夫人了,是有喜了。"

虽然有些猜测,可是真的听到这喜讯,沈锦心中又惊又喜。赵嬷嬷更是满脸喜色地问道:"夫人有些不适,可有问题?"

大夫知道是喜事,神色松了松,说道:"只是日子尚浅,怕是因为今晨之事动了胎气,不过发现得早倒是不妨碍的,若是再晚些就不好说了。"

"谢天谢地。"安平和安宁同时说道。

沈熙也是满脸喜色,说道:"恭喜三姐姐了。"

沈锦眼中含泪,多亏她不要面子没有忍下去……她看向沈熙说道:"谢谢弟弟了。"

赵嬷嬷问道:"那安胎药一类的可需用些?"

"用三日,不过在膳食上要多注意些。"大夫又细细地把需要注意的事情说了一遍。

因为药堂离得远些,所以岳文这才赶回来,大夫却没能请来,堂中除了一些药童,剩余的大夫全部出诊去了,药材却买回来了不少。

沈锦双手轻轻放在小腹上,低着头,脸上带着笑容,又满足又幸福。

沈熙道:"这般好事,我回去与母亲、陈侧妃道喜。"

沈锦咬了下唇,说道:"那就麻烦弟弟了。"

"大夫就先留在三姐姐府中。"沈熙道:"孙大夫,你需要什么东西与身边伺候的说一声,让他给你把东西收拾来。"

"是。"孙大夫躬身说道。

沈熙点头:"我会与母亲说的。"

忽然,外面传来脚步声,楚修明甚至没等丫鬟开门直接把门给推开了。他神色平静,可是额角带着汗,官服的衣摆处也有些褶皱和灰尘,快步走了过来,说道:"可有事?"

沈锦笑得眼睛似新月，嘴角上扬，小酒窝都露了出来，说道："夫君，我们有孩子了。"

浅淡却不会让人错认的笑容出现在楚修明的脸上，他的眉眼都舒展开了，眼神移到了沈锦的肚子上问道："身子可还好？"

"大夫说没有事。"沈锦道。

楚修明点了点头，陪着沈锦进了内室。沈锦忍不住把手塞进了楚修明的手里，楚修明回握了一下，发现她的手有些凉，不过现在不是说话的时候，只是叮嘱道："先休息一下，我过会儿回来。"

"嗯。"沈锦见到楚修明就安心了，手指在他的手心抠了抠这才抽回去。

楚修明眼中带着笑意，也没说什么，换下衣服等赵嬷嬷安排好了孙大夫才离开。

沈熙坐在客厅，等楚修明出来后，就跟着他进了书房。

赵嬷嬷满脸喜色地说道："夫人可以放下心了。"

"嗯。"沈锦道，"嬷嬷给我换宽松一些的衣服。"

赵嬷嬷应了下来。安宁去厨房拎了热水过来伺候着沈锦梳洗，又给她烫了脚，也不知是因为见到楚修明，还是温热的红枣水和烫了脚的缘故，肚子倒是不如开始那般疼痛了。

见沈锦面色红润了一些，赵嬷嬷才让安平去孙大夫那边拿药、煎药，自己和安宁开始收拾东西，那些易碎的有棱角的都要收起来。沈锦有些困顿地抱着软垫，问道："嬷嬷，我父王是怎么回事？"

赵嬷嬷一边收拾一边说道："具体的倒是不知道，因为瑞王是在宫门口挨的打，又直接被宫中侍卫押到了宗人府，说是因为瑞王'奢侈无度'一类的罪名，才惹得上天震怒，下了警示。"

"宫中的消息竟然传得这么快？"沈锦简直不敢相信。她本以为只是瑞王府中的人得了消息。

赵嬷嬷笑了一下却没说什么，沈锦也闭目养神。

楚修明把宫中的事情与沈熙大致说了一遍，并没有提自己帮着瑞王开脱的事情，反而把那些对瑞王发难的人名和官职都仔细告诉了沈熙。

沈熙一一记下来，说道："三姐夫若是没有别的吩咐，我先回去了。"

楚修明道："若是可以的话，能否让陈侧妃来探望一下我家夫人？"

沈熙点头："我会与母亲说的,三姐夫放心。"

楚修明道了谢后,亲自送了沈熙离开,又去孙大夫暂住的地方,仔细问了沈锦的情况。他确认了沈锦身子并无大碍,这才松了口气。孙大夫说道:"夫人有孕时日尚浅,还没坐稳胎,这般动了胎气着实凶险,若是晚些发现怕就不乐观了。"

自家娘子这点是最好的,在有条件的情况下绝对不会逞强。

"这段时间就麻烦大夫了。"

"应该的。"大夫听多了永宁伯杀人如麻的消息,没想到永宁伯虽然神色清冷了一些,态度却是极好的。

楚修明又问了一些需要注意的地方,这才往正院走去,进了房间的时候,就见自家小娘子正抱着个软垫侧身躺在床上,看着有些迷糊,不知道在想什么。见到楚修明,她才清醒了一些,喊道:"夫君。"

"嗯。"楚修明走了过去,伸手摸了一下她的脸,问道:"还难受吗?"

"不难受了。"沈锦笑着说道。

赵嬷嬷道:"老奴去给将军、夫人准备些吃食,夫人用了饭以后也好喝药。"

沈锦听见"喝药"两个字,皱了皱鼻子,感觉有些惆怅,可还是说道:"好。"毕竟是为了自己和孩子好,这药是不能不喝的。

赵嬷嬷笑道:"夫人放心,王妃送了不少蜜饯来。"

沈锦点头说道:"好的。"

赵嬷嬷这才出去,还细心地带上了门。

楚修明隔着被子摸了下沈锦的肚子,下巴压在她的肩膀上说道:"夫人辛苦了。"

"夫君,我很欢喜。"沈锦小声说道,"我真害怕因为我的疏忽失去这个孩子。"

楚修明静静地听着,沈锦轻声说着大夫来之前的那种恐惧:"我都不知道宝宝什么时候来的。夫君,我想回边城了。"沈锦情绪有些低落。这么一闹,她有孕的消息怕是瞒不住了,而诚帝都对瑞王下手了,沈锦总觉得有些危险。

楚修明轻轻吻了吻她的脸颊,说道:"等大夫说稳当了,我们就回去。"

"嗯。"沈锦抓着楚修明的手,"我父王没事吧?"

楚修明仔细把事情说了一遍,这次倒是毫无隐瞒。沈锦听到"诛九族、夷十族"的时候,又笑了起来,也不知道当时诚帝是个什么样的表情。等楚修明说到后面,沈锦脸上的笑容消失了，抿了抿唇没说什么。

"别怕。"楚修明安抚道，"不会有事的。"

"嗯。"沈锦却觉得事情不像楚修明说的这般简单。诚帝不敢光明正大杀楚修明，可是那些小手段却层出不穷。

而且京城怕是不安稳了，诚帝今日能因为不想下罪己诏，就任人泼脏水给同胞弟弟，甚至亲自定了瑞王的罪，那么见证了所有事情的大臣会怎么想？

事情有一就有二，是不是等哪天自己就变成了那个替罪羊，甚至只是诚帝看不顺眼了，就让人栽赃陷害他们？

他们可不是瑞王，而且楚修明的那一句"诛九族"，也正中这些大臣的心思；他们可不是皇亲国戚，皇帝什么都不查，只要动动嘴皮子给他们定罪了……那真可能被诛九族。万一诚帝尝到了甜头……

沈锦并不知道楚修明到底想做什么，可是隐隐有些猜测，这次怕是已经把"君臣不和"的种子埋下了，就等着以后慢慢浇水灌溉成长起来。忽然有些想念边城院中的那些果树，也不知道开花结果了没有，新鲜的果子一定香甜可口，腌成果脯酸中带甜……

看着妻子眼神呆滞的样子，楚修明就知道她怕是又跑神了。

楚修明其实也觉得妻子有孕还留在京城不太安全，不过暂时却走不了，不说别的，就是沈锦的身体都有些受不住。

沈锦神游了一会儿思绪又转了回来，微微垂眸，问道："夫君，我现在有孕是不是……"

楚修明忽然轻笑出声，打断了沈锦未完的话："傻丫头，缘分到了孩子自然就来了。"他知道沈锦要说什么，所以越发心疼。

沈锦换了个姿势，整个人窝进了楚修明的怀里，应了一声，没再说话。

楚修明轻轻抚着她的发说道："有我呢。"

沈锦很容易满足，楚修明一句话就让她的心安了下来，也把那些担忧抛至脑后。反正外面再乱，她不出府就是了，有楚修明在呢。

赵嬷嬷和安宁端了饭菜进来，还特意备了鸡汤给沈锦。沈锦一改前段时间的食欲不振，胃口大开起来。

吃完了东西，用了药，赵嬷嬷就伺候着她梳洗睡下了，楚修明等沈锦睡熟了以后，才起身去了书房,赵管家已经在等着了。

赵管家说道:"将军有何打算?"

楚修明道:"若是连妻儿都护不住,还谈何大事?"

赵管家叹了口气,没说什么。夫人有孕是喜事,可是这个时机着实不对。怕就怕诚帝利用这点再做什么手脚,将军会因为夫人有孕束手束脚的,就连去南边的事情也要延期。

"将军有何打算?"赵管家还是这样一句话,可是却和第一次问的意思大不相同。

楚修明眼睛眯了一下说道:"一动不如一静,等着就好。"

赵管家笑道:"将军心中已有成算。"

楚修明看向赵管家反问道:"军师不也有了?"

赵管家并没否认:"将军觉得,下一枚被舍弃的棋子会是谁?"

楚修明看着赵管家,赵管家说道:"不若在下写了下来,将军看看是不是心中所料之人?"

等楚修明点头,赵管家才蘸着茶水在书桌上写下一字,楚修明缓缓点头,没再说什么,赵管家直接用袖子擦去字迹。

外面忽然传来脚步声,楚修明眼睛一眯,有些不好的预感,就听见书房的门被敲了三下,说道:"将军,有要事禀报。"

"进来。"楚修明道。

就见岳文面色焦急,说道:"将军,闽中那边传来消息⋯⋯"

听岳文的话,楚修明神色越发冷静,不过放在桌上的拳头却越握越紧,而赵管家已经脸色大变,满是怒色,却强制镇定了下来。

等岳文全部禀报完了,楚修明眼中已满是冷意。赵管家猛地端起杯子把茶水全部喝下,还是没忍住狠狠掌击了一下书桌,深吸了一口气又吐出来,这才咬牙说道:"将军绝不可妄动。"

楚修明点头:"我知道。"

赵管家狠狠揉了一把脸:"我们为了黎民百姓处处忍让,甚至选了最难走的一条路,可是⋯⋯"

楚修明摇头没再说什么,却知道自己怕是要对小娘子毁约了,不能留在京中陪着她了，心中不免有些怅然。

瑞王府中，瑞王妃听完沈熙的话，问道："轩儿，你怎么想?"

沈轩沉思了一下说道："母亲，父王怕是要受点罪。"

瑞王妃微微垂眸说道："嗯，王爷在宗人府中还好吧?"

"陛下派了太医专门照看父王。"沈轩道，"父王的伤也上了药，脸色还好。"

沈熙冷哼一声，却没有说话，他到底年幼，难免有些少年意气。

瑞王妃看向沈熙说道："那是皇上。"

"可是母亲，父王……"

"记住，坐在那个位置的是皇帝，能决定所有人的生死。"瑞王妃说得很慢，但是每个字都很重，"记清楚了。"

"他都打了父王，还……"沈熙不服气地说道。

沈轩看向了沈熙，说道："雷霆雨露均是皇恩。"

沈熙咬了咬牙说道："母亲，我知道了。"

"母亲，若是王府什么也不做，怕是难免让人小瞧了。"沈轩这才看向瑞王妃说道。

"自然要做些事情。"瑞王妃沉声说道，"派人送信与外祖家，参陈丞相……"

沈熙听着母亲和兄长的对话，有些似懂非懂，心中慢慢思索了起来。

等说完了这些，瑞王妃才叹了口气说道："轩儿，明日你继续去探望你父王，熙儿送陈侧妃去永宁伯府。"

"对了，三姐夫还请求让陈侧妃去探望一下三姐。"沈熙这才想起来说道。

瑞王妃点头："让陈侧妃在府中多住几日。"

看着儿子的背影，瑞王妃缓缓吐出了一口气，然后看向沈轩说道："你的亲事我一直拦着你父王，没给你定下来。"

"儿子知道母亲是一片苦心。"沈轩开口道。

瑞王妃缓缓吐出一口气，说道："有些事情也是该告诉你的时候了。翠喜去唤了陈侧妃来。"

"是。"翠喜躬身应道。

沈轩有些疑惑，可是瑞王妃却没有解释的意思。

"母亲,儿子觉得直接参陈丞相怕是不妥。"沈轩沉思了一下说道,"不如拿另外几个官员开刀。"

陈丞相是当今皇后的生父,又是皇帝的亲信,怕是他们就算参了也没有用处,反而会惹怒了诚帝。

"轩儿,你能考虑到这些,母亲很欣慰。"瑞王妃只希望现在开始教导儿子还不算晚,解释道,"不过……我们需要做的只是升起火苗,剩下的自有别人来做。"

瑞王妃面上露出几许讥讽:"你可知今日之事,真正会不安的并非我们瑞王府,而是朝中其他大臣。"

沈轩皱眉。瑞王妃道:"这般胡乱泼脏就使得一个王爷被打板子,下了冤狱,其他人呢? 还不得人人自危?"

"儿子明白了。"等这些人回去冷静下来想明白,心中自然会不安,不管是为求自保还是别的心思,自当有所作为,算是反击也是一种警示。毕竟他们也会担心,若是有天轮到了自己又该如何。而第一个开口发难瑞王的陈丞相自然成了眼中钉,再加上他的身份……

"可是陈丞相是陛下的人,难道陛下真的会……"沈轩有些犹豫地问道。

瑞王妃眼睛眯了一下,说道:"你仔细想一下陛下近几年的所作所为。"

沈轩沉默了。

墨韵院中,陈侧妃正在收拾东西,得知女儿有孕的消息,陈侧妃本就满心喜悦,谁知瑞王妃让她去永宁伯府照看女儿,更是喜出望外。

第二日清晨,陈侧妃就坐着马车前往永宁伯府了,想着临行前瑞王妃的话,心中沉甸甸的,再没有了初知女儿有孕的喜悦,但不能让女儿看出分毫,平添了那些烦恼,就像是瑞王妃吩咐的,起码要等女儿坐稳了胎。

永宁伯府中一切如常,因为沈锦有孕的事情,府中的人都添了喜色。而赵管家整日不露面,就连赵嬷嬷都不知道他时常忙着什么,而岳文又是个稳重不多嘴的性子。

楚修明也没丝毫异样,不过对沈锦越发体贴,陈侧妃来的时候是他亲自去迎的。

陈侧妃被楚修明接到院中的时候,就看见沈锦正坐在椅子上眼巴巴地看着门口,见到她的时候,满是喜悦:"母亲!"

小不点蹲坐在沈锦的身边，也看着陈侧妃。

陈侧妃第一次看见小不点，没想到竟是这么大的一条狗。她快步走了过来，叮嘱道："这动物不知道轻重的，你现在身子重，可不要不知分寸被伤了才好。"

沈锦伸手揉了一下小不点的大狗头，说道："不碍事的，母亲，它是夫君亲自驯养了给我的，格外乖巧呢。"

陈侧妃闻言心中诧异。

沈锦要起身就被陈侧妃斥责道："不许动，坐下好好待着。"

"母亲！"沈锦撒娇道，"大夫说我可以动的，不信你问夫君。"

楚修明并没有出声，沈锦皱了皱鼻子在陈侧妃的眼神中乖乖坐回了椅子上。楚修明这才说道："岳母，我家中没有长辈，还请多留几日。"

"你就是不说，我也准备厚颜多住些时日的。"陈侧妃道，"是王妃特意吩咐的，说怕你们年纪小，虽然身边有人伺候，可是京城不比边城那般，多有不便。"

"多谢岳母。"楚修明只愿自己能留在沈锦身边的时候，让她多些快乐。

陈侧妃温言道："只要你们不觉得我多事就好。"

赵嬷嬷见陈侧妃能管住沈锦，也是松了一口气。府中有经验的就她一人，陈侧妃一并来照看沈锦再好不过。有孕的时候不比平日，并不是吃得越多越好，若是补得太过，到时候肚中胎儿太大，生产的时候遭了罪。毕竟沈锦年纪小，又是头胎，赵嬷嬷也是全心全意为她考虑，否则也不会思虑这般多。

赵嬷嬷看见沈锦又伸手去拿糕点，就道："夫人刚才已用了一碟核桃酥，不若老奴去拿些盐渍果脯来，免得夫人口中太过甜腻？"

陈侧妃闻言，皱眉看着沈锦正往嘴边送桂花糖酥米糕，说道："用了这一块就不许再用，以后每日最多只能用六块糕点。"

陈侧妃对赵嬷嬷温和地说道："以后每日只给夫人用四块果脯，多用一些核桃。"

沈锦泪眼汪汪地看向赵嬷嬷，赵嬷嬷露出一个无可奈何的表情，心中却是思量，果然请了陈侧妃过府是对的。

陈侧妃留在永宁伯府中，管制了沈锦的吃食，也时常下厨亲手给她做一些吃的。沈锦自然知道不管是母亲还是赵嬷嬷都是为她着想，也就格外乖巧，就算是不爱用的东西，也都吃了下去。

　　陈侧妃见楚修明虽然不爱说话,可对女儿事事体贴,心中也就安定了不少。

　　不仅如此,陈侧妃还仔细观察了府中众人,特别是安平和安宁,见她们两个不仅照顾沈锦细心,还没有旁的心思,就彻底放下了心来,在永宁伯府中待了三日,她就准备告辞了。

　　沈锦自然满心地不舍,可是也不是不知分寸。陈侧妃像小时候一样将其拥入怀里,倒是没有再说什么,不过让她坐到梳妆台前,拿着梳子亲手给她梳着满头的秀发,很快就绾出了一个漂亮的发髻,并在首饰盒中选了一支蝴蝶簪。

　　楚修明过来的时候就见母女两个正亲亲热热地说话,陈侧妃这才说了要离开的意思,楚修明倒是说道:"岳母不如再留两日。"

　　陈侧妃说道:"府中怕是还有事,只有王妃一人支撑,到底累了一些。"

　　楚修明说道:"请岳母再留两日。"

　　沈锦动了动唇,看向了楚修明,心中有些不安。陈侧妃微微皱眉,看着楚修明的样子,点头说道:"也好,我就多打扰几日。"伸手轻轻握了一下沈锦的手,道:"锦丫头昨日想用酸笋鸡皮汤,我去厨房瞧瞧。"

　　"麻烦岳母了。"楚修明道。

　　陈侧妃笑了一下就出去了,楚修明伸手握着沈锦的手说道:"我陪你出去走走可好?"

　　沈锦点头,顺着楚修明的力道站起身,两个人慢慢往园子里走去。在楚修明面前,沈锦脸上藏不住事情,此时就露出了几分不安。楚修明说道:"过几日我怕是要出一趟门。"

　　"会安全回来吗?"沈锦没有问去哪里,为什么不陪在她身边一类的话,只是想知道他会不会平安回来。

　　楚修明动作温柔地把她抱了起来,让她坐在自己的胳膊上,说道:"会。"

　　沈锦应了一声,脸上露出灿烂的笑容说道:"那我等你。"

　　"嗯。"楚修明并没有解释什么,只是说道,"过两日朝廷的命令下来了,我就送你回瑞王府。"

　　"好。"沈锦眼睛都红了,却没有落下泪,只是撒娇道,"要早点回来接我,知道吗?"

　　楚修明应了下来,倒也没有马上抱着沈锦回去,而是就这样抱着她慢慢地在园子里面走动。

　　等回去的时候,沈锦已经恢复了笑盈盈的样子,若不是楚修明夜里发现沈锦睡梦中偷偷落泪,竟也被瞒了过去。楚修明没有说什么,只是伸手轻轻抚着她的后背。沈锦身子颤了一下,这才翻过身来,眼睛红红地看着楚修明。楚修明起身靠坐在床上,沈锦就挪到了他怀里,双手搂着他的腰,脸颊靠在他的胸膛上,小声哭泣了起来。

沈锦哭得几乎没有声音,眼泪却流个不停。沈锦不过是明白了楚修明此行怕是有危险,否则他哪里会这般瞒着自己,再加上本身有孕后就容易胡思乱想,这才哭成了如此模样。

楚修明双手圈着沈锦,在她耳边不断保证道:"我定会平安归来的。"

在楚修明的声音中,不知是哭累了还是安心了,沈锦渐渐睡去。楚修明看着沈锦睡梦中的样子,心中别有一番情绪,有不舍,还有许许多多的心疼。

第二天,沈锦起得很晚,她是惊醒的,醒来的时候就见到陈侧妃和赵嬷嬷正坐在屋中缝着东西,她坐了起来像是在寻找什么一般。陈侧妃和赵嬷嬷注意到了,相视一笑。赵嬷嬷起身去外面厨房端东西,而陈侧妃却走到了床边,看着女儿的样子,心中微微叹息,说道:"醒了吗?"

沈锦的样子有些委屈,抿了抿唇,不言不语地抱住陈侧妃的腰。

陈侧妃被沈锦逗笑了:"怎么还和小时候一般。女婿在书房中呢。"

沈锦心中这才松了一口气:"嗯。"

陈侧妃此时也不知道女儿和女婿感情这般深到底是好还是坏了,不过声音轻柔地说道:"我唤人进来了,莫要这般撒娇了。"

"好。"沈锦深吸了几口气,这才松开了陈侧妃,虽然没有露出笑容,神色却也好了不少。若不是不得不去,沈锦相信楚修明不会就这样放下她不管的,她眨了眨眼睛却发现并没有哭后的酸涩感。

楚修明过来的时候她正好梳妆好。一见到楚修明,沈锦就娇声抱怨道:"我还以为夫君偷偷跑了呢。"

"不会。"楚修明给陈侧妃打了下招呼,就走过来牵着沈锦的手:"用饭吧。"

"好。"沈锦脸上带着笑容,看向陈侧妃说道:"母亲,我们用饭去。"

"我已用过了。"陈侧妃笑着说道,"谁要等你这个懒货起来。"

沈锦皱了皱鼻子,又自己笑了起来,和楚修明往饭厅走去。饭菜摆好了,都是沈锦喜欢的。昨日沈锦和楚修明回来后虽然没有说什么,可她们两个都看出了沈锦眼中的不舍和比平时更黏人的姿态,心中有了猜测,这才不约而同地早起,准备了不少合她胃口的东西来,只望她心情能好一些。

下午楚修明陪着沈锦午睡的时候,宫中却来了人,诚帝急招楚修明入宫。沈锦倒是没说什么,就起身叫了人拿来了楚修明的官服,亲手给他穿戴了起来,然后裹上披风,亲自送他出了院门。楚修明摸了摸沈锦的脸,说道:"睡醒了就让小不点来陪你玩一会儿,我很快就回来。"

"好。"沈锦嘴角上扬地笑道。

楚修明看了赵嬷嬷一眼,赵嬷嬷微微点头,楚修明这才转身离开,虽然不曾回头却知道沈锦还站在门口。

等看不见楚修明了,沈锦眨了眨眼,这才说道:"嬷嬷,我们回去吧。"

赵嬷嬷温言道:"将军晚些时候就回来了,夫人无须担心的。"

沈锦笑道:"我知道的,让人给将军收拾东西吧,也不知道是去哪里呢……药材多准备一些……"

赵嬷嬷笑道:"还是夫人想得周到。"

沈锦哪里不知道赵嬷嬷是哄着自己,回到房间的时候索性也不睡了,就换了衣服和赵嬷嬷商量着收拾东西。陈侧妃也过来了,三个人很快就列好了单子,仔细对过以后又添了一些。

宫中,楚修明到的时候,已来了不少大臣,而诚帝的脸色难看,不等楚修明行完礼,就说道:"爱卿快快平身。"

这一声"爱卿",楚修明听着神色没有丝毫的变化,那些城府极深的老臣子也没有露出分毫来,倒是一些年轻的官员眼中露出了几分异色,不过很快收敛了起来。

诚帝虽然这么说,可楚修明还是态度恭敬地行了礼,诚帝道:"爱卿,我今日才得了消息,闽中百姓竟然……"

最让诚帝愤怒的是,那边的百姓竟然有和海寇勾结的,一夜之内洗劫了县城,还杀了知县一家,这才报了上来,而闽中的官员还都是诚帝亲自任命的,都是其亲信。

而诚帝叫来陈丞相的原因,不仅仅是想要平寇,还想要借机报复楚修明。说到底,诚帝也没把那些海寇当一回事,只觉得怕是那边官员一时失察。昨晚和陈丞相商议了一番,定下了计谋,今日才叫了楚修明过来。

诚帝把事情说完,然后看向了楚修明说道:"永宁伯战功赫赫,只是一些海寇,想必手到擒来。"

就算楚修明一向沉稳,此时听着诚帝的话,心中也满是愤怒,低着头却没有说什么。

诚帝先把楚修明夸赞了一通,这才说道:"永宁伯,可愿替朕平寇?"

楚修明还没开口,就见户部尚书出列,哭诉道:"陛下,国库空虚啊,前段时日边城解困后,送与边城的那些辎重都已是勉力而为,如今却实在拿不出许多了。"

户部尚书说完,诚帝也一脸为难,心中却满是兴奋,故作担忧地问道:"真的没了?"

听着户部尚书的话,众大臣心中各有心思,说得这般准确,想来是已提前准备了,就算他们现在质疑也没有用处。诚帝满脸为难地说道:"那还能拿出多少?"

"除却送去蜀中赈灾之用的,却无多少。"户部尚书报了一个数字。

楚修明面色不变,已有不少人脸色难看,兵部尚书直接出来指责道:"难不成让所有兵士饿着肚子去打仗?"

三军未动,粮草先行。辎重是何等的重要!从京城到闽中就算沿途可走水路,按照户部尚书所说,竟还不足一万兵士从京城到闽中去的辎重,虽可沿途征粮,却也对楚修明名声有碍。

另一名臣子说道:"只是海寇而已,闽中还有知府总兵等人,微臣觉得无须派永宁伯前往。"

"正该如此。"也有人站了出来,说道,"若是从京中派人平寇,倒显得朝廷太过重视那些海寇,不免有大惊小怪之嫌,且国库空虚消耗不起。"

陈丞相道:"老臣倒觉得陛下应当派遣永宁伯前往,却也不用从京中带许多兵士前往,快马赶去即可,陛下可令永宁伯率闽中兵士迎敌,狠击海寇。"

诚帝看向岿然不动的楚修明,说道:"爱卿以为如何?"

楚修明却言道:"陛下觉得闽中百姓该如何处置?"

"杀无赦。"诚帝毫不犹豫地说道,"朕善待百姓,他们却与海寇勾结,谋害朝廷命官,等同寇匪。"

楚修明再问:"若是有官员勾结海寇又当如何?"

"不可能。"诚帝怒道。他以为楚修明这是故意给他难看,因为闽中官员是他亲自任命，楚修明此话无疑是打他的脸面。

楚修明面色平静地说道："臣自当为陛下分忧，前去平寇，却请陛下下令，臣在闽中可便宜行事，不管是官员还是百姓，与海寇勾结者杀无赦。"

诚帝闻言心中一喜，故作为难地问道："那永宁伯需多少粮草和兵士？"

楚修明反问道："陛下觉得多少适宜？"

这话一出，诚帝心中为难，说道："不如永宁伯从京中带百人？"

"臣遵旨。"楚修明并无异议。

诚帝笑道："那朕这就下旨，永宁伯所求之事，朕也应允了。"却又补充："所杀官员必有真凭实据，永宁伯可莫要胡乱杀人才是。"

楚修明没再说什么，诚帝当即让人拟旨，却给陈丞相使了眼色，让其暗中给闽中亲信送信，定让永宁伯死于海寇之手才是。

诚帝心中得意，晚上的时候还特意歇在了皇后宫中，谁知道这份得意只维持到第二日早朝。

第十八章
拙劣手段

早朝时，诚帝刚公布了永宁伯平寇之事，忽然有个御史弹劾陈丞相，在诚帝还没反应过来的时候，连奏了陈丞相数十条罪责，还拿出了一封以血书写的状纸，状告的正是陈丞相的亲属。

而此时的楚修明正亲自送了沈锦和陈侧妃回瑞王府。瑞王妃也知道了诚帝派永宁伯去闽中之事，没多叮嘱什么，不过在用了饭后，沈轩却与楚修明说了几个人名和身份："是母亲让我说与你的，这些都是可信之人。"

楚修明也不是不知好歹之人，他其实在知道闽中事情后，就已经做了准备，没承想瑞王妃却告诉他这些。沈轩道："这些都是外祖父安排的，父王也都不知道，就是我也仅比你早知道一日而已。"

"我知道了。"楚修明并没有说什么道谢的话，"想来王爷近日就该回府了，你也无须太过担心。"

沈轩点头，虽不知道母亲的打算到底是什么，可还是说道："三妹妹那边你也放心，总归也是我的妹妹，不会让人欺负了去。"

楚修明点头一笑，说道："好。"

两个人说了几句就分开了，沈轩去见了瑞王妃，把楚修明的话和态度仔细说了一遍。瑞王妃点头说道："我知道了，等你父王回来，我就与他商量，给你定下亲事。"

"母亲？"沈轩疑惑地看向瑞王妃。

瑞王妃笑了笑却没再说什么，心中已有了几个人选，还是要见过以后才能定下来。

沈锦是永宁伯夫人，又有永宁伯在，住墨韵院就不合适了，瑞王妃专门让人收拾出来了一个院子，院子不算大，但是临街，出入方便。等永宁伯走后，沈锦愿意住在这边也好，住到墨韵院也好。不仅如此,瑞王妃还把珍藏的那支人参交给了楚修明。

诚帝只给了楚修明三日的时间,也就没有人打扰他们小夫妻了。

朝堂上,诚帝面色铁青,看着一个个站出来要求严查陈丞相的人。若是他要力保陈丞相倒也不是保不住,可说到底,他最在乎的还是自己,终是让陈丞相去官,没有下狱,还特意把事情交给了另外一个亲手提拔上来的人去严查。

陈丞相心中不安,可也别无他法,他能做到丞相这个位置,更多的是依靠着当初的从龙之功和女儿的皇后身份。

在楚修明离开的前一夜,沈锦把自己脖子上的那块暖玉挂在了楚修明的身上,然后还把做好的香囊交给了他。两个人都没有说什么,与往常一般相拥而眠,早上的时候两个人还一起用了饭,然后沈锦送了他离开。

瑞王妃没有露面,沈轩和沈熙都亲自来送楚修明。自边城带来的人,楚修明就带走了两个,剩余的都留给了沈锦。沈锦只带了赵嬷嬷她们来,侍卫大多留在了永宁伯府。

沈锦笑看着楚修明上马:"你答应过我的。"

"嗯。"楚修明没有再多说什么,沈锦也没有说。

沈轩道:"保重。"

楚修明点头,又看了沈锦一眼,直接策马离开。

沈锦咬了下唇,笑道:"我们回去吧。"

沈轩道:"大姐姐说过两日也回来住段时间。"

沈熙也说道:"到时候三姐姐有什么想要的,尽管与我说,我定给三姐姐买来的。"

沈锦笑了一下说道:"好啊。"

沈轩和沈熙见沈锦并不哭闹,心中松了一口气。赵嬷嬷陪着沈锦慢慢往院子走去,安平和安宁跟在后面,却不知道该说什么哄夫人开心。

赵嬷嬷道:"夫人,什么时候把小不点接过来合适?"

"我问问母妃。"毕竟瑞王府不比永宁伯府,这里人比较多,万一小不点吓到了人就不妥了,若真的想接了小不点来,起码要在院子里弄个给小不点住的地方才好。

赵嬷嬷应了下来:"想来小不点也想夫人了。"

沈锦点头说道:"我想也是的。"

回到院中,她就看见陈侧妃已经在等着她了。见到母亲,沈锦就笑着撒娇道:"母亲,我今晚要与你睡。"

陈侧妃轻轻点了点沈锦的额头："都已经是有孩子的人了，怎么还如此娇气。"

沈锦抿唇一笑，没说什么。陈侧妃看向了赵嬷嬷说道："麻烦嬷嬷收拾下东西，我先带锦丫头回墨韵院了。"

赵嬷嬷应了下来。陈侧妃把身边的大丫鬟留了下来。安平留下来帮着赵嬷嬷收拾东西，安宁跟在沈锦身边伺候。

墨韵院中倒是有些变化，很多东西都被收了起来，多了不少软垫。沈锦进院子后脸上的笑容就消失了，从后面抱着陈侧妃，下巴压在陈侧妃的肩膀上，跟着陈侧妃走来走去。

"行了，"陈侧妃柔声说道，"我可背不动你。"

"我自己在走呢。"沈锦小声说道。

陈侧妃轻轻拍了一下她的手，沈锦这才有些不情愿地松开了，坐到了屋中新添的贵妃椅上。安宁蹲下替沈锦脱了鞋子，问道："夫人可再休息会儿？"

"嗯。"沈锦侧身躺下，陈侧妃去拿了毯子给她盖上，然后自己坐在了她身边。

沈锦握着陈侧妃的手，陈侧妃心中叹息，温言道："睡一会儿吧。"

"嗯。"沈锦闭着眼睛说道，"我一会儿就去母妃那儿。"

陈侧妃应了下来，想了一下，轻声唱起了幼时哄沈锦睡觉的歌。看着女儿的样子，陈侧妃有些失落也有些怅然，就算知道女儿有孕，她仍然觉得女儿还是个孩子，一个过早懂事的孩子。可是看着如今沈锦因为楚修明的离开而有些忧伤的样子，不得不承认女儿已经长大了，变成了一个懂得感情滋味的女人。

这样的滋味她怕是一辈子都不会识得了。若是她当初没有进王府，是不是也会因为丈夫的外出而难过？后悔吗？陈侧妃眼神闪了闪，低头看着女儿的侧脸，缓缓露出笑容，是不悔的，有锦丫头这个女儿，她一辈子都不后悔。

沈锦的眼角溢出了泪水，却没有睁开眼，心中却觉得刚刚分离已经开始想念了。

等安置好了，沈锦也醒来了，换了一身浅紫色的衣裙，就和陈侧妃一并去了正院。

瑞王妃正在院中拿着小剪刀修剪着一盆花，等陈侧妃和沈锦进来，瑞王妃就让翠喜把东西搬了下去，又端了水净手，对着沈锦招招手，笑道："怎么没多休息一会儿？"

沈锦坐到了瑞王妃的身边，亲亲热热地挨着她，笑道："我是来母妃这边混饭吃的，好久没吃到母妃院中小厨房的东西了。"

瑞王妃笑着说道:"傻丫头。"

沈锦小声告状说道:"母亲每日只许我用很少的几块糕点,还偏偏让人把糕点做得只有指甲大小。"

瑞王妃闻言笑道:"怎么还和孩子似的。"

"在母妃面前,我一直是孩子。"沈锦笑着说道。

翠喜端了茶水上来,给陈侧妃的是她常用的茶,而沈锦的却是红枣片泡的,一看就知道是特意给她准备的。不仅如此,还有一小碟剥好的核桃仁和新鲜的果子,倒是没有糕点一类的。

瑞王妃道:"我听熙儿说,你养了一只大狗?"

"嗯。"沈锦本就准备提一提小不点的事情,没承想瑞王妃先提了出来。

瑞王妃说道:"怎么不接来呢? 熙儿把那狗说得万般懂事,我还想见一见呢。"

"正想与母妃说呢。"沈锦笑着说道,"到时候养在院子中,我不会让它吓跑下人的。"

瑞王妃点头:"别吓李氏就好。"

沈锦记了下来,说道:"母妃放心。"

"熙儿还求我与你说情,想带着你那只狗去和琦儿的夫君一并打猎去呢。"瑞王妃道,"他自己倒是害羞了,不好意思直接去找你说。"

沈锦笑道:"弟弟喜欢,就让弟弟带着小不点去,正好也让小不点跑跑。我让个侍卫跟着,定不让小不点伤了弟弟。"

瑞王妃倒是不在意这些:"那你自己去与熙儿说。"她本就准备让沈熙跟着永宁伯,自然会找机会让沈锦和沈熙更加亲近。

沈锦应了下来。瑞王妃又问了一些沈锦日常的事情,说道:"既然一开始就是孙大夫给你看的,那就让他每隔一日去给你把个脉。若难受可别忍着,这段时间也不要出门了,等三个月后,我再带你出去走走。"

"好。"沈锦一一应了下来。这些都是为她好的,她并非不识好歹的人。

瑞王妃又说了几句,就与陈侧妃聊了起来:"没想到当初那么个小团子,今天也要当母亲了,好像一眨眼就从要人抱着变得会跑会跳,又一眨眼就嫁人准备做母亲了。"

陈侧妃也是说道:"就是脾气还跟个孩子似的。"

"这样也好。"瑞王妃笑着说道,"我最喜的就是锦丫头的通透。"

"若不是王妃和大郡主,锦丫头也养不成这般的性子。"陈侧妃满脸感激地道。

沈锦问道:"对了,母妃,大姐姐那边可有为难的地方?"

瑞王被打下了宗人府,永乐侯夫人那般的性子,怎么可能不出点幺蛾子?在瑞王没事的时候,还弄了个娘家亲戚来呢。

瑞王妃脸上虽没有笑容,却也没有愤怒的神色,倒是很平静地说道:"永乐侯夫人身子不适,正在屋中静养。"

沈锦满是诧异,有些疑惑,然后想了想,点头说道:"那我让丫鬟送些药材过去。"

"嗯。"瑞王妃并没有多说的意思,笑道,"等明日琦儿来了,你们两姐妹再说。"

"好。"沈锦笑道,"我都想大姐姐了呢。"

瑞王妃点头说道:"你若有什么想要的,就直接告诉你的兄弟,让他们给你买来。"

沈锦闻言就笑着应了下来,丝毫没有客气的意思。她心里明白,瑞王妃就是想看到他们几个之间关系亲近起来,若是太过客套了反而不好。

第二天一大早,沈琦就来了,是永乐侯世子亲自送来的,不过他没有多留,只是和瑞王妃见了面就告辞了。

"母亲,妹妹呢?"永乐侯世子走后,沈琦才问道。

瑞王妃笑道:"怕是还没醒呢,锦丫头如今有孕在身,睡得比旁人多些。"

沈琦闻言点头。瑞王妃微微垂眸,说道:"你父亲这几日怕是就该出来了,到时候咱们一家人一起用顿饭。"

"真的?"沈琦满脸惊喜地看着瑞王妃。

瑞王妃漫不经心地"嗯"了一声,靠在了软垫上,并没有解释什么:"到时候你派人去和郑家说一声。"

言下之意是要叫沈梓,沈琦有些不情愿地点头说道:"我知道了。"

瑞王妃说道:"好了,你既然来了,就去探望一下五丫头吧。"

"母亲,我觉得五妹妹……"沈琦想了许久,越发觉得不对了。

瑞王妃扫了沈琦一眼,只是笑道:"没有谁是傻子,有些小心思并不妨碍什么,只要不自作聪明就好。"

沈琦道："我知道了。"

瑞王妃不再说什么，沈琦见状就说道："那我先去看看五妹妹。"

"嗯。"瑞王妃点了下头，忽然想起来什么："许侧妃和你四妹妹因为你父王的事情，忧思过度，大夫说怕是不好了。"

沈琦抿了下唇，她对许侧妃的死活并不在意，不过四妹妹到底也是她的妹妹，知道后心中难免有些惆怅。瑞王妃说道："你见到五丫头，与她说一下，到底是她的生母和同胞姐姐。"当初沈蓉想要算计她和陈侧妃的事情，瑞王妃并没有忘记，让沈琦告诉她这件事，不过是敲打一下她，让她老实起来。就像是瑞王妃刚刚说的，不怕人有小心思，就怕有的人自作聪明以为别人都是傻子。

"我知道了。"沈琦应了下来，走出了房门才缓缓吐出一口气。

翠喜给瑞王妃倒了一杯茶，说道："四姑娘到底是大郡主的妹妹，大郡主一时想不通也是有的。"

瑞王妃笑了一下，并没有说什么，她自然可以不让沈琦知道这些，可是这样真的好吗？接下来到底是个什么形势，瑞王妃也看不透，自己又能护得了孩子们多久呢？

"这世间最看不透的就是'运道'两个字。"瑞王妃缓缓说道。没承想几个孩子中，资质最好、看得最清楚的反而是那个不声不响的人，若不是后来沈锦的信从边城送来，怕是瑞王妃也低估了她。

翠喜不再开口，瑞王妃端着茶抿了一口，说道："李氏那边如何？"

"李夫人因王爷的事情受了些惊吓，大夫开了药已经用下了。"翠喜道，"近日倒是好了许多。"

瑞王妃点头，翠喜问道："王爷那边还需要……"

"不用了。"瑞王妃微微垂眸说道，"轩儿位置已稳。"

"是。"翠喜不再说什么。

沈琦见到沈蓉的时候，就看见沈蓉正在责骂一个丫鬟，见到沈琦这才打发了那个丫鬟下去，然后叫道："大姐姐。"

"嗯。"沈琦态度倒是温和，"你这边可缺什么吗？"

"并不缺，母妃对我很照顾。"沈蓉脸上的疤浅了不少，却还是能看得清楚，"我心焦父王的情况，有些急躁，让大姐姐看笑话了。"这是解释刚才的行为。

沈琦只是一笑，并不在意，说道："若是有什么缺的就与我说。"

沈蓉满脸感动地说道："多谢大姐姐了。"

沈琦这才收了笑容，叹了口气说道："倒是有件事要与你说。"

"可是父王……"沈蓉满脸惊恐。

沈琦摇头说道："父王那边倒是无碍，有太医照顾着，听大弟弟说那边的环境也不错，没人敢怠慢了。"

沈蓉伸手轻轻拍了拍胸口，说道："这就好。"

沈琦说道："倒是许侧妃和四妹妹因为父王的事情忧思过重，怕是不好了。"

沈蓉脸色猛地一白，满眼恐惧。

沈琦见到沈蓉的样子，倒是证实了自己心中的猜测。

"五妹妹要不要去探望下？"

"不！"沈蓉声音尖锐地拒绝道，像是被自己吓到了，"大姐姐，我有些不适……"

"那我先告辞了，不行的话就叫大夫来瞧瞧。"沈琦温言道。

沈蓉点头，身子都有些微微发抖。

沈琦探望完了沈蓉，并没有马上去找沈锦，而是到了花园中的凉亭。丫鬟拿了鱼食来，沈琦抓了一些撒在池中，就见池中的锦鲤都聚了过来。沈琦半靠在木栏上，看着那些抢食的鱼，她还记得那一年她们几个都没有出嫁，正是在这个亭中……

沈锦带着安宁过来的时候，就看见沈琦正在泡茶，见到沈锦就笑道："快来。"

"姐姐。"沈锦叫了一声，才慢慢走了过去。

霜巧拿了软垫放在石凳上，沈锦笑了一下，坐在了沈琦的身边。沈琦笑道："今日你是没口福了，我专门用清露泡的茶。"

"姐姐定是故意的。"沈锦笑着说道。

沈琦没有否认，看向霜巧说道："你去厨房把给妹妹准备的东西拎来。"

霜巧应了下来，福身说道："奴婢这就去。"

沈锦没再说什么，等沈琦泡好了茶，才有些担忧地说道："姐姐可是心情不好？"

沈琦喜欢泡茶却并不喜欢喝茶，所以泡好以后尝了尝味道就放到了一边，说道："你们几个分了吧。"

说的正是伺候的丫鬟。这些人都是知道沈琦的性子，手脚麻利地把东西给收拾了，然后那一小壶茶每人分了一些喝了。沈锦看向安宁笑道:"你有口福了,姐姐可不是常泡茶的。"

"这茶倒是被奴婢糟蹋了,只觉得极好喝,却说不出到底哪里好。"安宁笑着说道。

沈琦倒是不在意:"哪里有那么多讲究呢。"

沈锦道:"若是叫外面喜茶的人知道,定会觉得可惜的。"说完,自己就笑了起来:"不过我也觉得,既然茶要的不过是个味道,只要好喝就够了。"

沈琦就喜欢沈锦这点,不管好的坏的在她眼中都不分贵贱,只有好用不好用,合适不合适。霜巧很快就拎了东西回来,里面不仅有新鲜的果子,还有一碗红枣酪和羊乳,一看就知道特意为她备着的,沈琦最尝不得那些奶中的腥味了,就算加了杏仁她也喝不下去。

"谢谢姐姐。"沈锦道了谢后,就捧着羊乳小口小口喝起来。

沈琦眼神落在了沈锦还没显怀的肚子上,不由得想到了自己那个没有缘分的孩子,眼神中多了几分忧伤,却很快收敛了起来。等沈锦喝完了羊乳,她才亲手拿了帕子给她擦了擦嘴角说道:"也不知羊乳牛乳这般的东西,你怎么喝得下去。"

沈锦真的爱喝吗?若是加了杏仁去腥气,温热的时候再拌了蜜,沈锦自然是爱喝的,可是现在不仅不能用杏仁,就连蜂蜜这类的都不能多吃,羊乳自然说不上多好喝,不过是因为对孩子好罢了。只是这些话沈锦却不能对沈琦说,难免有炫耀的感觉在,所以笑道:"若是有机会,姐夫和姐姐能到边城去玩,我请你们吃烤全羊,边城那边的羊肉一点膻气都没有,又鲜又好吃,姐姐定能多用一些的。"

"若是有机会定要去边城看看的。"沈琦笑着说道。

沈锦点头捏了一些核桃仁撒到了红枣酪里面,用勺子搅了搅,才端着吃了起来,总觉得就连枣子都没有边城的香甜。

沈琦看着沈锦吃东西的样子,眼神柔和了许多,沈锦吃东西的时候总让人觉得很享受的样子,看着也不禁食欲大开,她也捡了一些核桃仁吃了起来,说道:"我去探望了一下五妹妹。"

"哦。"沈锦咽下嘴里的东西,看着沈琦的眼中带着一些疑惑。

沈琦倒是没有说许侧妃和沈静的事情,毕竟沈锦有孕在身,只是说道:"没想到五妹妹平日不显,却是个狠得下心的。"

沈锦微微侧了侧头,才说道:"姐姐可是有什么想不通的?"

"我只是觉得许侧妃是她生母,沈静也是她亲姐姐。"沈琦缓缓吐出一口气,若是换成沈蓉设计沈锦甚至设计自己,怕是沈琦更能接受一些。

沈锦眼神有些迷茫,沈琦以为沈锦没有明白,却听见沈锦说道:"有区别吗?"

有区别吗?现在不明白的反而是沈琦了。红枣酪并不多,只是小小的一碗,沈锦吃完以后就放下了碗,用帕子擦了擦嘴,心中却有些猜测,怕是许侧妃和沈静要不好了。不过想来也是,差不多时候了,正巧遇到了瑞王的事情,也算有个说得过去的理由,而且免得瑞王回来后又心软。

"妹妹,能帮姐姐解惑吗?"沈琦柔声问道。

沈锦很自然地说道:"可是五妹妹也是四妹妹的亲妹妹,那时候四妹妹不也准备牺牲掉五妹妹吗?"

有些人心中就算是再亲的人也没有自己重要,沈静和沈蓉,不过是沈蓉摸准了瑞王妃的心思,更胜一筹而已。

"是我钻了牛角尖。"沈琦听完缓缓吐出一口气,开口道,"我不过是看着五妹妹现在无事,而……"所以犯了错误同情了弱者,却不想弱者也不是真的弱而已。

沈锦没有追问的意思,沈琦也不再说这件事。

"母妃说父王快回来了。"

"太好了。"沈锦满脸喜悦地说道,"也不知道父王瘦了没有。"

沈琦道:"等父王回来就知道了,不过母亲的意思是要请二妹妹过府。"

沈锦看着沈琦不明白为什么专门说起这件事。沈琦道:"二妹妹性子不好,到时候你身边可不许离了人,如今你肚子中有孩子,冲撞了就不好了。"

"我知道了。"沈锦乖乖应了下来,"我躲着二姐姐一些就是了,也不知道这段时日二姐姐在郑家过得如何。"

"在嫁妆没花光之前,想来日子不会难过。"沈琦的话里带着讽刺,就是沈锦在瑞王出事后,也每日派人来府中,沈锦的夫婿更是直言顶撞诚帝来保全父王。而沈梓呢?当初那般被父王疼爱,却连派个人来都没有。

沈锦点头,应道:"嗯。"

沈琦也是有分寸的人,见沈锦陪她坐了这么许久就说道:"左右也无事,不如去你房中坐坐?霜巧可是足足给你备了一盒的络子。"

"太好了。"沈锦笑道,"好霜巧,若不是姐姐身边离不开你,我真想讨了你到身边来。"

沈琦倒是没有像往常那般挽着沈锦,而是让沈锦的丫鬟安宁扶着她走,闻言说道:"我正不知给霜巧选个怎样的夫君呢,我瞧着谁也配不上她似的,所以想着让妹妹帮我想想有没有合适的人选。"

沈锦像是认真思索了一下说道:"可是我也不认识什么人呢。"

"我想着让霜巧远嫁。"沈琦终是说道。

霜巧说道:"奴婢不会离开少夫人身边的。"

"傻话。"沈琦停下了脚步,伸手戳了霜巧眉心一下,"你当我真的舍得吗?不过京城这样的地方,就算我还卖身契给你,别人眼中你到底是丫鬟出身,难免轻瞧了几分,真心求取之人也没能配得上你的。"

霜巧说道:"少夫人……"

两个人回了墨韵院,就见陈侧妃正坐在院中做着一些小东西,一看就知道是为了沈锦肚中孩子做的。陈侧妃起身还没开口,就听见沈琦笑道:"陈侧妃,可莫要怪我打扰了。"

陈侧妃只是一笑。沈锦拉着沈琦往自己屋中走去,对着陈侧妃说道:"母亲,我与姐姐进去说话了。"

"嗯。"陈侧妃点点头,吩咐丫鬟去准备了果点给她们端进去,自己却和赵嬷嬷继续商量着给孩子做衣服的料子。

沈锦的房间很简单,被收拾得很雅致,沈琦看了眼随处可见的软垫,笑道:"还是你这边舒服。"

"姐姐若是喜欢,也做一些就是了。"沈锦笑着说道。

沈琦笑着应了下来,拿了一个抱在怀里,身后面又靠了一个,舒服地笑道:"霜巧好好学学,回去也给我房间做一些。"

"是。"霜巧应了下来,见沈琦没别的吩咐了,就笑道,"奴婢去把少夫人给伯夫人准备的礼物拿过来。"

"去吧。"沈琦笑着挥了挥手。

安平端了果点茶水进来,沈锦看了一眼,说道:"姐姐尝尝赵嬷嬷做的果茶。"

沈琦端起来尝了一口,带着一种果子特有的酸甜。

"果然好。"

沈锦喝了一杯以后,又让安平给她和沈琦都续了一些,这才让安平出去,然后踢掉了鞋子,整个人斜靠在软榻上,又拿了小毯子盖着腿。

沈琦看了笑道:"懒丫头。"虽这么说,却也放松了不少。

"姐姐你会留几日呢?"沈锦抱着软垫蹭了蹭,小小地打了个哈欠。

"若是困了就再休息会儿。"沈琦看着沈锦的样子说道。

沈锦其实刚起来没多久,说道:"不了,等用完了午饭再睡呢。"

沈琦也不再劝,拿了块糕点尝了尝,说道:"会多留一段时日的。对了,还没谢谢你给我婆婆送的药。"

"是母妃准备的。"沈锦有些不好意思地说道,"夫君出门,我把府中的药材大多都给夫君了,所以……"

沈琦听见沈锦的回答,笑了起来,连日的那种憋闷都消失了不少,又得知父王快要回来,整个人都轻松了。

"无碍的,反正也用不到。"

"啊?"沈锦下意识问道,"不是说病了吗?"

沈琦点头说道:"心病。"

"哦。"沈锦感叹道,"怪不得呢,心病还须心药医。"

沈琦"嗯"了一声,她也想找个说话的人,就把府中的事情说了出来。瑞王出事那日,永乐侯世子本来要陪她来瑞王府,却被永乐侯夫人叫了去,最终还派人送了一百两银票来打发她,她丝毫都没给永乐侯夫人面子,直接扔了银票,自己带着丫鬟走了。

谁承想永乐侯世子在路上追到了她,陪着她来了王府,不过被瑞王妃说了一顿又给赶了回去。

她听了母亲的话,在路上有些愧疚,把银票的事情说了一遍,还说一会儿回去就与永乐侯夫人赔礼。永乐侯世子本就感动瑞王妃真心为自己考虑,能坐上世子位,瑞王府也出力不少。

再说了还有永宁伯这个妹夫。永乐侯夫人虽然是他生母,可是并非只有他一个儿子,永乐侯夫人也更疼小儿子一些,特别是在知道那一百两银票的时候,永乐侯世子更是满心的愧色，和瑞王妃就算家中出事也用心准备的那些礼比起来，这已经不是下了沈琦面子的事情，而是打了瑞王府的脸面。

"也是我心急了一些。"沈琦脸上强忍着哀伤，说道，"因我是府中的第一个孩子，父王自小疼我……本是父王的寿宴，就连三妹妹和三妹夫都特地从边城回来为父王祝寿……"

等回府后，永乐侯世子还是陪着沈琦去给永乐侯夫人赔礼，还送上了瑞王妃准备的礼单。谁知道永乐侯夫人满心怒气，不见他们，连礼单都不愿意收。永乐侯夫人还让人传话，只说以后再也不敢管世子和世子夫人的事情了。永乐侯世子的几个弟弟和弟媳纷纷指责两人把永乐侯夫人给气病了。最小的弟媳在永乐侯夫人面前一向得宠，难免有些得意忘形，还说要把沈琦送到庙中给永乐侯夫人祈福！

结果呢？永乐侯回来后，就看见永乐侯世子和沈琦跪在永乐侯夫人的门口，等知道事情的经过后，永乐侯直接进屋一巴掌扇在了永乐侯夫人的脸上，丝毫都没有给她留下面子，直言以后永乐侯府中的事情都交给沈琦。

永乐侯夫人本以为沈琦会拒绝或者客气地推辞一下，她再想办法拿回来，却没想到沈琦一口就应了下来。永乐侯夫人只能无奈交出了管家的事情，可是却故意留了一手，只等沈琦到时候把永乐侯府弄得一团乱后，自己就趁机拿回管家权。

却不知沈琦嫁过来以后，虽然从没有表现出想要管家的意思，可是也不是毫无准备，那些永乐侯夫人的亲信，不准备好好合作的人，沈琦直接把人撤掉换成了自己的人。两天时间就彻底把永乐侯府给掌握住了。然后把最小的那个弟媳送到了庙里给永乐侯夫人祈福，剩下的倒是没再动手，那些人见此也都老实了起来。她狠了心把永乐侯夫人关在了院中，不让她再多加插手。

与沈锦说完了，沈琦就道："怕是永乐侯夫人每日都在屋中咒骂我呢。"

如今的情况，沈琦也是不愿意看到的，她的忍让没让永乐侯夫人安心，却变得越发针对她。永乐侯这个爵位迟早都是褚玉鸿的，也只能是褚玉鸿的，所以沈琦真的不急着管家，反正就算不管家，也没有人敢怠慢她。

沈锦安慰道："没关系的，反正姐姐也听不到。"

沈琦笑道："是啊。"

姐妹两个说完话，就一起到正院用饭，陈侧妃是一并去的，瑞王妃也让人去叫了沈蓉,不过沈蓉以身体不适拒绝了。

瑞王在楚修明离开的第三天就回来了,诚帝让瑞王在家中闭门思过。瑞王是被抬回来的,毕竟被打了板子,就算有太医照顾,一时半会儿也恢复不过来,整个人看着也憔悴了许多。

沈轩和沈熙两人去接的瑞王,沈琦和沈锦都在府中等着,看见瑞王的时候,沈琦就哭着扑了过去,抓着瑞王的手叫道:"父王。"

沈锦也红了眼睛,却没像沈琦那般直接过去。瑞王倒是说道:"并无什么大事。"

"王爷回来就好。"瑞王妃眼睛也有些发红,却温言道:"琦儿,先让人把你父王抬回屋中。"

"是。"沈琦松开了瑞王的手说道。

瑞王也看见了沈锦,对着她点了下头。

沈锦走到沈琦的身边安慰道:"姐姐,父王回来了就好。"

"嗯。"沈琦握着沈锦的手应道。

宫中也派下来了两个太医,直接住在了王府,其中一个就是一直照顾瑞王的太医,另一个却是妇科圣手。

沈锦抿了抿唇,瑞王妃眼神闪了闪,说道:"安排两位太医住在客院,派人好生伺候着。"

"是。"翠喜应了下来。

太医道:"陛下专门吩咐臣等,先给王爷诊治才是。"

瑞王妃道:"王爷也需梳洗一番,晚些时候自会传唤你等。"

"是。"太医也不再说了,两个人躬身退下。

瑞王妃看向陈侧妃说道:"你先带锦丫头回院中,王爷那边自有我去说。"

"是。"陈侧妃应了下来,带着沈锦离开。

看着陈侧妃和沈锦离开,沈琦心中有些不安,瑞王妃轻轻拍了拍她的手,说道:"你去厨房看看,你不是与锦丫头亲手给王爷做了吃食吗?"

"是。"沈琦应了下来,带着霜巧往厨房走去。

瑞王妃这才进屋去照看瑞王,瑞王身上有伤不能着水,所以只能用布擦洗一番,重新上了药,身上盖着毯子,趴在床上。他见瑞王妃神色有些不对,问道:"可是出了什么事情?"

"王爷受苦了。"瑞王妃伸手摸了一下瑞王的头,确定没有发热,就让屋中伺候的人都退了下去,这才柔声说道:"陛下派了两名太医来照顾王爷。"

瑞王只是应了一声却没有说什么,瑞王妃道:"其中一个太医是一直照顾王爷的。"

"另一个有什么不对?"瑞王问道。

瑞王妃抿唇道:"是王太医。"

瑞王一时没反应过来,瑞王妃道:"是妇科圣手。"

"是不是派错了?"瑞王还不知道沈锦有孕的事情。

"还是府中有谁身子不适?"可这样也不该说是来照顾他的,他一个大男人要妇科圣手干什么?

"莫非是母后知道李氏有孕的事情了?"

"王爷,锦丫头有孕了。"瑞王妃道。

墨韵院中,沈锦让安宁把事情与赵嬷嬷说了一遍,赵嬷嬷皱眉问道:"陛下到底是何意?若是知道夫人有孕,大大方方派了太医来不就是了?可偏偏说是给王爷看伤的,只字不提夫人有孕的事情。"

沈锦低着头没有说话,心中倒是仔细揣摩:"母亲,若是此举……是许侧妃所为,那么许侧妃是何意?"

陈侧妃一听,有些诧异地看向了沈锦。其实沈锦只是觉得诚帝有些所作所为和许侧妃当初如出一辙,这才会问出这般话来。若是在瑞王妃与她说起那些秘史之前,陈侧妃听到沈锦这般说,定是要斥责她的,可是如今却缓缓叹了口气,并没有直接回答她的问题,只是说道:"许侧妃是个藏不住事的性子,若是心中得意却又不能直言的时候,就喜做一些不知所谓的事情。你与二郡主年岁相近,却因我当时只是妾室的身份,处境可谓是天差地别,王爷知道许侧妃有孕的时候,格外高兴,还特意招了宫中的太医来给许侧妃诊脉,而许侧妃怀孕近八个月的时候,我发现自己小日子没来,就让人去禀了王妃,王妃派人请了大夫过府。"

这些事情沈锦并不知道,此时听母亲说来,就格外认真。陈侧妃缓缓道来:"不管是王妃，还是我，都没想着要瞒着谁，不过我那时候的身份低，也不好太过张扬。而许侧妃不知从哪里得知了消息，在王妃派人请的大夫还没到府中的时候，就让她身边瑞王专门请来照顾她的太医来给我诊脉了。”

赵嬷嬷眼睛眯了一下，沈锦也猜出了许侧妃那时候的心思，不过是警告陈侧妃，还有些敲打的意思在里面，就像是说，我知道你有身孕了，别想瞒着我……不过你就算有孕在身又如何？不过是个妾罢了。

沈锦眨了眨眼，都不知道该说什么好了，许侧妃那些小手段不过是争宠的后院手段，可是诚帝派这样的太医又是什么意思？

“这还真是……”赵嬷嬷虽然心中看不上诚帝，可是此时也是满心诧异。

陈侧妃安慰道：“那时不过是许侧妃刚进府不久，又正得宠，才会这般，所以想来……”陛下不可能和许侧妃一样损人不利己吧？

沈锦说道：“算了，反正说是给父王看病的，也不知道父王是个什么心情！”

陈侧妃一想也笑了起来，宫中派下太医的事情瞒不住人，派的是哪个太医，稍微一查就知道了。那些知道诚帝派了妇科圣手给瑞王的大臣，还不知道心中会怎么想呢。

瑞王听了瑞王妃的话，脸上露出喜色，说道：“这是好事。”

瑞王妃微微垂眸说道：“永宁伯因娶了锦丫头，所以在王爷遇难的时候，就敢顶撞陛下，而陛下只因一个地动，就暗示了陈丞相推了王爷出来顶罪，不知下回若是哪里出了天灾，还有帮王爷说话的人吗？”

瑞王闻言脸色一变，刚想训斥瑞王妃，却猛然明白了她话中的意思：“不可能，当初是陛下亲自下令……”

“王爷，”瑞王妃坐在床边，伸手握着瑞王的手，“你可知你这一出事，府中就像没了主心骨一般。琦儿因为担心你，想回家探望都被……算了，说这样的事情又有什么意思。请王爷多为我们母子想想，瑞王府是因为王爷而存在的，若是王爷真的出事了，怕是府中的人也都没了活路。”

“不会的。”若是地动之前，瑞王还能有几分底气，可是如今说出这样的话，心中发虚，追问道：“琦儿怎么了？”

瑞王妃微微垂眸，眼泪落在了瑞王的手背上：“永乐侯夫人不愿女婿陪着琦儿回来，就派人把女婿叫走,还让贴身丫鬟送了一百两的银票给琦儿。"

"那贱妇怎敢!"瑞王暴怒道。

瑞王妃声音中满是苦涩:"永乐侯府与王府关系一直不错,却也做出这般落井下石之事,最后还是女婿追上了琦儿,同琦儿一并赶来。"

"那褚玉鸿倒还算个好的。"瑞王咬牙说道。

瑞王妃道:"他们来后,我就亲备了赔礼,让女婿和琦儿马上回去,给永乐侯夫人赔罪。"

瑞王满肚子的火气,却又觉得心酸得很。瑞王妃继续说道:"谁承想永乐侯夫人见都不见他们二人,更别提收礼了,还命令他们二人跪在门口……"说到这里已经是泣不成声了。

"贱妇! 我要杀了那个贱妇!"瑞王狠狠捶打着床怒骂道。

瑞王妃哭道:"若不是永乐侯顾忌着永宁伯,回家训斥了永乐侯夫人,我可怜的琦儿都不知会如何了。"

瑞王没见过妻子哭成这般模样,劝道:"我出来了,放心吧,我定会给女儿讨回公道。"

"王爷,锦丫头也是我们的女儿,他们夫妻是为何从边城回来的,又为何惹怒了陛下,使得永宁伯在锦丫头日子尚浅的时候被迫离开去平寇的?"瑞王妃看着瑞王道,"你可知锦丫头正是在地动那日发现有孕在身的,因为知道了你被责罚的事情动了胎气,孩子差点都保不住了。"

瑞王满脸震惊,此时若说他还不明白,那就是假话了。地动那日也正是他的生日,而锦丫头正巧那日发现有孕,想来是因为腹中胎儿与自己有缘,而楚修明这个女婿……想到那时候绝望和无人肯帮他说话之时,只有楚修明肯站出来顶撞了诚帝,又得罪了陈丞相……不仅仅如此,他们此次会回京城也是要给自己贺寿。

这么一想,瑞王心中又满是内疚了:"夫人放心,锦丫头也是我的女儿,她腹中的胎儿是我的外孙,我定能护着他们的,也能护着你们。"

瑞王妃低声哭了起来:"王爷,我怕啊,我们谁也不曾瞒着众人锦丫头有孕的事情,任谁稍微一打听,注意一些也就知道了,可是陛下……当初是陛下让王爷择女儿嫁给永宁伯,可是如今……"

因为哭得太过悲伤,瑞王妃的话断断续续的,正是如此才更引人不安。瑞王咬牙,莫非诚帝是怀疑他和永宁伯勾结图谋不轨？所以才借地动的机会发难，先毁了他的名声吗？

瑞王越想越肯定了自己的猜测，他觉得定是如此！不过若是瑞王妃知道了，怕是恨不得狠狠敲打瑞王一番，他哪里有什么名声，不过瑞王妃此时只想在瑞王心中埋下一颗种子而已。

瑞王妃哭了一场又觉得失态，叫了翠喜进来备水梳洗。瑞王趴在床上看着瑞王妃的样子，开口道："我定会护着你们的。"

"嗯。"瑞王妃抿唇一笑，"我自是相信王爷。这段时间因为王爷出事，我倒是一直紧绷着，刚才也可能想偏了。想来陛下也是关心锦丫头和李氏而已，却不好明着来才会如此。我刚才那些胡言乱语，王爷还是忘了好。"

瑞王闻言只觉得瑞王妃全心全意为自己着想，便说道："夫人无须担心，我有分寸的。"

瑞王妃应了一声，不再说什么。

今日，沈锦总是有些睡不着，不禁回想起太医的事情，又想起了陈侧妃对许侧妃的评价。

得意却又不能直言的时候，就失了分寸做出一些不知所谓的事情……

诚帝……许侧妃……

许侧妃会如此是因为炫耀、警告……

那么诚帝呢？他又有何炫耀的？或者是警告，他已经知道自己有了楚修明孩子的事情？

楚修明……沈锦猛地惊起，小不点也很机警地蹲坐了起来。今日守夜的安宁，也赶紧下来点了灯，看着脸色难看的沈锦，问道："夫人可是身体不适？"

"请赵嬷嬷来！"沈锦抖着唇说道，"快去！"

"是。"安宁不敢再问，抓着外衣就往外跑去。

第十九章
暗处对峙

赵嬷嬷的房间离沈锦的并不远，很快就被安宁叫了过来，她甚至没换衣服，直接在外面披了一件外衣，看着脸色苍白的沈锦，急忙问道："夫人可是身体不适？"

安宁赶紧拿了外衣披在沈锦身上，沈锦抓着赵嬷嬷的手，赵嬷嬷只觉得她的手很凉，心中更是担忧。沈锦的唇抖了抖才说道："嬷嬷，夫君是不是有危险？"

"夫人可是梦魇了？"赵嬷嬷一边握着沈锦的手，一边让听见动静的安平去厨房拎些热水来。

沈锦咬了下唇，说道："嬷嬷，夫君怕是有危险。"

赵嬷嬷的脸色变了变，问道："夫人何出此言？"

陈侧妃也披着外衣过来了，见到屋中的情况，也是满脸担忧地问道："可需要叫大夫？"

沈锦摇头，说道："嬷嬷，怕是……怕是他们要对夫君下手。你派人回永宁伯府，把太医的事情与母亲所言中许侧妃的事情都告诉赵管家。"

赵嬷嬷见沈锦的样子，说道："老奴这就去。"

沈锦点头。陈侧妃的脸色也是变了变，心中格外担忧。若是永宁伯真有个什么好歹，怕是女儿这边也难做了。见赵嬷嬷快步出去安排，陈侧妃这才走了过来，坐在床边把女儿搂到怀里说道："你肚中还有胎儿，永宁伯也不是糊涂之人，想来早有准备的。"

"嗯。"沈锦靠在母亲怀里，渐渐平静了下来说道，"也可能是我想得太多了。"

陈侧妃摸了摸女儿的头，安慰道："我让人给你煮些红枣汤，用过后就睡吧，等明日醒来，去给王妃问个安。"

沈锦拉着陈侧妃的手，小声说道："母亲陪我睡吧。"

"好。"陈侧妃没有拒绝,等丫鬟把红枣汤端来,让沈锦喝下后,就脱衣躺在了床上,伸手轻轻拍着她的后背。

安平和安宁见此微微松了口气,可心中也担心将军的安危,对视一眼后两个人也不睡了,就熄了灯守在了外面。

沈锦却睡不着了,陈侧妃见此也没强逼着她去睡,只是问道:"要不要与我说说话?"

"嗯。"沈锦应了一声。

陈侧妃问道:"可是梦到了什么才惊醒的?"

"我一直没睡着。"沈锦对陈侧妃倒是没什么隐瞒,把当初诚帝的一些事情与母亲说了,"母妃和母亲被扣在宫中,逼着我与夫君回京这般手段,我总觉得似曾相识,仔细想来竟和许侧妃的有些类似。"

若不是沈锦提起来,陈侧妃也不会往许侧妃身上去想,可是此时被她这么一说,再回想起来,还真是有些说不出的微妙。沈锦道:"如此一来,再回想更早时候的那些,也是有些类似的,压着那些辎重,最后不还得送来?不过是晚些时候为难一下而已,不会让人伤筋动骨,却让人厌恶得可以。"

陈侧妃听得有些哭笑不得,沈锦这般说出来,自然会让人觉得手段真的相似,可是一般人也不会把两者联想起来。许侧妃的那些手段不过只是寻常后宅中所用,伤不了人性命,后宅之中真正让人恐惧的反而是瑞王妃那般的手段。

而诚帝……他那些小手段用出来,害的却是一条条鲜活的人命,不管是不给边城救援,还是推托粮草辎重之事,一日拖延就意味着成百上千的人命被添了进去。陈侧妃就算没有亲身经历,此时听来也是满心的寒意和怒气。说到底,那些将士不管为的是什么,护着的可是天启朝的江山和百姓,而诚帝心中忌讳楚修明,却只敢耍这般下作的手段。可是他有没有想过,若是边城真的没有守住,又将有多少无辜百姓死于蛮族大军的马蹄之下?

许侧妃是沈锦出嫁前最厌恶之人,而诚帝是沈锦嫁到边城后最厌恶之人,既然都是心中所厌恶的,沈锦自然把两者联想了一下,然后渐渐发现这两者还真有一些相同之处,比如那些无法让人理解的想法和作为。

"母亲说许侧妃心中得意的时候,就会做一些自以为高明实则莫名其妙的事情。"沈锦小声说道,"根据那些事情也可以发现一些线索。"

"嗯。"最了解对方的永远是敌人。

沈锦很多事情都看得透,但是从来没有说出来过。她这般性子其实也是受了陈侧妃的影响,陈侧妃不过是在王府中受了苦难生生磨炼出来的,她却不希望女儿也经历那些,所以慢慢教导和影响着女儿,不过是不想女儿因为王府的不公而左了性子或者抑郁。

陈侧妃从没想过去和许侧妃争瑞王的宠,而是不动声色地入了瑞王妃的眼,这才在生了女儿后被提成了侧妃。如此一来,为了女儿,陈侧妃面对瑞王的时候更加木讷,对瑞王妃更是尊重听从,只希望以后瑞王妃能看在自己识相的分儿上,给女儿选一门好的亲事。

陈侧妃的努力不是没有结果的,若不是诚帝横插一手,瑞王妃也会给沈锦仔细选个夫婿,虽不会超过沈琦,却也不会像是沈梓那般,嫁进了个外甜内苦的人家。

和陈侧妃正好相反,许侧妃有瑞王的宠爱,蹦跶得越发厉害,却不知早就着了瑞王妃的道,宫中嬷嬷的事情就是其一。瑞王妃给沈琦和沈锦安排的嬷嬷并不拘着她们两个人的性情,只是用心教导一些规矩礼节,甚至时常说一些道理与她们听,而给沈梓、沈静和沈蓉三人的……她们三人养成那般看着精明实则糊涂、又喜虚张声势的样子,也有那些嬷嬷的手段在里面。

在沈琦出嫁后,瑞王妃就带了沈锦在身边,也算用心教导,不管是为了分散瑞王对沈梓她们的注意也好,有别的打算也罢,到底让瑞王对沈锦也上了心,使得沈锦母女在府中的日子也好过了许多。

瑞王妃可谓是女中豪杰,也并非瞧不得别人好,她见沈锦样貌虽不如几个姐妹,却乖巧娇俏,别有一番娇憨的气质,也不拘着把她变得规矩端庄,反而让嬷嬷引着她往这边培养,就连服饰和打扮上也越发凸显优点。

不过娇憨并不等于愚蠢,瑞王妃没打算把人给养废了,所以把沈锦打磨得越发通透,就像是一块未经打磨的璞玉,陈侧妃打磨出了最早的形态,而瑞王妃细细雕琢了一番,成就了出嫁前的沈锦。

而嫁到边城后,那些经历不断地滋养着沈锦,使得她越发通透光润。正是这样的沈锦才让人放在心尖上。

许侧妃也是一心想要养好女儿,却不如瑞王妃手段高。沈锦的娇憨是自内向外的,而许侧妃养出的沈蓉虽然也表现得娇憨可爱,单独看的时候还可以,可是真和沈锦站在一旁,就会让人觉得有些刻意了,反而落了下乘。

沈梓的亲事是许侧妃和沈梓亲自选的,自以为选了个绝好的人家,却不知已经落了瑞王妃的圈套,这就是其二。

说到底,许侧妃和沈梓有野心,却没有和野心相媲美的实力和本事。

本身瑞王妃留着许侧妃她们,不过是觉得无伤大雅,只当图个乐子,可是当瑞王妃感觉到京城风云将变的时候,就直接出手解决了许侧妃她们。瑞王妃从来都是谨慎的,不愿因为一时的大意惹了乱子。

沈梓已经出嫁,就算祸害也是祸害郑家,牵扯不到瑞王府,更不会威胁到瑞王妃和她的孩子;而沈蓉有小聪明,最重要的是她知道害怕,敲打后就有自知之明,这样的人留着也无碍;而许侧妃和沈静两个人,有些小聪明却又认不清自己,聪明人不可怕,最可怕的是那些明明蠢笨却自以为聪明的人,谁也无法预测她们会出什么昏招。瑞王妃没精神搭理她们,自然就把她们给处理了。

瑞王妃和翠喜说,还是小瞧了沈锦,却不知沈锦不过是在边城的危机和险情中逼得再一次成长了起来。

沈锦提起了许侧妃,陈侧妃又想起了许多往事,沈锦因为心中有事一时也没有开口,过了许久才说道:"母亲,我很不安。"

陈侧妃没有说什么,她知道女儿现在需要一个倾听的人,有些话女儿也只能对自己说。沈锦小声说道:"我总觉得……不是个聪明人。"沈锦没说是谁,陈侧妃也没有问,不过她们心里都知道。

沈锦其实猜到,楚修明会去平寇并非因为诚帝的命令,而是他有必须去的理由,而诚帝却不会这么想,只会觉得自己的计谋成功了。可是,闽中到底出了什么事情,楚修明就算冒险也要去一趟呢?

想来是因为海寇,却又和诚帝知道的海寇之事有些不同。沈锦从不愿意把人往恶处去想,可是联想诚帝以往的所作所为,还真的没办法往好的方面想。

沈锦越想越觉得不安,诚帝到底是一国之君,总不会这般无聊,只是想要告诉沈锦,我已经知道你有了楚修明的孩子,你给我小心点吧。

可是想到母亲的上一句话,沈锦只觉得心中一惊,既然诚帝千方百计想让楚修明去闽中,闽中又都是诚帝的亲信,莫非在路上或者闽中做了手脚?他想让楚修明死,还把责任推给海寇，正因为事情快成功了，所以他心中得意，这才弄了昏招，派了太医过来……

若不是府中有个许侧妃，能从她的性子推断，否则任谁也没办法想到这些，毕竟诚帝是一国之君……可就算如此，沈锦也有些无法相信。诚帝到底是怎么坐上皇位的？

不知不觉，她就睡着了。陈侧妃却没了睡意，她明白女儿未说完的话，其实和瑞王妃处置了许侧妃和沈静是一个道理，可是诚帝是皇帝，所以女儿只能担心。

因为心中有事，沈锦一早就起来了。陈侧妃却起得更早，见到女儿也没说什么，只是让人伺候了她梳洗，又看着她用了早饭，这才让安平和安宁陪着她去了正院。而赵嬷嬷并没有一并去，不过送了沈锦出院子："夫人放心，老奴已经安排好了，赵管家已经得了消息。"

"嗯。"沈锦应了一声，没有再说什么。

到了正院的时候，就见瑞王妃和沈琦正陪着瑞王说话，见到沈锦，沈琦就笑道："想来妹妹挂心父王，若非如此，定要睡到日上三竿才愿意起来。"

瑞王听了女儿的话，只觉得心中喜悦，说道："锦丫头有孕在身，怎么不多睡一会儿？"

沈锦闻言笑道："昨日都没能陪着父王说两句话。"声音带着几分委屈和依赖，听得瑞王心中一软，越发觉得从前亏待了她。

瑞王说道："给锦丫头搬个椅子，你有孕在身，以后多休养才是。"

"我知道了，父王。"沈锦笑了起来，看起来既乖巧又懂事，"母妃也是这般说的，弄得我越发懒惰了。"

瑞王妃一笑，只是说道："你本就是好吃懒做的，可莫要怪在我身上。"

沈琦拉着沈锦与自己坐在一起，两姐妹亲亲热热地靠着，这才说道："父王，你可要快点好起来。"

瑞王点头，觉得此时贤妻乖女都在身边，格外满足。

几个人说了一会儿话，瑞王妃就带着两个女儿离开了，丫鬟、婆子伺候着瑞王脱了衣服，重新上药。

沈锦这才说道："母妃，女儿有事想要请教。"

瑞王妃看了一眼，点头说道："好，琦儿你先回去吧。"

沈琦动了动唇想说什么，可是看到瑞王妃的眼神，到底说不出来，点了下头，说道：

"那女儿去看看弟弟。"

"嗯。"瑞王妃应了下来。

瑞王妃扶着翠喜的手,带着沈锦往园中的凉亭走去,沈锦身边也跟着安宁,到了亭中。早有丫鬟布置妥当了,等瑞王妃和沈锦坐定后,就立在一旁。瑞王妃说道:"你们下去吧。"

"是。"除了翠喜和安宁,其他的丫鬟都退了下去。

翠喜给瑞王妃和沈锦倒了红枣茶,就退到了亭外站着,而安宁看了沈锦一眼,见她点头也到了外面。

沈锦道:"母妃,陛下赐下太医之事,我心中不安。"她倒是没有隐瞒或者迂回的意思,和瑞王妃玩心思才是真正的蠢,更何况她现在是讨教。

瑞王妃其实已经猜到了沈锦的来意,说道:"你是怎么想的?"

沈锦咬了下唇,脸上多了几分忧愁,说道:"我担心夫君。"

瑞王妃闻言点头说道:"陛下心思深不可测,不是我等能猜透的。"

不知道为何,沈锦觉得瑞王妃说的"深不可测"这四个字,带着几许讽刺。

沈锦看着瑞王妃没有说话,瑞王妃见沈锦这般沉得住气,心中也越发看重她几分,说道:"你虽是永宁伯夫人,却也是我瑞王府的郡主,王爷与我总是能护着你几分的。"

瑞王妃接着说道:"永宁伯是做大事的人,想来心中自有成算,更何况结果如何,并不是我们能决定的。既然有太医在,也莫要辜负了陛下一片好心,你如今有孕在身,思虑过重对你不宜。"

更多的话瑞王妃却不再说了,沈锦看着瑞王妃的神色,也不再问。

赵嬷嬷已在院中等候多时了,沈锦见了她点了下头,陈侧妃问道:"可明白了?"

"不太明白。"沈锦说道。

陈侧妃点了下头,也没再说什么。沈锦坐下以后才看向赵嬷嬷。陈侧妃打发了屋中伺候的人出去,又让人开了窗,正准备出去,就听沈锦说道:"母亲也留下来吧。"

想了一下,陈侧妃才问道:"不碍事吗?"

赵嬷嬷道:"没什么事情要瞒着的。"

陈侧妃这才重新坐下,安平和安宁两姐妹一个守在门口,一个守在窗户边,沈锦把瑞王妃说的那两句话与赵嬷嬷她们说了,赵嬷嬷听完以后才说道:"管事也让我问夫人几个问题。"

"嗯?"沈锦一脸疑惑地看着赵嬷嬷,明明是她满心疑惑让人去问赵管家,怎么成了赵管家问她了? 夫君走前也说让她有疑问或者事情尽管去找赵管家的啊。

赵嬷嬷说道:"第一,若是将军出事,那位会如何对夫人?"

沈锦身子一颤,脸色已经苍白了。

赵嬷嬷虽然心疼,却还是问道:"第二,若是将军出事,府中会如何对夫人?"

这次不仅沈锦,就是陈侧妃也身子一软,满身的冷汗。

赵嬷嬷眼睛眯了一下,问道:"第三,若是将军出事,夫人又要如何?"

三个问题问完了,赵嬷嬷就不再说话,而是倒了温水给沈锦和陈侧妃。

若是夫君出事,诚帝定不会留下她,更不会留下她腹中的孩子,因为她是楚修明的妻子,肚中是楚家的骨肉。凭着楚家在军中的地位和楚修明在军中的威信,诚帝是不会让楚修明的孩子成长起来的,更不愿看着楚家的人再掌兵权。

可是边城还有楚修远,不过为何……

"我也有一个问题。"沈锦看着赵嬷嬷,问道,"楚修远莫非不是楚家嫡系?"

赵嬷嬷眼中带着赞赏,看向了沈锦,说道:"是的,这并非什么秘密。二少爷并非将军亲弟,而是将军的表弟。"

为何一个表弟却姓了楚? 沈锦没有问,想来是因为其中有些不好说的事情。沈锦点点头,也明白了为何诚帝并不把楚修远放在眼中,说到底不过是因为诚帝觉得楚修远名不正言不顺罢了,却不知楚修远的才能……

而第二个问题,也怪不得瑞王妃说府中能护着她几分,到底护着几分,想来是要看夫君情况如何。若是夫君没事,府中自然是会全力护着他,若是……瑞王和瑞王妃绝不会为了她这一个出嫁的女儿把整个瑞王府赔进去。

就算今天换成了沈琦,恐怕结果也不会变的。因为瑞王还要保全更多的儿女,更何况他并没实权……能做的实在有限,保全她也只是要利用诚帝对夫君的忌惮罢了。

沈锦虽然明白,但也谈不上怨恨,可到底有些心冷。

就像是瑞王妃说的,"结果如何不是他们能决定的",猛一听像是在说结果要看诚帝的,可是仔细想来也是要看楚修明。这也是楚修明会留下沈锦的原因,只要他无事,沈锦就不会有事。

若是楚修明出事了，自己又要怎么办？沈锦有些迷茫，双手下意识放在了小腹上。如果没有这个孩子，楚修明出了事，她就陪着他好了，可是如今……沈锦却不愿，因为她不能让他们两个的孩子还没有出生就没了长大的机会。

陈侧妃也是想到若是楚修明出事，诚帝难道还会留下沈锦这个永宁伯夫人和她肚中的孩子吗？到那时候，不管是瑞王还是瑞王妃都不会为了沈锦一人……陈侧妃不知怎么就想到了楚修明的那些传闻，说他因为不满未婚妻的长相就杀了人，说他……那当初三个未婚妻，还没嫁过去就已经身死的，真的都是意外死的吗？陈侧妃越想越觉得心寒，诚帝说没有适龄的女儿，让瑞王选了女儿嫁给永宁伯，可是明明是有两个与沈锦年龄相仿的女儿。

若真是不适龄，沈锦也可以说不适龄的，不过因为诚帝是皇帝，而瑞王不会为了这么一个庶女违背了皇帝的意思而已，就连瑞王妃……瑞王妃那时候也没见过楚修明，心中可能知道一些事情，可说到底不过是牺牲了沈锦罢了。

能遇到楚修明这样的，也是沈锦的运道好，可是如果楚修明真的如传言那般呢？就算没有传言那般恐怖，有其中一二分，沈锦的日子也是难熬的。瑞王府会帮着沈锦出头吗？

不会。陈侧妃也是后来才知道，在边城被围的时候，沈锦曾写过求救信给瑞王，可是结果呢？如石沉大海一般，就连她也是不知道的。怕是瑞王妃是知道的，不过心底却是放弃了沈锦的。

只不过后来楚修明回来，又击退了蛮族，沈锦不管是为了她这个没用的母亲，还是为了别的，又给瑞王府写了信，要了许多吃食一类的，算是主动缓和了和王府的关系。

说到底，瑞王妃在不危害到自己和亲生孩子的时候，愿意对沈锦帮一把手，也算是交好了楚修明，可是……往往被舍弃的就是沈锦。

陈侧妃只觉得心如刀割，想来女儿早已经想通了这些，而自己到如今才看明白这么许多。若是早知道如此，那时候她就当在女儿出嫁后，吊死在瑞王府门口，让他们想要瞒下消息都不能。

沈锦摸着肚子说道："夫君可留了话给赵管家？"

赵嬷嬷道："留了。"

沈锦看向赵嬷嬷。赵嬷嬷说道:"将军让所有人都听夫人的。"

沈锦想了想问道:"若是能送我与母亲离开京城或者藏匿起来,有几分把握?"

"五分。"赵嬷嬷道。

陈侧妃说道:"既然这般,锦丫头你还是回了永宁伯府吧。"

沈锦摇头说道:"想来在永宁伯府,更不好离开。"

陈侧妃疑惑问道:"为何?"

"我不知道啊。"沈锦理所当然地说道。

陈侧妃看着沈锦,沈锦解释道:"是夫君让我来王府住的,想来是觉得王府更安全或者更好逃走?"她不过是信任楚修明罢了。

赵嬷嬷道:"正是如此,因为永宁伯府的人过少。"

陈侧妃这才明白过来,永宁伯府加起来也不过二十来人,沈锦想趁乱走的机会都没有。而瑞王府中加起来足有百人以上,弄出个乱子走反而机会更大。

"若是只送锦丫头走呢?"

"六分。"赵嬷嬷说道。

陈侧妃已经有了决断:"那就送锦丫头走。"

沈锦却是看着赵嬷嬷,问道:"若是只送个孩子呢?"

"八分。"赵嬷嬷明白沈锦心中已有决断。她知道这个夫人,若是将军在或者没有危险的时候,就会乖巧无害得很,可是若真的遇到事了,却也不会退缩。

陈侧妃如今也明白了,看着沈锦,一把把她搂在怀里,说道:"若是你没生在这个王府,就不用受这么许多的苦。"

沈锦像是小时候一样,用脸轻轻蹭了蹭陈侧妃。赵嬷嬷见此,心中叹了口气便退了出去,还细心地关上了门。

其实在真正认识楚修明前,沈锦也想过若是不生在王府就好了,不需要锦衣玉食,只要与母亲能好好的就可以,可是现在……她心中却是庆幸的,若她不是瑞王的女儿,怕也没机会嫁给楚修明。这话沈锦却不能对陈侧妃说。

"母亲无碍的,夫君答应过我会平安回来的。"

"我只觉得这府中尽是薄情之人。"陈侧妃咬牙说道。

沈锦这才明白母亲怕是对王府起了心结,想了想才说道:"母亲,若说我不心寒是假的,不过说到底……就拿母妃来说,她当初同你一并进宫给太后侍疾时也不知道夫君与我会不会回来,若是我们真的不回来,怕是她与你都要不好了。可是她还是去了,只因心中最重要的也不是自己,母妃也做好了希望她与你保全更多的打算。

"而且今天换成了姐姐或者兄弟,为了让更多的人有机会活下去,母妃依然会选择牺牲掉的。"沈锦并不想让自己变得太过怨恨,不过她也不是为了别人牺牲自己的性子。就算是心里知道,若是她带着母亲跑了,瑞王府怕就要受到牵连了,可是有机会的话她还是要跑掉的,不过是因为他们心中最重要的事情不同罢了。

陈侧妃感叹道:"你就是太过善良了。"

沈锦笑得眼睛弯弯的,没准备告诉母亲那些,她希望自己在母亲心中永远是那个乖巧需要被保护的女儿。

陈侧妃看着沈锦的肚子,现在只希望楚修明真的能平安归来。

沈锦会问如果换成孩子的话有几分把握,并不是随便问的。楚修明从京城到闽中路上就要花费不少时间,到了以后也要花费时间,就算诚帝要动手也要等楚修明和海寇真正交上手的,而那些海寇刚刚劫掠了一番,短时间内是不会上岸。楚修明也不是莽撞之人,闽中的那些兵他根本没接触过,怎么会贸然去海上呢?

不仅如此,沈锦觉得按照诚帝的性子,就算真的得到了楚修明出事的消息,没有确定真假的时候,也不会对沈锦出手的,更何况来回送传消息也会花费不少时间。而沈锦如今已有两个月的身孕,只要过了七个月,若是情况不好,沈锦就算拼了命也要让孩子早点出来,让赵嬷嬷他们安排把孩子送走。

这不过是最坏的选择,而且沈锦觉得楚修明一定不会有事的。

"母亲,夫君会回来的。"因为他答应过的。

陈侧妃缓缓吐出了几口气,平静了下来,说道:"我也与你说些事情。"

"嗯?"沈锦看向陈侧妃。

陈侧妃道:"是王妃在地动那日的晚上与我和世子说的。"

沈锦看向陈侧妃,陈侧妃摸着她的头,缓缓地说了起来:"永嘉三十七年……"

永嘉正是先帝在位时候的年号,如今是永齐二十五年,诚帝至今已经登基二十五年了。

"那时候先帝的兄弟英王勾结蛮夷叛乱,先帝一时没有防备,竟然节节败退,被英王军队逼近京城,后太子……"

沈锦满眼震惊,陈侧妃此时说的,竟与她所知完全不同。太子不是被英王所杀,太子妃也不是为太子殉情而死,更不是诚帝力挽狂澜,使得先帝临终前传位给他……可是这其中又有楚家什么事情?那时候英王不仅把天启朝的军事图偷送给了蛮夷不说,还让蛮夷隐藏在他的封地,他带兵攻打京城。而那些蛮夷牵制着楚家的兵力,楚家好不容易驱走了蛮夷,京城的事情也已经大定了,诚帝拿着先皇遗诏登基,甚至没让楚家人进京。

"楚家当初有一位姑娘是太子侧妃。"陈侧妃道。

沈锦咬唇,怪不得只听说太子被英王所杀,太子妃殉情而亡,可是太子府的其他人都没有任何消息。沈锦当初并不在意这些,所以也没有特别关注过,此时想来也觉得奇怪。

诚帝的兄弟,除了瑞王以外,竟也不是病死就是被英王所害,想来这些真相不过是诚帝想让众人知道的。

陈侧妃说道:"王妃就与我说了这些,更多的我就不知道了。"

沈锦咬了下唇,点了点头,没再说什么,可心中仍觉得奇怪,太子真的没有遗孤吗?楚家又在之后做了什么?母妃为何会暗中帮着夫君?莫非是有些真相没有说出来……

陈侧妃说完,就摸了摸女儿的脸,说道:"我去厨房看看,你昨夜惊了神,又有孕在身,那些安神药倒是不好多用,给你熬些汤来滋补一下。"

"好。"沈锦应了下来,明白陈侧妃是想让她去问问赵嬷嬷,毕竟涉及楚家的秘密。

陈侧妃见赵嬷嬷,就把来意说了,赵嬷嬷应了下来,她也看出陈侧妃一片爱女之心,不过在瑞王府这般地方,实在没有她做主的余地,便安慰道:"侧妃无须自责的。"

"是我反而让锦丫头担心了。"陈侧妃叹了口气说道。

赵嬷嬷没再多说,有些事情必须要自己想通才是。

沈锦正在屋中等着,看到赵嬷嬷来了,也没绕圈子直接说道:"母妃让母亲与我说了一些事情,永嘉三十七年的那些事情,不过有些地方很含糊。"

赵嬷嬷倒是没有疑惑,等沈锦大致说了一遍,就问道:"夫人想知道的是哪些?"

沈锦只是看着赵嬷嬷,问道:"先太子可有遗孤?"

赵嬷嬷点头,并没有隐瞒。沈锦身子一震,诚帝当真够狠的,想来是因为他怀疑楚修明是先太子的遗孤,却没有证据,仅仅是因为多疑而已。

不过那时候皇室之中并没有适龄的女儿,这才会有楚修明三次定亲,那些姑娘却次次死于非命，而且这三次竟都是诚帝帮着定下的。

瑞王妃可能猜到了什么，才不声不响早早地把女儿沈琦给定了出去，而诚帝也让瑞王选了女儿下嫁楚修明。若是楚修明抗旨不遵，那自然是心中有鬼；若是娶了瑞王之女，楚修明就不能是先太子遗孤，因为这般他们堂兄妹成亲，属于乱伦之事，就算是最后楚修明拿出证据说自己是先太子一脉，也只会被天下人耻骂。

所以诚帝的女儿不能嫁，会有碍他的名声，嫁的只能是瑞王的女儿。

沈锦没有再问，伸手抚着肚子，她怕知道的事太多，如果到时候诚帝真的威胁到孩子的安危，她会忍不住用这些来换取自己的孩子。

"夫人无须这般多思。"赵嬷嬷温言道，"将军自有安排的，定会保夫人和孩子的安全。"

沈锦点头，说道："确实不该多想了，万一以后生出的孩子不漂亮了就不好了。"

赵嬷嬷笑道："那老奴让人备些热水，等晚上夫人泡泡解解乏，到时定能好眠。"

"若是孩子不漂亮，定是怪夫君。"沈锦也觉得自楚修明离开后，她就有些草木皆兵了，这般下去不管是对她还是对孩子都不好，想了想又觉得不该怪自己。

赵嬷嬷看了看夫人，又想了想将军的样子，很肯定地说道："这孩子定是最漂亮的，夫人放心吧。"

沈锦笑得眼睛眯了起来，娇声说道："嬷嬷，想吃奶糕。"

赵嬷嬷当即就应了下来，说道："那老奴扶着夫人到院子里与小不点玩会儿？"

"好。"沈锦点头。赵嬷嬷见沈锦情绪恢复了，心中也是松了口气，扶着她往院中走去。

沈锦其实是真的想开了，该来的总是会来，只要楚修明没事，诚帝是不敢动她的，若是她老是自己吓自己，说不得没等多久就……那才是真让诚帝顺心了呢。诚帝太顺心，沈锦觉得自己就不顺，别人不开心和自己不开心之间，沈锦毫不犹豫地选择了让别人不开心。

"把王太医传来，给我把把脉。"

赵嬷嬷闻言笑道："是，老奴这就让人去传。"

沈锦满意地点头，赵嬷嬷扶着沈锦坐下后，又让安宁在她身边伺候，这才放心去让人传了太医来，沈锦叫道："小不点。"

小厨房门口，正趴着啃骨头的小不点耳朵动了动，没等沈锦叫第二声，就咬着骨头站了起来朝着她那边跑去。陈侧妃见小不点跑了，赶紧叫道："小不点，别乱跑。"

从边城带来的厨娘笑道："侧妃放心，怕是夫人唤它了，或者听见了夫人的声音，它不会乱跑的。"

陈侧妃一看确实是往沈锦那边跑的，笑道："怪不得人说狗耳朵呢。"

沈锦见到小不点就笑道："小不点，我好想你啊。"

小不点把骨头放下，蹲坐在沈锦的身边，让她的手摸着它的头，"嗷呜！"叫了一声。

太医很快就过来了，王太医医术很高，特别是在妇科上，就连皇后和太后的身子都是让他看的。沈琦也过来了，此时见沈锦坐在院中，面色红润、眉眼舒展，这才松了口气，见王太医正在把脉就没有吭声。

"夫人并无大碍。"王太医道，"无须担忧。"

沈锦的声音娇娇嫩嫩的，带着一种特有的软糯，笑道："我现在身子不适倒是不能进宫给皇伯父道谢，若是皇伯父召见太医，还请太医帮我与皇伯父表明谢意才是。"

沈琦闻言脚步顿了一下，莫非妹妹真不知陛下派来王太医另有所指？

沈锦感叹道："我也是沾了父王的光，不过王太医回去还是提醒皇伯父的好，父王是外伤，而且是男子，王太医过来就不合适了，想来皇伯父身体康健，所以对太医院之事不太了解。"

王太医低着头并没有言语，因为他不知道如何应对才是。沈锦字字句句都是为诚帝考虑，可是他却知道诚帝并非真的一时不察派错了人，而是另有算计。看着沈锦满是感激和对诚帝纯然的亲近，他心中更不是滋味了。

沈锦却毫不知情一般，继续说道："不如就说皇伯父知道父王的小妾和我有孕在身，所以才派了王太医来好了。"说完就像是解决了一个大难题，一脸满足，"如此一来就不是皇伯父一时不察派错人，而是皇伯父关心后辈。"

王太医听到这里，心中也是感叹一句：永宁伯夫人至善至孝。

沈锦看向了沈琦，说道："姐姐，你觉得我想的怎么样？"

"极好。"沈琦也笑着说道，"还是妹妹想得周全，那麻烦太医也帮我把一下脉，就说我这几日食欲不振好了。"

王太医应了下来，当即给沈琦把脉，谁知道面色渐渐沉了下来，说道："请世子妃换另一只手。"

沈琦本是想帮着沈锦分担一些，没承想竟然真的遇事，赶紧伸了另一手出来。沈锦也有些紧张。过了一会儿，王太医说道："恭喜世子妃已有一个月余身孕。"

"恭喜姐姐了。"最先反应过来的竟是沈锦，然后有些得意又有些喜悦地说道："不过姐姐的孩子要叫我的孩子一声'哥哥'或者'姐姐'了呢。"

沈琦哪里会在意这些，脸上是激动也有些不敢相信："可是……"

霜巧知道沈琦要说什么，就道："太医，我家夫人身子没碍吧？她前段时间小日子刚过。"

"倒是虚了些，也有些不稳，不过却不妨碍，世子妃吃些药，静养几日就好。"王太医笑着解释道，"因为月份尚浅，所以……"

沈琦和霜巧也听懂了，沈琦笑道："谢谢太医。"因为她只是来探望沈锦，倒是没有拿赏给太医的东西，还是赵嬷嬷拿来了两个上等封儿并着一块上好的玉佩。

安平已经备好了笔墨纸砚，王太医当即开了药方，霜巧接过。赵嬷嬷亲自送了王太医离开。沈锦看着沈琦提醒道："姐姐快去让人通知母妃和姐夫，想来他们也会高兴的。"

"好。"沈琦眼中含泪双手摸着肚子说道，"我定不会再失去这个孩子。"

沈锦知沈琦是想起了那个没能出生的孩子，伸手握着沈琦的手问道："姐姐，你要回永宁侯府吗？"

沈琦眼睛眨了一下，说道："不回去，我会与世子说的。"虽然这么久不回去，对管家之事不利，可是在沈琦心中，孩子更重要一些。若是那些人真敢动手脚，等她坐好月子回去后，再收拾也来得及，现在要做的就是怎么让世子同意她留在这里。

沈锦点头，伸手轻轻碰了碰沈琦的肚子，脸上带着几分小得意地说道："要叫我的孩子'哥哥'或者'姐姐'哦。"

"你就这点出息。"沈琦笑着回握沈锦的手，看着沈锦还没显怀的肚子，心中隐隐有个打算，不过要等回去与母亲商量一下。

沈锦和沈琦一并坐在软椅上喝着红枣汤，瑞王妃很快就赶了过来，脸上也是掩不住的喜色，还没等她们站起来，瑞王妃就说道："行了，都坐着吧。"

"琦儿有孕这样的事情，派人去永乐侯府说一声了吗？"瑞王妃看着沈琦问道。

沈琦听见"永乐侯府"四个字，脸上的笑容消失了一些说道："还没呢。"

瑞王妃也没说什么,只是看向翠喜说道:"派人给永乐侯府送喜。"

"是。"翠喜躬身应下后就出去安排了。

瑞王妃说道:"太医怎么说的?"

沈琦把王太医的话说了一遍,瑞王妃点头:"那你这几日就不要随意走动了,在屋中好好养着。"

"好。"沈琦应了下来。

王太医本以为还要在瑞王府多留两日,谁承想太后忽然病了,诚帝赶紧召了王太医回去给太后看病。其实太后并没什么事情,都是老毛病了,王太医觉得太后这次病得有些蹊跷。不过是她发现了皇帝的不妥之处又不好开口罢了,这才找借口把他叫了回来,所以王太医只开了一些滋补的药,劝太后不要多思伤神。

皇后因为陈丞相的事情消瘦了不少,站在一旁,看着比太后还要虚弱几分,太后看了一眼,说道:"王太医顺便给皇后把个脉。"

"母后……"皇后本想拒绝,就见床上的太后摇了摇头,看了眼王太医。

皇后这才坐下让王太医给她把脉。王太医面色严肃了许多,许久才说道:"皇后忧思过重。"

和太后相比,皇后这才是真正的不好,王太医有些话却不好多说,只是说道:"皇后还是多休养段时日较好。"

太后一看就知道是怎么回事,缓缓叹了口气:"太医开药吧。"

皇后脸色也有些难看,低着头沉默不语,等王太医开了药,太后就把皇后叫到了床边,说道:"你莫要想那么多,你是皇后,是因为你是我儿的正妻,和别的无碍的。"

"谢母后。"皇后强忍泪水说道。

太后也有些精神不济,摆了摆手,皇后就带着人离开了,回到宫中的时候,就看见亲女昭阳和养女晨阳都在等着。昭阳公主挽着皇后问道:"母后,皇祖母可有事?"

"没什么大碍。"皇后疲惫地说道,"虽然太后不喜人打扰,不过你们到底是太后的亲孙女,这段时日每日去给太后请安。"

昭阳公主看着皇后的脸色说道:"母后,你还好吗?"

"太医让我静养一段时间,你们就替我尽孝,去给太后侍疾吧。"请安的话是露个面就可以走了，侍疾的话就是要留下的。

昭阳公主和晨阳公主虽然心中有些不愿，还是都应了下来。

王太医给太后和皇后看完病，并没能回太医院，而是被诚帝给召了过去。王太医本以为诚帝是担心太后的病，谁知道等他进了御书房后，问的都是瑞王府中的情况。王太医虽然心中叹息，可还是低头把事情都说了一遍，还有沈锦说的那些话，因为低着头却不知诚帝脸色变了又变。

诚帝简直觉得沈锦的话句句戳心，现在被沈锦先一步说破，就成了沈锦在帮着他收拾一时糊涂弄出的烂摊子，施恩的人瞬间换了个主子，让他如何不难受？可又不能直接说，此时一口气噎在心口，上也上不去下也下不来的。

谁知道还听见王太医感叹道："永宁伯夫人一片纯善孝义之心，处处为陛下考虑。"

诚帝转念一想，这般也好，他本还在发愁若是楚修明死了，边城那边的军队不听话要怎么办。沈锦本身就是永宁伯夫人，肚中又有楚修明的遗腹子，偏偏又对朝廷和她这个皇伯父这般忠心，这样再好不过了，到时候可以利用沈锦和那孩子的身份来行事。

越想越觉得可行舒心，这样可比楚修明死后除掉了他们两个要来得划算，所以诚帝眼中带着得意，说道："朕这侄女啊，来人，赏……"

此时瑞王府的沈锦还不知道，她一个出气的行为竟然让诚帝想了那么许多，就算楚修明真的出事了，她和孩子也不会有危险。

所以说，对手不是一个等级的还真是让人惆怅的事情，因为他们永远猜不到对方到底是什么打算。沈锦想要气诚帝，也只成功了一半而已。他们都觉得对方傻，却不知真傻的又是哪一个。

永乐侯世子得知妻子有孕的消息，当即就找上峰请假回来了，谁知道见到的竟然不是一个喜笑颜开的妻子，而是满脸憔悴、泪流不止的妻子。不管永乐侯世子怎么哄问，她都不愿意说。最后还是霜巧忍不住说道："世子爷，世子妃是担心孩子啊……"

"可是有什么不稳妥？"永乐侯世子心中一惊，问道。

霜巧哭道："世子爷想想，上一个孩子落的时候，都是成形的男胎了，而世子妃这次……太医都让其静养。"

提到那个孩子，永乐侯世子心中有些尴尬，就听沈琦怒斥道："不许胡说！"

就听见霜巧开口道:"夫人,你受了这么多委屈,可是世子还蒙在鼓里……"说着,霜巧就跪下来狠狠磕头:"世子爷,您为夫人多想想吧,当初那事情就有蹊跷,世子妃是全然信任世子爷的,那孩子如何掉的……就凭着芸姨娘如何能做到这么许多,又如何能欺瞒了世子爷,还不是因为那真正出手的人是世子爷不曾戒备的!"

"你说这些什么意思?"永乐侯世子只觉心中一惊。

"不许说!"沈琦哭道。

霜巧却不管这些,接着说道:"世子爷,您还没想明白吗?不过是永乐侯夫人怕世子爷得了嫡长子后,世子位坐得更稳妥罢了。若不是永乐侯夫人出手抹去了那些线索,世子妃一醒来就让人去查,怎么可能什么也查不到?能做到这些的整个侯府中……"

永乐侯世子心中一震,也想到那日和妻子跪在门口,被弟弟和弟媳们羞辱的事情,上前搂着沈琦,说道:"放心,你就在王府中待产,我回去与父亲他们说,到时候来陪你。"

"夫君……"沈琦一脸感动地搂着永乐侯世子,"若是我早点接过府中管家的事情,如今也不会让夫君为难。"这般劝告的话,更是让永乐侯世子心中难受。当初母亲不愿意放权,沈琦为了他才处处忍让的。

"不碍事的,你不要想这么多,我现在就回去,晚点过来陪你。"永乐侯世子温言道。

沈琦收了眼泪,点头用帕子擦了擦脸,亲自送了永乐侯世子出门。等永乐侯世子离开后,那些伤心也就消失了,霜巧叫人打了水伺候沈琦梳洗,说道:"世子爷真的信了?"

"为何不信?"沈琦已经摸准了永乐侯世子的性子,说道,"总比承认自己被一个女人给骗了好,还要担着害死孩子的内疚。"

霜巧心中叹息,只是说道:"王妃派了嬷嬷来,奴婢去看着她们把屋子给收拾收拾。上次瞧着夫人挺喜欢永宁伯夫人房中的那些软垫,奴婢就让府中的绣娘多做了一些,这几日去检查过就可以拿回来了。"

沈琦点头说道:"不要让永乐侯府那些人近了我的东西。"

"奴婢晓得。"霜巧应了下来。

沈琦也没再说什么,霜巧先伺候着她上床休息,又叫了小丫鬟来守着,这才出去忙碌了起来。

瑞王因为两个女儿都有身孕,心中高兴,而诚帝的赏赐也让他松了口气。

瑞王妃柔声说道:"就算许侧妃有万般不是,对王爷倒是一片真心,沈静到底也是王爷的女儿,如今有些不好了,再留在庄子上真有个万一也不好看,不如接回来?毕竟在府中不管是大夫还是伺候的也用心些,说不得见了王爷无事,养些时候也好了。"

"你安排就好。"瑞王叹了口气,越发觉得妻子大度。

瑞王妃点头,又把李氏的情况说了下,瑞王点头。瑞王妃又说道:"等王爷痊愈了,到时候弄个小家宴,把沈梓和二女婿也叫回来,给王爷庆祝下。"

"叫她回来干什么?"瑞王早就问过身边的人了,他出事后,沈梓不仅自己没有回来,甚至没派人回来问一句,瑞王妃还帮着那个不孝女瞒着。

瑞王妃道:"想来是有什么不方便,王爷,总归是你的女儿。"

瑞王这才不再说话,可是心中越发不悦。

沈锦的日子过得越发滋润了,有陈侧妃和赵嬷嬷养着,小脸白里透红、莹润漂亮,就连沈琦都时不时地来这边用用饭,不知是有孕后胃口大开,还是看着沈锦吃饭使得她格外有食欲,和沈锦一并用饭竟然不知不觉多用了些许,脸色也变得红润了。

永乐侯夫人得了沈琦有孕的消息后,心中本是一喜,这下可就能拿回管家权了,谁知道儿子竟然说因为太医说月份太浅也不太稳,所以要留在瑞王府,这可狠狠打了她的脸面。倒是永乐侯闻言说道:"也好,收拾一份礼物来一并带去。"

"侯爷!"永乐侯夫人怒道,"沈琦可是我永乐侯府的儿媳。"

永乐侯直接说道:"世子先去吧,让你奶嬷嬷帮着规整。"

"是。"永乐侯世子应了下来。

永乐侯夫人还想说话,却被永乐侯阻止了。等儿子离开,永乐侯才说道:"你还看不清吗?你若是还想一直压着儿媳,儿子就越发疏远你。"说完,永乐侯就离开了。

沈琦也把自己的心思与瑞王妃说,瑞王妃却只说不急,要等等,毕竟孩子还没生出来,有些事情也急不得。

许侧妃和沈静被接回来的时候,瑞王和瑞王妃都没让沈琦和沈锦过去,怕过了病气,就连瑞王也仅仅是去看了一眼,就不再去了。瑞王妃吩咐丫鬟好好伺候着,许侧妃和沈静住的不是原来的院子,而是被安排在府中比较偏远的角落。

沈梓根本没有来,不过派人送了东西来,而沈蓉和沈皓也不过是来探望了一次,连着半夜惊醒了几次，还是最后喝了几日的安神药才算好了起来。

瑞王养了一个多月也好了，毕竟只是一些皮外伤。此时沈锦已经怀孕三个月了，沈琦也有两个多月的身孕，瞧着气色都不错，还胖了一些。

毕竟算是喜事，沈锦难得选了身水红色的衣裙来穿，发间用垂珠芙蓉簪和小的珍珠发簪点缀，除此之外，就在腕间戴了嵌珠手镯。赵嬷嬷仔细叮嘱了安宁和安平，又把准备好的东西放到她们手中，见没有任何疏漏了才说道："夫人身边万不可离了人。"

自从有孕后，沈锦就很少再戴首饰了，此时竟有些不习惯，闻言点头说道："嬷嬷放心吧。"

也怪不得赵嬷嬷不放心，自从沈锦有孕后，她与陈侧妃总有一人陪在沈锦的身边，而今日去正院，她们两个都是不去的，只有安平和安宁伺候着，赵嬷嬷没忍住又盼咐了安平和安宁两句，这才放人离开。

沈锦带着安宁她们往正院走去，小声说道："我发现嬷嬷的话变得多了许多呢。"

安平闻言笑道："也就是关于夫人的事情，嬷嬷才会如此。"

沈锦一听就笑得有些得意，说道："当然了，因为嬷嬷最疼我了。"

安宁扶着沈锦的手，等她们到的时候，就见沈琦正在屋中陪着瑞王妃说话："咦，姐夫怎么没陪着姐姐？"

沈琦笑道："父王把他叫去训话了。"

沈锦闻言就笑了起来，瑞王妃让沈锦坐在自己另一边才说道："可悠着点。"

"会的。"沈锦靠在瑞王妃的身边。

沈蓉也过来了，瑞王妃让沈蓉坐下后，说道："皓哥呢？"

"弟弟与两个哥哥一并去书房了。"沈蓉今日穿着一身浅绿色的衣服，整个人看着都瘦了不少，脸色也有些不自然，像是上了粉。

瑞王妃温言道："这糕点我尝着味道还不错，你也用些。"

"是啊。"沈锦正拿着一块吃了起来说道，"五妹妹多用些。"

沈琦闻言一笑说道："你三姐姐想用都不能多用呢。"

沈蓉笑了一下道谢后，然后拿了一块慢慢吃了起来，除非有人问了话，否则绝不多嘴，和当初沈锦印象中的沈蓉完全不同，就像是忽然长大了许多。

几个人聊了一会儿，沈琦见沈梓还没来，皱了皱眉问道："二妹妹和二妹夫还没到吗?"

瑞王妃道:"郑府到底离得远了些。"

沈蓉低着头没有说话,沈锦小声说道:"母妃,我去换下衣服。"

"好。"瑞王妃说道,"让翠喜伺候你去。"

沈锦点头,其实说更衣不过是去方便,毕竟这是正院,有翠喜带着倒是方便。瑞王妃看向了沈琦,问道:"琦儿,你需要更衣吗?"

沈琦摇头道:"不用的。"

正巧此时丫鬟来禀报,郑嘉瞿和沈梓来了,沈琦闻言只是一笑,并没说什么,倒是沈蓉微微咬唇,沉默不语。

瑞王妃说道:"把沈梓带来这边,让郑嘉瞿去王爷那边吧。"

"是。"丫鬟这就下去传了话。

很快,沈梓就过来了,就见她穿着一身艳红,发间是一支含珠金凤簪,耳上是金镶红宝石的耳坠,端是富贵逼人,却更衬着她娇艳,进来后就给瑞王妃问了安,又对着沈琦笑了一下,最后才坐在了沈蓉旁边,问道:"不会叫人了吗?"

"二姐姐。"沈蓉小声叫道。

沈梓这才应了一声,想看看沈蓉的脸,却又拉不下面子,到底有些心虚。可是想到自己也没了孩子,心虚又变成了怒气,最后到底都变成了对沈锦的恨意。若不是沈锦,她们万万不会落到现在的地步。

沈锦恰巧也进来了,看了沈梓一眼,就回到了瑞王妃的身边坐下。沈梓在看见沈锦的那一刻,眼神就尖锐了起来,没等沈锦坐下就开口说道:"三妹妹还真是身子重了,这时候才过来。"

沈锦理都没理沈梓,接过安平端来的羊乳,说道:"姐姐不要觉得这个味道不好,最是养人不过了。"

沈琦的丫鬟也给她端了一碗来,沈琦虽然不喜这味道,为了孩子,却也愿意喝下去。

第二十章
出其不意

沈琦喝完以后,霜巧赶紧给她端了温水来漱口,还拿了颗蜜钱放在嘴里,这才缓了口气。沈锦在一旁笑得欢快,她们根本没把沈梓的话放在心上,甚至当没听见。这般的无视让沈梓的脸色更加难看。

沈蓉隔着帕子轻轻碰了一下自己的伤疤处,见沈梓如此,竟然有一种报复后的喜悦。若不是沈梓看不清自己,不管是母亲还是三姐姐,还有自己,都不会落到现在的地步,她母亲还是父王最宠的妾室,而她……

那伤早就好了,不过到底落了疤,若是不用脂粉遮盖着,沈蓉都不愿出门。

沈蓉声音更加轻柔地说道:"二姐姐,三姐姐刚才不过是去更衣了。"

沈梓闻言瞪向她,就见沈蓉低着头并不看她。沈梓皱了皱眉,因为心中有些愧疚,到底没对她说什么。瑞王妃倒是没有忽略沈梓,只是问道:"身子可养好了?"

这话一出,沈梓的脸色变了变,却不敢对瑞王妃说什么,毕竟她还要靠着王府。这次瑞王妃给她送了帖子,让沈梓松了一口气。

"已经好了许多,还没恭喜大姐姐有孕呢。"

沈琦闻言,点头说道:"谢谢。"

瑞王妃说完那句,倒是没再单独问沈梓话。沈琦和沈锦在瑞王妃身边说着一些家常,沈蓉也接了几句,一时间她们四个人都喜笑颜开的,沈梓越发坐立不安,就好像被所有人排除在外似的。

又说了一会儿,瑞王妃就笑道:"走吧,到饭厅去。"

安宁上前扶着沈锦起身。沈梓终是找到机会,冷嘲道:"三妹妹还真是娇贵,这般小心翼翼,莫非……"剩下的话没有说出口,意思却已经让众人明白。

就见瑞王妃脸色一沉,就是沈琦的脸色也不好看了,沈梓光看见沈锦被丫鬟扶着,沈琦那边同样是让霜巧扶着起身,真要说起来,她比沈锦还要小心几分。

沈锦看都没看沈梓一眼,倒是安平道:"郑少夫人还不知有孕就小产了,自然不知道有孕之人就算再小心也是应该的。再说郑少夫人与我家夫人并非亲近之人,还是请唤我家夫人为'永宁伯夫人'的好。"

"我是郡主,你这贱人竟然敢如此说话!"沈梓指着安平骂道:"三妹妹,你家丫鬟缺了点教养,我就帮你管束一下。来人,掌嘴!"

沈梓的话落,却没有人动。沈琦冷笑一声,说道:"二妹妹要威风还是回郑府要的好。"

瑞王妃像是没看见一般,率先往外走去。沈琦和沈锦走在她身后,沈蓉也跟在后面却没有靠近这两位姐姐,毕竟她们都有孕在身。

沈梓咬牙跟在后面,到了饭厅的时候,瑞王他们还没有过来,瑞王妃她们就坐到了旁边的椅子上说道:"翠喜,你去催催王爷。"

没过多久,瑞王就带着三个儿子和两个女婿过来,一进来就笑道:"是我来晚了。"

沈轩道:"若不是母亲派人来唤,怕是我们都忘了。"

瑞王妃笑道:"你们都皮糙肉厚的,饿上几顿倒是无碍的,可莫要饿住了我的两个女婿才是。"

沈熙笑道:"母亲偏心。"

丫鬟已经端了水来,净了手后,瑞王先坐了下来,瑞王妃才在他身边落座,开口道:"蓉丫头坐我身边来。"

沈琦闻言说道:"果然有了五妹妹,母亲就不疼我了呢。"

沈蓉腼腆一笑,没有推辞就坐了过去。沈琦挽着沈锦的手说道:"我可是要与妹妹坐一起。"沈锦笑着应下来,挨着沈蓉坐了下来。沈琦坐在沈锦的另一侧,永乐侯世子落座在沈琦的身边,挨着永乐侯世子的就是郑嘉瞿。沈梓坐在郑嘉瞿的旁边,另一边就是亲弟沈皓,沈轩和沈熙也随意坐了下来。

毕竟沈蓉未出嫁,沈锦的夫婿不在,这般安排也算妥当。

永乐侯世子因为昨日有事并没有来瑞王府,而是今早赶过来的,就低声问道:"昨晚休息得可好?"

"很好啊。"沈琦笑着说道,"刚才还和妹妹一起用了羊乳。"

"那就好。"永乐侯世子温言道。

沈锦笑道:"姐夫还真疼姐姐呢。"

沈琦倒是没有羞涩,闻言看向了沈锦,说道:"那是自然。"

沈锦笑着轻贴在沈琦的身上,毕竟沈琦有孕,所以并没有真的靠上去,沈琦也是满脸笑容。瑞王看着两个女儿这般样子,笑道:"她们姐妹感情好。"

永乐侯世子也说道:"有三妹妹陪着,我瞧着夫人脸色都好了许多。"

郑嘉瞿想到母亲说的话,此时笑道:"瞧着岳父一家真情流露,也觉得羡慕。"

沈锦看向郑嘉瞿,笑着说道:"郡马姐夫,你也是一家的呢。"

这话一出还没等众人反应过来,沈琦就说道:"是啊,郡马妹夫。"

永乐侯世子看向郑嘉瞿的眼神有些微妙,沈琦和沈锦这般叫法倒是没错,不过以往都是叫"姐夫"的。郑嘉瞿名声虽不错,可到底身上没有官职,而沈梓是郡主之身下嫁的,如今……虽然是事实,这般说出来,还真是下了郑嘉瞿的面子。

"平日不都是叫二姐夫吗? 三妹妹怎么忽然这般叫了?"

沈锦眨了眨眼,一脸无辜,像是在问:有什么不对吗?

沈琦本就因为沈梓那句话心中有气,说道:"刚才二妹妹特意说了自己是郡主之事,所以妹妹才会如此称呼。"

郑嘉瞿脸色一沉,沈梓怕是觉得两个姐妹,一个是永乐侯世子妃,一个是永宁伯夫人,而他身上并无功名,心中觉得丢人才会专门强调自己郡主的身份。

娶妻娶贤。自己却娶了这样一个女人,郑嘉瞿觉得格外屈辱。

瑞王妃像是没注意到这些一般,说道:"王爷,用饭吧。"

瑞王点头,并没觉得什么不对,因为是家宴,倒是没让太多人伺候,所以亲手夹了一筷子玉笋蕨菜放到王妃面前的碟内,又给自己夹了一筷子宫保兔丁,剩下的人才开始动筷子。

沈梓心中却是一慌,如今也反应过来了。她与郑嘉瞿之间刚缓和了一些,若是真让他误会了,怕就不好了。沈梓虽然自傲,可是心中明白,许侧妃出事后,她再也不可能像当初那般肆意妄为了,便怒道:"沈锦,你别胡乱造谣!"

"啊?"沈锦听见有人叫她的名字,就抬头看了过去,见沈梓面色难看,"哦"了一声,然后夹了菊花里脊放到盘中低头吃了起来。

瑞王皱眉看向沈梓说道:"不想吃就回去,大呼小叫什么!"

郑嘉瞿脸色更加难看,看了沈梓一眼,越发觉得她丢人,可这到底是在瑞王府,他只低头给沈梓夹了一筷子菜便道:"岳父,郡主这两日身子不适,脾气躁了一些,多有得罪。"

虽然是帮着沈梓说话,那一声"郡主"就可听出他并非不介意。

瑞王妃说道:"叫什么郡主呢,二丫头既然嫁到了郑家,自然是你的妻子。"

郑嘉瞿笑了一下,说道:"岳母,我知道了。"

沈梓还想再说,可是看着眼前的情况,怕是讨不到好了,若不是沈锦……若是没有沈锦……这么一想竟觉得豁然开朗,若是没有沈锦,那么她就不会落到如此地步,她还是瑞王府千娇万宠的郡主,她的夫君也该是……

沈锦话并不多,等吃饱了才放下筷子,双手捧着瑞王妃特意让人给她与沈琦备的温水小口小口喝了起来,瞧着又满足又快乐。

郑嘉瞿无意间看见了沈锦的样子,心中倒是感叹,同样是姐妹,怎么差别这般大。

沈锦根本没有注意到这些,正和沈琦靠在一起说着悄悄话。不知是说了什么,沈锦笑得眼睛都弯了起来,小酒窝也露了出来。郑嘉瞿只觉心中一震,握着酒杯的手晃了晃,酒水洒在了自己的手上,见沈锦像是要往这边看来,才有些慌乱地仰头把酒给喝了下去,却被呛住了。

另一侧坐着永乐侯世子,所以郑嘉瞿只能捂着嘴转到了沈梓这边咳嗽了起来,丫鬟轻轻拍着郑嘉瞿的后背,沈梓把手中帕子递了过去。郑嘉瞿接过擦了擦嘴,这才满脸通红,带着几分尴尬地说道:"喝得有些急了。"

永乐侯世子闻言笑道:"岳父拿出来的酒香醇,也怪不得郡马妹夫如此,就是我也多喝了许多。"

瑞王自然不介意地说道:"哈哈,喜欢就好,等走的时候,我送你们几坛,喝完只管与我说就是了。"

沈梓身上难免沾了点酒,正好借着这个机会离开,说道:"父王、母妃,我去更衣。"

"去吧。"瑞王妃笑得温婉。

郑嘉瞿心中却觉得难堪,他本就觉得沈梓是瞧不上自己,当初的心结没消,刚又添了新的,如今见沈梓急匆匆离开……心中越发觉得屈辱。

不知为何又想起了刚才沈锦那一笑,不禁看了过去。沈锦喝了一些水就把杯子放下,感觉有人看她,就看了过去,见是郑嘉瞿。她有些疑惑地看了看郑嘉瞿,本以为他是准备说话,却见他只是看着自己。沈锦仔细想了想,就叫着安平低声吩咐了几句。

沈琦坐在沈锦身边自然听见了,眼中笑意一闪,却没有阻止的意思。郑嘉瞿见沈锦与丫鬟说话,心中叹了口气却不再看了,而是与永乐侯世子碰了一杯再次饮尽,忽然见一个丫鬟端着杯水送了过来,而那丫鬟也有几分眼熟,是一直站在沈锦身后伺候的。

郑嘉瞿心中一动,看了过去,就见沈琦和沈锦正在一起说话,倒是没有注意这边。他接过那杯子,道了谢以后就把水喝了下去,也不知是什么水,带着些苦涩和酸意,不过喝下去,觉得舒服了许多。

永乐侯世子也看到了,并不觉得有何不对,说道:"妹夫,你喝酒缓缓,太急了到底是伤身。"

"我知道了。"郑嘉瞿握着杯子,见沈锦一直没往这边看,才放下杯子说道。

一直坐在几人中间的沈蓉怕是看得最清的,她注意到了郑嘉瞿的失态,眼神闪了闪,心中倒是有了决定。

等众人都用完了,沈梓才让人端了几碗醒酒汤过来,亲手端了给瑞王,说道:"父王,我瞧着父王高兴多用了些酒,专门去煮了醒酒汤,父王用些也当作女儿的孝心了。"

瑞王神色这才缓和了一些,接了话说道:"都嫁人了,怎么还不如你两个妹妹懂事?"

其实瑞王并没有单指哪一个,可是听在沈梓耳中就是在说她不如沈锦,心中一恼,到底忍了下来。瑞王妃笑道:"既然二丫头煮了醒酒汤,你们几个都喝了吧。"

"是,谢谢二姐姐。"沈熙也喝了一些酒,率先端了一碗醒酒汤喝了起来。

沈轩几个也道了谢便喝了下去。瑞王妃看向沈琦和沈锦说道:"你们两个有孕在身,回去休息吧,五丫头陪你姐姐说说话。"

沈蓉起身还没开口,就听见沈梓说道:"母妃,我与几个姐妹许久未见了,不如到园中说说话?"

沈琦眉头皱了起来,就连永乐侯世子也有些不喜。

沈皓一直低头没说话,沈轩和沈熙看着沈梓的眼神也有些厌烦。瑞王直接说道:"你姐姐和妹妹都需要休息,你和五丫头同胞所出,一起去说话吧。"

沈梓闻言眼睛一红,说道:"父王,女儿知道以往任性不懂事,和姐妹们有些生疏了,今日特意备了些东西,一时心急这才……"

瑞王抿了抿唇,看向了瑞王妃,瑞王妃说道:"也不差这么会儿时候,琦儿和锦儿身子重,本就容易累,今一大早就过来陪我。二丫头你先与五丫头说会儿话,让她们两个去休息一会儿,你们姐妹到时候再聚聚。"

话都说到这里了,沈梓再多要求就有些过了,只能不甘地认下:"女儿知道了。"

沈蓉说道:"二姐姐,我陪你去园子里转转吧。"

"嗯。"沈梓这才应了下来。

瑞王妃看向沈锦和沈琦说道:"你们两个回去休息吧。"

"是。"沈琦和沈锦带着丫鬟走了。

沈蓉挽着沈梓的胳膊,看着倒是亲热地留在了瑞王妃身边。虽没说什么话,沈蓉却不让沈梓动,等沈琦和沈锦都离开了,这才说道:"母妃,那我与二姐姐去玩了。"

"去吧。"瑞王妃笑着说道。

沈蓉又和瑞王他们打了招呼,亲亲热热地和沈梓出去了,谁知道一出院门还没等沈梓说话,沈蓉就松开了手,面色冷淡地说道:"想来二姐姐对府中的景色也是熟悉的,不如就找个地方坐会儿吧。"

"你什么态度!"沈梓看着沈蓉说话不阴不阳的样子怒道。

沈蓉冷笑了一声,根本没有管她,直接带着丫鬟往府中花园走去。

沈梓追过去一把抓着沈蓉的胳膊,说道:"你什么意思?"

沈蓉这才停了下来,转身看着沈梓,冷笑道:"二姐姐你还想要我什么态度?"

"你……"沈梓深吸了一口气说道,"行了,我不和你计较,打了你算我不对,可是我也小产了。"

沈蓉看着沈梓的样子,忽然露出笑容说道:"我与二姐姐开个玩笑,二姐姐莫不是生气了?"

沈梓仔细看了看沈蓉的神色,并没发现什么异常,就说道:"无趣。"

沈蓉眼神闪了闪,说道:"我就二姐姐和弟弟两个亲人。"声音里带着惆怅和难过,然后重新挽着沈梓往花园走去。

沈梓咬了咬唇才问道:"母亲和四妹妹到底是怎么回事?"

沈蓉微微垂眸,低声说道:"母妃不让谈的。"

沈梓看了眼周围的下人，步子快了不少，等到了花园的凉亭中，就把人给打发出去了，说道："可以说了。"

沈蓉坐下后，才缓缓开口："母亲知道姐姐小产的……"

沈琦和沈锦一并离开，出了正院就分开了，她们两个住的地方并不顺路，安宁低声说道："夫人可要小心些。"

"怎么了？"沈锦问道。

安宁说道："奴婢瞧着那郑夫人对夫人像是不怀好意。"

沈锦点头想了想说道："反正也见不到，安平你一会儿与母亲说下，就说我有些不适，晚上就不去正院用饭了。"

安平笑道："奴婢知道了，夫人这般一来，那郑夫人不管有什么打算都是一场空了。"

沈锦小声抱怨道："一起用饭不自在呢。"

安平和安宁都笑了，在墨韵院中，做的都是沈锦喜欢吃的东西，用饭的时候陈侧妃也多有照顾，沈锦自然是自在得很。

沈锦仔细想了想，皱着鼻子说道："别看那一大桌菜，可是只能用身前的，统共就那么几样。"

"赵嬷嬷知道定会心疼夫人的。"安平开口道。

沈锦果然笑了起来，说道："安平，你真聪明。"

安平笑道："夫人有什么想用的？"

"酸笋鸭汤。"沈锦毫不犹豫地说道，"我用饭的时候都想着了呢。"

安平说道："奴婢记下了。"

沈锦满足地点头，又叹了口气说道："就是不知道夫君在外面用得怎么样。"

安平和安宁看着沈锦的神色想要劝劝，却不知道怎么劝好，谁知道沈锦接着说道："想来是没有在家中舒服的，那些干粮什么……"

想到干粮的味道，沈锦抿了抿嘴，说道："真不好吃，又干又硬。"

"夫人无须担心，将军定会照顾好自己的。"安平温言道。

沈锦点头："嗯，多亏不用我吃。"

安平和安宁对视一眼，她们刚才白担心了吗？

沈锦摸着肚子感叹道:"也不用宝宝吃。不过夫君还真可怜,算了,晚些时候我多用半碗饭,只当帮夫君吃的。"

安平面色平静地说道:"赵嬷嬷不会允许的。"

被沈锦心心念念唯恐吃不饱喝不足的楚修明此时正一身锦袍斜靠在软垫上,面前的矮几上摆满了山珍海味。因为闽中临海,有些京城和边城都吃不到的东西,都摆在了上面,两个外貌精致妖媚、身穿薄纱的女子跪坐在他身边。楚修明的眼神微微往哪道菜上一扫,她们就会夹着伺候楚修明用下。

楚修明周围还有四个这般的矮几,四个中年男人坐在位子上,他们身边的女子更是娇笑连连,有个男人的手已经伸到身边女人的裙底下……

中间的空地上,更有几个少女翩翩起舞,她们仅穿着艳色的兜肚和丝绸的长裙,外面罩着浅色的薄纱,手腕和脚腕上都戴着金铃铛,媚眼如丝,舞姿撩人。

楚修明目光落在那一盘鱼唇上,女子就夹了一块想要喂到楚修明的唇边,可是刚看见楚修明的眼神时,只觉得心中一凛,竟再不敢造次,只是把东西夹到他身前的小碟中,却发现楚修明并没有品尝的意思。楚修明此时正在想着自家的小娘子,若是她见了这么多吃的定会高兴。

就算是瑞王府怕都没有闽中这么奢侈,刚才那盘鱼唇,每条鱼都只取鱼唇的部分,剩下的都弃之不用。楚修明已经到闽中几日,每日都是这般的酒宴,像是在探查他的底线,一次比一次奢侈。

"可是不合永宁伯胃口?"这几日他们都在观察,却发现不管遇到什么情况,楚修明神色都没有丝毫的波动,甚至没有像他们所想那般急着询问海寇之事。

楚修明并没有说话,只是举了下酒杯。说话的男人见此也举起酒杯,然后率先饮尽,楚修明这才把酒给喝了,身边的女子执了酒壶把酒续上。

另外三人也分别敬酒,有人笑道:"怕是这些女子太过风尘,不是永宁伯喜欢的类型。"

"还是说永宁伯不喜女色?"另一个也是笑道。

楚修明只是看着那人,直到那人额头冒出冷汗,不由自主地避开了他的眼神,他才开口道:"我已娶妻。"

"听说永宁伯娶的是京中郡主?"他们自是知道这些。

楚修明并不喜欢与这些人一起谈论自家娘子,就算这些人提起都觉得是对自家娘子的侮辱。

"永宁伯若是喜欢什么尽管开口就是了。"最早说话的男子忽然说道。

楚修明微微垂眸,坐直了身子问道:"几位要的又是什么?"

听到楚修明这样说,那个男人挥了挥手,不管是身边的女人还是那些舞女就都下去了,男人这才说道:"不知永宁伯有何打算?"

楚修明却只是问道:"梁大人又怎么想?"

梁大人能坐到今天的位置正是诚帝一手提拔的,在不危害自身的情况下,当然愿意听诚帝的,可是诚帝如今的命令着实让他们为难,特别是想办法让海寇弄死楚修明。若只是简单地弄死楚修明,他们倒是还能拼一拼,可是海寇是听他们的吗?再加上楚修明在军中的地位,就算闽中是他们的地盘,可是那些兵士也不全是他们的,漏出一点风声,怕是他们都要完了。更何况谁知道诚帝最后会不会为了保密杀人灭口,或者为了平息所有武官的愤怒,把他们交出去?更何况楚修明在西北,而闽中是东南,又不会牵扯到他们的利益。

"自然不会让永宁伯交不了差。"梁大人道。

楚修明微微垂眸,没有说话,梁大人反而松了口气,若是楚修明一口答应了,他们才会觉得他没有合作的意思,于是,继续说道:"更不会辱了永宁伯的威名。"

"我要那个勾结海寇的官员。"楚修明道。

"是那些贱民勾结的海寇。"梁大人说道。

楚修明端了酒杯慢慢品尝着里面的酒,没再说话。

梁大人说道:"到时候自然会把那些贱民交给永宁伯。"

楚修明像是没听见一样,自己执了酒壶,慢慢地把酒杯给倒满了,眉眼间越发清冷傲然。

梁大人看着楚修明的脸色,这才改口道:"那就按永宁伯说的。"

楚修明这才举了酒杯对着梁大人一碰。

梁大人笑道:"不知永宁伯接下来有什么打算?"

楚修明说道:"希望你们动作快点。"

"永宁伯有什么急事?"梁大人问道。

楚修明漫不经心地说道:"妻儿在京城。"

梁大人一下就懂了,就像是诚帝顾忌楚修明一样,楚修明也有顾忌。

"提前恭喜永宁伯了。"

楚修明应了一声没再说什么,梁大人也不再说了。

墨韵院中,沈锦躺在床上睡得正香,安平和安宁已经把沈梓的那些异常与赵嬷嬷和陈侧妃说了,赵嬷嬷问道:"夫人怎么说?"

"夫人让奴婢去与王妃告罪,说是身子不适就不过去了。"安平笑着说道。

陈侧妃闻言轻笑了起来:"那你就过去吧。"

"是。"安平应了下来。

赵嬷嬷也说道:"夫人这般也好。"

虽然都不觉得沈梓能有多大的本事,可是沈锦现在怀有身孕,还是小心些好。

瑞王妃见了安平后,也是说道:"让锦丫头好好休息就是了,王爷那边我会说的。"

安平躬身应了下来,见瑞王妃没别的吩咐,就退了下去。

花园中沈梓听完沈蓉的话,脸色变了又变,沈蓉心中带着快意,面上却分毫不露,只是起来说道:"姐姐若是想探望母亲和四姐姐,就去那边宜兰园就是了,我先回去更衣了。"

沈梓也没心情与沈蓉多说,心里顾自挣扎。沈蓉带着丫鬟却没有回她住的院中,而是问道:"可安排好了?"

"是。"丫鬟开口道,"三少爷已经带着郑家大少爷往那边去了。"

沈蓉微微点头,就和丫鬟往梅园走去,此时不是梅花开的季节,这园子里倒是有几分冷清。她们就坐在凉亭中,这凉亭不远处有个假山,整个园中的景致错落有致,也别有一番风味。

远处有个灯笼摇晃了一下,丫鬟问道:"姑娘,你说的是真的?"

"嗯。"沈蓉叹了口气,"我也是才知道,本身该嫁给永宁伯的是二姐姐,不过边城苦寒,又听了永宁伯的传闻,二姐姐心中不愿,才求了母亲,那时候母亲受宠,在父王面前有几分体面,而三姐姐……最终才抢了三姐姐的亲事,使得三姐姐……"

丫鬟说道："那奴婢怎么听着,二郡主怪王爷说是王爷不公,本是她该嫁给永宁伯呢?"

"胡说什么!"沈蓉道。

丫鬟说道："奴婢没有胡说,若不是因为这样,许侧妃……"

沈蓉多了几分忧伤地说道："传言不可信。谁能想到三姐夫那般人品,二姐姐会后悔……不过,二姐夫也是很好的,只是二姐姐从来都想压三姐姐一头,这才心中不顺吧。"

假山后面,郑嘉瞿面色铁青,伸手捂住沈皓的嘴。沈皓是瑞王幼子,又是沈梓的同胞弟弟,郑嘉瞿心中明白,郑家现在的情况需要靠山,所以沈皓示好,郑嘉瞿心中也高兴,两个人就单独出来说话了。谁知无意间走到了梅园,才发现有人在说话,两人听出是沈蓉与她的丫鬟,本想避开却听到了这些。

"那三郡主知道吗?"丫鬟惊恐地问道。

沈蓉叹了口气："知道的。当初陈侧妃和三姐姐哭求着父王,不过父王……陈侧妃在父王面前说不上话。"

丫鬟说道："怪不得三郡主不愿意与二郡主多说话呢。"

沈蓉摇头不再多说什么："算了,我去探望下母亲。"

"姑娘就是太善良了,若不是二郡主,姑娘脸上怎么会落下疤?"丫鬟有些抱不平。

沈蓉开口道："二姐姐不是故意的。"

"奴婢怎么听说,二郡主故意把指甲修成那般?"丫鬟问道。

"我与二姐姐是亲姐妹,她是不会这般对我的,不过是觉得输给了三姐姐……"

"二郡主是准备伤三郡主?"丫鬟惊呼道。

沈蓉赶紧说道："可不许乱说,我们走吧。"

"是。"丫鬟不再多说,扶着沈蓉离开了。

郑嘉瞿等沈蓉主仆离开,这才松了捂住沈皓的手,咬紧了牙,神色都有些扭曲。沈皓吓得往后退了几步,这一下惊动了郑嘉瞿。郑嘉瞿低头看着沈皓,沉声问道："这些可都是真的?"

沈皓使劲摇头说道："我不知道……"

郑嘉瞿双手紧紧抓着沈皓的肩膀,直到沈皓痛呼了一声,他才放松了力道,俯视着沈皓问道："那你知道什么?"

沈皓想到沈蓉说的话，心中一紧："我知道母亲和四姐姐是因为二姐姐才被关起来的。"沈蓉关照过沈皓，如果郑嘉瞿问了就把知道的告诉他。

郑嘉瞿关心的却不是这个，继续问道："那你二姐姐的亲事呢?"

沈皓使劲摇头："我不知道……那天我先睡了，父王好像是来与母亲说让二姐姐远嫁的事情，然后母亲和姐姐就哭了起来，母亲也让我抱着父王哭，我也哭了，最后哭累了被带下去休息了。"

这话有些颠三倒四的，可是郑嘉瞿联想到沈蓉的话，哪里还有不明白的，只觉得身心疲惫……他和沈锦是被人硬生生拆开了啊……若不是因为有些人的私心，那般纯善娇弱的女子哪里用得着去虎狼之地受难……再想到沈梓见到永宁伯后，那些用心和打算，郑嘉瞿更觉得像是戴了绿帽子一般："怪不得……"

沈皓见到郑嘉瞿的样子心中更加害怕，不敢再说什么。

宜兰园中，沈梓已经在门口站了许久却不敢进去。沈蓉带着丫鬟过来的时候，看着沈梓的背影，脸上的笑容多了几分嘲讽，不过转瞬就消失了，娇声叫道："二姐姐，怎么不进去呢?"

沈梓被吓了一跳，转头见是沈蓉，皱了皱眉，说道："怎么不声不响站到人后面。"

沈蓉只是一笑，说道："是我不好。"

沈梓看见沈蓉这样，心中也有些愧疚，但只说道："妹妹和我一起进去吧。"

"好。"沈蓉微微垂眸，率先往院子走去。

宜兰园的院门是关着的，丫鬟上前叫了门，过了一会儿才见一个粗使婆子从里面把门给打开。她见了沈梓和沈蓉两个人就行礼让开了，并不多说话。沈蓉塞了一个小荷包给那个守门婆子，然后带着沈梓往里面走去。

这个院子虽然偏僻，可是打扫得很干净，院中还种着不少花，环境清幽，和沈梓想象中的天差地别。她以为瑞王妃那般恨她们，定会借此机会好好报复一番，谁承想一路走来，人少但是规矩处处不差，屋中的茶水也是温热的，糕点和水果也都处处妥帖。

"我母亲呢?"沈梓本想着若是有丝毫怠慢，她也可以去父王那边闹一闹，可是如今看来……

婆子也没说什么，引着她们两个去看许侧妃和沈静，到了门口才说道："请二郡主和五姑娘小心。"

"那是我母亲，小心什么？"沈梓直接推开了门，就见里面四个粗使婆子站在角落。

沈梓进去的时候，就看见一个头发花白、身材消瘦的妇人穿着一身绸缎衣裙，正坐在屋子中间，手里拿着一根针在一块红色的绸缎上面戳来戳去，还哼着歌，见人进来连头都没有抬。

"这是谁？"沈梓的声音尖锐，满脸的不敢置信。

沈蓉站在门口说道："母亲已经平静许多了，母妃专门请了太医来给母亲瞧，太医果然医术了得。"

沈梓猛地转头看向沈蓉，眼中都是惊恐，沈蓉却是一笑："最好不要惊扰到母亲。"

"你什么意思？"沈梓问道。

沈蓉却不再说，而是问道："二姐姐可要去看看四姐姐？"

沈梓咬了咬下唇，又看了许侧妃一眼，有些慌乱地退了出去，头也不回地往院子外面跑去。

沈蓉像是早就料到了一样，站在门口看着屋中的母亲许久，又是几个荷包放到了门口的粗使婆子手中，这才离开去了正院陪瑞王妃。

郑嘉瞿和沈梓还要回郑府，晚上开饭的时间自然就早了许多，沈锦没有过来，沈琦也让丫鬟来与瑞王妃打过招呼，没有一并前来用饭。瑞王问起的时候，瑞王妃才柔声解释道："她们两个孩子有孕，最闻不得酒味，中午的时候都忍着没说，晚上索性就没让她们过来。"

瑞王皱眉说道："这两个孩子都是做母亲的人了，怎么还这般不知轻重。"

瑞王妃瞋了瑞王一眼，温言道："这不是见王爷高兴，两个孩子不想扰了您的兴致嘛。"

瑞王闻言心中越发觉得沈琦和沈锦贴心，说道："怪不得我瞧着她们中午没用什么东西，和管事说，以后东西先紧着她们两个的小厨房。"

瑞王妃应了下来。

沈梓因为心中有事，根本没有注意到这些，低着头心不在焉地吃起了东西，甚至没有注意到身边丈夫的情绪不对，还有弟弟沈皓那躲闪的眼神。

等用完了饭，郑嘉瞿和沈梓就先离开了。

瑞王兴致来了，就带着儿子和女婿到书房继续说话。沈蓉开口道："母妃，我先回房了。"

瑞王妃目光平静地看着沈蓉,沈蓉却吓出了一身冷汗。

沈蓉得了应允赶紧离开,瑞王妃这才皱眉说道:"翠喜,去查查。"

"是。"

墨韵院中,沈锦正在泡脚,听着陈侧妃和赵嬷嬷在一旁说话,打了个哈欠说道:"只是尿布有什么好讨论的,总不能把每一块都绣了花吧?"

这话一出,就见陈侧妃瞪了她一眼,说道:"小孩子皮肤娇嫩,万一磨到了孩子怎么办?"

"那有什么好讨论呢?"

这次不仅陈侧妃,就连赵嬷嬷也看了沈锦一眼,说道:"都是鸽子肉,为何夫人喜欢用蜜烤乳鸽而非清蒸乳鸽呢?"

沈锦愣了一下,忽然觉得赵嬷嬷说的也有道理,想了想说道:"那你们继续讨论吧,我要睡了。"

"小没良心的。"陈侧妃笑着嗔了一句,却还是放下手中的细棉布,起身给她掖了掖被子,说道:"快睡吧。"

沈锦抿唇一笑,眨了眨眼睛。

陈侧妃被逗得笑出声来,然后看向今日守夜的安平说道:"夫人若是有事,尽管去叫人就是了。"

"是。"安平躬身应了下来。

赵嬷嬷又仔细检查了屋中的窗户,这才和陈侧妃一并离开。安平去把门关好,问道:"夫人,那我把灯熄了吧?"

"嗯。"沈锦躺在床上,忽然问道:"安平,你说夫君现在在干什么呢?"

安平把屋中的灯给熄了,屋子渐渐暗了下来,闻言说道:"奴婢不知。"

沈锦应了一声,安平柔声劝道:"夫人早些休息吧,想来过不了多久,将军的信就该到了。"

"嗯。"沈锦闭眼说道。

沈锦在思念楚修明的时候,却不知郑府中也有两人心心念念想着她,不过是一个咒骂不已,一个满心惆怅。

闽中府,梁大人看着手中的圣旨,脸色变了又变,楚修明坐在一旁,端着茶饮了一口。那圣旨倒不是别的,正是诚帝下的让楚修明可以便宜行事,斩杀所有与海寇勾结的官员。

若是说原来梁大人对诚帝还有三分忠心,此时已经全无了,诚帝一方面下密令让他们想办法引海寇除掉楚修明,一方面却又给楚修明这样的旨意。

楚修明把圣旨收了起来,说道:"这下梁大人是真的相信了吧?"

梁大人虽然和楚修明合作,可是并不信任楚修明,心中还有着别的打算,今日楚修明把这圣旨拿了出来,可谓一切明了了。楚修明问道:"怕是陛下等着我们两败俱伤。梁大人敢确定你身边的人都是听你的吗?"

若是在看这圣旨之前,梁大人可以很肯定地说,他身边的人都是和他一伙的,毕竟他们的利益是一致的。

楚修明随手把圣旨扔到了桌子上,道:"陛下为何会下这样的圣旨?梁大人心中可有成算?"

梁大人做过的事情多了,被人揭发出来每一件都是砍头的大罪,可是他身边知情的都被拉上了船,那些不识相的同样被他和剩下几个人联名上书给参了下去,此时他还真不知道到底诚帝是得知了什么,才会给楚修明这个旨意。

楚修明眉眼如画,就连那些冷意都在灯光下消散了许多。

"这圣旨我至今才拿出来,还只给了梁大人你看,也是刚刚确认梁大人并非陛下安排监视的人。"

梁大人心中一凛,莫非诚帝在他身边安排了钉子?想到诚帝多疑的性子,梁大人此时已经信了八分,还有两分不过是谨慎而已。

楚修明接着说道:"我与梁大人合作之事,就是不知那探子有没有传信回京。"

梁大人面色大变:"永宁伯那日为何不提前说与我知道?"

楚修明带着讥讽说道:"我怎知到底何人才是探子?再说,我若是不答应合作之事,你我互换了把柄,怕是梁大人早就动手了。此地是梁大人的地盘,又经营了许久,不说明刀真枪,就是……"说着,眼神往桌子上的茶水点心上一扫,就不再说了。

梁大人闻言并没有发怒，却也知道楚修明说的是真的。"那依永宁伯的意思该如何？"

"此地既然是梁大人的地盘，我就不插手了。"楚修明站了起来，伸手拿过圣旨说道，"还是梁大人仔细想想该如何，而且……陛下可不敢这般直接下旨杀我。"

梁大人身子一晃坐在了椅子上，心里明白楚修明说的是实话，此时心中大乱，到底是何人出卖了他，莫非……是有人想要谋他这个位置？

梁大人越想身上的冷汗越多，他不是没想过这是楚修明的计谋，可是那圣旨却造不得假，更何况他和楚修明素没有利益上的纠纷，便伸手狠狠揉了揉脸："来人，把送给永宁伯的礼再往上加。"

"是。"

"去叫……算了，把逸儿给我喊来。"梁大人本想让人把府中谋士给喊来，却又觉得那些谋士也不可信，此时的他就如惊弓之鸟般，所以只让人叫了大儿子梁逸。

楚修明在闽中住的地方并不是驿站，而是梁大人他们安排的一户富商的院落。那院子修得极其精致华美，甚至还养了不少珍禽异兽，本就是专门用来招待贵宾的，楚修明住在这里也是适宜。

刚到门口，就有四个穿着粉色衣裙的女子迎了过来，其中两人手里拎着琉璃灯，在前面引路，另外两人走在楚修明的身后。她们走路摇曳生姿，纤腰上的流苏摇摆平添了妩媚，裙子紧到脚踝，露出那一对三寸金莲。但她们不敢轻易靠近楚修明。

这院子是引了温泉的，沐浴的地方更是奢侈，白玉的池子四个角落处各有几株莲花的玉雕，温泉的水就是从莲花花蕊处流出。浴池的周围挂着白色的纱幔，热气缭绕的时候，仿若仙境一般。楚修明进来后，就有侍女把东西都给准备好了，见楚修明没有别的吩咐就关门出去了，上一次想要伺候楚修明沐浴的侍女，直接被楚修明让侍卫给扔了出去。

楚修明脱了外衣，穿着裤子进了水中，靠在台子上，这般地方想来自家娘子定会喜欢。想到那个爱撒娇的小娘子，楚修明的眼神柔和了许多，也不知道她现在如何了，这个时候应该已经休息了，也不知道肚中的孩子有没有闹人。

忽然，浴室角落的那个窗户轻轻叩击了三下，若不是耳聪之人，怕是根本不会注意。楚修明眼神一闪，那点温情就无影无踪了，又恢复了往日的清冷平静，随手抓了一枚果子朝着那个窗户砸去。

那枚果子刚刚落地，就见窗户被推开了，一个穿着府中下人衣服的年轻男子翻身进来，又把窗户给关上了，弯腰捡起那枚果子。就见那果子完好无损，随手擦了一下就啃了起来，说道："没想到你功夫又进了一步。"

楚修明正是因为此人会来，沐浴的时候才只脱了上衣，问道："查得怎么样了？"

"不好查。"那人走到池边，发出啧啧的声音，"这还真是……民脂民膏啊。"

楚修明看着男人，男人低声把自己查到的事情说了一遍，楚修明明面上就带了两个贴身侍卫出来，剩下的都是诚帝和梁大人他们安排的人，就算想找个说话的地方也不好寻，两个人这才约在这个地方。

两个人刚说了一半，就听见外面有脚步声。那脚步声虚浮，并不是什么高手，像是女子的，两人对视了一眼，那男人也没离开，直接后退几步朝着浴池跑来。楚修明双手交叠正巧垫在男人的脚下，然后猛地往上一抛，男人借力上了房梁躲避了起来。

楚修明双手往水里一放，最后一点痕迹也消失无踪了。

此时门被推开，因为纱幔隔着，隐约见到一个人影正往里面走来。楚修明单手按着浴池的边沿，跃出水面抓过一旁的外衣穿上，刚系好腰带，就见一个全身裹在披风里面、仅露出脸的女子走了进来。那女子貌若芙蓉，脸上带着几分羞涩，微微咬着唇，盈盈一拜说道："玲珑拜见永宁伯。"

"滚。"楚修明看都没看女子第二眼，直接说道。

玲珑红了眼睛，说道："永宁伯，小女子并非外面那等……"竟有些说不下去了，哭泣出声，"求永宁伯怜惜，小女子也是出身书香，不过父母兄弟都在梁大人府上……若非如此小女子怎会如此自甘下贱。"

"与我何干？"楚修明冷声道："来人，扔出去！"

玲珑没想到楚修明竟然这般油盐不进，咬牙脱了身上的披风，就见她里面紧着碧色绣莲的兜肚，下面是同色的绸裤，一身雪白肌肤，纤细的腰肢不足一握，眼中含泪哭求道："永宁伯……"

楚修明的两个侍卫也不顾外面一个小丫鬟的阻挡直接进来了，行礼道："伯爷有何吩咐？"

"扔出去。"楚修明沉声说道。

"是。"能跟在楚修明身边的也不是怜香惜玉之人，再说有和他们同生共死过的将军夫人，这般女人又算得了什么？若不是将军吩咐过"除非他开口，否则两人都不能自作主张"的话，在这女子还没进来时，就被两人扔走了。

楚修明说道："守在门口，不允许任何人进来。"

"是。"

楚修明索性也没再脱衣服，就坐在浴池旁边的那个榻上，男人从上面顺着柱子下来了，走到楚修明身边才说道："好艳福。"

"不过如此。"在楚修明眼中，这些人根本不及自家娘子万一。

男人笑道："恭喜你娶妻了。"

提到沈锦，楚修明眼中的冷意散了一些，点了下头："接着说。"

"嗯。"男人也不浪费时间继续说了起来，"能查到的就是这些。"

"先潜伏，别打草惊蛇，不用我们动手他们自己就要乱了。"

"嗯？"男人疑惑地看向楚修明。

楚修明把圣旨的事情说了，男人不敢相信地看着楚修明问道："诚帝真的下了？"

"自然。"楚修明冷笑道，"恐怕他现在还心中得意。"

男人脸上的讥讽越发明显，说道："也是，若不是当初……"

楚修明看了男人一眼，男人就不再说话了，忽然有些好奇地问道："对了，要是弟妹知道了这件事会怎么想？如果也在这里，你觉得她会怎么做？"

"你真无聊。"楚修明说道，"她不会搭理那个女人的。"

"嗯？"男人追问道，"不会搭理？都脱光了也不搭理？"

楚修明指了指男人来时的窗户，男人知道再问不出什么，就说："行了，我走了，你自己小心点，那些人我已经联络上了。"

"嗯。"楚修明应了一声。

第二十一章
自食其果

郑嘉瞿虽然听见了沈蓉和丫鬟的话，还从沈皓那边得到了证实，却没有马上去找沈梓对质，他想到成亲以后沈梓对他的柔情蜜意，又有些游移不定，只是搬进了书房。

若是往常，沈梓早该发现郑嘉瞿的异常了，可是在看过母亲后，她不愿意承认都是因为自己才会如此，所以把所有的恨意都放在了沈锦身上。

沈梓想到自己那个孩子，终于咬牙说道："春雪，你去外面找一个……"

春雪是当初许侧妃给沈梓的陪嫁丫鬟，卖身契一类的都在沈梓手上，此时闻言，面色变了又变，说道："少夫人，这不妥……"

沈梓看向春雪，春雪见沈梓的神色，后背吓出了一身冷汗，若是沈梓出事，怕是她也不好了，说道："少夫人，永宁伯夫……"

"啪"，一巴掌扇到了春雪的脸上。沈梓厉声说道："就凭她也配？"

春雪赶紧跪在了地上，说道："是奴婢说错话了。"春雪也不敢起身，就跪在地上小心翼翼说道："三郡主如今已满三个月，怕是稳了……"

沈梓手放在自己的肚子上："对，你说得对，那样太简单了。"

春雪低头不敢再说，沈梓眼睛眯了下，说道："不过无碍，一次不行还有两次……去找！"

"是。"春雪也不再劝，躬身应了下来。

能进郑嘉瞿书房伺候的丫鬟，不管样貌还是文采都不差。此时见郑嘉瞿正在作画，丫鬟就挽了衣袖给他研墨。作画写字这般，需心平气静，可是此时郑嘉瞿哪里静得下来，自然画不出什么满意的作品，笔往桌上一扔，把刚画好的那幅画给撕成了粉碎。

"少爷，"穿着水蓝色衣裙的丫鬟柔声说道，"可要休息会儿？"

"曼容,你说……"郑嘉瞿坐在椅子上,只觉得心神俱累。

曼容稍微收拾了一下书桌,就走到了郑嘉瞿边上,用纤白的手指轻轻给他揉着额头,柔声问道:"少爷可是有什么为难的事情?"

郑嘉瞿叹了口气,靠在椅子上,闻着曼容身上的味道,不禁深吸了一口气,只觉得身心舒畅了一些,才问道:"你说怎么才能让一个人说真话?"

曼容长得不如沈梓美艳,可是身上自有一种温婉的气质,不管是诗词歌赋还是琴棋书画都能与郑嘉瞿聊上几句,而且在沈梓嫁过来之前,曼容就和郑嘉瞿有了关系。

郑嘉瞿和沈梓刚成亲那会儿,自是浓情蜜意的,曼容也是不吵不闹,甚至不多往郑嘉瞿身边凑,这才一直留了下来。

郑嘉瞿心中也感叹过,若是沈梓和曼容二人能综合一下,就是他心中最完美的妻子了。

"奴婢也不知道。"曼容的声音很好听,咬字很清楚,却在说最后一个字的时候放轻了许多。

郑嘉瞿说道:"不是说过,不用自称'奴婢'吗?"

"礼不可废。"曼容笑着说道,"少夫人知道了不好。"

郑嘉瞿脸色一沉。曼容的笑容越发温柔,却不再提这件事,而是说道:"奴婢想着,不是说酒后吐真言吗?若是喝醉了,可能就会说真话了吧。"

"说得对。"郑嘉瞿猛地坐直,说道,"去给我备一坛酒。"

曼容柔声应了下来,刚要说什么,就见书房的大门猛地从外面推开了。沈梓看见书房内的情况,只觉得心中暴怒,直接冲过去一把抓着曼容的头发,照着曼容的脸就扇了几巴掌。

这一变故把郑嘉瞿都吓住了,怒道:"沈梓,你干什么!"

"贱人!"郑嘉瞿不开口还好,一开口更让沈梓怒火中烧。

曼容却什么也没有说,直接跪在地上对着沈梓磕头,沈梓还是不依不饶。郑嘉瞿抓过砚台就朝着沈梓方向砸去。

沈梓吓得尖叫一声,朝着郑嘉瞿就扑过去,动起手来。曼容赶紧起身去拦,谁知道沈梓手上的戒指直接把曼容给刮伤了。这次郑嘉瞿再也忍不住了,怒骂道:"毒妇!"

郑嘉瞿和沈梓动起手来,曼容赶紧叫人把郑夫人喊了来。郑夫人将两人分开后倒是没再斥责郑嘉瞿,反而看着沈梓,沉声说道:"郡主身份高贵,是我郑家高攀了,若是郡主心里有任何不满,直接上请了陛下决断就是,莫要再欺辱我儿。"

沈梓没想到郑夫人这次竟然不是站在她这边,怒道:"你儿子与这个丫鬟不检点,青天白日就在书房做那苟且之事,怎么还成我侮辱他们了?"

郑嘉瞿怒道:"信口雌黄!"深吸了几口气像是平息了怒气:"母亲,儿子正在书房习字,曼容给儿子研墨,谁知道她忽然闯进来不分青红皂白就打了曼容。曼容没有任何辩解就跪地请罪,谁知道她还心有不满,冲上来抓打儿子,曼容这才过来帮儿子挡了下。"

郑夫人看着曼容脸上的痕迹,只觉得心惊肉跳,这要是落在自家儿子身上……虽这么想,可是面上不露分毫,只是说道:"怕是有些误会,曼容再留在这里也不合适,就跟着我到正院伺候……"像是不知道怎么与沈梓说好:"郡主,夫妻哪有隔夜仇,就算是我也不好插手太多,不过郡主若是有事尽管与我说,我定会好好惩罚,还是不要亲自动手为好。"

沈梓听着郑夫人的话,心中才算顺了口气,点头道:"婆婆说的是。"

郑夫人说道:"那郡主好好休息下,府中事情还要郡主操劳。"

沈梓点头,郑夫人看向郑嘉瞿说道:"不管如何,今日还是你不对,随我去正院。"

郑嘉瞿脸色难看,倒是没有开口,再说他心中也有事想与母亲说。沈梓以为郑夫人是去教训郑嘉瞿,这才顺了气:"怕是夫君一时糊涂,都是那贱人的错。"

郑夫人笑了一下并没说什么,而是带着郑嘉瞿和曼容离开了。

瑞王府中,沈琦如今也满了三个月,比前段时间轻松了许多,此时正和沈锦一并在院子里散步。沈锦的肚子已经显怀,手不自觉地扶着后腰。沈琦笑道:"妹夫打了胜仗的消息传来,你心中安定了一些吧?"

"嗯。"沈锦面色红润,笑着说道,"只希望夫君能早日回来呢。"

楚修明打了胜仗的消息是闽中知府派人送回京中的,沈锦心中虽然喜悦,却也没有沈琦想的那般。毕竟楚修明离开前与她说过,除非有人拿着信物或者他亲笔所写的书信回来,剩下的消息都不用听。

沈琦其实听到消息也是松了口气,犹豫了一下才说道:"其实我自有孕以来就一直在想着件事情,妹妹听听若是愿意了自然好,若是不愿意,也无妨的。"

"嗯?"沈锦疑惑地看向了沈琦问道,"姐姐有什么事情吗?"

沈琦笑道:"你我肚中的孩子也就相差一个月,我想着若是你肚中孩子一男一女的话,就让他们定了娃娃亲;若是同为女孩或者男孩的话,就顺延到第二个孩子身上。如何?"

沈锦愣了一下,傻傻地问道:"若是第二个孩子还是一样性别呢?"

"那就第三个孩子好了。"沈琦笑着说道,"只要适龄,并是你我所出的子嗣就可以。"

沈琦会这个时候提出,其实也是考虑了许久的,若是按照永乐侯世子的意思,自然愿意自家孩子与永宁伯家的结亲,可是也要等永宁伯回来再说。沈琦却觉得那时候再提的话,难免让人小瞧了,本身他们家的势力就不如永宁伯,而现在永宁伯在外,沈锦处境危险,他们提出的话,也是仁义。而且这只是私下的协议,若是真有什么不好了……沈琦微微垂眸,摸着肚子,她虽更看重自己的孩子,可总归不会让妹妹的孩子吃亏的。

沈锦想了一下说道:"姐姐,这件事以后再说吧。"

"妹妹可是觉得为难?"沈琦问道。

沈锦点头,咬了下唇说道:"姐姐能此时提出自然是看重妹妹的缘故,可总归不能让孩子们吃亏。以你我的情谊,孩子们长大了若是愿意的话,自然不会阻拦;若是不愿意的话也就算了。"

沈琦皱着眉看着沈锦,沈锦摸着肚子说道:"我这辈子不管是出生还是嫁人都是没有选择的,我的孩子……虽不能选择愿不愿意被我生出来,我却想让孩子选择将来要娶或者要嫁的人。毕竟谁也不敢保证,孩子能有你我这般的福气。"说的时候,沈锦的眼神柔和,脸上的笑容浅浅的,好像一瞬间就褪去了身上的稚气,再不是那个和永宁伯撒娇的小女人了。

选择吗?沈琦一时间也没有说话,摸着肚子。若是她有选择的余地,会愿意嫁给褚玉鸿吗?沈琦其实也不知道,她有时候是嫉妒沈锦的,边城虽然苦寒,可是他们的家中只有彼此,再无他人。

"你说得对。"沈琦倒是没有因为沈锦的拒绝生气,反而露出笑容,"若是以后孩子情投意合,就让他们在一起;若不是的话,也不用勉强。"

沈锦笑着点头:"我觉得啊,就像是姐姐有那么多的妹妹,却最疼我,这也是缘分,孩子们之间的事情,也需要缘分的。"

沈琦点头："就你嘴甜。"

沈锦刚想说话，就见瑞王妃身边的翠喜过来了，翠喜躬身说道："王妃有请三郡主。"

"母妃找我有什么事吗？"沈锦有些疑惑地看向了翠喜。

翠喜道："外面有人找郡主，说是永宁伯让送回来的人。"

说到这个人的时候，翠喜的口气就有些微妙了，沈琦一下子就明白了，皱了皱眉头竟不知道说什么，她刚才还觉得沈锦有福气，莫非……

沈锦并没有多想，点头说道："好。"

沈琦说道："我与你一并去，正好找母亲说话。"

"嗯。"沈锦应了下来，和沈琦往外走去。

沈琦问道："是什么人？"

翠喜只是提醒道："是个女人。"

沈琦有些担心地看了沈锦一眼，妹妹现在还怀着身孕，可莫让人刺激了才好。

沈锦闻言，脸上的疑惑更重了，看向了安宁和安平，她们两个人也是一脸迷茫，显然是不知道的，沈锦说道："真奇怪啊。"

沈琦有心提醒两句又不知道怎么说好，只是劝道："千万要记着，你是有身孕的人。"

"肚子都大了起来，怎么会忘了呢？"沈锦疑惑地反问道。

沈琦见沈锦的样子，有些分不清楚刚才说让孩子自己选择的人是沈锦，还是现在这个茫然的人是真正的沈锦了。

到了正院，不仅瑞王妃在，瑞王也在，两人行了礼，才分别坐下。瑞王妃说道："我正与你们父王说话，就有丫鬟来禀，说有人持了永宁伯的信物和书信找来了。"

沈锦脸上满是喜悦，笑道："夫君可说什么时候回来？有给我写信吗？"

瑞王看着女儿的样子，虽不觉得这是什么大事，可是到底有些心疼，说道："不如直接给人打发了，回来与女婿说是我的主意？"

"啊？"沈锦满是惊讶。

瑞王妃说道："无碍的，把信和信物给锦丫头瞧瞧。"

翠喜这才把两样东西双手递给了安平，安平交到了沈锦手上，沈琦这才证实了猜测，果然，所有的男人都一样。

信物是一块玉佩，是男子常用的款式，玉质倒是不错，角落上面刻着个"楚"字。沈锦拿着看了一会儿放到了安宁的手上,然后拆开信,一眼就看见最后的落款是"永宁伯楚修明"。

瑞王妃的声音和缓,说道:"有个女子拿了这两样东西上门,说是路上驿站的官员安排的,被永宁伯收用了,给了她这两样东西,让她来京城找永宁伯夫人,自会有人安排,而且说肚中已有了永宁伯的骨肉。"

沈锦点头,随手把信放到了一旁,问道:"那人呢?"

瑞王妃说道:"翠喜,去把人请上来。"

"是。"翠喜这才下去。

沈琦握着沈锦的手,眼中带着担忧,沈锦倒是笑道:"姐姐,我没事的。"

瑞王看着女儿说道:"若是不喜直接打发到庄子上就是了,想来女婿不会因为这么一个人与你纷争的。"

沈锦闻言笑道:"父王放心吧。"

瑞王妃神色平淡,翠喜很快就把人给带了上来。那人瞧着有十七八岁的模样,穿着桃红色的衣裙,料子虽不是顶好却也不差,那人行礼后才抬头,修着细细的柳叶眉,双眼含情,眼尾处带着红晕,有着江南女子的娇小妩媚,倒是瞧不出是否有孕。

"你也怀孕了吗?"沈锦问道。

"拜见永宁伯夫人。"女子听见沈锦说话,就很机警地行礼道。

沈锦说道:"既然有孕了,就别跪在地上了,安平去给她搬个圆凳。"

这话一出,别说那个女人了,就是沈琦都愣住了,谁也没想到沈锦会这般和颜悦色。

"丹翘谢谢夫人。"丹翘心中一松,见沈锦面嫩好欺的样子,心中越发有底气了。

安平给女人搬了凳子,让她坐下后,沈锦就说道:"我问你几句话,若是你骗我的话,我就让人打你板子。"

丹翘愣了一下,看着沈锦,就听见沈锦说道:"我父王和母妃都在,虽然夫君不在,可我还是有靠山的。"

这话一出,瑞王就被逗笑了,说道:"父王一定给乖女儿做主。"

沈锦笑得眼睛弯了起来,丹翘瞧着沈锦的样子,并没有把她说的话放在心上,说道:"丹翘定不敢有任何欺瞒。"

"你真的怀孕了?"沈锦问道。

丹翘本还有些担心，谁承想沈锦竟然问了这样的问题，当即说道："若是夫人不信，可唤了大夫来。"

沈锦说道："看来是真的，不能打板子了。"

沈琦在一旁笑道："就算有孕了又如何？"

沈锦对着沈琦说道："总归孩子是无辜的。"

"妹妹就是太过心善，才使得什么猫啊狗啊，都敢找上门。"沈琦冷声说道，"瞧着这做派，就知不是什么正经的东西。"

也怪不得沈琦会这样说，丹翘坐的时候，姿态漂亮撩人，显露着纤腰丰胸，就是不太正经。

瑞王经验丰富早就看了出来，这女子怕是被调教好的。

丹翘一瞬间就红了眼睛，拿着帕子按在眼角低声哭泣："若是有选择，谁也不愿意如此……当初也是好人家的女儿，家父还曾是读书人，谁承想一夕天灾……"她哭的时候并不让人觉得狼狈，反而有几分别样的楚楚动人。

瑞王有些同情，瑞王妃端着茶水喝了口，沈琦看着她的做派冷笑，沈锦用帕子捂着嘴，打了个哈欠，觉得有些困了，想来是因为肚中的孩子想要睡了，也不愿意再耽误，就开口打断了女人的哭诉，道："安宁，给她端杯水。"

丹翘低头喝了口水，说道："是丹翘太过激动了，请夫人见谅。"

沈锦问道："信上说让你去找永宁伯夫人是吗？"

"是。"丹翘躬身说道。

沈锦再问："你是京城人士？"

"丹翘并非京城人士，此次是第一次来京城。"丹翘开口道。

沈锦一脸疑惑："那你找永宁伯夫人，怎么找到了瑞王府？"

这话一出，瑞王愣了，沈琦也明白了过来，就见瑞王妃脸上露出了笑容。

丹翘看向了沈锦。沈锦微微皱眉像是想不通一般："为何不去永宁伯府？"

"奴是听说永宁伯夫人在瑞王府，这才找来的。"丹翘心急之下，竟忘记了自称。

沈琦冷哼了一声。沈锦想了许久，道："哦，你可是因为知道瑞王府是我娘家，所以才找来的？"

"是的。"丹翘赶紧说道。

这话一出,屋中的丫鬟都忍不住笑了,沈锦直言道:"你挺傻的,你若是真是有了我夫君的孩子,却跑来我娘家,让我娘家人帮你做主吗?"

丹翘脸色一白。沈锦再次问道:"你既然被我夫君收用了,可曾见到我夫君左腰侧的胎记?"

"当时熄了灯,奴没看清楚,只隐约瞧见了一块。"丹翘赶紧说道。

沈锦点头,说道:"到底是谁让你来的? 如果你说了,我就不把你送到官府了。"

丹翘再也坐不稳了,说道:"奴不知道夫人说什么。"

"我夫君根本没胎记,我骗你的。"沈锦很理所当然地说道,"你若是说了,我就打指使你的那人板子,把她送到官府;若是不说的话,我也不打你板子,直接把你送到官府,说你来王府中行窃。"

丹翘跪在地上说道:"奴……奴真的不知道是谁。"

瑞王看着沈锦又看了看那个女人,这才反应过来:"这人……这人……"

瑞王妃沉声说道:"想来她是不愿意开口的,不如直接送到官府,那边的人能让她说实话。"

"奴是真的不知道。"丹翘再也不敢隐瞒,身子瑟瑟发抖说道,"奴……奴本身怀了客人的孩子正要打掉,可是被人从楼里赎了出来。那人手中有奴的卖身契,奴不敢不听啊。"

瑞王妃叹了口气,说道:"好狠的心思,若不是锦丫头脾气好,换个性子急的,怕是得知这个消息就该动了气,那肚中的孩子……"

"来人,请画师来,把找你那人给我画下来。"瑞王咬牙说道。

沈锦说道:"安平,把人扶起来吧,她到底有着身孕呢。"

瑞王这么一听,心中更是愤怒,自己的女儿如此善良天真,可是竟有人想害她和自己的外孙,丝毫没把他和瑞王府放在眼里。

安平把丹翘扶了起来,丹翘心中惶恐却不敢多言,她最会察言观色。

沈琦问道:"妹妹什么时候发现的?"

"一开始啊。"沈锦笑得得意。

"是这信和东西有问题?"

"我不知道啊。"

瑞王也问道:"那你是怎么知道的?"

沈锦笑着说道:"因为夫君才不会做这样的事情呢。"

瑞王妃闻言笑了下,沈琦倒是有些羡慕。沈锦摸着肚子,想着这个人的破绽还有许多,楚修明随身的东西从来不用任何标识,更别提在玉佩上刻字了,而且那信的落款竟然是"永宁伯楚修明",别说没有私印,就是"永宁伯"这三个字就不对,楚修明从来不用这个自称。不过这些却不能说的,说了也不好解释。

很快,画师就来了,丹翘也被带了下去,瑞王妃说道:"你们先下去休息吧。"

沈锦扶着安宁的手往回走,墨韵院中也听到了消息,陈侧妃正在门口等着她,见到沈锦安然无恙这才问道:"什么人? 这么恶毒的心思!"

沈锦说道:"不知道啊。"

等进了屋中,赵嬷嬷把红枣核桃酪端了上来,又端水让她净手以后,陈侧妃才道:"安平,再仔细与我们说说。"

"是。"安平把事情全部说了一遍。

赵嬷嬷说道:"这还真是……"

陈侧妃大怒,说道:"多亏了锦丫头没当真,若是当真了……"

赵嬷嬷沉声说道:"怕是这个人的目的就是为了刺激夫人。到底是谁这么恨夫人?这般手段虽然粗浅,可是对有孕而丈夫又不在身边的人来说,再管用不过了。"

陈侧妃强忍怒意说道:"锦丫头,你可莫要放在心上。"

"不会的。"沈锦吃着东西,笑道,"她说的没有意思,不如郑老头说的好玩。"

陈侧妃一脸迷茫,倒是赵嬷嬷反应了过来,笑道:"郑老头是边城一个瞎眼的老头,不过说书很有意思,夫人很喜欢。"

沈锦点头,吃完东西后说道:"母亲不用担心的,夫君才不会看上外面的那些人。"

陈侧妃说道:"你们两个感情这般好,也是好的。"

沈锦笑得格外自信,又多了几分娇俏,却没有说话。

赵嬷嬷也笑道:"外面那些庸脂俗粉怎么比得上夫人? 将军又不是瞎了眼。"

沈锦用完了东西,就换好衣服上了床,陈侧妃和赵嬷嬷小声议论了起来到底是谁要害沈锦,沈锦闭着眼睛说道:"是沈梓吧。"

陈侧妃看向了沈锦,问道:"为何你觉得是二郡主?"

"因为和许侧妃一脉相承啊。"

陈侧妃也反应过来,赵嬷嬷忍不住笑了起来。两个人对视一眼也不再说话了,却也没把沈锦的话当真,只以为是沈锦半梦半醒间的梦话。

正院中,瑞王妃拿着画像看了许久,皱了皱眉头说道:"倒是眼生得很。"

瑞王说道:"竟然是个婆子?"

瑞王妃眼睛眯了一下,心中隐隐有了猜测,说道:"去把五丫头唤过来。"

沈蓉过来的时候,就看见瑞王面色沉闷地坐在一旁,瑞王妃的脸色倒是缓和了不少。

"五丫头,你过来瞧瞧这个人认识不认识。"

画像其实画得有些模糊,而沈蓉也大约听到了一些传言,隐隐有了猜测。看见画像的时候,脸上的神色一慌,正好被瑞王看在眼中,便问道:"五丫头,你认识?"

"瞧着有些不太真。"沈蓉这才犹豫地开口道。

瑞王说道:"说!"

沈蓉这才咬着唇说道:"瞧着有点像是刘妈妈。秀珠,你看呢?"

秀珠此时看向了瑞王和瑞王妃,见瑞王妃点头,才说道:"奴婢瞧着也是刘妈妈,因为刘妈妈眉心有颗痣,微微有些靠左,挨着眉。"

瑞王见画像最特别的正是那颗痣,没忍住把抓在手上的茶杯砸在了地上,沈蓉惊呼一声。

"这件事交给王妃处理,我就当没那个女儿!"瑞王说完就起身离开了。

瑞王妃看着沈蓉,刚才瑞王砸杯子,她那惊吓中六分真四分假,可是此时却低着头甚至不敢去看瑞王妃。瑞王妃道:"五丫头,我不管你什么目的,做了什么,若是丢了王府的面子,可别怪我心狠了。"

沈蓉咬唇说道:"女儿知道。"

瑞王妃并没有瞒着沈琦和沈锦这件事。沈琦只觉得不可思议,问道:"她图什么啊?难不成就是找个人来妹妹面前碍眼吗?"

陈侧妃此时也在,她没想到还真的是沈梓,小声哭道:"都是自家姐妹,哪里能这么狠心?这是多大的仇啊……"

"母亲。"沈锦看着陈侧妃的样子,有些心疼地喊道。

瑞王妃说道:"也是一片慈母心。"

沈锦小声说道:"母亲回去吧,放心,女儿没事的。"瑞王妃是问她想要怎么办,这时候陈侧妃留下就不合适了,毕竟讨论的是瑞王的女儿,有着郡主身份。

瑞王妃也是说道:"先回去静静也好。"

陈侧妃也知道这些,起身行礼道:"那妾先告退了。"

等陈侧妃走了,瑞王妃才问沈锦:"锦丫头,王爷说这次帮你出气,你想怎么做?"

沈锦皱着眉,像是迷糊不解,说道:"莫非二姐姐觉得,我连夫君的面都没见,就会因为这么一个女先儿置气?"若是楚修明真的是那样见了人就收用的,她又怎么会放了心在他身上?如此一来,更不会有事了,大不了她依靠以后的孩子就是了。

沈琦一下子笑了出来:"亏你想得出,女先儿?"

沈锦开口道:"因为我听过这类的啊。"

沈琦疑惑地看着沈锦,沈锦就兴高采烈地说了起来:"边城有个郑老头,他眼睛不知道怎么瞎啦,不过说书可有意思……"叽叽咕咕开始给沈琦讲了起来。在郑老头故事里面,那女子都是貌美如花,身世可怜,比那个丹翘说的都要可怜许多。

瑞王妃在一旁听着都被吸引了过去。

讲到了一大半,沈锦忽然想起来:"对了,我们在说二姐姐的事情。"

沈琦正听着入迷,闻言愣了一下才反应过来。瑞王妃正在拿瓜子的手都顿了一下,笑骂道:"快些讲完。"

沈锦得意地说道:"才不要,当初我可等了足足五天才听完的。"

沈琦问道:"难道不是把人请到府中?"

"那样有什么意思呢。"沈锦摸着肚子,微微晃动了一下脚,说道,"我是去茶楼听的,每次听见郑老头说'欲知后事如何,且听下回分解'的时候,大家都要气得拍桌子的,可好玩了。"

瑞王妃放下了瓜子,这才说道:"也好,那就再等等,一下子听完了也没意思了。"

沈锦点头,沈琦无奈地说道:"那妹妹说,这事情准备怎么办?"

"到底是自家姐妹,她虽然这般……"沈锦开口道,"二姐姐不顾念姐妹情谊和父王的感受,我总不好也如此。不如这样吧,三年内不让二姐姐一家上门,也不接他们家的帖子。"

瑞王妃眼睛眯了一下，说道："也好。"

"我也害怕哪日二妹妹瞧了我不顺眼，这般对我。"沈琦道，"我可没有妹妹你这么好的脾气，以后郑家的人我也避着。"虽然没有明说，却是告诉沈锦，不管家中有任何事情，都不会给沈梓和郑家送帖子，也不会接沈梓和郑家的帖子。

沈锦笑着说道："姐姐最疼我了呢。"

"又说什么呢?"瑞王再次进门的时候，就听见沈锦在和沈琦撒娇。

"父王。"沈琦和沈锦都起身给瑞王行礼。

"无须多礼。"

沈琦和沈锦等瑞王坐下后，这才重新坐回位子上，沈琦道："在说二妹妹的事情呢。"

"以后你们就当没这个姐妹。"瑞王脸色难看地说道，"我也没这个女儿。"

瑞王妃亲手给瑞王倒了杯茶，说道："王爷消消气才是。"

瑞王接过茶杯喝了一口才说道："她怎么变得如此下作。"

沈锦看着瑞王的样子，眨了眨眼睛，说道："我觉得二姐姐可能是嫉妒父王和母妃更疼我，才与我开了这般玩笑的。"

"你个傻丫头!"瑞王闻言心中无奈，看着不知愁的女儿，不知道说什么好了，却也越发不愿意让女儿吃亏了。

沈锦道："不过二姐姐这个玩笑开得有些大了，我有点生气了。"

"生气是应该的。"瑞王说道，"你想怎么出气就与父王说，父王给你做主。"

沈锦满脸信赖的表情，说道："父王真好。"

"王妃，把母后赏下来的那两盒宝石，给这两个丫头再打几套首饰。"

瑞王妃笑道："也好，明日就叫人进府，你们自己挑挑款式。"

"谢父王和母妃。"沈锦笑着说道。

沈琦也道了谢才说道："看来我是沾了妹妹的光。"

瑞王哈哈一笑，瑞王妃这才道："王爷，刚才锦丫头与我说了，虽然二丫头不顾及姐妹情谊，可是她却不能不顾及，让王爷伤了心。"

"若是那个混账与锦丫头一般懂事就好。"瑞王叹了口气说道。

瑞王妃执了茶壶，给瑞王的杯中水续到了八分满："可是这事不罚却也不好，今日她只因嫉妒就做出这般事情，来日还不知道会做什么呢。"

瑞王妃放下茶壶接着说道："想想五丫头的脸，她快到了说亲的年龄，我都不知道如何才好。"

瑞王想到沈蓉的样子，心中更是一软，叹了口气说道："都是往日我把她宠坏了。"

"哪里是父王的错呢。"沈锦安慰道，"父王对我们姐妹都是宠爱有加。"

沈琦也道："是啊，不怪父王的。"

瑞王看着两个女儿，又想到沈梓和沈静两个人，说道："还是王妃把你们教得好。"

瑞王妃只是一笑，说道："王爷莫不是想听我们母女三个人都夸赞一下您？"

瑞王心中的那点惆怅也消散了许多，便道："是本王的不是，王妃接着说。"

"锦丫头的意思是，府上不接郑家的帖子，也不发帖子给郑家。"瑞王妃这才缓缓说道。

瑞王眯了一下眼，瑞王妃道："不过锦丫头觉得三年就足够了，三年内不让郑家任何人登门，咱们也都不登郑家的门，不管任何时候任何事情。王爷以为如何？"

沈琦也说道："女儿也是这般想的。"

沈锦抿了抿唇，脸上露出几许难过："毕竟是自家姐妹，总不能一辈子不接触，所以我想着三年，希望二姐姐能想明白一些。"

瑞王妃柔声说道："锦丫头太过心善，若是女婿回来，还不知道如何心疼。"

瑞王点头说道："就按锦丫头说的做，三年内不管逢年过节还是别的日子，都不许他们家踏足。"

瑞王妃应了下来，瑞王看向了沈锦说道："好丫头，父王知道你受了委屈，定会给你出气的。"

沈锦抿唇一笑："父王最好了。"

瑞王笑着点头，说了一会儿话就先离开了，沈锦坐了一会儿也先告辞了。等屋中就剩下瑞王妃和沈琦，沈琦才说道："母亲，我前几日与妹妹提了想给儿女结亲的事情。"

"被拒了吧？"瑞王妃笑看着沈琦问道。

沈琦点头："妹妹的意思，若是孩子们长大愿意的话，她是不会阻拦，若是不愿意也不想强求。"

瑞王妃缓缓叹了口气："琦儿，可是怪我让你嫁到永乐侯府？"

"不怪。"沈琦其实明白，母亲是为她考虑的。

瑞王妃微微垂眸，说道："其实我猜到陛下要嫁一宗室女给永宁伯的，这才早早给你定下亲事。永宁伯人品出众又重情义是不假，可是我却不愿意你去蹚那浑水。"

沈琦满脸惊讶地看着瑞王妃。瑞王妃笑道："行了，就是与你说一下，你三妹妹能走到今天，何尝不是用命去拼的？永乐侯世子耳根子软，可是这般人却好掌控，又没有威胁，永乐侯更是聪明人，当初那般动荡，都能保全了永乐侯府，就算……也不会有事的。"

见女儿还是不解，瑞王妃却没有再解释，而是问道："你觉得锦丫头如何？"

沈琦并不觉得没嫁给永宁伯可惜，在边城那般地方才是叫天天不应，叫地地不灵的。在京城中，她出点事情，不管是父王、母妃，还是两个弟弟都能当她的靠山。而沈锦至今身边的人都是永宁伯的，嫁过去后所有的陪嫁都被赶回来了。在那样陌生的地方，沈琦觉得自己都撑不下去，更别提后来的事情。

"我觉得三妹妹很聪明，却有些心软了。"

"嗯？"瑞王妃看着沈琦。

沈琦解释道："就比如沈梓的事情，她敢做这样的事情，何必还给她留脸面？"

"换了你，你会如何？"瑞王妃问道。

沈琦想了想，却也不知道怎么处理好，毕竟是自家姐妹，轻了自己出不来这口气，重了的话，难免落下不好的印象，而且沈梓做的这般事情也不好让人知道。更何况沈梓也是朝廷册封的郡主，若是换了个人，沈琦就直接派人去赏一顿巴掌了。

瑞王妃看着沈琦的神色问道："你觉得只是三年不让郑家人登门，太轻了吗？"

"嗯。"沈琦应了下来。

瑞王妃叹了口气，说道："你都如此想，王爷心中也会觉得委屈了锦丫头，自然会对锦丫头更好。可是真的轻吗？"

沈琦看向瑞王妃，瑞王妃道："郑家是何等情况，你可知道？"

"郑家……不太好。"沈琦犹豫了一下说道，"怕是已经入不敷出了。除了名声外，别的还真不多。郑嘉瞿虽然文采极好，在文人雅士中名声不错，可是真说起来，郑家自郑嘉瞿曾祖父后，就再没有人入朝为官了。"

郑嘉瞿的曾祖父是三元及第，可谓风光无限，郑家的名声也在他曾祖父手中达到了鼎盛，不过等他告老后，郑家就没有人再出仕了。

"不过是与你二妹妹一般魔怔了。"瑞王妃道,"三元及第,从前朝至今,也就那么一个而已。这般名声却也是给后辈的压力,他们家看不透,不是不愿出仕,而是不敢出仕。"

沈琦明白了瑞王妃的意思。瑞王妃继续说道:"可是这般人家,看似清贵没什么大的花销,可是笔墨纸砚、古董字画这些,哪样不要钱? 名声越盛,是好事却也是坏事。"

"我明白了。"沈琦说道。

瑞王妃看着女儿笑道:"你明白什么了?"

"怕是郑家也感觉到了危机,这才求娶了二妹妹。"沈琦说道,"不仅是因为二妹妹的嫁妆,还有郡主的食禄。"

"你把郑家想得太浅了。"瑞王妃开口道,"怕是郑家小辈有心出仕。"

"可是父王除了爵位并没实权。"沈琦皱眉问道。

瑞王妃道:"只要是皇亲就好。"

沈琦明白了,说道:"怪不得。"

瑞王妃点到为止,也不再提郑家的事情,而是说道:"而且郑家入不敷出,管家之事就成了烫手山芋。二丫头性子好强,这事情交到她手里,你觉得会如何?"

"难免用嫁妆补贴。"沈琦说道。

瑞王妃让人拿了小锤子,敲着核桃,说道:"这不就得了。我们是知道三年之期,可是二丫头不知道,当她发现不管逢年还是过节,却再也不给她帖子,就算她想回来,王爷与我都不见她后,她又会如何?"

"自然是紧紧抓着管家的权力,越发不敢让人小瞧了。"沈琦如今也明白了,吸了口冷气。她如今知道了三妹妹的算计,这般下来,三年的时间足以让沈梓的嫁妆补贴个七七八八了,特别是郑家的姑娘出嫁,在嫁妆的操办上,沈梓还不知道要贴出去多少……当郑家发现沈梓再也拿不出钱财来的时候,会如何对她? 还是像现在这般,就算沈梓打了郑家大少爷还哄着吗? 凭着郑夫人的手段,沈梓怎么可能是对手。

用不到三年,沈梓就穷了,到时候郑夫人该变脸了,虽不会明着为难,小手段却不会差,沈梓的日子也就不好过了,可是三年后瑞王府又忽然给沈梓下了帖子恢复了来往……

沈锦这随口一说的三年,不仅给沈梓下了圈套,就连郑家也没放过。

瑞王妃道:"除此之外,你父王也是个薄情的人,三年不见,他还会对这个女儿有多深的感情？刚见的时候，可能会有些……但是你觉得三年后，沈梓见到你父王会做什么？"

"诉苦。"沈琦很肯定地说道，"哭闹。"

"这些的前提也是许侧妃疯了，否则你父王那般性子，也是不成的。"

沈琦点头："母亲，我知道了。"

瑞王妃眼睛眯了一下，接着说道："除此之外，怕是沈蓉嫁人之后也得不到安生。"

沈琦皱眉问道："这和五妹妹有什么关系？"

想到沈蓉做的那些事情，瑞王妃心中冷笑，沈蓉自以为聪明，却不知早被人看透了。

"许侧妃留下的那些东西，我是不会要的，自然是全部给五丫头添妆了。五丫头现在的模样，就算是郡主，能找到的门第也是有限的，而二丫头一向觉得许侧妃的东西都该是她的，等二丫头发现嫁妆不够用了，又知道那些东西都给了五丫头，你说会如何？"

沈琦吸了一口冷气说道："三妹妹竟然算计了这么许多。"

瑞王妃却摇了摇头说道："我也不敢说是她故意算计，还是阴错阳差达到的这般效果。"

沈琦疑惑地看着瑞王妃，瑞王妃却不愿意再说，只是看着沈琦说道："有时候'运道'两个字很玄妙，谁也说不清楚。"

墨韵院中，沈锦把事情说了一遍，陈侧妃皱了皱眉没有说什么，倒是赵嬷嬷看出了后面的深意，问道："夫人怎么想了这般主意？"

"因为她最在乎的就是郡主的身份啊。"沈锦道，"二姐姐能依仗的就是父王、许侧妃，许侧妃如今的样子，二姐姐是依靠不了，那就是父王了。"

陈侧妃也明白了沈锦的意思，沈梓和沈锦不同，因为许侧妃的关系，沈梓自幼得宠，仗着这点，有时候把沈琦都不放在眼中。没有靠山，对沈梓来说，绝对是最严重的惩罚了。

沈锦说道："若是没了父王这个靠山，想来二姐姐定会难受。"沈梓想让沈锦难受，所以沈锦就这般报复回去。

"三年有些便宜了她。"安平开口道。

沈锦笑道："我只是不愿意见她罢了，想来夫君不会让我等三年的，到时候我都走了，她回不回来就和我没有关系了。"

陈侧妃叹了口气说道:"说的也是,到时候你走了,就算她回来了也不知道,若是不加'三年'这个期限,怕是王爷也觉得你心狠了。"

赵嬷嬷只觉得沈锦傻人有傻福,根本没有算计这么许多,反而得到的结果会更好。

其实沈锦并不在乎瑞王对自己的看法,不过是母亲还要留在王府中,这才留了余地。她的报复很直接,不过是沈梓越在意什么,她就毁了什么而已,就是这么简单。

"什么?"瑞王满脸不敢相信地问道,"你再说一遍!"

"回王爷的话,永宁伯吃了败仗,而且失踪了。"来人也是哭丧着一张脸。一般的话,打了败仗失踪,差不多就是死了,而尸首没找回来。

瑞王怒道:"不可能,前段时日不是还说打了胜仗吗?小小海寇怎么可能……"

"王爷还是准备一下吧,陛下请您进宫,怕就是说这件事的。"传话的小厮低头说道。

瑞王深吸了一口气,说道:"伺候更衣。"说着就往后院走去。

瑞王妃本在房中与翠喜说话,见到瑞王急匆匆进来,就问道:"王爷,怎么了?"

"陛下叫我现在进宫一趟。"瑞王说道。

瑞王妃皱了下眉头,让人去拿了朝服来给他换上。瑞王低声说道:"说是女婿打了败仗现在失踪了,进宫恐怕说的也是这件事。"

"什么?"就算是瑞王妃,此时也失了冷静。

瑞王深吸一口气,说道:"这件事先不要与锦丫头说。"

瑞王妃咬牙说道:"怕是瞒不住。王爷,你……"

"我知道分寸,王妃不用担心。"瑞王知道瑞王妃未说完的话。

瑞王妃亲手给他整理了一下衣服,瑞王拍了拍她的手,就带着手下走了。

翠喜这才看向瑞王妃,问道:"王妃,奴婢去请三郡主过来?"

瑞王妃缓缓吐出一口气:"我去墨韵院。"

"是。"翠喜躬身说道。

路上,瑞王妃心中却思量着楚修明失踪这件事,既然是闽中官员传出来的消息,怕是还能相信的,只是楚修明是被迫失踪还是主动失踪的……战败?她不觉得小小海寇就能让楚修明战败。

瑞王妃不赞同瞒着沈锦,按照诚帝的性子,恐怕明日京中就有了流言,到时候让沈锦知道还不如现在与她说。她看了看外面的天空,真不知道诚帝到底折腾什么,这般下来,恐怕就是那些原本忠心的大臣也要离了心。

墨韵院中,沈锦正在和小不点闹着玩,小不点的耳朵已经能竖起来了,比刚到京城的时候也大了不少。如今天气转冷,它也开始换毛,每天都能梳下不少毛。

瑞王妃来的时候,正好看见沈锦抱着小不点的头,小不点很通人性,两个爪子放在沈锦的膝盖上,让沈锦不用弯腰就能抱着它的头。见到瑞王妃,沈锦就拍了拍大狗头说道:"小不点自己去玩。"

"母妃,"沈锦站起来笑道,"母妃先进去坐,我换一身衣服。"

沈锦身上一身的狗毛。陈侧妃也出来了,说道:"王妃里面请。"

瑞王妃点了下头,说道:"不用急。"

"嗯。"沈锦这才扶着安平的手下去。

赵嬷嬷去伺候沈锦更衣。进屋后,沈锦脸上的笑容就消失了。若不是有事,瑞王妃是不会来墨韵院的,真要说事情,也可以把她叫到正院去,想来那事情让瑞王妃很为难,或者会让她……咬了咬唇,沈锦不由自主地摸着肚子。

"夫人,可是有什么担心的?"赵嬷嬷问道。

沈锦摇了摇头没再说什么,赵嬷嬷也不再问,只是柔声说道:"老奴给夫人炖了银耳莲子羹,夫人可还有想要用的?"

"没了。"沈锦换了一身常服,闭了闭眼睛,这才说道,"我先出去了,不好让母妃等得太久。"

赵嬷嬷点头,看了安宁一眼,安宁小心地扶着沈锦往外面走去。

瑞王妃正在屋中坐着,陈侧妃陪在一旁,两个人并没有说话,沈锦脸上虽然没有像往日那般露出笑容,却也不像是进去更衣时候那样满是担忧。

瑞王妃并没有让沈锦坐到身边,反而让她贴着陈侧妃坐下,安平和安宁护在沈锦的身边。

"给你说件事。"

"好。"沈锦手抓紧了帕子,看着瑞王妃,眼中是自己都没有意识到的紧张。

瑞王妃的声音轻柔,说道:"永宁伯失踪了。"

"什么?"陈侧妃再也顾不上许多,猛地抬头看向了瑞王妃。

沈锦只觉得身子一软，像是全身的力气都没有了，靠在椅背上。安平和安宁的脸色也变了，安宁当即端了温水放到沈锦的手上说道："夫人，先喝点水缓缓。"

"母妃……夫君失踪是怎么回事?"沈锦推开了安宁的手，看着瑞王妃问道，"是哪里来的消息?"

瑞王妃见沈锦这么快冷静下来，松了口气，说道："是宫中的消息，你父王此时已经被陛下召唤进宫了，具体的事情等你父王回来才知道。"

陈侧妃已经反应过来，赶紧起身走到沈锦的身边，伸手把她搂到怀里说道："别怕，别怕……"

沈锦靠在母亲怀里，并没有说话。

瑞王妃道："我告诉你，总比你在外面听说了好。"

沈锦有些虚弱地推开了陈侧妃，看向瑞王妃说道："母妃，我知道了。"

瑞王妃点头，看着沈锦的样子，说道："若是不舒服了，记得叫大夫。"

沈锦点头。瑞王妃也没再多留，道："若是王爷回来了，我会让翠喜送消息给你。"

"谢谢母妃。"沈锦本想站起来去送瑞王妃，却被瑞王妃阻止了。

陈侧妃满心担忧地看着女儿，沈锦摇了摇头没有说更多，只道："我不信的。"

沈锦靠着安宁扶着才站了起来，说道："母亲也不用太过担心，夫君不会有事的。"

陈侧妃看着沈锦的样子也并非是安慰自己，她点了点头，说道："你这般想就好了，千万要记着你现在可不是一个人，肚子里还有孩子，若是……这可是楚修明的孩子。"

"嗯。"沈锦微微垂眸，看着已经凸起的肚子，说道，"夫君会回来的。"

陈侧妃点头，不管结果如何，只要女儿这般想就是好的。

沈锦不再说话，陈侧妃陪着女儿进了屋。赵嬷嬷正在屋中等着，安平把事情说了一遍，赵嬷嬷脸色变了变，倒是很快冷静下来："将军不会有事的。"

"嗯。"沈锦应了一声，"嬷嬷，让人去与赵管家说一下。"

"是。"赵嬷嬷道，"夫人放宽心，老奴这就去安排。"

楚修明失踪的消息是从宫中传出来的，就意味着是闽中官府送来的消息，那么夫君的失踪就有些微妙了。楚修明这个失踪里面怕是有很多可能了，是真的失踪还只是假的失踪，又或者是主动失踪还是被动失踪……沈锦觉得诚帝还真不是夫君的对手，若说是诚帝算计了夫君……沈锦已经想通了……

她没有再说什么，只等着瑞王回来，听听到底是怎么回事。

瑞王并没有让他们等太久，在沈锦用了晚饭后，就回来了。沈锦带着丫鬟去了正院，这次陈侧妃顾不得别的，也陪着沈锦一并去了。

瑞王刚换下了朝服，不仅沈轩和沈熙在，就是沈琦和永乐侯世子也到了，沈锦反而是府中最后一个到的。

瑞王面上有些疲惫地说道："是闽中那边官府送来的加急奏折，修明在出去巡查的时候，被海寇突袭，失踪了。"

沈琦担心地看向了沈锦，就见沈锦虽然脸色苍白，可还算冷静。瑞王看了她一眼，才接着说道："陛下召了茹阳公主和驸马进京。"

茹阳公主是皇后的长女，嫁的是忠毅侯世子，公主下嫁后没多久，忠毅侯就让位给了儿子，诚帝更是因为茹阳公主，而让忠毅侯世子平级袭爵。

如今的忠毅侯正是茹阳公主的驸马，此时被皇帝召进宫……沈锦的手轻轻扶了一下肚子，没有说话。

瑞王妃道："听闻忠毅侯文武双全。"

一个"文武双全"，意思已经很明白了，怕是诚帝等不及要做准备了。瑞王妃看着沈锦，说道："怕是等公主进京后，没多久借着赏花或者什么事情，会让大家聚聚。"

茹阳公主和沈锦没有见过面，可按如今的情况，显然站了对立面。瑞王提醒沈锦："锦丫头，需要报病吗？"

沈锦闻言道："谢谢父王、母妃的关心。"

"妹妹……"沈琦有心再说几句。

沈锦摇了摇头，说道："我夫君不会有事，再说了，我又能避开多久？"

瑞王妃也叹了口气没再说什么。瑞王道："你总归是我瑞王府的郡主。"

"谢谢父王。"她是可以一直在瑞王府中不出去，但是这样是躲不开的，难道茹阳公主不会主动来瑞王府？更何况，楚修明不会有事，越是这个时候，她越不能退。

第二十二章
联手过招

被梁大人上报失踪的楚修明，此时就在梁大人的府上与梁大人对饮，梁大人说道："永宁伯高义。"

"既然大人和我合作，总归不能让你吃亏。"楚修明脸上难得带了点笑意。

梁大人冷笑道："就是不知我的话和那个探子的话，陛下更信谁的。"

楚修明道："自然是信愿意信的那个，梁大人还是尽快查出到底哪些是探子才好。"

梁大人说道："永宁伯放心，我心中已经有数了。"

楚修明没有再说话，而是举了举酒杯，梁大人也举了酒杯，一口饮尽。

梁大人试探地问道："我这边的人手都是一些熟面孔，不知永宁伯是否可以借些人手给我？"

楚修明平静地看着梁大人，梁大人赶紧说道："是我越界了。"

梁大人并不觉得失望，若是楚修明一口答应了，他才会怀疑，毕竟楚修明和他这样秘密合作也是担了风险的。两个人都不信任对方，只是目前利益相通罢了。

楚修明配合梁大人"失踪"一下，让梁大人好对诚帝交差，从而取得诚帝的信任，找出身边的探子。在这件事后，楚修明再出现，除掉几个官员，从而解释了"失踪"一事，又可以保住威名，并完成了诚帝交代的事情。

梁大人不过是在试探楚修明的底线，楚修明道："明日我要离开一下。"

"永宁伯可是有什么事情要做？"梁大人问道。

楚修明站了起来，丝毫没有寄居他人家中的感觉，反而比梁大人更像是主人，说道："梁大人，我可有问过你接下来的安排？"

梁大人说道："永宁伯误会了，我并不是那个意思。"

楚修明看向了梁大人，沉声说道："没有最好。我们不过是暂时合作，以后我回我的西北，你在你的东南。"

梁大人也站了起来，说道："永宁伯说的是，不过在闽中这个地方，怕是永宁伯有时候不太方便，不如让逸儿跟在永宁伯身边，就当一个跑腿的。"

"随意。"楚修明并不在意。

梁大人这才彻底松了口气，只要楚修明不是针对他就足够了。

"我一定让逸儿听从永宁伯的吩咐。"

楚修明没再说什么，梁大人亲自送了他出院门，这才让人把梁逸叫了过来。

回到房中，楚修明见屋中的床上多了一个人，正是那次在浴室见到的男人——好友席云景。席云景问道："说好了？"

"嗯。"

席云景又问道："提要求了？"

楚修明点头。

"带着他儿子？"

"嗯。"楚修明脱掉了外衣，倒了一杯水喝了起来。

"还有什么是你算不到的？"

楚修明微微垂眸说道："你来就是说这些废话的吗？"

席云景耸耸肩膀，说道："好吧，你真的不和弟妹说？她可是怀着孕的。"

"我答应过会回去接她。恐怕诚帝已经召了忠毅侯进京。"

席云景看着楚修明的神色，感叹道："看着你们，我也有点想娶妻了。"不过也就感叹了一句便谈起了正事："按照诚帝的性子，能用的人也就那么几个。"

楚修明的手指轻轻敲击着椅子的扶手，说道："按计划行事。"

席云景说道："行了，我知道了。"

两个人又商量了几句，席云景就从窗户翻了出去。也不知道梁大人是太过自信还是太蠢了，不仅单独给楚修明安排了院子，为表明诚意，甚至没有另外派人来院中伺候。

楚修明微微垂眸，伸手拿出一直戴在衣内的玉佩，手指细细抚摸了一番。

瑞王府中,因为楚修明的事情,很多人都无法入睡。瑞王妃看着儿子说道:"轩儿,你明日就收拾东西,后天出发去闽中。"

瑞王道:"王妃,这样安排不妥吧?"

"王爷,永宁伯到底是您的女婿,若是没有丝毫应对,反而不妥。"瑞王妃声音不疾不徐,"不过是让轩儿走这么一趟,寻到了自然好,若是寻不到也是尽了一份心意。自从那日起,王府的名声一直不好,这次也是一个机会。"

瑞王皱眉思索了一下便道:"可是陛下那边……"

"王爷,该来的总归会来,永宁伯活着,对王府来说还多一层保护。"瑞王妃道,"自从锦丫头嫁给了永宁伯,府中已经无法置身事外了。"

瑞王叹了口气,说道:"也好,去找一趟对锦丫头也是个交代。可也不一定要轩儿亲自去。"

"轩儿是代父前去的。"瑞王妃看着瑞王说道,"王爷不能随意离京,那么除了轩儿这个世子外,还有谁更合适?"

瑞王没有说话,瑞王妃安抚道:"总归是去这么一趟,为何还要留一手显得诚意不足呢? 王爷觉得永宁伯真的出事了吗?"

"你是说……"瑞王看向瑞王妃。

瑞王妃笑了一下:"你瞧着锦丫头有丝毫慌张吗? 还有她身边伺候的那些人,都是永宁伯安排的,若是真的出事,还会如此淡定吗?"

瑞王一下子也反应过来,说道:"还是王妃考虑得周全,锦丫头也是的,怎么不说一声。"

"你让锦丫头如何说?"瑞王妃挑眉反问道,"怕是她心中也没有十成的把握。只要有六成把握,就值得试一试。王爷,陛下至今没有立太子,你觉得是为何?"

瑞王心中一凛。

瑞王妃缓缓说道:"陛下现在还压得住。再等等呢?"

瑞王看着瑞王妃,瑞王妃伸手握住他的手说道:"我们自然是相信王爷没旁的心思,可是……会不会觉得王爷也是想当那黄雀呢?"

一个"也"字道尽了所有。瑞王道:"是我短见了。"

"王爷不过是太重情谊了。"瑞王妃用帕子擦了擦眼角,像是擦去了泪水似的,"只希望是我多虑了才是。"

瑞王握着瑞王妃的手，看向沈轩说道："轩儿，你把府中的侍卫都带走，千万要注意安全，若是真的找到了你妹婿，就多听他的，知道吗?"

"是，儿子明白。"沈轩不是多聪明的人，但是胜在懂事，肯听人劝。

沈熙听得糊糊涂涂的，也说道："其实儿子也觉得三姐夫不会出事，海寇再厉害，能比那些蛮夷厉害吗?"

瑞王摇了摇头没再说什么，就怕厉害的不是海寇，而是永宁伯身后的那把刀。

墨韵院中，同样不成眠的是陈侧妃，而沈锦却躺在床上很快就睡着了。陈侧妃也不知道该说女儿太过信任永宁伯了还是没心没肺的，她怕赵嬷嬷瞧了误会，便低声说道："锦丫头怕是累了。"

赵嬷嬷反而安慰陈侧妃："侧妃无须担心的，夫人如今最要紧的就是保护好自己，想来过不了多久，就该有永宁伯的消息了。"

安平也说道："是啊，只要是永宁伯答应的，就从来没有做不到的。"

安宁给陈侧妃倒了杯茶："侧妃娘娘也早些休息吧。"

陈侧妃见此，心中才安稳了许多，点头说道："也好。"

赵嬷嬷送了陈侧妃离开，这才说道："安宁晚上机警着点。"

"是。"安宁应了下来。

赵嬷嬷这才点头，带着安平离开了房间。

第二日，没等赵嬷嬷叫，沈锦就已经起来了。

赵嬷嬷心中一动，沈锦面上没有表现出来，怕还是受了影响，却也没说什么，只是让安平和安宁提了热水，让她们伺候沈锦梳洗，而她留在厨房，亲手做了早饭。

沈锦和往常一般用了早饭，又到院子里和小不点玩了会儿，就坐在了窗边，说道："安平，把我没做完的那件衣服拿来。"

"是。"安平应了下来。

那衣服是沈锦当初给楚修明做的，不过一直没有做好。陈侧妃也没阻止，只是说道："可莫要累着。"

"不会的。"沈锦道，"母亲放心吧。"

赵嬷嬷出去了一趟,回来说道:"夫人,赵管家想要见夫人一面。"

"赵管家现在在哪里?"

"还在永宁伯府,派了侍卫传话,若是夫人同意,他就立刻过来。"赵嬷嬷躬身说道。

沈锦想了想说道:"那就让他进来吧,安平你去给我母妃打个招呼。"

"是。"安平和赵嬷嬷听了,都应了下来,各自去安排了。

瑞王妃自然不会反对,让翠喜去给门房交代了一句,又说道:"用心伺候着,和锦丫头说让她放宽心,明日轩儿就下闱中,若是有书信的话,就让她给轩儿送去,若是轩儿找到了永宁伯,就会交给永宁伯的。"

安平面上满是感激地说道:"是,奴婢这就去与夫人说。"

等回到墨韵院,就把瑞王妃的话与沈锦说了一遍,陈侧妃心中一松,说道:"真是太好了,没想到王妃竟然让世子去。"

沈锦道:"那我去写信。"

沈锦把刚缝了几针的衣服放到了一旁,扶着安宁的手往小书房走去,她觉得有许多话想与楚修明说,可是又不知道能不能送到楚修明的手中。安平把纸给铺平,用镇纸压好,安宁在一旁研墨。沈锦选了支笔,真到了这个时候却犹豫了,想了许久才写下了一行字。

沈锦见整张纸几乎空着,想了想又换了支笔,画了一个又胖又圆的狗,一下子就把纸给沾满了,这才满意地晾干,然后放进了信封里,递给安平:"帮我送到母妃那儿吧。"

"是。"安平接过信,就离开了。

赵管家是下午来的,沈锦就在院子里见的他。这次赵管家身边没有带着那个徒弟,沈锦见到赵管家就问:"管事找我有什么事情?"

"本身是有事的,可是看见夫人的样子,又觉得没事了。"赵管家开口道。

沈锦有些疑惑地看着他,觉得他说话有时候让人听得迷迷糊糊的,不过见他说没事,沈锦也就没有询问的意思了,只是说道:"正巧我有事与管事说。"

赵管家道:"夫人尽管吩咐就是了。"

"麻烦管事回边城,与弟弟说句话。"

沈锦继续说道:"就告诉弟弟,不管谁去了,都好好养着就是了,将军府不差这么几口吃饭的人。"

"在下明白了。"赵管家道。

沈锦点头:"母妃让世子哥哥明日动身去闽中了。"

赵管家沉思了片刻,沈锦却没有再说什么,就像只是告诉赵管家这件事一般。她觉得瑞王妃和赵管家都是心思很多的人,想来能猜出对方的意思。

"还请夫人自己多加小心。"赵管家看着沈锦说道,"要不将军回来,怕是该责怪在下了。"

沈锦闻言说道:"你又不能住在王府,有心也无力啊。"

这是大实话,可是这样的大实话让赵管家眼角抽了一下:"夫人说得是,不过茹阳公主那边,夫人要小心。"

"嗯,没事的。"沈锦抚了下肚子,"她不敢打我的。"

赵管家闻言倒是愣了一下,看着沈锦的样子,又想了一下以往沈锦的所作所为,也觉得该担心的不是沈锦,而是茹阳公主。

茹阳公主和驸马回京的时候,诚帝虽然没有亲自去接,却让两个皇子出城去迎的,足显对他们的重视。

此时已经入冬了,沈锦本就是个怕冷的人,屋中早早就备了炭盆,就算如此身上也要穿着厚厚的衣服,陈侧妃本想把收藏的皮子都拿出来给沈锦布置屋子,却被她阻止了:"夫君答应的事情,哪里有让母亲破费的道理。"

一句话说得陈侧妃红了眼睛。楚修明已经一个多月没有消息了,而沈锦虽然不说,可是她们都看得出来,沈锦也没有平日那般松快。每日按时吃饭睡觉,不用人催就到外面慢慢散步,懂事得让人心疼。

因为天气渐冷,不管是沈锦还是沈琦,出门就少了许多,两人之间的来往却不少,没事就让丫鬟送些东西或者写了只言片语来传递。今日沈琦直接过来了。

"姐姐怎么亲来了?"

沈琦脱了披风和手捂,这才说道:"倒是有些事情,怕是丫鬟说不清楚。"

沈锦让沈琦坐下,安宁端了热乎乎的红枣汤来。沈琦喝了一些,才说道:"茹阳公主下帖子了,我正巧在母亲那边,就给你带来了。"

霜巧双手捧着一张烫金小帖,赵嬷嬷接过帖子,才交到了沈锦的手上。沈锦道:"还挺香的。"

"茹阳公主最是雅致。"沈琦接道。

沈锦应了一声,这帖子不仅带着淡淡的花香,打开后在右上角的位置还有一朵梅花。"咦。"沈锦看了新奇,笑道,"好精致。"

沈琦说道:"我当时也是惊讶,就问了母亲,母亲与我说,这纸怕是茹阳公主特意制成的。"

沈锦点头也明白了,说道:"公主还真是多才多艺呢。"

沈锦看着帖子的内容,想来是公主亲自写的,一手漂亮的梅花小篆。她的字虽然不算丑,却绝对比不上茹阳公主的,倒是楚修明的字也很漂亮。沈锦不知不觉又想到自家夫君,也不知道夫君愿不愿意见沈轩呢?如果不见的话,怕是收不到自己的信了。

时间越久,沈锦反而越觉得所谓的失踪是夫君自己弄出来的。倒不全是信任,而是诚帝竟然这么久都没有动静。若是楚修明真的出事了,诚帝不可能这么沉得住气,茹阳公主和驸马也不可能这么快进京。

茹阳公主的帖子没写什么,不过是邀请沈锦去赏花罢了。沈锦问道:"姐姐也去吗?"

"也接了帖子。"沈琦道,"到时候我们一并去。"

沈锦笑着应了下来:"那我去回帖。"

沈琦点头:"你回完了,就交给我,让下人跑一趟就够了。"

沈锦应了下来,安平和安宁端了东西过来,在桌子上铺好。沈锦很快就写好了回帖,交到了霜巧的手上。

沈琦道:"等那日,我们都与母亲在一起,不要单独走开。"

"我知道的。"沈锦明白沈琦的意思,笑着说道,"姐姐放心就是了。"

沈琦点头,倒是没再吩咐什么,就让霜巧把回帖送到瑞王妃手上,和沈锦说起了肚中的孩子。

茹阳公主把赏花的日期定在了三日后,这一日还接了昭阳和晨阳两个妹妹过府。

陈侧妃和赵嬷嬷是不跟着去的,所以早早就收拾好了沈锦的东西,又检查了几遍,这才放了心。

沈锦带着丫鬟到了正院的时候,就见瑞王妃和沈琦已经准备好了。瑞王妃见沈锦几乎裹成了球，脸上露出几许笑意，说道："到了公主府，你们都不要单独走动。"

"是。"沈琦和沈锦两个人都乖乖应了下来。

瑞王妃这才让丫鬟给她披上了披风，说道："怕是二丫头这次也要去的，锦丫头万不可让她近身了。"

"女儿知道了。"沈锦应了下来。

瑞王妃也就没了别的吩咐。在她看来，恐怕沈梓比茹阳公主更应该当心，茹阳公主最是好面子，而沈梓恨沈锦恨得没了理智。

沈熙牵着马笑道："母亲，我送你们去。"

沈琦带着笑意说道："怎么没把耳捂戴上？"

"有的，我一会儿上马了再戴。"沈熙道。

沈琦这才点了点头，因为有孕在身，倒是没和瑞王妃同乘一个马车。沈锦也对着沈熙笑了一下，才被丫鬟扶着上了永宁伯府的马车，安平和安宁随后也上了马车。沈锦问道："我怎么瞧着车夫有些眼熟？不是原来的那个吧？"

安宁道："回夫人的话，是岳文，他变了装束，所以夫人一时没瞧出来。"

沈锦应了一声，解了披风递到安平手上，安宁拿了个小毯子盖在了沈锦的腿上。安平道："夫人若是有事就吩咐了奴婢去做，万不可让安宁离身。"

见周围人紧张的样子，沈锦反而笑了："放心吧，我知道了。"摸着肚子道："等夫君回来了，我定让他好好赏你们的。"

"夫人觉得将军什么时候会回来？"安平问道。

沈锦微微垂眸，看着自己的肚子说道："快了啊。"

茹阳公主虽然多年没有回京，可是公主府一直有人在打理，回京前，诚帝又专门让工部的人修整了一遍，更显得富贵精细。瑞王妃三人来的时候，已经有不少人了，下人丝毫不敢怠慢，当即引了瑞王妃、沈琦和沈锦三人往内堂走去。

路上也瞧见了不少已到的夫人，她们身边大多带着适龄的女儿。茹阳公主有一子，并不到说亲的年龄，所以有的夫人带的也是年纪相当的女儿，倒不是全打着忠毅侯世子的主意。

不过这些夫人就算被邀请了，也不一定能见到茹阳公主。下人们会把人引到不同的院子里面,而能被邀请进茹阳公主所在院子的不过是十之一二罢了。

瑞王妃她们去的自然是茹阳公主所在的那个院子,里面有专门修建的观景楼。进去后,瑞王妃就带着两个女儿与相熟的夫人聊了起来。屋里很暖和,摆放着不少花,大多不是冬季该开的。这般情景放在外面足以让人惊奇,不过能被请进楼里的都不是那种没见过世面的,欣赏一下也就罢了。

永乐侯夫人也到了,到底是自家的婆婆,沈琦主动去打了招呼。因为瑞王妃在,就算永乐侯夫人心中有再多的不满,也不敢表现出来,反而温言安慰了沈琦几句。

众人虽隐隐知道沈琦有孕后留在瑞王府的事情,却不会冒着得罪瑞王府和永乐侯府的危险说出来,反而赞着永乐侯夫人和沈琦婆媳之间融洽。

坐了没多久,就见一个三十多岁样貌清秀的宫装女子走了过来,笑着说道:"劳烦各位夫人挪步,三位公主特意在清漪园中备了茶点恭候各位夫人。"

众人跟着那宫装女子往清漪园走去。看似走得随意,仔细看来却是按照夫家爵位官职的高低走的。瑞王妃自然带着两个女儿走在最前面。一路上不仅摆放着各种花卉,就是那些树上也用各色绸缎装点,端是花团锦簇,富丽堂皇。

院子里伺候的下人,脸上都带着笑,可是不管是走路还是做别的,都不发出任何声音,可见茹阳公主府上的规矩。瑞王妃自然把这些看在眼中,却不当回事,她并不喜欢这样。

见了众人来,两个宫装女子这才开了门,撩起了帘子,屋里摆放着不少炭盆。瑞王妃脱了披风,翠喜接过以后,交到了另外一个丫鬟手上,自己跟着瑞王妃往内堂走去。沈锦也是如此,带了安宁进去。

瑞王妃进了内堂后,脚步顿了顿,不仅茹阳公主在,昭阳公主和晨阳公主也都在。而且三位公主都是跪坐着,屋里并没有桌椅,反而铺设着暖席和矮几。见到瑞王妃,茹阳公主就带着两个妹妹起身,笑着说道:"许久不见叔母了,今日倒是劳叔母前来看我,是茹阳的不是,一会儿定饮三杯赔罪。"

瑞王妃只是一笑。茹阳公主亲自引了瑞王妃坐下:"我也许久没见到堂妹了,堂妹嫁人我都没赶回来。"

"公主有心了。"瑞王妃跪坐了下来,就有丫鬟端了东西过来,摆放在矮几上。

沈锦和沈琦进来的时候,都皱了下眉头,跪坐这样的事情她们两个都是专门学过的,虽然用得不多，可是有些时候这样的礼节是免不了的。如今她们两个有孕在身，这般的姿势最是折磨人了。

晨阳公主嘴角微微上扬，明显等着看沈锦的好戏，而昭阳公主眼中也闪过一丝幸灾乐祸，倒是茹阳公主看着沈琦她们，面上多了几分惊讶和为难，道："我一直在外，刚回京中，竟然不知道两位堂妹有孕在身，也是我的不是了。"说着就缓缓行礼。

沈琦和沈锦自然不敢受，反而回了一礼，说道："公主可要折煞我们了。"

茹阳公主道："我刚回京，倒是第一次办宴，本想着郑重才这般安排，我在外也习惯了跪坐。这样吧，我让人给两位堂妹设桌椅好了。"

晨阳公主笑着说道："大姐姐无须担心的，只是跪坐而已，对两位堂姐来说，并不算什么，自然不会觉得为难的。"

沈锦不是个为了体谅别人而为难自己的人，便道："其实我挺为难的。"这话是对着晨阳公主说的，没等晨阳公主反应过来，就对着茹阳公主甜甜一笑："茹阳公主一片好意，我就不拒绝了。"

若是只有一个人，沈琦怕是就要妥协了，可是如今沈锦开口了，她也不会多说什么，已经失去了一个孩子，对现在肚中的孩子，她格外看重，就算得罪了茹阳公主也认了。

晨阳公主面色一变："沈锦，你什么意思？"

"啊？"沈锦满脸迷茫地看向了晨阳公主，"不是茹阳公主体谅我如今有孕在身不方便跪坐，所以要安排桌椅给我吗？"

晨阳闻言竟不知道怎么反驳，谁知道沈锦有些小心翼翼地看着茹阳公主问道："莫非……茹阳公主只是说说而已？"

昭阳公主见此，道："姐姐说话自然是算数的，是晨阳妹妹误会了。"

茹阳公主眼睛眯了下，仔细打量了一下沈锦的神色，一时竟然无法分辨到底是在装傻还是真傻，吩咐道："来人，换桌椅。"

沈琦和沈锦道了谢，随后进来的众人把这些看在眼中，却没有说什么，有一个同样有孕在身的世子妃咬了咬唇，偷看了婆婆一眼，就见婆婆微微摆了摆手，她也不敢吭声了，小心翼翼地跪坐在位子上，心中倒是羡慕沈锦二人。

等众人都落座了，沈锦和沈琦更显得特殊。茹阳公主道："叔母，怎么对茹阳这般生疏，直接叫茹阳的名字就好，两位堂妹也是，怎么连声'堂姐'也不愿意叫呢？都是一家人。"

沈琦和沈锦并没有接话。瑞王妃开口道："茹阳想多了。"

茹阳公主闻言笑了起来，看向了沈琦和沈锦，丝毫看不出心中刚刚被沈锦驳了面子的样子。沈琦叫道："茹阳堂姐。"

沈锦也叫了一声后，就继续坐在椅子上吃着东西。沈琦看着一屋子跪坐的人，心中有些不安，不过看了沈锦的样子，倒也平静了下来。既然母亲没有开口，想来是赞同她们如此的。

茹阳公主眼睛睐了一下，与众位夫人聊了一会儿，才语重心长地说道："既然琦儿叫我一声'堂姐'，我也就说两句。"

沈琦看向茹阳公主说道："茹阳堂姐尽管吩咐。"

"倒不是什么吩咐。"茹阳公主端着茶，姿态优雅地抿了口，才说道，"不过我怎么听说堂妹你如今住在瑞王府呢？ 既然有孕在身怎么不回永乐侯府？ 可是永乐侯府中有人怠慢了你？"

"堂姐说笑了。"沈琦笑着说道。

茹阳公主闻言面色一肃，说道："那我就要说你两句了，既然没有人怠慢你，你已出嫁，平日里住上一二日也算是给父母尽孝了，如今有孕在身却一直留在瑞王府又是个什么道理？"

沈琦面色变了一下，心里却知道茹阳公主明着说自己，暗指的却是沈锦，若是她服软了，下一步就该直指沈锦了。

晨阳公主眼神扫了下安然若定的沈锦，道："莫不是堂姐觉得永乐侯府太小了，住不下个郡主？"

沈锦咽下嘴里的东西，又端着茶，看了一眼就对着身后的宫装女子说道："给我换杯温水。"

宫装女子看向了茹阳公主。晨阳公主和沈琦并没什么过节，所以此时看见沈锦道："堂姐莫不是觉得大姐姐的茶不好，才不愿意沾口？"

"你想多了。"沈锦道，"我有孕了，不能喝茶而已。"

茹阳公主微微点头，宫装女子就端了茶杯下去，给沈锦换了温水。沈锦看向沈琦问道："姐姐要换吗？"

"也好。"沈琦闻言一笑,"麻烦了。"

另一个宫装女子也收拾了沈琦面前的茶杯去更换。

晨阳公主看着沈琦说道:"堂姐还没回答我的问题呢。"

换了温水后,沈锦这才端着抿了口,并不再多说,有瑞王妃在,也无须她说得太多。

果然,瑞王妃开口道:"茹阳今日倒是问错人了,留孩子们在府上,不过是王爷的主意,孩子们孝顺而已。你皇叔这个人,你也是知道的,为人晚辈的哪能违背父母的意愿?"然后看向了永乐侯夫人:"等王爷身子好些了,让王爷亲自上您府上致歉。"

"都是亲家,王妃太过客套了。"永乐侯夫人赶紧说道。

瑞王妃看向了茹阳公主,说道:"你也知道,府上都是王爷当家,就算是我也是不能反驳的,不如茹阳去和你皇叔说道说道?"

茹阳公主握着帕子的手一紧。瑞王妃这般就差直接说,我家的事情,王爷与我做主就是了,你一个外人有什么资格插手。

沈锦放下杯子,拿了一个蜜橘在手里捏了捏,说道:"堂姐不是刚回来吗?"

茹阳公主面色一变,就见沈锦满脸不解:"怎知姐姐有孕后就一直住在瑞王府?"

在场不少夫人或用帕子擦了擦嘴角,或端着茶水喝了口,掩去了嘴角的笑容。茹阳公主还真是搬起石头砸自己的脚,不过看着永宁伯夫人的样子,想来永宁伯并没有出事。

昭阳公主也听出不好,道:"对了,堂妹不知道堂妹夫战败海寇到底是因何?小小海寇竟破了永宁伯不败的神话。"

"堂妹都说是神话了。"沈锦理所当然地说道,"自然是不可信的。"

昭阳公主咬了下唇,满脸委屈地说道:"堂姐你知道我不是这个意思,不过是担心堂姐夫和闽中的百姓。"

沈锦诧异地看着昭阳公主,杏眼变得格外圆润:"我都不担心夫君,堂妹你担心什么啊?"

这话一出,昭阳公主脸色大变,用帕子捂着脸低声哭泣了起来。晨阳公主怒道:"堂姐好生无礼,妹妹不过是问一句,你竟然如此污蔑妹妹。"

沈锦更加迷茫了,看了眼四周,咬了下唇,满脸无辜和疑惑:"可是……我说什么了?"

是啊,沈锦说什么了?不过是昭阳公主说担心永宁伯,而沈锦反问了一句我这个当妻子的都不担心,堂妹你担心什么。说到底是昭阳公主说错了话而已,如今哭闹就显得没规矩了。

"大堂姐，"沈锦也眼中含泪，说道，"我真不知道怎么惹了两位堂妹。"

没等茹阳公主说话，沈锦就吸了吸鼻子，强忍着泪水扶着桌子起身，一手扶着后腰一手抚着肚子，显得越发可怜，对着昭阳公主和晨阳公主行礼道："是我说错了话，在此给两位公主赔礼了。"

这话一出，茹阳公主厉声说道："昭阳、晨阳，你们两个还不给堂妹赔礼，再无理取闹我就让人把你们送回去。"

昭阳公主和晨阳公主咬了下唇，都站了起来给沈锦行礼道歉："是我们的不是，堂姐莫要见怪才是。"

沈锦叹了口气，扶着安宁的手说道："算了，都是自家人，我也是做姐姐的。"说完才回了座位。

昭阳公主和晨阳公主满心屈辱，坐下后只觉得无颜见人，低着头不再说话，茹阳公主却说道："堂妹莫要放在心上。"

"没事的。"沈锦靠在椅子上，闻言只是笑道，"两位堂妹还小。"

这话一出更是狠狠打了两位公主的脸，昭阳和晨阳不过比沈锦小了不到一岁而已。

茹阳公主想到今日的目的，硬生生咽下了这口气，还瞪了一眼想要开口的晨阳，这才说道："对了，堂妹还没说永宁伯战败的事情是怎么回事呢，那些海寇真的这么厉害吗？"

"啊？"沈锦皱眉想了一下说道，"可是宫中新得了消息？"

茹阳公主看向沈锦，只觉得她在装傻，便道："不是京中已经传遍了吗？"

"哦，流言啊，那不可信的。"沈锦这才说道，"当初他们还说我夫君面如钟馗呢。"

知道当初永宁伯流言的人，没忍住笑了起来。

沈锦一脸严肃地看着茹阳公主，说道："堂姐，这种事情外面的人可以乱说，堂姐身为公主却是不能的。我们既然是皇室中人，在享受着荣华富贵的同时，一言一行也该是天下人的表率。若是堂姐今日的话流传出去，被人信以为真了要怎么办？不说别的，就是万一有人说堂姐谎报战情了，怎么办？"

茹阳公主说道："堂妹说得太过严重了，我不过就是问了一句而已。"

沈锦闻言有些羞涩地笑了笑："也是我想多了，有孕后就爱胡思乱想的，不过堂姐也要多加注意才是。"

茹阳公主只觉得气闷，喝了几口水才缓了下去，看着瑞王妃说道："堂妹还真是能言会道，怕是皇叔的几个子女中，就我这个三堂妹最机灵了。"

这明显就是挑拨。瑞王妃闻言笑了下说道："平日里锦丫头倒是不怎么说话，也是今日与茹阳你们投了眼缘，才说了这么许多。"

"是啊，我一瞧见大堂姐就觉得亲切。"沈锦笑盈盈地说道。

茹阳公主眼睛眯了一下，说道："我也觉得堂妹亲切，不过可惜这几日我与驸马就要离京了。"

昭阳公主也是第一次知道，问道："大姐姐是要去哪里？才回来没多久呢。"

"是父皇的吩咐。"茹阳公主道，"我正想问问堂妹，不知道边城那边环境如何？需要准备什么吗？"

"环境不错啊。"沈锦如梦初醒似的，笑着说道，"反正我觉得很好的。"

"大姐姐去边城干什么？"晨阳公主追问道。

茹阳公主叹了口气，带着几许无奈和惋惜的味道，可是却看着沈锦，说道："永宁伯失踪这么久，生死不知的，又有蛮族虎视眈眈，边城那边一直没有主事的人，怕是不好。父皇觉得驸马还堪造化，就让驸马去试试，所以我今日特来找堂妹取经的。"

"哦。"沈锦开口道，"其实边城那边不缺什么的，堂姐要去的话多带点药材比较好。"沈锦思索了一下，想来药材这种东西楚修远会喜欢的。"战马一类的，也是缺的，还有粮草辎重这类的，其余的我就不太知道了，我不太出门的。"说到最后一句话，沈锦竟然脸不红心不跳的，就像是说真的一样。

沈琦微微看了沈锦一眼，也不知道前几日是谁在府中炫耀每日都可以去茶馆听说书的事情。

见沈锦这么轻易说了出来，茹阳公主反而心中一跳，觉得不敢相信："我听说永宁伯的那个弟弟还在边城，不知堂妹有什么消息送与他吗？我就顺路帮堂妹传到就是了。"

"那就麻烦堂姐了，我回去收拾些东西，到时候堂姐帮我送去就好。"沈锦道，"不过那边民风彪悍，堂姐多带点侍卫比较好。"

茹阳公主忽然觉得，沈锦就是个傻子，她怎么会觉得沈锦心思沉呢？想到诚帝说的话，对沈锦态度又亲切了许多："对了，我听说那边的军队都是只认楚家，不认朝廷的。"

"堂姐怎么尽听一些人胡说啊。"沈锦皱着眉说道，"和你说这些话的人，都该拖出去打板子呢。普天之下,莫非王土;率土之滨,莫非王臣。大堂姐担心的太过多余了。"

沈锦又笑道:"这样,我身边的那个丫鬟是自小长在边城的,让她进来与堂姐多说说边城的事情,堂姐心里也有数,收拾东西的时候也好做安排。若是我的话,我觉得堂姐多备着食材才好,那边到底有些荒凉了。"

茹阳公主闻言,心中总觉得怪异,好像是沈锦太过热情了一些,难不成她不明白,自己和驸马过去是夺永宁伯的军权的?还是说她另有依仗?不过想想又觉得不可能。茹阳公主仔细看了看沈锦的神色,就见她满是真诚,好像是期待着她早早过去一般。

沈锦又笑道:"到时候夫君回来了,我与夫君回边城后,也有个说话的人了。"

茹阳公主试探地说道:"说不定永宁伯归来,父皇就让永宁伯留京了。"

"太好了。"沈锦就差欢呼了,满脸喜色说道,"我就不用与姐姐分开了。不过大堂姐就可怜了,那边连个说话的人都没有呢。"说到最后又有些抱怨了:"不过除了这些,剩下的都还不错了。"

不说茹阳公主,就是在座的各位夫人心中都觉得诡异,不禁偷偷去看瑞王妃的脸色,就见瑞王妃满脸笑意,像是对沈锦说的话格外满意一般。

茹阳公主心中疑惑更重,她和诚帝很像,最是多疑,喜做表面功夫,问道:"那怎么不让你身后这个丫鬟说?"

"哦,她不太会说话。"沈锦抱怨道,"若是大堂姐问了,她说不得几句话就说完了。大堂姐不是想要仔细了解吗?"

晨阳公主道:"我还偏偏想听她说。"

沈锦无奈地看着晨阳公主,说道:"那好吧。安宁,你与众位说说边城的事情。"

"是。"安宁行礼后,才道,"冬日比京城冷一些,风大一些,夏日更热一些,其余的倒是没别的了。"

沈锦看向茹阳公主:"她就是这么不会说话。"

"那堂妹怎么还留这么个人在身边?"茹阳公主问道。

晨阳公主笑道:"这样,堂姐我用身边两个宫女换你这个丫鬟怎么样?"

"不好啊。"沈锦直接拒绝道,"安宁很重要的。"

"嗯?"昭阳公主笑道,"堂姐不是嫌她不会说话吗?"

"我什么时候嫌她不会说话了?"沈锦一脸茫然反问道。

茹阳公主问道:"那她如何重要了?"

别说茹阳她们,就是别人都被勾起了好奇心,看着普普通通的安宁,怎么样也看不出哪里不同来。

沈锦抚摸了一下肚子,说道:"哦,我不要告诉你们。"

茹阳公主端着茶水喝了几口,才压下去心中的火气。

晨阳公主更是觉得被什么东西噎在嗓子里,吐也吐不出来,咽也咽不下去。

昭阳公主狠狠撕扯了一下手中的帕子,怎么有人能把这样的话说得一脸理所当然。

倒是有些夫人用帕子掩露出笑容,也有关系好的交换了眼神,却不想沈锦坐得高,这些人的神色和小动作都看在了眼中,她微微垂眸,靠在椅子上,竟不再说了。

沈锦姿态自然舒服,可是跪坐在暖席上的茹阳公主却不舒服了,好像是低了沈锦一等,虽然沈琦也是坐在高椅上,可是难免有些拘谨,根本不似沈锦这般。

茹阳公主看了晨阳公主一眼,晨阳公主像是才发现什么一样,问道:"咦,二堂姐呢?怎么不在?"

昭阳公主也说道:"是啊,怎么少了一位堂姐?"

茹阳公主皱眉看着身后的丫鬟,问道:"怎么办事的?"

丫鬟开口道:"奴婢有请二郡主来,不过二郡主拒绝了,说是要陪着郑夫人。"

"郑夫人一并来就是了。"晨阳公主道,"我这个二堂姐就是太重规矩了。不过我怎么听说二堂姐和三堂姐之间有矛盾?莫不是……"那眼神扫到了沈锦的身上。

沈锦用帕子挡着,微微打了个哈欠,屋子里暖烘烘的,她有些困了,自然没有注意到晨阳公主的眼神。

晨阳公主咬牙说道:"三堂姐,我听说你与二堂姐之间有些误会,莫不是二堂姐怕三堂姐?不过说来也是,虽都是郡主,可到底二堂姐只嫁到了郑家,而三堂姐可是嫁给了战功赫赫的永宁伯。"

"嗯,我的夫君是永宁伯。"沈锦因为困顿,反应也有些迟钝了,只注意到了晨阳公主最后一句话。

"三堂姐莫不是在炫耀?"

"啊?"沈锦有些呆滞地看着晨阳公主,"没啊,这不是事实吗?"

眼见晨阳公主就要发火,昭阳公主赶紧说道:"三堂姐,不如请了二堂姐过来坐,大家一起说说话?"

"我也是客人啊。"沈锦更加迷茫了,简直弄不懂这两位堂妹了,"今日的主人家不是大堂姐吗?昭阳堂妹这么快就梳洗回来了?"

昭阳公主脸色变了变,刚才她并没有真哭,所以根本无须去后面梳洗,此时却被沈锦专门点了出来,让昭阳觉得颜面大失。

茹阳公主伸手去端茶,刚喝了一口就发现已经见底了,瞪了身后的丫鬟一眼,然后把茶杯放在矮几上。丫鬟赶紧把水给续了八分满。茹阳公主端着茶又喝了几口,这才把心中那种无力和憋屈忍了下去,说道:"姐妹哪里有隔夜仇,一会儿三堂妹与二堂妹说开就好了,也不要再闹了。"

沈锦没有接话,看了安宁一眼,安宁从袖子里面掏出一个油纸包,沈锦就接过来,打开了从里面捏了一块果干放在嘴里吃了起来。

茹阳公主说道:"此时梅花开得正好,不如各位与我一并去院子中赏梅吧。"

晨阳公主笑道:"我可听说父皇知道大姐姐最喜梅的高洁,专门让人布置了个梅园。"

茹阳公主笑得温和,眉眼间却难掩得意,说道:"就你多嘴,直接邀请郑夫人和二堂妹去梅园吧。"

沈锦觉得出去走走也好,总不能真在公主府就睡着了,她扶着安宁的手跟在瑞王妃的后面,安平等丫鬟都等在外面。安宁就先从安平手上拿了一件大棉衣给沈锦穿上,然后安平抖开了披风给她系好,又拿了手捂给她,把沈锦包得暖乎乎的,这才跟在她的身后。

晨阳公主今日穿着一件大红的披风,见到沈锦的样子说道:"堂姐如今还真是娇贵。"

"嗯。"沈锦理所当然地点头,没有丝毫觉得不好意思,"等你以后有孩子了就知道了。"

沈锦的披风带着兜帽,上面还有一圈厚厚的兔毛,戴上以后脸都遮住了小半。安平和安宁护在她两边慢慢往前走去。一时间,瑞王妃母女三人落在了后面。沈锦看见了那个脸色有些苍白的世子妃,想了想,从袖子里面抠出了一个只有铜钱大小的一个油纸包,自己吃了一颗里面的糖,然后把剩下的放到了那个世子妃的手里,小声说道:"红糖和姜熬出来的,味道不太好。"

"谢谢。"世子妃当即就把剩下的那颗拿出来含在了嘴里。

沈锦摇摇头说道:"你回去烫烫脚。"

世子妃点头,看了眼婆婆,就见婆婆正与瑞王妃说话,像是感觉到了她的视线,就伸手握着她的手拍了拍:"去小坐一会儿,我就与公主告罪,我们先回去。"

"嗯。"世子妃红着眼睛说道,"是儿媳不争气。"

瑞王妃道:"女人有孕在身,本就不适,刚才你已经挺了许久,你这般反而让你婆婆内疚。"

世子妃道:"谢瑞王妃教导。"

瑞王妃摇摇头,她和世子妃的婆婆对视一眼,就带着沈琦和沈锦先离开了。

梅园之中,梅花开得正盛,周围还用深深浅浅的绿色绸缎装点着,瞧着倒是和春天一般,这般景象再想到诚帝所言的国库紧张,倒是越发有讽刺意味了。

沈锦她们到的时候,就被引到了梅园中间的一个亭子里,昭阳和晨阳并不在里面,倒是沈梓正坐在茹阳公主身边,不知道说了什么,惹得茹阳公主笑个不停。没见到郑夫人,其实想想也是,按照郑夫人那种清高的性子,来到这里怕是要给每个人见礼,如何会愿意。

见到瑞王妃,沈梓就起身行礼道:"母妃。"

瑞王妃点了下头,就坐到了专门给她留的位子上。沈琦看了一眼,说道:"堂姐,这个园子真是精巧,我与妹妹也去赏赏梅花,添几分雅致。"

茹阳公主说道:"只要把三堂妹留下与我说话就行,堂妹不如去找昭阳她们玩耍?"

沈琦有些犹豫。瑞王妃开口道:"琦儿去吧,锦丫头坐到我身边来。"

"姐姐若是累了,回来就是了。"沈锦也笑着说道。

沈琦这才点头,扶着丫鬟的手离开了亭子。沈锦走到瑞王妃身边坐下,沈梓道:"许久未见三妹妹,三妹妹倒是越发漂亮了。"

沈锦笑了一下并没有接话,反而看着外面的梅树。她觉得若是没有那些绸缎,这些梅树瞧着会更美一些,茹阳公主府中养花的人倒是一把好手。沈梓道:"妹妹是不是对姐姐有什么误会? 怎么都不与姐姐说话呢?"

茹阳公主也说道:"若是真有什么说开了就是了。"

"哦?"沈锦抚摸了一下肚子,说道,"就是有些困了。"

茹阳公主笑道:"不如堂妹去客房休息一会儿?"

"不了。"沈锦笑着拒绝道,"我认床的。"

茹阳公主看了沈梓一眼,沈梓比前段时日更加消瘦,却丝毫不减美艳,给人一种盛气凌人的感觉。她亲手倒了杯茶,说道:"不管以前发生了什么,姐姐今日都借了堂姐府上的茶水给妹妹赔罪了,只希望……只希望妹妹饮了这杯茶后,能允了我回瑞王府,那也是生我养我的地方。"说着就端着茶杯往沈锦身边走来。

沈锦皱眉说道:"二姐姐何须如此? 瑞王府当家做主的是父王和母妃,你与我说有什么用处呢?"

沈梓双眼含泪看向了瑞王妃:"母妃,我母亲已成了那般模样,你就许我回府吧,我也想对母亲尽尽孝心。"

"若是你想接许侧妃,我与王爷说下就是了。"瑞王妃道,"你什么时候收拾好了屋子,我就派人把你母亲送去。"

沈梓面色变了变,手里端着茶放下也不是,继续端给沈锦也不是。想到茹阳公主说的事情,又想到永宁伯失踪的事情,沈梓的神色越发委屈地说道:"母妃,你也知道我在郑府的日子艰难,哪里能让母亲与我一并去受委屈。"

沈锦皱眉问道:"二姐姐你可是郡主,驸马敢对你不好?"

"一言难尽。"沈梓看着沈锦,眼中难掩恨意,语气越发柔和地说道,"嫁人以后,哪比得上家中的日子,不仅要看公婆脸色,就连……"说着就低着头落了泪:"今日我也别无所求,只希望妹妹能喝了这杯茶,你我恩怨两消,以后姐妹之间互相扶持才是。"

沈锦道:"也无须如此。母妃,二姐姐这般艰难,就算她做错了许多事,也是府中出来的,今日都说与母妃听了,不如就帮着二姐姐出口气?"

"也好。"瑞王妃道,"翠喜,去请了郑夫人来。"

沈梓猛地抬头看向瑞王妃,说道:"母妃要做什么?"

瑞王妃说道:"放心吧,既然你今日都专门说了,若是不出面,郑府怕觉得瑞王府怕了她。"

茹阳公主心中暗骂沈梓蠢货,这种情况下,瑞王妃就算不想管她也不行。

"也无须叔母身边的丫鬟了。来人,去把郑夫人请过来。"

"是。"当即就有丫鬟去寻郑夫人了。

沈梓道："你们要做什么？"一时情绪竟有些激动，身后忽然有人碰了她一下，手中的杯子晃动，赶紧拿稳了。可是当她看见沈锦那张脸的时候，顿了一下，竟然像是真的没拿住一般，惊呼一声，杯子朝着沈锦的位置砸去。

遇到这般情况，一般人怕是只有两种反应，眼睁睁地看着茶杯砸到自己身上，或者惊叫着躲开。沈锦如今身子重，若是为了避开茶杯反而容易碰着肚子，倒是一直站在沈锦身侧的安宁向前了一步，伸手抓住了茶杯，有些茶水洒在了她的手上。

"二姐姐小心点。"沈锦微微垂眸。

沈梓说道："刚才明明是有人推我。"

"二堂妹是说本宫推的你？"在沈梓身后的正是茹阳公主，她的声音一沉，质问道。

沈梓扭头看向茹阳公主，咬了下唇，明明是公主刚才吩咐，说只要她想办法让沈锦去客房，就会帮着她在皇后面前说话，让皇后每隔几日召见她一次，如此就算是瑞王府再不管她，郑家也不敢怠慢她了。

而此时的茹阳公主哪里还有刚才的那种温和可亲。沈梓咬紧牙，低头说道："是我刚才没拿稳。"

沈锦皱眉看了看茹阳公主和沈梓，没有说话。沈梓深吸了一口气，说道："刚才惊了三妹妹，不如我陪着三妹妹去客房休息一下？"

"是啊。"茹阳公主道，"你这丫鬟也是忠心，可别烫到了才好，也去瞧瞧吧。"

"你们很想我去客房？"沈锦困惑地看着茹阳公主和沈梓，直接问道，"为什么呢？"

沈梓脸色一变，说道："我不过是关心三妹妹。"

茹阳公主也说道："反正是堂妹的丫鬟，你不心疼也无所谓。"

沈锦打量了两人许久，才说道："哦。"

有的时候再多的暗中安排，遇到这般不按常理出牌的人就会格外无力，像是打猎的时候设置了许许多多的陷阱，而猎物偏偏没有一点自觉，反而蹲坐在一旁看着一堆人忙来忙去，就像是在看笑话一样。

瑞王妃就像是什么都没听见没看见一般，坐在旁边并不说话。正巧丫鬟带了郑夫人过来，沈梓身子晃了晃，看向了郑夫人，又扭头看向瑞王妃，说道："母妃……"

没承想说话的竟然不是瑞王妃，而是茹阳公主。她冷声说道："郑氏你可知错？"

郑夫人诧异地看了看沈梓，见沈梓的样子心中隐隐有不好的预感。瑞王妃缓缓说道:"虽然二丫头有众多不是,她到底是郡主之身,你们府上怠慢她,既然说到我面前了,我总不好当作不知道。茹阳,还需借你府上两个婆子。"

"叔母尽管吩咐就是了。"茹阳公主说道。

"掌嘴二十下,以示警告。"瑞王妃道。

茹阳公主点头,就有丫鬟去叫了婆子来,沈梓急道:"母妃、堂姐……不是这样的。"

"可是刚才二姐姐还哭着与母妃诉苦。"沈锦有些疑惑地说道,又看了看满脸惨白的郑夫人,"二姐姐你莫怕,你到底是郡主之身,虽然父王生你的气,可是该给的体面还是要给的。"

郑夫人看向沈梓的眼神恨不得撕了她。沈梓使劲摇头说道:"我没……"

"难道二姐姐的意思,母妃和堂姐都看错了?"沈锦皱眉说道:"郑夫人,你以后对二姐姐好些,看把她吓的。"

婆子已经过来了,一个人按着郑夫人的肩膀让她跪在地上,另外一个人行礼后就开始扇起了耳光。比起脸上的疼痛,周围人的眼神才更让郑夫人难以接受。今日茹阳公主可请了京中所有的贵妇,想来还没出公主府,她就已经变成了别人的谈资。郑夫人要面子了一辈子,今日不仅所有面子都丢了,还被人狠狠地踩了下去。

沈梓……郑夫人满心恨意,她怎么就给儿子娶了这样一个毒妇,若不是……若不是……郑夫人的手狠狠地握在一起,今日的耻辱,她定要千百倍还回去,沈梓……

二十巴掌打完了,沈梓已经虚软在了椅子上,甚至不敢去看郑夫人的脸色。沈锦道:"还是给郑夫人召太医吧,这般出去怕是要被说闲话的。"

"还是你考虑周全。"瑞王妃笑着拍了拍沈锦的手,看向了沈梓说道:"既然都替你教训了郑夫人,回郑府后,想来他们不敢再欺辱你,不过你也需孝顺公婆,知道吗?"

沈梓的表情都要扭曲了:"母妃,你就这般恨我吗? 你们是嫉妒我过得好吗?"

沈锦往瑞王妃的身边躲了躲,安宁也戒备了起来。沈梓冷笑道:"你们是故意的! 沈锦你死了丈夫,是不是巴不得别人都过得不好? 我就知道你一直嫉妒我……"

看着无害的沈锦整个人都愤怒了,沈锦沉声说道:"给我抓着!"就算到现在,沈锦还记得要先保护好自己才能惩罚别人。

安宁在沈梓的尖叫声中把沈梓的双手给抓住了。沈锦扶着安平的手站了起来,直接走过去狠狠甩了沈梓两巴掌,说道:"再让我听见你说我夫君一句……"想想没解气又是两巴掌,这才缓缓吐出一口气:"我夫君会回来的!"最后一句说得掷地有声。

第二十三章
大胜归来

"啊啊啊,沈锦你竟然敢打我。"沈梓尖叫着,可是根本挣不开安宁的控制。安平护在沈锦的身边,扶着她重新坐回了椅子上。

沈锦看着沈梓反问道:"我为什么不敢? 我不是已经打了吗?"

"沈锦你……"沈梓快要气疯了,"你不过是仗着嫁给了永宁伯。当初在瑞王府上,你不过是跟在我身后的一条狗。"

瑞王妃皱眉说道:"沈梓,是不是要我请个嬷嬷到郑府去教育教育你?"

沈梓身子一僵。沈锦倒是没有丝毫动怒,道:"嗯,我是仗着嫁给了永宁伯,那又如何? 你我同是父王的庶女,母亲是侧妃,又哪里有个高低之分?"

"锦丫头说得是。"瑞王妃道,"若真要分个高低,锦丫头可是养在我身边的。"

瑞王妃积威已久,沈梓敢对沈锦那般说话,却不敢对瑞王妃。沈锦坐在瑞王妃的身边,温言道:"母妃莫要生气,二姐姐当初在府中也是个好的,怎么才嫁到郑家这么短时间,就变成如此模样?"说到最后,沈锦已经满脸疑惑了:"而且当初二姐姐的规矩是宫中嬷嬷教的,那嬷嬷可是母妃专门去求皇祖母赐下来的,怎么……"

瑞王妃道:"橘生淮南则为橘,生于淮北则为枳。如此而已。"

两个人一问一答,竟已经把瑞王府的责任剥了出去,有皇太后这个旗帜在,任谁也不敢说瑞王府姑娘的规矩差。沈梓如今的情况,不过是在郑家被影响了而已。郑夫人嘴里含着血水,现在根本不敢张口说话,免得更加狼狈。听着瑞王妃和沈锦的话,竟再也忍不住连着血水和两颗牙齿吐了出来。郑家书香门第清贵之家,最让他们骄傲的就是府上的规矩和做派,如今连仅剩的这些尊荣都被人扯了下来。

瑞王妃道:"虽然二丫头已经出嫁,毕竟是从府上出来的,我倒是不好不管,掌手二十下。"说完就看向茹阳公主："还是要借用下茹阳你府上的戒尺。"

茹阳公主心中暗恨沈梓成事不足败事有余，自然不会管她，便道："叔母吩咐就是了。来人，拿戒尺来！"

沈梓使劲摇头："母妃，你不能这么对我。"如果她今日在茹阳公主府被人打了戒尺，怕是以后再也没有人会邀请她做客，而且郑家……想到郑夫人的样子，沈梓只觉得心中发寒："你们不能这么对我，我要找父王，父王不会允许你们这么对我的。"

蠢货！茹阳公主看着沈梓的样子，不说瑞王此时根本不在这里，就算是瑞王在，为了脸面也不会管她的。

很快就有丫鬟把戒尺送来了，瑞王妃说道："翠喜，你去。"

"是。"翠喜双手接过戒尺，走到了沈梓面前说道："二郡主，奴婢得罪了。"

"不……你敢，我要杀了你……"沈梓的声音更加尖锐和恐惧。

安宁把沈梓的右手送了出来，沈梓紧紧握着手，可是不知道安宁捏了哪个地方，沈梓只觉得酸软，再也握不住拳头了，翠喜手执着戒尺抽在了沈梓的手心……

瑞王妃看向了郑夫人："我已罚了沈梓，不过……我好好的女儿怎么到郑家变成如此模样？"

郑家空有名声，却没有实权，就算有人觉得郑家无辜，此时也不会多嘴，只会觉得娶了沈梓这个儿媳妇，也只能怪郑夫人倒霉了。

瑞王妃说道："掌嘴二十，只希望下次再见到，她能和以往一般规矩。"

郑夫人衣裙上都是她吐出来的血水，地上还有两颗牙齿，双颊红肿就连头发都散乱了，此时瞧着格外狼狈可怜。可是婆子却没有什么同情心，她们得了瑞王妃的吩咐，又有茹阳公主刚才让她们听瑞王妃话的命令，狠狠扇打着郑夫人的脸。

沈琦站在亭子外面，看着眼前的一切，心中却是在想，永宁伯不在此，事情就已经闹成如此模样了。若是永宁伯在……坐在一旁看戏的茹阳公主，还有站在旁边的昭阳公主和晨阳公主，怕是这三位也不能幸免。

打完了郑夫人和沈梓后，瑞王妃就起身说道："今日扰了茹阳的兴致，也是我的不是，改日请茹阳来我府上，到时候设宴招待。"

茹阳公主道："是茹阳招待不周。"

瑞王妃笑了一下，眼神在郑夫人和沈梓身上扫了一圈，说道："茹阳有心了，我先与两个女儿离开了,就不耽误大家玩乐了。"

沈琦和沈锦都跟在了瑞王妃的身边,茹阳公主心中恨得要命,面上偏偏还得带着笑,带着两个妹妹亲自送了瑞王妃离开。

等回了瑞王府,瑞王妃就让沈琦和沈锦先回去休息了,今日的事情她总归要与瑞王说说的。

陈侧妃和赵嬷嬷都在院子中等着沈锦,因为没料到回来得这么早,瞧着沈锦没事这才松了口气。赵嬷嬷道:"老奴去瞧瞧厨房,夫人喜欢的糖蒸酥酪好了没有。若是好了,夫人就先垫垫,中午有什么想用的吗?"

"想吃面。"沈锦开口道,"要牛肉的。"

"好。"赵嬷嬷一口应了下来。

沈锦看向安平和安宁,说道:"你们两个今日也累了,就下去休息会儿吧。"

陈侧妃给沈锦倒了碗红枣汤,才问道:"可是出什么事情了?"

沈锦想了一下,双手捧着热乎乎的红枣汤抿了两口:"不过是母妃让人掌了郑夫人的嘴,然后用戒尺打了沈梓。"

在沈锦口中,不管是什么样的事情都不算事情一般。

陈侧妃皱眉问道:"怎么回事?"

"说起来有点麻烦。"沈锦小口抿着红枣汤,"就是沈梓哭诉在郑府过得不好,母妃叫人传了郑夫人来,掌嘴了二十下以儆效尤,然后沈梓说了一些不好的话,母妃说她嫁到郑府后变得没规矩,就让人掌手了,又掌了郑夫人的嘴二十下。"

陈侧妃吸了一口冷气。沈锦说道:"母亲若是好奇,等会儿安平来了,让她说与母亲听就好了。"

"嗯。"陈侧妃开口道,"可饿了?要不要再用些糕点?"

沈锦想了想点头说道:"有些困了,也有些饿了。"

"等用完午饭再睡。"陈侧妃伸手摸了摸沈锦的手,见已经暖和了才说道。

沈锦点头。

闽中府内,席云景道:"如今你媳妇怀着孕,法场那样的地方阴气重,你就不要过去了。"

楚修明身穿官服,正在整理衣袖,闻言道:"好像我不去命令就不是我下的似的,再说又不是让我娘子去那种地方。"

席云景伸手拿过圣旨递给了楚修明,说道:"说得也是,再说杀了那些人,也是积德。"

楚修明握着圣旨,眼睛眯了一下说道:"你到船上等我。"

席云景伸了个懒腰说道:"行,终于快结束了。"

楚修明花了许久的时间来与这些人虚与委蛇,暗中联络楚家旧部,派人去军营,搜集各种罪证……一步步安排下来,为的就是今天。

此时的法场已经站满了人,很多围观的百姓都被士兵挡在一旁,见到楚修明的那一刻,本来还在交头接耳的人都不约而同地看向了他。

楚修明走上了临时搭建的木台,道:"带犯人!"

此次行刑的都是士兵,楚修明的话一落,就见一队士兵押着五人,让他们面对着百姓跪在了地上,最中间的正是梁大人。梁大人双目充血,看见楚修明的神色,像是想要扑上去狠狠咬掉他的肉一般。楚修明面色严肃,声音低沉,手一抖把圣旨展开,说道:"陛下派我前来为的就是除掉你们这些人。"这五人的身份和罪名一条条被说了出来,说到最后一句的时候,楚修明握着圣旨的手一紧:"你们乃一方的大员,自当造福一方百姓,可是你们枉对百姓的信任,竟做下屠杀百姓、冒领军功之事,杀!"

最后一个字落下,就见刽子手狠狠挥下了手中的大刀,在前几日还耀武扬威的人此时已头颅落地,血喷溅而出。

"苍天啊……"

"孩子爹,终于有人为你报仇了……"

第一声欢呼从人群中传出后,紧接着传来了痛哭声,就连那些士兵的面上都有些动容。

楚修明让人把尸体拖了下去堆放在一旁,又有十个人被带了上来。这次楚修明没有开口,而是身边的人挨着念了这些人的身份,都是犯事官员的家属,其中就有那个梁逸。梁逸大喊道:"楚修明,你忘恩负义……"

"梁逸,永齐十九年为夺王姓人家传家宝,构陷冤杀王家三十七口人;永齐二十年……"楚修明把梁逸做的那些事情都说了一遍。

"杀！"楚修明的话落下的同时，刽子手的刀也落了下去。

这些官员为富一方，妻妾成群，子嗣更是无数，所有十岁以上的男子今日都被带到了法场，等把这些人砍完，刽子手也下去了，换了一批新的刽子手过来。而所有百姓像是不知疲倦似的，除了在喊出这些人身份的时候会安静一下，剩下的时间都在欢呼，高呼着永宁伯的名字。

这一批被带上来的明显是军中的将领，也正是他们与梁大人等人狼狈为奸，一起欺上瞒下，犯下滔天罪行。这些人大喊着冤枉，楚修明闻言，眉眼间的清冷更胜，开口道："我楚家以军功起家，可是我楚修明敢对天起誓，所杀之人皆是当杀之人，刀剑所指之地，皆是当屠之地，所领军功受之无愧，绝无沾染我天启朝无辜百姓的鲜血，你们敢吗？"

楚修明眼睛眯了一下，掩去心中的失望："我也希望是我冤枉了你们，你们此时喊冤，那些无辜被杀的百姓呢？他们岂不是更冤？杀！"

一具具尸体被摆在了一起，到了最后，这些百姓发现再被押上来的竟然变成了认识的人，一时间都有些面面相觑了。倒是有些知道真相的人，心中格外解气，喊道："杀！杀死他们这些白眼狼啊。"

"怎么回事？"有人低声问道。

那个哭喊的人脸上都是泪，满脸皱纹，像是经历了所有的磨难和沧桑。

"这些畜生啊，就是他们勾结了海寇！就是他们啊，他们给那些畜生引路，把我藏进了山中的外孙女找了出来祸害了啊……就因为我外孙女不愿意嫁给那个畜生，他就引着人杀了我外孙女那一村的人啊……畜生啊……"

"怪不得……怪不得被那些海寇祸害的村子都是和这些人有仇的……"

"我是被逼的啊，我不带路也会有别人带路……可是他们会杀了我啊……"

楚修明心里很难受，他其实一直在犹豫，这些人到底当杀不当杀。他们固然是有罪，可是最大的罪孽在闽中官员身上，不过这股风气却不能涨。这些人的罪名一条条被念了出来，其中数十个主动与海寇勾结的人被斩首示众，剩余的人被押了上来，楚修明却没有再杀，只是说道："你们死罪可免，活罪难逃。我即刻起程去剿寇，若是愿意的，就与我一起去，杀寇十人可免罪罚，若是不愿意去的还按照原刑法流放千里。"

说完，楚修明却不再看这些人，吩咐手下道："你去给他们登记，愿意的就分发兵器护甲，不愿意去的先关进大牢。"

楚修明这般雷厉风行，帮众多百姓狠狠出了恶气，可是难免有些人心不稳，所以他才会杀完人后，借着这股血性带人去剿寇。只要打了胜仗，剩下的事情就好安排了。

船和士兵都已经备好，楚修明换下官服，着一身银色护甲站在船头，同样身穿护甲的席云景站在楚修明的身边，说道："这场仗必须胜。"

"嗯。"楚修明应了一声，"到时候闽中就交给你了。"

席云景缓缓吐出一口气，忽然笑道："若是祖父见到我如今的模样，定是认不出来的。"

"你该成家了。"楚修明道。

席云景伸手捂着眼睛，说道："是啊，总不能让席家到我这里就断了，不过如今还有多少人记得席家？"

楚修明心中一酸，说道："我们记着，很多人记着。"

席云景深吸了一口气："那你回去让弟妹帮我注意下。"

楚修明想到沈锦，道："好。"

沈轩本以为要找楚修明得花很大工夫，没想到刚进闽中这边，就被人寻了过来，正是楚修明派人专门在城门口等着他的。

这样一下子就得知了楚修明的消息，沈轩还觉得有些不真实，等听完侍卫的禀报，沈轩目瞪口呆。他知道自己这个妹夫很厉害，却没想到厉害到了这个地步。

"万一消息传到了京中怎么办？"

"将军说无碍的。都是证据确凿，到时候拿了那些海寇的头弄到京观，叫画师专门画下来送到京城给陛下，也算是大功一件了，此次船上带了不少粗盐。"

就算沈轩再不知事，也觉得诚帝收到这份礼物一定不会高兴的，除非这个京观最上面放着楚修明的头。粗盐？沈轩愣了一下才反应过来那些粗盐是做什么用的。

这话沈轩可不敢说，只是问道："我这里还带着你们将军夫人的书信。"

"将军说了，多则十日少则五日就会归来，让世子安心在这里等着就好。若是世子无事的话，就帮着规整一下抄家所得，统计一下如今闽中各有多少户人家，每户人家几口人，家产大概几许。"

看着沈轩的脸色，侍卫补充道："这也是将军说的。"

沈轩咬牙说道："妹夫还真看得起我。"

侍卫笑道:"将军说归家心切,让世子多多帮忙了。"

沈轩虽然面上神色纠结,可是心中却因楚修明的信任高兴,就算是瑞王妃这个母亲,也从来没有这么看重过他,想来还是他的能力得到了楚修明的认可。

"行了,你去把我带来的人安排下。"

"是。"侍卫应了下来。

战船上,席云景看着海图,问道:"那些事情交给瑞王世子真的没问题吗?"

"嗯。"楚修明眼睛眯了一下,点了几个地方,看着屋中的将领,说道:"到时候按照这个方位来……"

等楚修明说完,那些将领都领命出去了,席云景再次问道:"你确定没问题?"

"那些自然有人做。"楚修明这才说道,"不过是借着瑞王世子的身份而已。"

席云景想了下点头:"有道理。"

楚修明并没有封锁消息的意思,还亲手上了奏折给诚帝,不过却没有走加急。等诚帝收到这封奏折的时候,闽中的事情已成了定局,就是京观也已经建了起来,就在离码头不远的地方。

沈轩整个人黑瘦了不少,气色倒是不错,出乎所有人的意料。沈轩对这些俗物很有天分,短短几日就已经把事情都弄得井井有条了,倒是省了楚修明不少事情。

"妹夫,你真的要把这幅画送给陛下?"沈轩看着画师画出来的京观图,神色有些为难地问道。

楚修明挑眉看着他,说道:"自然,这般盛事若是不让陛下知道,怕是不好。"

"对了,妹妹信上到底写了什么?"看完了信,楚修明就开始带着人更加忙碌了起来,硬生生把五日的事情三日就解决了。

提到沈锦,楚修明的眼神柔和了一些,却没有说话,只是吩咐道:"按照这个把抄家所得的财产分发下去,如果能拿出证据的,就把该归还给百姓的归还。"

"这事情不与陛下打声招呼?"沈轩问道。

楚修明道:"陛下有命,让我便宜行事。"

"也是。"沈轩感叹道,"不过这些人贪墨的真多,就算是分发下去后,还能剩下不少,想来陛下也会满意。"

楚修明没有开口。沈轩拿着楚修明定下来的东西就离开了,席云景这才从后面走了出来,说道:"世子还是太天真了,到手里的东西怎么可能再给出去?"

"还是要给些的。"楚修明说道,"海寇那边所得的,除却分给士兵将领的那三成,剩下两成留给你,五成运到边城。"

席云景点头,闽中的事情楚修明说交给他,并不是让他明面上来管,毕竟席云景身上没有官职。

"抄家得到的这些,除了分给百姓的,把那些打眼的分出来,送往京城,剩下的运到……"

楚修明低声说了起来,席云景都记了下来:"放心吧。"

两个人又商量一会儿,确定没了遗漏,席云景这才问道:"对了,弟妹到底写了什么给你?"

楚修明没有说话,席云景跟他对视了一会儿,耸耸肩说道:"好吧,我也不是那么想知道。稀罕啊,我也快有妻子了,到时候也有人给我家书。"

"嗯。"楚修明这才吭了一声,指了指门。席云景眼角抽了一下,才出去。

等没人的时候,楚修明才靠在椅子上,伸手揉了揉眉心。其实沈锦的信就写了一句话,还画了一朵像是棉花一般的东西。楚修明认了许久,才确定那是小不点,怕是因为他不在身边,小不点长得太胖了。

楚修明想到沈锦写的,眼神柔和了许多,沈锦信上只写了八个字:"你怎么还不回来啊?"

想到自家小娘子写下这些字时候的神色,楚修明右手按了一下胸口的位置,那里正有一枚暖玉雕刻的平安扣。

"快了,我马上就要回去了。"

闽中的消息,这次就算诚帝想要隐瞒也瞒不住,因为是从下面递上来的,不少官员都已经看过了,瑞王府自然也知道了。沈锦如今已有六个月的身孕,每天最期待的就是感觉肚中的孩子动的时候。想到第一次孩子动的时候她以为自己要生了,差点哭了出来,此时就觉得好笑,躺在贵妃椅上,身侧放着赵嬷嬷她们专门做的软垫,手里拿着一本兵书慢慢念着。

陈侧妃每次见女儿一本正经地给孩子读兵书就觉得好笑，特别是读一会儿她就会有些昏昏欲睡的样子，怕是自己都不明白读的是什么意思。

"要不要给你换一本?"

"不要啊。"沈锦打了个哈欠，端着红糖水喝了口，说道，"夫君是将军，那么厉害，我们的孩子以后一定会比夫君还厉害。"

"为什么?"陈侧妃故意逗着女儿说话。

沈锦笑得有些小得意，因为一直被养着，面色红润，也胖了一些，笑起来的时候酒窝越发明显了:"当然是因为孩子的母亲那么聪明了。"

陈侧妃笑了起来:"就你淘气。"

赵嬷嬷端了核桃酪，闻言说道:"老奴倒是觉得夫人说得有理。"

沈锦点头，说道:"还是嬷嬷疼我。"

陈侧妃想到楚修明还没有消息，心中微微叹气，面上却丝毫不显，只是说道:"等永宁伯回来，可不许再这么淘气了。"

沈锦鼓了鼓腮帮子:"夫君才不会这么觉得呢。"又动了动唇，嘟囔:"夫君再不回来，我就不理他了。"

"到时候咱们都不理将军。"赵嬷嬷道。

沈锦抱着肚子笑了起来:"才不会呢，赵嬷嬷一定说夫君瘦了要做好吃的给夫君呢。"说完，又指着趴在地上啃永乐侯世子专门让人买回来煮给小不点吃的牛骨头，说道:"等夫君回来，小不点就要倒霉了。"

像是听见了自己的名字，小不点抬头看向沈锦，"嗷呜"叫了一声。

沈锦又开始笑了起来，不过不敢太大声。看着这般傻乐的女儿，陈侧妃不知为何想到了那句话，"怀孕傻三年"，自家女儿本来就够傻了，再傻下去……永宁伯还是早点回来的好。

陈侧妃有些担忧地说道:"茹阳公主和驸马已经去边城了，真的没事吗?"

"没事。"沈锦毫不在意地说道，"弟弟在呢。"

赵嬷嬷也笑道:"侧妃放心，这几年京中没少往边城安排人，也没起什么乱子。"

沈锦点头:"养着就是了。"

陈侧妃瞋了女儿一眼说道:"哪里有你说的那么容易。"

沈锦眨了眨眼,没有解释的意思,倒是赵嬷嬷知道,沈锦说的还真是实话,不过就是没人信罢了。

忽然,安宁从外面匆匆进来了,赵嬷嬷问道:"怎么了?"

"有将军的消息了。"安宁笑着说道,"翠喜姐姐来了,正在外面等着。"

"快请。"沈锦道。

翠喜给沈锦和陈侧妃行礼后,就说道:"王爷刚刚回来与王妃说了永宁伯的消息,王妃就让奴婢来与三郡主说,也让三郡主高兴高兴。"

沈轩是个实诚人,因为不知道楚修明的安排,又怕送信回京被诚帝知道,坏了楚修明的安排,到了闽中后竟然一封家书都没有送回来,所以瑞王也是在朝堂上才知道的消息。

翠喜把瑞王说的话学了一遍,陈侧妃一直提着的心松了下来,她不关心永宁伯都做了什么,只要永宁伯还活着就足够了。

"赏!"沈锦等翠喜说完,就笑着说道。

安平拿了个荷包放到翠喜的手上,翠喜道了谢以后才收了起来。

"王妃说,让郡主安心,想来永宁伯再过段时日就该归来了,到时候让王爷好好教训永宁伯一番。他虽然为国有功,到底让郡主受了委屈。"翠喜道。

沈锦笑着点头:"好!"

翠喜又说了几句,就先告辞了。

沈锦捧着肚子坐在贵妃榻上,陈侧妃说道:"谢天谢地,没事就好。"

赵嬷嬷也笑道:"夫人这下可就安心了。"

沈锦没有说什么,像是在思考着什么,忽然问道:"我肚子的孩子若是个女孩,我读兵书给她听是不是不好?"

沈锦抿了抿唇,越发严肃,想了想说道:"算了,等夫君回来让他想想办法吧。"

楚修明可不知道人还没回去,自家小娘子已经准备了难题。等他把闽中的事情全部处理完,就直接带着人轻装简从上路了,剩下的东西都交给了席云景安排送进京城。

到京城的那日,天下着大雪,到了瑞王府门口,楚修明翻身下马,侍卫敲响了瑞王府的大门……

沈锦正坐在屋中,脚边放个炭盆,上面是专门让人弄的架子,她最近迷上了烤红薯,不过赵嬷嬷不让她多吃,每日也就只能吃一小个。安平把红薯翻了个面,说道:"马上就好,夫人不要急。"

"嗯嗯。"沈锦点头说道,"要多烤一会儿才好吃。"

楚修明和人说了一声,没去见瑞王和瑞王妃就快步朝着墨韵院走来,倒是比传消息的人还快一些。

正在雪地里自己玩的小不点猛地站了起来,然后动了动耳朵就朝着院门口跑去,路过安宁的时候都没有停顿,吓得安宁一跳,叫道:"小不点。"

小不点却没有理她的意思,安宁赶紧放下东西去追,就看见小不点朝着一个穿着深色披风的人扑过去,欢快地叫了起来:"嗷呜嗷呜嗷呜呜呜呜……"

来人正是楚修明,他一把接过小不点,竟单手把小不点抱了起来,说道:"该训练了。"

"嗷呜……"小不点伸着舌头使劲去舔楚修明。

楚修明却把小不点松开,放到了地上,看了安宁一眼。

房中正在等着烤红薯的沈锦听见小不点的声音愣了一下,猛地抬头看向门口,一手抚着肚子一手扶着扶手站了起来,朝着外面走去。安平愣了一下,叫道:"夫人。"她赶紧抓过披风赶了上去,就见沈锦并没有出门,而是站在大门口,看着院子里的人。

楚修明自然也看见了沈锦,直接解开了披风,那身上的积雪随着披风全部落在地上,他这才朝着沈锦走去,说道:"进屋,外面冷。"

沈锦动了动唇,等楚修明走近了才一把抓住他的手,拉着人进了屋子,红了眼睛看着。楚修明一进屋就闻到了烤红薯的香味,看了一眼,靠近炭盆暖了暖手,确定自己的手不会凉了,身上也不再有寒意了,这才摸了摸沈锦的脸,说道:"我回来了。"

安平和安宁悄悄退了出去,还贴心地关上了门。赵嬷嬷和陈侧妃也在屋外面,两个人满脸笑意,赵嬷嬷道:"将军怕是瘦了,我去做些好东西,有将军陪着夫人定能多用一些。"

屋内,沈锦终是没忍住,抓着楚修明的手贴在自己的脸上,娇声说道:"你怎么才回来啊。"

简单的一句话,带着撒娇的意味,却又有着说不清道不尽的心酸和难过。

"我的肚子都大了。"沈锦哭了起来,她一直是个娇气的人。

"晚上腿还疼……"边说边哭,弄得楚修明格外心疼,把她抱在了怀里。

"我都吓坏了……"沈锦被楚修明这么一抱,流泪变成了大哭,"害怕死了……他们见你不在都欺负我……我都不知道肚中宝宝是男孩还是女孩……呜呜呜呜……不知道该读兵书好还是诗集……你怎么都不回来……兵书好无聊,看得好困……都是因为你没回来……"沈锦不停地哭诉着,就连某天吃饭的时候吃到了不喜欢的东西都怪在了楚修明没有回来身上。

"呜呜呜,红薯好像煳了……都怪你怎么才回来啊!"

等沈锦哭够了,楚修明就让人端水来伺候她梳洗,而他自己也需要梳洗一番。沈锦洗了脸,又擦了脂膏后,就鼓着腮帮子,抓着楚修明的手往内室走去,打开了衣柜,从里面拿出来了一个包袱放到桌子上,嘟囔:"你再回来晚些就穿不上了。"

这一身冬衣是沈锦亲手做的,并没有绣多少花纹,可是针脚密实,一看就知道花了心思的,就连鞋袜都有,楚修明的手摸了一下衣服,忽然露出笑容,说道:"万幸赶上了。"

沈锦恶声恶气地说道:"快点换。"可惜眼睛红红的,还吸了吸鼻子,一点气势都没有。

楚修明没有马上换上,只是说道:"我去沐浴。"

沈锦应了一声,又挨了过去,把自己的手放在楚修明的手里:"我的烤红薯都煳了呢。"

"让安平再给你烤个好的。"楚修明一手握着沈锦,一手轻轻环着她的肚子。

沈锦应了一声,两个人一时间竟然没有再说话,等热水备好了,沈锦就像是小尾巴一样跟着楚修明去沐浴,连一会儿都不想分开。

楚修明看着自家小娘子的样子,越发心疼了,眼神也柔和了许多。他沐浴的时候是不让丫鬟伺候的,沈锦等人加好热水后,就把小厮给打发了出去,挽了袖子,亲手给楚修明洗头擦背,确定了楚修明身上没有任何多出来的伤疤,这才彻底放下了心,小声说道:"他们都说你失踪了。"

"嗯。"楚修明的声音柔和,没有了寒气和杀意,根本不像是那个战无不胜的将军,反而更像一个温润的贵公子。

"我答应过你会平安回来的。"沈锦从来没伺候过人梳洗,难免有些笨手笨脚的,可是楚修明只觉得浑身舒畅。

沈锦把手伸到楚修明的面前说道:"酸了。"

楚修明好笑地给她揉了揉,沈锦这才满意地给他擦后背:"茹阳公主和驸马去边城了，我让赵管家给弟弟送信，让他把人给养起来。"

"娘子真聪明。"楚修明闭着眼睛道。

沈锦闻言笑道："小不点又胖了。"

楚修明整个人都渐渐平静了下来，听着沈锦嘀嘀咕咕说个不停，丝毫不觉得厌烦。沈锦毕竟有孕在身，给楚修明擦了背后，就坐回椅子上不动了。楚修明自己换了衣服，安平和安宁这才进来伺候，赵嬷嬷扶着沈锦的手，说道："夫人，小心滑。"

楚修明对赵嬷嬷说道："把东西规整下。"

"是。"赵嬷嬷明白楚修明的意思，他既然已经回来了，再住在墨韵院就有些不合适了，把东西规整了，等明日与瑞王妃打了招呼，就搬回原来的那个院子里。按理说，楚修明倒是该搬回永宁伯府的，可是马上要过年了，永宁伯府太过清冷了一些。

见楚修明没有别的吩咐了，赵嬷嬷就退了下去，仔细把房门给关好。沈锦正坐在床上看着楚修明，楚修明走了过去揉了揉她的头顶，这才脱了衣服上了床。沈锦舒服地钻进被窝靠在他的怀里，小声说道："孩子都会动了。"

楚修明的手轻轻放在沈锦的肚子上，问道："累吗？"

"不累的。"沈锦闭上了眼睛，又打了个哈欠说道，"孩子很乖。你说会是女儿还是儿子呢？"

"不管是哪个，我都喜欢。"楚修明说的是真话。

"可是我一直在给孩子念兵书，如果是女儿的话，会不会不太好？"沈锦小声问道。

楚修明低头亲了亲沈锦的发，说道："不会的。"

沈锦抓着楚修明的手，与他十指相扣，道："夫君，你回来了真好。"

"嗯。"楚修明的声音有些低哑，"安心地睡吧。"

沈锦这才应了一声，闭上了眼。楚修明虽然觉得疲惫，可不想睡，怀里是他的妻和子。听着沈锦哭诉了这么多委屈，可是话里却没有任何的抱怨，没有责怪自己在她有孕脆弱的时候离开，说到底不过是撒娇而已。正是因为这样，楚修明更是心疼，有些事沈锦不会说，可是不代表楚修明不会去问。

"睡吧，我在。"沈锦睡得迷迷糊糊的，在楚修明的怀里蹭了蹭。

这一觉沈锦睡得格外舒服，却不知道外面已经翻了天。谁承想一直瞧着没事的沈锦，竟然在楚修明回来后病倒了。楚修明赶紧起身叫了赵嬷嬷她们来，又传了大夫。

值得庆幸的是沈锦并不是受寒了,是虚火,想来是前段时日传来了楚修明失踪的消息,就算沈锦一直相信着他会回来,可是难免还会担惊受怕,却又不能表现出来,因为能护着她的人不在身边,外面还有许多不怀好意的人。

楚修明坐在床边,伸手握着沈锦的手,就算沈锦没有清醒过来,可是一感觉到楚修明不在身边,就会小声哭泣,那种和受伤的小动物一般的呜咽声,听着让人格外心疼。

瑞王妃和沈琦都亲自过来了,看着哭红了眼的陈侧妃,瑞王妃叹了口气,说道:"平日瞧着这孩子跟个没事人似的,谁想到竟然都埋在心里。"

陈侧妃道:"大郡主,你如今也有孕在身,可别过了病气。"

"无碍的。"沈琦也是知道沈锦并非风寒,"妹妹一直没醒吗?"

"大夫说让她睡着。"陈侧妃低声解释道。

因为沈锦一直抓着楚修明的手,所以楚修明只能坐在床边,见到瑞王妃她们进来也没能起身,瑞王妃倒是不在意,说道:"坐着吧,别扰了锦丫头。"

楚修明点了下头,没有说话,拿过丫鬟手中的帕子,轻轻地给沈锦擦了擦额头。沈锦睡得小脸红扑扑的,额间还冒了汗,若不是那过热的体温,任谁都不会觉得她是病了。瑞王妃不过是来探望一下,说道:"好好照顾锦丫头,我让王爷在朝上给你请了假。"

"谢谢岳母。"楚修明道。

瑞王妃也没再多说什么,带着沈琦走了。出了墨韵院,沈琦忽然说道:"母亲,不知为何我瞧着妹夫的样子,竟然觉得有些害怕。"

"这是自然的。"瑞王妃看了一眼外面的雪,说道,"轩儿还在读书的时候,怕是他就上战场了。楚修明是见过血的野兽。"也就是诚帝那般天真的,把楚修明当成驯养出来的家畜,还想随意拿捏。

沈琦道:"妹妹还是早些好吧。"

瑞王妃应了一声,如今的楚修明还能保持着理智,若是沈锦真有个万一……瑞王妃缓缓吐出了口气,说道:"你也注意点身子,回去吧。"

"是。"沈琦这才上了轿子。

陈侧妃不好劝什么,也插不上手,索性就去了院中的小佛堂,只求女儿能一生平安喜乐。

赵嬷嬷问:"将军,稍微用些饭吧?"

"端来吧。"楚修明把帕子交给了丫鬟,然后给沈锦整理了一下头发。

安宁赶紧去搬了小桌,摆放在了楚修明的面前,赵嬷嬷端了饭菜来。沈锦一直握着他的手,楚修明只能单手用饭。

闻着饭菜的香味,躺在床上的沈锦动了动,手指在楚修明的手上抠了抠,楚修明正在夹菜的手顿了下,放下了筷子,扭头看向了沈锦。她正闭着眼睛打了个哈欠,然后动了动唇,睁开眼睛。她明明觉得这一觉睡得很舒服,可是偏偏身上又酸又累的,一时间还有些迷糊,呆呆傻傻地看着楚修明,然后又打了个哈欠,松开了楚修明的手,双手从被子里面伸了出来,用手背蹭了蹭眼睛,才说道:"我也饿了……"

沈锦刚醒来,声音还有些哑哑的,没有忍住又打了个哈欠,眨了眨眼睛才清醒了一些。

赵嬷嬷心中一喜,赶紧去倒了温水来。楚修明一手抱着沈锦让她坐起来,一手拿着杯子抵在她的唇边。沈锦小口小口喝了起来,身子软软地靠在楚修明的身上,自己一点力气都不想出。

沈锦看了看离自己不远的那些饭菜,双手搂着楚修明的脖子,撒娇道:"好累啊,可是肚子里的宝宝说好饿,怎么办?"

楚修明低头亲了亲沈锦的额头,还是很烫,沈锦有些害羞地把脸往楚修明的怀里躲了躲:"嬷嬷还在呢。"

"老奴可什么都没看见。"赵嬷嬷见沈锦醒了,心中高兴地说道,"老奴这就让人备水,夫人梳洗一下就可以用饭了。"

"好。"沈锦觉得自己浑身无力,小声说道:"怎么不叫我起来啊?"

楚修明让安平和安宁先把饭菜都给撤了,坐在床上隔着被子把沈锦抱在怀里说道:"睡醒了吗?"

"嗯。"沈锦动了动,换了个更舒服的姿势,抓着楚修明的手说道,"还想睡呢,可是闻到了饭香就醒了。"

楚修明想到自己和赵嬷嬷怎么也叫不醒沈锦,若不是大夫说让沈锦多睡会儿无碍,他们怕是早就用凉水来把她弄醒了,可是谁承想竟然只是饭香就勾着她自己醒了……不过醒了就好,就算是被敌军围困,蛮夷兵临城下的时候,他都没有像昨晚那般无措和焦急。

"你生病了。"楚修明见沈锦到现在还没意识到,用下颌蹭了蹭沈锦的发。

"啊?"沈锦反应有些迟钝,愣了愣才说道,"怪不得,我觉得好累啊,还以为睡得太多了呢。"

楚修明没忍住叹了口气,说道:"傻丫头。"

"我可聪明了!"沈锦怒道,"别以为我生病就可以欺负我。"

楚修明被逗笑了:"傻丫头,快点好起来吧。"

沈锦抓着楚修明的手,张嘴咬了两口才说道:"我可聪明呢!"

楚修明应了一声,忽然说道:"给我生个女儿吧。"生一个和自家娘子一般乖乖傻傻的女儿。

"下次吧。"沈锦想了一会儿,才说道,"我都念了这么久兵书了。"

楚修明本就长得好,此时满眼充满宠溺和爱意的样子,更是让人心醉。

安宁端了热水过来,也不用沈锦下床,直接把东西都摆在了床边,然后伺候着她洗漱。沈锦觉得自己生病可以稍微娇气一些,就心安理得地靠在楚修明的怀里,就像是偷吃了葡萄的小狐狸一般,有些小小的得意与喜悦。

在沈锦醒来后,安平就去告诉陈侧妃,陈侧妃急匆匆地赶了过来,就见女儿正坐在床上,而楚修明单膝跪在地上,一手握着沈锦的脚,一手拿着鞋子给她穿上。

陈侧妃知道永宁伯一直很宠女儿,可是竟不知道宠到了这般地步,而自己那个傻女儿竟然还很理所当然地把另一只脚放到了楚修明的手上,还动了动脚催着楚修明给她穿鞋。

楚修明也看见了陈侧妃,叫了一声:"岳母。"

陈侧妃深吸了一口气,见赵嬷嬷和安平她们神色如常,也没多说什么,毕竟人家两个愿意就好。

"难受吗?"

"不难受的。"沈锦等楚修明给她穿好鞋子,这才一手按着楚修明的肩膀,一手扶着后腰站了起来。

赵嬷嬷扶着沈锦,楚修明这才到一旁净手。沈锦走了两步就觉得有些虚软,皱了皱眉头,陈侧妃说道:"快坐下。"

"嗯。"沈锦应了一声,赵嬷嬷扶着沈锦坐在椅子上,安宁拿了软垫放在后面,让沈锦靠着。

"母亲你吃饭了吗？一起吃吧？"

陈侧妃的眼睛眯了下，说道："早些时候还叫不醒你，怎么忽然就醒了呢？"

沈锦皱了皱鼻子，说道："不告诉你。"

陈侧妃点了点女儿的额头："不说我也知道。"

沈锦摸着肚子问道："母亲，一起用饭吧？"

"好。"陈侧妃因为沈锦生病，也一直没有胃口，此时见沈锦醒了也就放心了不少。

等陈侧妃应了下来，赵嬷嬷就到外面去让人摆饭。楚修明走到了沈锦的身边，又给她倒了杯水，沈锦皱了皱鼻子，才端着杯子慢慢把水给喝了。

等外面的饭菜摆好了，安平就进来说道："侧妃、将军、夫人，可以用饭了。"

陈侧妃本想让丫鬟去扶着女儿，就看见沈锦坐在椅子上对着楚修明伸出了手，楚修明直接弯腰把她抱了起来，沈锦双手搂着楚修明的脖子，看向了陈侧妃，说道："母亲，走吧。"

想说的话已经说不出口了。陈侧妃道："派人与王爷和王妃说了吗？"

"已经说了。"沈锦道。

陈侧妃先出了门，楚修明抱着沈锦跟在她的身后去了外面的小厅。等陈侧妃坐下后，楚修明就把沈锦放到了椅子上，然后自己坐在了旁边。安平给陈侧妃和楚修明都盛了一碗羊肉萝卜汤，给沈锦盛的是冰糖银耳汤。

羊肉火气大，不适合沈锦。

沈锦毕竟在发热，胃口并不算好，用了两口后，就很自然地把剩下的放到楚修明的碗中，楚修明也不嫌弃，还时不时夹点菜放到她的碗中。

陈侧妃看着女儿的样子，总觉得现在的女儿好像更加鲜活快乐了，不像是楚修明不在的时候，每日虽然还是开开心心的，却懂事得让人心疼。等用完了饭，陈侧妃忽然说道："你们回边城吧。"

"母亲？"沈锦疑惑地看着陈侧妃。

陈侧妃笑着说道："回去吧。"

楚修明看出了陈侧妃的意思，说道："等夫人坐完月子，我就带她回去。"

陈侧妃点头说道："以后……不管谁给你们写信，不要回来了。"

沈锦咬着唇看向了陈侧妃，叫道："母亲……"

陈侧妃只是笑了笑："好了，我也去休息了，让女婿照顾你吧。"

沈锦点头。楚修明说道："岳母，我送你出去。"

陈侧妃摇了摇头："就两步路。"说完就带着丫鬟离开了。

沈锦皱眉挠了挠楚修明的手心，说道："母亲是怎么了？"

楚修明伸手摸了摸沈锦的脖颈，沈锦缩了缩脖子，说道："不要闹。"

"岳母不过是希望你快乐。"楚修明这次没再抱着沈锦，而是搂着她的腰，陪着她慢慢在屋中走动。

沈锦想了想，问道："我们什么时候回永宁伯府？"

楚修明低头看向沈锦，说道："不想留在瑞王府吗？"

沈锦道："虽然有母亲在，可我还是想回永宁伯府。"

楚修明本身留在瑞王府就是为了让沈锦开心，如今听了沈锦的话，也没什么不同意的，更何况在永宁伯府对他来说更加方便一些。

"好。"楚修明道，"等你病好了。"

沈锦点头，说到底还是在自己的地方更加自在一些。瑞王府当家做主的是瑞王妃，沈锦倒是习惯了无所谓，可是沈锦舍不得委屈楚修明。楚修明如何不会明白，不过是见沈锦没有丝毫的不舍和勉强这才同意了下来。

"再睡会儿吧？"楚修明等沈锦坐下后，才伸手摸了摸她的额头，问道。

沈锦想了一下说道："该给孩子读兵书了。"

楚修明闻言道："你躺着，我来读。"

沈锦这才满意地让安平帮着她脱了衣服。等沈锦躺好以后，楚修明就让人都下去，自己上了床，也不用拿兵书，回想了一下就开始讲了起来。楚修明讲的带着解释，就像是说着小故事，使得沈锦都被吸引住了。

沈锦的病其实不算严重，又有楚修明陪着，慢慢地也就好了，不过人也变得懒散起来了。如果没有人叫的话，每日都要睡到日上三竿还不愿意起来，就算起来了也是迷迷糊糊的，直到用完了早饭才清醒过来。外面送的什么赏花谈诗一类的帖子都拒绝了，每日就在院子里面。赵嬷嬷本以为在楚修明离开那段时间，把沈锦养得够好了，谁知道在楚修明回来后的短短时间内，沈锦竟然又胖了一些。

沈锦每日都很快乐,针线活一律不做了,就是书也不愿意自己看了,只等每日楚修明办完了公事,然后陪着她去院子里转一圈。

这段日子,陈侧妃看着楚修明怎么对女儿的,也彻底放下了心,只等女儿他们回边城后,就禀了王妃,以后在墨韵院中清修,好好带着那个将要出世的孩子,只望女儿、女婿一家永远平安喜乐,等待着以后可能团聚的日子。

正院中,瑞王妃听了沈锦的话,点头说道:"也该如此,否则女婿待客也不方便,那边人手够吗?"

"就是来求母妃的。"沈锦面色红润,说道,"想让母妃安排些人,帮着把永宁伯府收拾一下。"

瑞王妃点头,当即叫了翠喜来,让她去选些人到永宁伯府,当着沈锦的面说得很清楚:"让他们去是干活的,莫让我知道他们摆架子耍赖,等干完了活就回来。"

翠喜躬身应下,见没有别的吩咐这才下去选人,心中却已经有了思量,定要选些老实的,免得到时候这些人不长眼,反而坏了王妃的一番好意。

沈锦笑道:"谢谢母妃了。"

瑞王妃笑嗔了一句,说道:"这点事情派个丫鬟来就好,你病才刚好,万一再着凉了怎么办?"

沈锦抱着肚子说道:"我裹得可严实了,也没走多少路呢。"

瑞王妃拿着小锤子砸着核桃,说道:"就你有理,安平,把这碟的核桃仁端给你家夫人。"

"是。"安平双手端着瑞王妃刚刚剥出来的核桃仁,然后放到了沈锦的手边。

沈锦捏着核桃仁吃了两颗才说道:"陛下也快封笔了吧。"

"快了。"瑞王妃算了一下时间说道。

沈锦病好些以后,楚修明就销假上朝了,把闽中的事情禀报了一番,甚至当朝献上了海寇的京观图,当时户部尚书就问了抄家所得的那些财产。

楚修明说道:"因为陛下让微臣便宜行事,微臣⋯⋯闽中百姓感念陛下恩德,特设了陛下的长生牌。"楚修明直接省去了他私下扣留的,把那些分发归还给百姓的都仔细说了一遍,每一笔都有迹可循。

诚帝放在桌下的手都气得发抖了,长生牌?那些人感恩戴德的根本不会是自己。诚帝可不相信楚修明有这么好的心思,若真是个忠臣就该把所有的抄家所得上缴国库,然后诚帝再以自己的名义分发下去。

看了一眼御案上的京观图,诚帝只觉得满心恐惧,沉声道:"永宁伯,朕派你去闽中之前,曾提醒过爱卿,莫要造过多的杀孽……"

"是。"楚修明态度恭敬。

诚帝指着海寇京观图,问道:"那这是什么?你杀了人还不够,还弄这样的东西出来,我天启朝的国威何在?"

"陛下,"楚修明开口道,"这些海寇屠杀我朝百姓,以百姓为牲畜取乐,罪大恶极,海寇伏诛后,闽中百姓无不欢喜雀跃。"

诚帝的神色有一瞬间扭曲,强忍着怒气,说道:"不过永宁伯,这马上要过年了,还是让人去把京观毁了,挖个坑把人葬了,以免有伤天和。"

这话一出,在场的臣子也明白了诚帝的意思,那京观是楚修明亲自让人建起来的,如今又亲自让人毁去,定会伤了他在闽中百姓心中的地位。诚帝是在报复,而且就算是证据确凿,诚帝也不愿意相信自己派下去的臣子竟然做出那么多大逆不道的事情。

"而且永宁伯所杀都是朝廷大员,也没经刑部审问,难免有些不能服众,不过看在永宁伯杀敌心切上,朕就不予追究了。"

诚帝言下之意,那些被楚修明杀的官员定是无辜被诬陷的,不过诚帝宽容大量,只当是永宁伯为了与海寇之战的胜利才会如此。

"不过下不为例,国有国法家有家规,若是旁人都如永宁伯这般肆意妄为,还要朕这个皇帝干什么?"诚帝说到最后声音已经冷硬了。

站在一旁的瑞王不知为何忽然想起了一句话:信而见疑,忠而被谤,能无怨乎?能无怨乎……瑞王微微侧头看向了面色平静的永宁伯,这个阴错阳差成了他女婿的人。

不仅是瑞王,就连在场的不少臣子心中都有些说不出的感觉。在他们看来,永宁伯虽然冲动了一些,可是易地而处,若是他们发现了那般的罪行,又有诚帝"便宜行事"的圣旨,恐怕也会做出相同的选择。而且当时只让永宁伯带了那么点人马,那些官员在闽中扎根许久,谁知道还有没有什么手段,就算关进牢中或者当即押解进京,恐怕都不是万全之策。换成他们是永宁伯,会怎么选择?留着这一群心思不良的人在身后,然后自己去打仗?

简直是拿自己的命开玩笑。若不是楚修明用这般手段直接震住了闽中的剩余官员，怕是与海寇作战的时候，孰胜孰负就不好说了，就算是胜也难免牺牲更多的人。

楚修明直接跪了下来，说道："臣罪无可恕，愿削除爵位，自请离京。"

这话一出，朝堂上全部安静了，不少人都愣住了，顾不得御前失仪，扭头看了看就算是跪着也背脊挺直的楚修明，又看向了坐在御座上的诚帝。

诚帝面色也是一僵，心中暗恨，咬牙说道："永宁伯是威胁朕？"

"臣不敢。"楚修明开口道，"臣所做之事无愧天地，臣所杀之人皆是负天启朝百姓之人，海寇头颅筑京观此举，为的不过是平复百姓心中怨恨。永齐二十年，海寇数十人上岸，杀……永齐二十四年，海寇数百人上岸……仅四年时间，海寇杀我天启朝百姓五千二百一十三人，掳走女子一千七百二十七人，此次救回三百一十七人，其余皆已惨死，尸骨无存。"

楚修明的声音不大，也没有丝毫的愤怒在里面，就像是在说一个个简单的数字："这些仅仅是能查出来的。"

"不可能！"诚帝的反驳脱口而出，却有些底气不足。

楚修明继续说道："罪人梁成出任闽中后，共报战功一十三次，最少一次斩首海寇二百四十余人，最多一次斩首海寇八百六十五人，共计七千四百余人。"

诚帝脸色大变，怒道："胡言乱语！若真如此，怎会无人上报？"

楚修明看着诚帝，沉声说道："这就要问陛下了，罪人梁成出任期间，为铲除异己，手段残忍，残害官员……"

楚修明一条条地说了出来，不仅是诚帝就是在场的人都想起了不少当初被梁成参下来被抄家灭门的那些官员，除了这些明面上的，竟然还有……朝堂上的人并非都是清官好官，可就算如此，如今听见了闽中的事情也觉得毛骨悚然，换作是他们过去……怕是换个人都收拾不了这个烂摊子，而造成这般情况的人……

见诚帝的神色，楚修明没有就此罢手，而是问道："敢问陛下，这些人当杀吗？该杀吗？"

诚帝强撑着说道："朕并非说这些人不当杀，不过也该按照律法经过刑部等审问后。"

楚修明道："臣请削爵离京。"说完这句后，竟再也不说别的，甚至提都没提当初是诚帝下旨让他便宜行事，予了他杀勾结海口官员的权力。

不过楚修明不提，并不代表着朝堂上的众人忘记了，就连一开始发问的户部尚书也不开口了，他是诚帝的人，可又不是傻子，此时再站出去说楚修明的错，怕是要被天下百姓骂死。

"爱卿请起。"诚帝勉强露出笑容，说道，"爱卿乃国之栋梁，莫要再说什么削爵之类的话了。"

楚修明却说道："仅凭梁成等人，如何能做下此等欺上瞒下之事，还请陛下严查。"

诚帝此时骑虎难下，心知若是不应下来，楚修明还真的会做出辞爵走人的事情。想到刚到边城的女儿女婿，万不可让楚修明现在离京回去，便道："自当如此。那这件事就交给了永宁伯来督查，永宁伯为主，以刑部大理寺为辅。"

楚修明这才躬身应下："臣，遵旨。"

诚帝根本不知道，楚修明威胁的根本不是要回边城这件事，要的不过就是让诚帝把这件事交到他手里。虽然杀了梁成那些人，可是在楚修明看来根本不够，不够偿还闽中百姓的那些血泪。

第二十四章
不速之客

等退朝回到了皇后宫中，诚帝再也忍不住砸了一堆东西，怒道："他怎么敢！他怎么敢威胁朕！"

皇后最近的日子也很难熬，此时看着诚帝的样子，也恨透了楚修明，却没有说话。诚帝把能砸的都砸了，这才气喘吁吁地坐在榻上。皇后叫人进来把东西收拾了，重新端茶倒水。

"若是丞相在，朕也不会这般不顺。"看着皇后憔悴的样子，诚帝难得感叹道。

一句话让皇后再也忍不住哭了出来："陛下，臣妾的母亲昨日进宫，说父亲自觉对不起陛下，心中抑郁，如今已经病得下不了床了。"

诚帝愣了一下看向皇后，竟不知道说什么好。

皇后的父亲陈丞相当初被参后，诚帝顶不住朝臣的压力，就让他闭门思过，管束族人，最后还除了丞相之职，又发落了一批陈丞相的门生，最终风光一时的陈丞相只剩下"承恩公"这个爵位。

陈氏一族本就不是什么良善之人，当初陈皇后嫁给了还是皇子的诚帝，他们更没有想到会有今日的风光。骤然巨富后，这些人心思轻浮，做事无所顾忌，得罪了许多人，不过是因为有陈氏这个皇后和陈丞相在，那些人无可奈何罢了。

可是如今，陈丞相被罢免在家，所有的门生都被牵连，贬官的贬官，流放的流放，不少人看出，陈丞相起复无望，那些把他踩下去、瓜分了陈丞相下面利益的人，都不会容许陈丞相再一次起来。

甚至连诚帝的人都不喜欢陈丞相再次起复，那些人自然有仇报仇了。不过因为陈氏一族还有个皇后，所以做得并不过分，可就是如此，也生生把陈丞相气病了。

　　陈丞相气那些落井下石的人，更气诚帝。他自觉为诚帝做了那么多事，若是没有他，诚帝甚至坐不到这个位置，可是诚帝竟然这般待他，无数次感叹："飞鸟尽，良弓藏；狡兔死，走狗烹。"就连陈皇后的母亲进宫后，难免都带出来了一些。不过陈皇后却不会这般说，甚至还劝住了母亲，让她回去好生劝告父亲，绝对不能再说这般话。

　　陈皇后今日会说这些，不过是想试试诚帝的态度，可见诚帝只是叹了口气，说道："叫人派太医去承恩公府，好好医治承恩公。"

　　"谢陛下。"陈皇后只觉得心寒，却不敢多说，她现在想要坐稳皇后的位置，能依靠的就是诚帝了。诚帝至今都不愿意册封太子，后宫那些嫔妃都有了奢望，若不是太后表现出支持自己的态度，怕是后宫更加不稳了。

　　楚修明是知道今日自家小娘子要去正院的，下朝后就与瑞王一并归瑞王府，路上与瑞王说了要搬回永宁伯府的事情，瑞王有些不舍地说道："怎么这么赶？"

　　"不管是小婿还是夫人都是不舍离开的。"

　　楚修明生得极好，穿着一身伯爵的官服，更显得面如冠玉、风华楚楚。其实看着楚修明的样子，再想想永乐侯世子，瑞王心中难免有些感叹，若是琦儿能嫁给永宁伯，说不定就更好。

　　楚修明可不知道瑞王心中的想法，继续说道："只是马上要过年了，有些与楚家有交情的人，难免要上门联系下。岳父如今也不容易，女婿过完年又要回边城了，太多人上了岳父家的门，难免会引起……忌讳。"

　　这里面全然是为瑞王考虑的，瑞王也听明白了，心中一凛，面色变了变，点头道："还是女婿考虑得周全。"

　　楚修明一笑，说道："望岳父不觉我多事就好。"

　　瑞王道："你一心为我考虑。"说完叹了口气："你也别怪岳父怕事，实在是……"

　　楚修明正色说道："岳父若是如此说，就让小婿没脸了。"

　　瑞王摇了摇头，说道："我心里明白。不说了，过年了记得过来。"

　　"是。"楚修明也不再多说。

　　到了正院，瑞王妃和沈锦、沈琦母女三人正在说话，也不知道聊到了什么，都笑个不停。沈锦抱着肚子笑了会儿就停下来，缓缓地接着笑，沈琦也是如此，弄得瑞王妃不停地让她们小心点。

见到瑞王和楚修明，几个人就要站起来，瑞王说道："都是自家人，你们坐着吧。"

沈琦和沈锦也没再坚持行礼，沈锦笑看着楚修明，瑞王妃打趣道："女婿这是来接锦丫头的？"

"是。"楚修明倒是毫不在意地说道。

瑞王妃挥了挥手，说道："快点接走吧，就这么一会儿看着她们两个，我可是一直提心吊胆的。"

楚修明这才行礼道："那女婿先告辞了。"

瑞王也笑着摆了摆手，沈锦扶着安宁的手站了起来，又说了两句，就跟着楚修明离开了。在门口，安平拿了长袄和披风来，楚修明就接了过来，亲手给沈锦穿上，仔细检查后，自己才穿上披风，扶着沈锦的腰往外走去。

沈琦看着楚修明和沈锦两个人之间的互动，伸手摸着肚子，心中难免有些羡慕。不过想到楚修明失踪后沈锦的样子和等楚修明安然回来后，沈锦反而病倒的事情，觉得换成了自己怕是撑不住的。沈锦这个妹妹，比自己要坚强得多。

瑞王注意到了女儿的神色，问道："褚玉鸿呢？"

沈琦闻言道："玉鸿最近有些忙，快过年了，上峰交代了不少事情给他。"

瑞王皱了皱眉，说道："他能有什么事情！"

"王爷，"瑞王妃打断了瑞王的话，说道，"玉鸿难道就不需要回永乐侯府了吗？他到底是永乐侯世子。"

瑞王见瑞王妃说话了，这才不再过问。瑞王妃柔声问道："对了，轩儿的信送来了，怕是不能回来过年了，我准备派人送些东西给他，王爷有什么要与轩儿说的吗？"

"他要在闽中留到年后？"瑞王心中不满地说道。

瑞王妃倒是觉得让儿子留在闽中不错，到时候让熙儿跟着永宁伯一起回边城，就算出事了，也能保全了他们，不过这话不能对瑞王说。瑞王妃看向了沈琦，说道："琦儿你也回去休息吧。"

沈琦应了下来："母亲，我晚些时候让丫鬟把给大弟弟准备的东西收拾了送过来。"

瑞王妃点头，沈琦这才扶着丫鬟的手起身往外走去。

等沈琦离开，瑞王不禁感叹道："若早知永宁伯是这般样貌人品，把琦儿……"

"王爷,"瑞王妃打断了瑞王的话,"就算王爷舍得,我却不舍得,想想当初蛮族围城的时候……"那时候不管是瑞王还是瑞王妃都以为沈锦怕是……

瑞王也想到了,点了点头没再说什么。

楚修明扶着沈锦出了正院的门,问道:"要坐轿子吗?"

"走走吧。"沈锦犹豫了一下,说道,"整日坐着也觉得有些累了呢。"

"好。"楚修明展开披风,把本就包裹得严严实实的沈锦给搂到怀里,让她走得可以不那么费力。

沈锦只觉得浑身热乎乎的,笑着把手从手捂里面伸了出来,塞进了楚修明的手里:"我与母妃说了回永宁伯府的事情,母妃让人帮着收拾去了。"

"嗯。"楚修明道,"让赵嬷嬷也先回去。"

沈锦想了想才点头说道:"好吧。"其实沈锦还有些舍不得赵嬷嬷,不过想想过不了多久自己也要回去了,这才勉强同意。

"母妃亲口与我说,产婆奶娘这类的也该备下了。"

"我有安排。"楚修明早就写信到了边城,想来再过几日那些人就该被送来了,不仅是产婆和奶娘,还有侍卫……毕竟沈锦坐完月子回边城的时候,他们还要带着孩子。

"暂时不能带你去南边了。"

"没关系的。"沈锦倒是不在意。

楚修明应了一声:"闽中的东西大部分都直接让人送到了边城,还留了一些送来京城,到时候你看看怎么送人。"

"好的。"沈锦脆生生应了下来,"夫君放心吧,我会和赵嬷嬷好好处理的。"有些人情往来,还有楚家旧友一类的。

楚修明笑道:"是交给赵嬷嬷吧?"

沈锦皱了皱鼻子,顾左右而言他:"宝宝动了。"

楚修明闻言:"我抱你回去。"

"嗯。"沈锦应了一声。

楚修明小心翼翼地把沈锦抱在怀里,像是以往那般让她坐在胳膊上,另一只手环着她。冬天的衣服本就厚实,沈锦还有孕在身,可是楚修明抱着她的样子,就像是没什么重量一样。沈锦舒服地动了动脚,忽然感叹道:"肚子太大了,我都看不到自己的鞋子了。"

楚修明和沈锦赶在年前搬回了永宁伯府,瑞王妃让人送了不少银丝碳一类的东西过来,并不是什么值钱的东西,却都是沈锦他们需要的,显得格外贴心,就算是赵嬷嬷都觉得瑞王妃做事周全。

边城又来了一些人,永宁伯府热闹了一些,他们不仅带来了楚修远准备的东西,还有楚修远的消息。

楚修明是和沈锦一起听的,家书只是很平常的一些内容,毕竟有些东西写下来后就不安全了。赵管家是跟着众人一起回来的,道:"在下把夫人的话告知了少将军,少将军当即就召了人过来做了安排。那个忠毅侯兵书读了不少,可惜都是纸上功夫,少将军又是以有心算无心,并没有费一兵一卒就把人全部拿下了。"

"怎么拿下的?"沈锦一脸好奇地问道。

赵管家笑道:"不过是一些民间的把戏,忠毅侯和茹阳公主倒是警觉,并不去将军府赴宴,而是住在了驿站,却不想整个边城都是我们的人手,蒙汗药有些不够用,就用了一些巴豆。"

沈锦眨了眨眼,忽然问道:"那又吃了蒙汗药又用的巴豆的人呢?"

楚修明伸手捏了捏自家满脸好奇的小娘子,说道:"只能自认倒霉了。"

沈锦想了想这两样东西的药效,有些想笑又觉得有些同情,最终摸了摸肚子,说道:"夫君说的是。"

楚修明看向了赵管家,赵管家说道:"按照夫人的吩咐,茹阳公主和驸马连着茹阳公主贴身的丫鬟都被送到了大院中好好养着。"那个大院正是边城专门建起来让诚帝派去的人荣养的地方,就是不知道进去后,里面的房间还够不够分了。

楚修明点头:"今年那些蛮族没来打饥荒?"

赵管家摇头说道:"想来是去年的时候将军把他们杀得狠了,至今还没发现,不过少将军一直派人在外巡查。"

楚修明皱了皱眉,点点头。

赵管家又说了一些边城的事情,楚修明一直听着,偶尔问上两句,两个人讨论了起来。沈锦用帕子捂着嘴小小地打了个哈欠,楚修明就比了一下手势,赵管家停了下来,楚修明问沈锦："要进去休息会儿吗？"

沈锦点点头："困了呢。"

楚修明就扶着沈锦起身，沈锦对赵管家点了点头，就靠在楚修明的身上，双手抱着肚子，慢悠悠地往内室挪去，赵嬷嬷也跟着进去了。

赵管家本以为会多等一会儿，没想到一盏茶的工夫，楚修明就出来了，看着赵管家故意显露出来的诧异，楚修明只当作什么都没看到。

看着楚修明的样子，赵管家眼中闪过几分安慰，说道："将军，不如我们继续讨论？"

"嗯。"楚修明应了下来，"大院中现在有多少人？"

赵管家说了个数字："还有几个已经明白表现出想要投靠将军的。"

"留下几个听话的。"

每个月给诚帝的奏折是不能断的，还有些暗折。诚帝收到的不过是楚修明他们想让他知道的，甚至楚修远的事情都从最开始瞒到了现在。诚帝知道的楚修远不过是一个病弱的少年，所以诚帝才在楚修明失踪后，急不可耐地召回了茹阳公主和驸马，还把他们派了过去。

赵管家应了下来，说道："蜀中……怕是有些不好。"

蜀中正是当初地动的地方，诚帝专门派了亲信带着大批的粮草过去。楚修明因为去了闽中，对于那边的消息倒是有些滞后。

赵管家说道："十两银子带到那边只剩下十个铜板。"这只是一个比方，不过是说被派去的人贪得太狠。

"民心不稳。"赵管家沉声说道，"如此下去……就算是为了活下去，恐怕……"

官逼民反……

赵管家说道："到时候，是带着夫人回去的最好时机。"

楚家一直是天启朝的守护神，镇守边疆，战死沙场，为的并非那些兵权，不过是想护着天启朝百姓免受战乱之苦。而如今，让百姓受苦受难的并非那些外族，反而是……楚修明微微垂眸，说道："我知道了。"

两个人又谈了一会儿，赵管家就先离开了，他还有别的事情需要安排，而楚修明端着冷茶一口饮尽后就起身回了内室。说困了要休息的沈锦，此时正靠坐在床上，手里端着一碗枣泥山药羹吃得正开心，里面还有被弄碎的核桃仁、水果干一类的。见到楚修明，沈锦就露出笑容:"夫君。"

楚修明觉得只要能看见自家小娘子的笑容,好像整个人都会变得舒心。他走到床边坐下,沈锦就舀了一勺子喂到了楚修明的嘴里,然后期待地看着他。楚修明本以为是甜腻的东西,吃到嘴里却发现并不会让人觉得腻味,还有些酸甜的感觉。

"好吃。"楚修明笑着说道。

沈锦自己吃了一口,又喂了楚修明一口,看向赵嬷嬷说道:"嬷嬷,这次的好吃,里面有羊乳吗?"

"还是夫人厉害。"赵嬷嬷笑着说道,"夫人若是喜欢了,老奴再做些别的,这次少将军让人带了不少边城的特产来。"

沈锦果然更开心了,对着赵嬷嬷甜甜一笑,说道:"嬷嬷最好了。"

赵嬷嬷眼尾扫了楚修明一眼后,就看着沈锦说道:"夫人少用一些,等晚上的时候,还有别的好吃的。"

沈锦笑着又喂了楚修明一勺后,就开始自己吃了起来,白嫩的脚指头在被子里面动来动去。

"想吃锅子。"沈锦把最后一口咽了下去。

赵嬷嬷笑道:"夫人怎么知道少将军专门让人送了几只活羊来?"

沈锦闻言眼睛都亮了,赵嬷嬷道:"不过夫人不能用。"

"啊?"沈锦眨了眨眼,有些呆愣地看了看赵嬷嬷,又看向了楚修明,最后眼神还是落在赵嬷嬷的身上,说道:"不是给我吃的吗? 不是弟弟知道我怀孕了,所以送来给我补身子的吗?"

楚修明摸了下自家小娘子的脸,怎么也看不出哪里需要补身子。

"少将军是这个意思。"赵嬷嬷道。

沈锦在楚修明的手上蹭了蹭:"所以为什么不给我吃呢? 不是送给我的吗?"

"因为羊肉太燥,夫人不能用。"赵嬷嬷笑得越发和善。

沈锦瞪圆了眼睛,简直不敢相信,赵嬷嬷收了沈锦手上的空碗。沈锦哭诉道:"那为什么要告诉我!"

"难道夫人不知道?"赵嬷嬷问道,"不是要吃锅子吗?"

沈锦动了动唇,说道:"我就是想吃锅子,可是我不知道弟弟送了活羊来等着我吃。"

楚修明看着赵嬷嬷故意逗着自己的小娘子。沈锦犹豫挣扎了许久，问道："那我还能吃锅子吗？"

"倒是可以用些清汤的，老奴备些牛肉一类的。"赵嬷嬷道。

沈锦松了一口气说道："那就好。"

赵嬷嬷道："总共送了十只，不过到京城后也就剩下四只还活着了。"

楚修明说道："府上留两只杀了，你们分吃了吧，剩下两只送到瑞王府。"

沈锦想了想说道："其实我觉得，我能喝点羊肉汤的，嬷嬷你觉得呢？"

赵嬷嬷道："好。"

沈锦满意地点点头："对了，果干这些也分些出来给姐姐。"

赵嬷嬷应了下来，见没有别的事情，就退了出去。

楚修明索性脱了鞋和外衣坐到床上，沈锦舒服地靠在楚修明的怀里，玩着他的手指，整个人的重量都交给了他。楚修明双手轻轻抚着沈锦的肚子，说道："头扭过来。"

"啊？"沈锦傻乎乎地扭头看向了楚修明，楚修明低头吻上了沈锦的唇。

沈锦嘴里还有着甜甜的味道，楚修明觉得比刚才吃的枣泥山药羹还要甜一些。楚修明又轻轻吻了几下，就见沈锦杏眼水润，眼尾带着几许红晕，和以往的娇俏不同，多了几分妩媚。楚修明低头在沈锦的耳边轻声说了一句，沈锦这次连白嫩的脖子都红了。楚修明轻笑出声又哄了两句，沈锦这才咬了咬唇，轻轻点了点头。

楚修明手上掌握的证据足够了，虽然想把那些人一网打尽，可也知道不可能。梁成一脉都是诚帝的亲信，他上面的人同样是诚帝的心腹，所以楚修明必须把握一个度，如何让诚帝觉得心疼却又在能忍受的范围内。

楚修明很忙，他还要把事情尽量在早上弄完，下午好回去陪自家娘子。楚修明觉得自己在沈锦刚发现有孕就离开了，肚子都大了才回来，心中觉得亏欠，倒不是补偿，而是想对沈锦更好一些而已。

和楚修明比，沈锦就整日无所事事，每天睡醒了吃饭，吃完了和小不点玩一会儿，然后等着夫君回来一并吃午饭，吃完了夫君陪着去散步，然后回去听夫君讲兵法睡午觉。

等沈锦睡着了，楚修明就去和属下商量事情，然后估摸着时间，再去把自家小娘子叫醒，陪着她散步，在她累的时候，把人抱回来。

有楚修明宠着，又有赵嬷嬷等人精心照顾着，沈锦总觉得自己没有当初在瑞王府时候聪明了，所以猛一听见安平的话，还愣了愣才反应过来李氏是谁。

"生了啊，是男孩还是女孩？"

"回夫人的话，是男孩。"安平说道，"要不把报喜的人叫进来？"

沈锦想了想点头说道："嗯，那礼备好了吗？"说着就看向赵嬷嬷。

赵嬷嬷说道："已经备好了。"

"哦。"沈锦总觉得哪里有些不对，可是一时想不起来，端着杯子喝了口水，说道："那到时候我问完话，让送礼的人与这个人一并回去。"

赵嬷嬷应了下来，说道："那老奴再去检查一遍。"

"嗯。"沈锦点点头，把杯子放回了桌上。

安平道："奴婢去把人带上来。"

沈锦再次点头，等房中就剩下安宁和几个小丫鬟后，忽然问道："还是觉得有些不对。"

安宁问道："夫人觉得哪里不对？"

"想不起来了。"沈锦摸了摸肚子，坐了起来，"算了，应该不重要。"

安宁见沈锦自己想通了，也就不再多说，只是把盖在她腿上的毯子整理了一下，又帮着她把鞋子穿上，就站到了一旁。安平很快就把人带了上来，来的竟然是陈侧妃身边的李妈妈。见到李妈妈，沈锦就露出了笑容，直接蹬掉了鞋子，说道："要是安平早与我说是李妈妈来了，我就不用穿鞋了。"

李妈妈闻言笑道："瞧着郡主气色这般好，侧妃也就放心了。"

沈锦点头说道："母亲怎么样？"

"侧妃这几日倒是忙了些，其余都好。"李妈妈道。

沈锦"哦"了一声，说道："对呢，李氏的孩子生了，怪不得母亲要忙呢。"

李妈妈说了一些孩子的情况后，又说道："侧妃这段时间抽空做了一些小衣服，本说这几日抽空给郡主送来，正巧今日得了喜讯，老奴就请了差事过来了。"

沈锦催促道："快拿来我看看。"

李妈妈笑着应了下来，安平让等在外面的小丫鬟进来，接过包袱，放到沈锦旁边，就见里面是小衣服、小鞋子，还有虎头帽。沈锦拿了小鞋子在手上比画了一下后，又拿着帽子看了看，最后拎着衣服，笑了起来："好小啊。"

"因为李氏的事情，这些东西还没来得及浆洗。"李妈妈看着沈锦的样子，满心安慰。

沈锦点头说道："安平你收起来，回来与赵嬷嬷说。"

"是。"安平仔细把东西包好。

沈锦看向那个捧着包袱来的小丫鬟，说道："安平带人下去喝点热汤暖暖，再给李妈妈端碗热汤来。对了，李妈妈坐，我最近老忘事。"

等李妈妈坐下后，沈锦问道："李妈妈，你说弟弟小时候漂亮还是我小时候漂亮些？"

李妈妈闻言笑道："自然是郡主漂亮了，郡主刚生下来没多久就长得白白嫩嫩的，小脸红扑扑的。"

沈锦满足了。安宁捧着一个锦盒出来了，沈锦道："这是夫君与我给弟弟准备的金锁。"

李妈妈双手接过说道："老奴定亲手交到侧妃的手里。"

沈锦点点头，猛地想了起来，问道："等等，我怎么觉得还不到李氏生产的日子？对了，李氏还好吗？"李妈妈说了陈侧妃说了孩子，可是根本没提李氏的事情。

李妈妈道："出了点小意外，所以李氏发动的日子提前了。"

沈锦满脸惊讶，看向了李妈妈，李妈妈说道："三少爷不知怎么找到了永宁伯送给王爷的那对杯子，正巧王爷回来，三少爷失手把杯子给打碎了。"

"他倒霉了。"沈锦肯定地说道。反正杯子送出去也不是她的了，沈锦丝毫不觉得心疼，抱着肚子换了个姿势，说道："父王当时的脸色怎么样？"

"可惜老奴不知道。"李妈妈开口道，"不过听说连瑞王妃都惊动了。"

"可是怎么又和李氏有关了？"沈锦被弄得更加疑惑了。

李妈妈叹了口气说道："也不知道三少爷怎么想的，还是有人在他身边说了什么，觉得他被罚是因为李氏肚中有了孩子的原因，他不是府上最小的，王爷就不喜欢他了，所以在见到李氏后，就推了她一把……"

沈锦愣了一下才开口惊呼道："啊……"李氏还真是无妄之灾。

李妈妈点头，又说了几句就告辞了，是安平去送的人。等李妈妈一走，沈锦脸上的笑容就消失了，忽然问道："还有多久用午饭？"

"夫人可是饿了？"安宁看着沈锦的神色，有些担忧地问道。

沈锦摇了摇头，却没再说什么，而是侧身躺在了贵妃榻上，单手摸着肚子。安宁拿了小被给她盖好，问道："夫人可是不舒服？要不奴婢叫了大夫来？"

"不用的，我休息一会儿。"沈锦小声说道。

安宁也不再开口了，心中有些担忧，等安平进来后，就与安平说了一声，出去找在厨房的赵嬷嬷，低声说了几句。赵嬷嬷皱了皱眉头，说道："我知道了，你与岳文追上去问问，那个李氏是不是出事了。"

"是。"安宁应了下来，赶紧去叫了岳文。岳文是楚修明一手带出来的，自从来京城后就留在了沈锦身边。

赵嬷嬷并没有马上进去，反而等着翠玉豆糕出锅了才过去，进去后就见沈锦微微蜷着腿躺在贵妃榻上，看着不远处瓷瓶里面插着的梅枝，眼神有些迷茫也不知道在想什么。赵嬷嬷对着安平点点头，安平接过食盒放到一旁，把里面的翠玉豆糕端了出来。赵嬷嬷温言道："夫人，刚出锅的糕点，要不要尝一尝？"

沈锦抿了抿唇，说道："不太想吃。"

赵嬷嬷让安平端了过来放在沈锦的面前，就见沈锦鼻子动了动，看了一眼后，说道："还是吃一点吧。"

"嬷嬷，你说生孩子会不会很疼呢？"

"会有些疼的。"赵嬷嬷道，"不过夫人不用担心，将军把所有的事情都准备周全了，还专门把大夫请到了府里。"

"哦。"沈锦想了想点头，吃了两块就不再用了。

岳文和安宁回来的时候心情都有些沉重，岳文等在外面，安宁进去的时候，又恢复了平时的样子。赵嬷嬷看见了安宁，眼神闪了闪，问道："夫人中午可有什么想用的？"

沈锦说道："弄些酸汤面叶吧。"

"好。"赵嬷嬷笑着应了下来，"那老奴去准备。"

沈锦点点头，说道："安平，你给我拿几块细棉布来。"

"是。"安平应了下来。

"要细软一些的。"沈锦要求道。

赵嬷嬷到了门口就看见了岳文，对着岳文点点头，岳文就跟着赵嬷嬷到一旁，把李妈妈说的都与赵嬷嬷说了一遍。赵嬷嬷叹了口气："这事……你去门口守着，将军回来了把事情与将军说下,夫人貌似猜到了什么,心情有些不好。"

"是。"岳文应了下来,当即就走了。

赵嬷嬷进了厨房,让厨娘与她打下手,开始做沈锦想吃的酸汤面叶了。

楚修明每日回来的时辰都差不多固定的,所以没等多久岳文就见到了楚修明,低声把事情说了一遍,楚修明皱了皱眉没再说什么。

等楚修明进来的时候,就看见沈锦已经半靠在软垫上,手里拿着块布正在缝制着什么。见到楚修明的那一刻,沈锦也没忍着,直接红了眼睛看着他,就像是被抛弃的小动物,看得楚修明不禁心中一软,走了过去伸手摸了摸沈锦的头:"我去换衣服。"他刚从外面回来,一身的寒气不好靠着她太近。

沈锦放下手中的东西,拽着楚修明的手,轻轻摇了摇。楚修明说道:"陪我去好吗?"

"好。"沈锦这才开心了一些,小心翼翼地跟在楚修明的身后往内室走去,"夫君,今天李妈妈来了。"

安宁和安平陪着沈锦到内室的门口,就不再进去了,等沈锦跟着楚修明进去后,还细心地关上了门。

"是岳母身边的,想来是岳母想念你了。"楚修明在外面不苟言笑,可是在沈锦面前却不会如此,下属和娘子,外人和内人,楚修明分得很清楚。

沈锦应了一声,等楚修明换好了衣服,才伸开了双手看着楚修明。楚修明把自家小娘子搂到了怀里,抱到了一旁的软榻上。沈锦抓着楚修明的手,说道:"我也觉得母亲是想我了,要不也不会让李妈妈走这一趟。"

楚修明应了一声:"等天气好些了,我陪你回去探望下岳母。"

沈锦想了想,摇头说道:"母亲现在要照顾弟弟。"

楚修明后面靠着软垫,让沈锦坐在他怀里,如今就算是楚修明也没办法完全环住沈锦的腰。他双手贴在沈锦肚子上,让肚子的温度更高了一些,道:"在岳母心中,你才是最重要的。"

"我也这么觉得。"沈锦闻言笑道,"不过想到弟弟就比我们的孩子大几个月……"

楚修明发现沈锦忽然不说了,他明白沈锦心中担心什么,此时却等着自家小娘子把心中的那些担忧说出来,只有这样才能更好地安慰她。

沈锦抓着楚修明的手,捏了捏他的手指,声音有些颤抖,说道:"夫君,李氏是不是……是不是没了？"

"嗯。"楚修明没有准备隐瞒。

沈锦咬了下唇，侧身趴在了楚修明的怀里，脸靠在他胸口："夫君，我好害怕……"

"我想给夫君生孩子，生很多很多孩子，像夫君的，像我的，像我们两个的……我想和夫君一起看着孩子们长大，看着他们娶妻嫁人生子……我想和夫君一起白头到老。"沈锦小声地哭了起来，她哭的时候从来不像别人那般痛苦，而是小声地抽噎，弱弱的像是怕被人发现一般，"夫君，你说我会不会……"

"不会。"没等沈锦说话，楚修明就打断了她的话，"我不会让你出事的。"

沈锦把头埋在楚修明的怀里，整个身子都在颤抖着："可是，如果有万一呢？"

有孕者，易多思。这也是赵嬷嬷她们不愿意让沈锦知道李氏出事的原因，毕竟李氏和沈锦的日子靠得太近了。李氏的事情不仅对沈锦有触动，就是沈琦知道后，心中也是不安的。可是她的不安却不能与丈夫说，因为说了永乐侯世子也不能理解，虽然会安慰，可是更多的是觉得沈琦想得太多。

而楚修明不会，因为他了解沈锦，一辈子也就这么一个沈锦，他的娇娇小娘子。很多人都觉得嫁给楚修明是沈锦的福气，却不知在楚修明心中，娶到沈锦对他来说也是一种救赎。沈锦是他的家人，是他的娘子，是他孩子的母亲，是一辈子要与他在一起的女人。

楚修明低头吻着自家娘子，换了个姿势让她坐得更舒服些，手轻轻抚摸着她的后背说道："不会有万一的，你不相信我吗？"

"可是……"沈锦抬起头，黑润润的眼睛看着楚修明，眼泪不断地落下，"可是又不是你生孩子。"

楚修明低头吻去沈锦眼角的泪，说道："我会陪着你，所以别怕。"

沈锦的唇微微颤抖着，吸了吸鼻子，满脸控诉地说道："不行啊。"

"嗯？"楚修明有些疑惑地看着沈锦。

沈锦用手抠了抠楚修明的手心，说道："母亲说了，生孩子的时候你不能进来的，不吉利……"说到这里越发要控诉了："明明孩子是我们两个的，为什么我就要在里面，你却不能进去啊。"

楚修明被逗笑了，抓住沈锦捣乱的手，说道："我会进去陪着你的。"

沈锦眼中露出喜悦，手指动了动，见抽不出来也就不闹了："那母亲说了怎么办？"

楚修明低头吻了一下沈锦的鼻子,说道:"我与岳母说。"

沈锦脸上明明满是喜悦,却一本正经地说道:"可不能让母亲说我。"

"岳母怎么舍得。"楚修明的声音格外温柔。虽然陈侧妃经常说沈锦调皮,让她懂事一些,更多的是说给自己听的。

沈锦忽然说道:"可是母亲说坐月子的时候不能洗澡……"沈锦满是犹豫:"你会嫌弃我吗?"

楚修明见沈锦自己想开了,也不再提那些不开心的事情,说道:"你觉得呢?"

"会吧。"沈锦抽出自己的手,抓着楚修明的手开始咬了起来,并不疼,反而痒痒的,"我自己都好嫌弃啊……"

楚修明亲了沈锦耳垂一下,说道:"我陪你。"

"陪着我不洗澡?"沈锦一脸嫌弃地看着楚修明,有些犹豫地问道,"不要了吧?"不知为何,沈锦想到第一次见到楚修明的时候那满脸的胡子,自己就抱着肚子又开始笑了起来。

"不过听说坐月子的时候很多东西不能吃。"沈锦想到这里,倒是把那些害怕给忘记了。

楚修明亲了亲沈锦的手指,说道:"我陪着你,你吃什么我吃什么。"

沈锦这才满意,不过到底心疼夫君,说道:"不过你可以偷偷地背着我吃。"

"不会。"楚修明保证道。

楚修明看见自家小娘子的笑容,轻轻地帮她抚着后背,等她笑完了,才拿着一旁的水杯,喂到了她的唇边。沈锦也不接,就低着头慢慢喝了起来:"其实想想,能看见孩子,这么多辛苦也是值得的。你说我们的孩子以后叫什么?"

"夫人觉得呢?"楚修明问道。

沈锦想了想说道:"我起小名,你起大名好不好?"

"好。"楚修明哪里能不同意,为了这个孩子,自家娘子受了这么多苦,名字这样的小事情只要娘子高兴就好。

沈锦双手抱着自己的肚子:"我饿了。"

"那出去用饭。"楚修明起身,看着还在软榻上的沈锦,沈锦期待地看着他。楚修明嘴角上扬,弯腰直接把沈锦抱了起来,沈锦舒服得晃动了一下脚。

赵嬷嬷做了沈锦说的酸汤面叶,还给楚修明下了鸡汤面叶,除此之外还有别的菜色,都是沈锦喜欢的。等吃完了饭,楚修明陪着沈锦散了一会儿步,就回屋休息了,不过今日楚修明没有等沈锦睡着就离开,而是一直陪着她,没有讲兵法,而是与沈锦说起了当初楚家经历过的战事。不管是小的冲突还是数万人的战事,回来后都会从士兵那里收集各种资料,然后记录下来,还有一些注解和当时将领的心得,楚家的子弟都是用这些来识字的。

楚修明见沈锦听得津津有味,忽然问道:"你觉得须原这一战,天启朝为什么在占有优势的情况下还是败了? 换成是你会如何呢?"

须原之战是在天启朝与前朝之间的战争,那时候楚家先辈虽然参与了这场战事,可是名声不够,主事的并非楚家长辈。

沈锦愣了一下,以往楚修明从没有问过她这些的,想了想说道:"我? 退吧,然后收拢一下。"

"为什么?"楚修明问道。

沈锦说道:"粮草跟不上了啊。"说着,她就抓着楚修明的手画了起来:"你看,战线……拉得这么长,士兵都吃不饱,还要一直打仗,很累啊。"

楚修明听了忽然问道:"你觉得打仗,想要打胜仗最重要的是什么?"

"士兵吃饱饭,然后保住更多士兵的命,对方人少的话,就打,人多的话……"沈锦犹豫了一下,觉得这话与楚修明说好像有些不好。

"嗯?"楚修明问道。

沈锦小声说道:"对方人多的话,就避开一些比较好吧,或者偷袭一下?"

楚修明不仅没有生气,反而说道:"还是我家小娘子聪明。"

"当然了。"沈锦忘记了刚才的羞愧,说道,"我可聪明了。"

晚上的时候,沈锦还是如往常一样窝在楚修明的怀里,就在楚修明觉得她睡着的时候,才小声说道:"夫君,如果……如果我真的……"沈锦说得含糊,但是她知道楚修明能听得懂:"你就趁着孩子还不记事的时候,再娶一个善良温柔会对孩子好的新妇吧。"

沈锦的声音带着颤抖,但是说得很清楚,像是考虑很久似的:"到时候不要告诉孩子这些事情,你要好好对我们的孩子,连着我的……一起疼孩子,不要有了别的孩子,就对他不好。"

"说什么傻话。"楚修明听完只觉得心疼得很，伸手轻轻拍着沈锦的后背，说道，"傻丫头，你真舍得？怎么尽想着这些有的没的。"

沈锦这次倒是没有哭："我就是提前说说，就像是李氏也没想到会……我就怕有什么万一，来不及和你说，不过你要答应我，到时候我们两个要合葬在一起，不许有别人好不好？"

"不管生前死后，就我们两个人。"楚修明的声音格外温柔，带着几许沙哑，"你说得对，人生有许多意外，就像是我本以为自己能陪着你在京城，然后一起回边城过年的，却不想偏偏在你有孕的时候离开，让你自己在这个地方。"

沈锦听着楚修明的声音，只觉得心里痒痒的，可是却不知道说什么好，就用脚指头在楚修明的腿上蹭了蹭。楚修明用腿夹着沈锦的腿，不让她闹腾，这才继续问道："很辛苦吧？"

"就是想你。"沈锦老老实实地说道，"很想很想。"

楚修明轻笑一声，声音有些沙哑低沉："我也想你。"

沈锦的声音多了几分理所当然："肯定的啊，我这么好。"

楚修明轻轻吻了吻沈锦的头发，说道："是啊，你这么好，怎么舍得让我以后凑合那些不够好的？"

沈锦笑了起来，楚修明的声音缓缓传到了耳边："人生总是有意外。"若是真的到了那个时候，楚修明的选择不可能是孩子。

"孩子是我们的延续，可是你却是我的唯一，所以傻丫头，你该知道我的选择是什么的。"

不知道为何，听着这话，沈锦的心彻彻底底安定了下来："我可聪明了，不过我和孩子都会没事的，因为你会陪着我，护着我对吗？"

"嗯。"楚修明轻轻拍了拍她的头，说道，"睡吧。"

"好。"刚说完没多久，沈锦就闭眼睡下了，真正让沈锦安心的并非楚修明说的会保她，而是那个唯一，这样就足够了。就算真的出事了又如何？总有那么一个人记着自己，永远想着自己，这样的男人……沈锦觉得不管是为了孩子，还是为了这个男人，她都不会让自己出事的。

瑞王府四少爷的洗三办得并不大，不过请了一些亲近的人。楚修明陪着沈锦过去了，到时候这孩子的满月，她怕就来不了了。这个孩子的洗三日子很巧，正是永齐二十五年的最后一天，诚帝也已封笔了。

沈锦第一次看见这个弟弟，他被包裹在红彤彤的小被子里面。陈侧妃脸上带着笑容，并不明显，可是沈锦知道，母亲是高兴的，自己出嫁后，母亲想来是寂寞的，整日都在墨韵院那么大点的地方，怕是一草一木都已经记得清清楚楚了。

陈侧妃笑看着沈锦，说道："这孩子比你小时候乖。"

"怎么可能。"沈锦根本不相信，"母亲不是说我才是最乖的孩子吗？"

陈侧妃勾唇一笑，说道："骗你的，你小时候时时离不开人，必须让人抱着，早上睡晚上闹的，一不如意就哭，还不是大声哭，就是小声哭个不停。"

"才不会呢。"沈锦想到自己经常在楚修明面前说自己小时候多乖多懂事的事情，"我又聪明又乖的。"

陈侧妃笑了笑却不再说话，把怀里的孩子交给奶嬷嬷，才说道："快回去休息吧，可别累着了。"

沈锦摸了摸自己的肚子，点头说道："好。"

瑞王妃给楚修明和沈锦安排的还是当初那个院子，他们准备在瑞王府过完初三再回去。

永乐侯世子和沈琦在孩子洗三完就回永乐侯府了，不管怎么说，大年初一的时候他们还是要留在永乐侯府的。沈琦和沈锦也就打了个招呼，没说得上两句话，只等着初二的时候她回来再说，可是沈锦觉得沈琦竟然瘦了一些，但她抿了抿唇也没有说什么。

沈琦本想问问沈锦知不知道李氏的事情，可看沈锦眉眼间满是欢喜，整个人也是滋滋润润的，最终什么也没有说，甚至有些逃避的意思，赶着永乐侯世子一起离开了瑞王府，她怕自己忍不住会说出来，最终也让沈锦不好过。

沈锦在瑞王府这段时间，不管是沈蓉还是沈皓她都没看见，她什么也没有问。过完了初三，楚修明就陪着沈锦回了永宁伯府，来的时候送了不少礼，走的时候也带了不少。送走了永宁伯夫妻，沈琦没有忍住，问道："母亲，你说妹妹到底知道不知道李氏的事情？"

瑞王妃看着女儿憔悴的样子，说道："你觉得呢？"

沈琦说不出来，如果知道，为什么一点异样也没有？若是不知道，为什么见沈蓉和沈皓不在,却丝毫没有诧异?瑞王妃叹了口气,说道:"重要吗?"

听见母亲的话,沈琦却回答不出来,重要吗?她也不知道,就是想知道。

瑞王妃陪着女儿慢慢往里面走,说道:"不管锦丫头是知道或是不知道,她心里却明白,不管别人如何,自己的日子才是最重要的。有我在,总不会让你与李氏一般的。"

"母亲。"沈琦听见母亲提起李氏,身子僵了一下。那一日她吓坏了,那么多的血,李氏的惨叫声好像还在耳边,还有父王的那句"保孩子"……当初她小产的时候,是不是也流了许多的血?

"李氏是什么身份?你又是什么身份?"瑞王妃伸手握着女儿的手道,"就算是在永乐侯府,他们也没那胆子敢不保你。"

沈琦咬了下唇,瑞王妃的手很柔软,是一双养尊处优的手。

"女人生孩子总是一大关,可是又不能不生,除非你愿意看着别的女人与你丈夫的孩子继承这一切。"瑞王妃说道,"锦丫头不管是身份、样貌,甚至连琴棋书画这类的都不如你,可是她比你看得透,看得开。琦儿,你是我唯一的女儿,我却不愿意你活得那般辛苦,所以你不需要与锦丫头一般活得那么累,不过……有些事情你应该学学锦丫头看得开些。"

"是。"沈琦应了下来。

不管瑞王妃还是沈琦都不知道,沈锦并不是真的不在乎或者一点事情也没有,只是在刚有点小难受、小情绪后,就被楚修明安抚了下来。沈锦其实心中有些得意的,原来不仅是她离不开夫君,就是夫君也离不开她的。

在回去的马车上,沈锦是坐在楚修明的怀里的,她有些不舒服地动了动脚,现在腿和脚都有些肿了,穿着靴子,虽然保暖可是穿久了就会觉得不舒服,就算靴子专门被赵嬷嬷她们做大了一些也是一样的。

沈锦一动,楚修明就注意到了,他先是敲了三下车门,马车很快停了下来。楚修明这才让沈锦横坐在怀里,一手搂着她后背,侧身去把她的靴子给脱了。等靴子脱掉了,楚修明就重新把沈锦抱好,又敲了一下车门,马车就重新上路了。

"舒服多了呢。"沈锦动了动脚,说道。

楚修明应了一声:"回去用热水烫烫脚。"

他们离开边城已经近一年了,明明京城才是她生活了许久的地方,可是偏偏沈锦更想念边城的生活。今年的瑞王府显得有些冷清,沈轩还在闽中没有回来,沈梓虽然想回来,可是却没被瑞王府允许,许侧妃和沈静被关了起来,沈皓和沈蓉也被罚了,甚至过年都没被放出来。陪在瑞王身边的,就剩下了沈琦夫妻两个和他们两个,还有沈熙。

"我不觉得是沈蓉让沈皓做的。"沈锦开口道。

楚修明应了一声,马车里面虽然不冷,可是他还是拿了披风把沈锦的脚盖上。

沈锦小声说道:"沈蓉没有那么傻的。"

楚修明拿了一块桃干放在沈锦的唇边,沈锦张口含在了嘴里,酸酸甜甜带着点咸,她满足地眯着眼睛,说道:"姐姐看着有些憔悴,想来是被吓住了,多亏我们回来得早。"

"是啊。"楚修明答道。

等马车停了,沈锦本想叫安宁上来帮自己穿靴子,她现在的肚子根本弯不下腰,没想到楚修明却先让她自己坐好,然后用自己的披风仔细地把她的脚连着小腿给包了起来,又把沈锦自己的披风给她穿好,这才打横抱着她下了马车。

安平和安宁对视了一眼,安宁就跟着楚修明往院子里面走去,安平进马车收拾沈锦的东西。

屋里很暖和,楚修明把沈锦放到了床上,赵嬷嬷就伺候着她更衣,安宁到一旁打着下手。楚修明也换了一身常服,赵嬷嬷这才说道:"前两日府上来了几个人,说是陈侧妃的亲戚,来找夫人的。"

"母亲的亲戚?"沈锦看向了赵嬷嬷。

赵嬷嬷道:"是的,还说了一些陈侧妃的事情,因为老奴知道的不多,也不知道真假,就先安排人住下了。"

沈锦皱了皱眉,她从来没有和赵嬷嬷他们说过母亲娘家的事情,赵嬷嬷自然不知道是真是假,所以对于那几个人还真不好处置,只能先安排人住下,然后让人看着。

楚修明两根手指按了下沈锦的额头,说道:"不想见就打发走。"

沈锦抓着楚修明的手,摇了摇头说道:"见见吧。"

"明天。"楚修明开口道。

沈锦笑着点头说道:"好。"

赵嬷嬷见此,看出不管这亲戚是真是假,与陈侧妃和夫人的关系都不亲近,如此心中也有了思量。

"就算让我见了母亲娘家的人,我也不认识的,因为我从来没见过。"

楚修明安安静静地听着。"母亲也很少提起这些人,当初母亲是不愿意进王府当妾的,好像外祖父生前给母亲定了人家。"

沈锦说道:"可是等外祖父没了以后,他们就……其实开始他们没想到母亲能进瑞王府的,好像是给另外一个官员做妾的。可是外祖父的一个朋友看不过去了,不知道怎么和母妃的娘家人搭上了关系,知道母妃正在给瑞王纳妾,就把母亲给推了上去。

"听母亲说,外祖父家很富裕,当他们知道母亲要进瑞王府的时候,事情已经成了定局,他们知道把母亲得罪狠了,索性一下得罪到底,收了瑞王妃送的东西,什么都不准母亲带走,甚至连当初外祖父和外祖母留给母亲的东西都扣了下来。最后母亲就穿着一身衣服,偷偷地拿了这枚玉佩走了。"沈锦觉得其中肯定还有事情。不过这些也都是沈锦从李妈妈那里听来的,母亲不喜欢谈这些,沈锦自然不会去问,免得惹了母亲伤心。

楚修明应了一声:"不管他们来是什么目的,打发了就是了,莫让他们扰了岳母。"

沈锦点头。起码在永宁伯府中,她能当家做主,可是在瑞王府中,陈侧妃能做主的却不多,所以他们来找了自己总比去瑞王府找母亲强,父王这段时日怕是心情也不好。

当真见了这些人的时候,沈锦才知道为什么赵嬷嬷会留了人下来,也不知是哪一个表妹,竟然与她母亲年轻的时候有六七分相似。沈锦有些稀罕地看了一会儿才说道:"坐吧。"

沈锦难免对那个与母亲相似的女孩多注意了几分,却发现也不过是长得相似,她坐下来后就总往自己手上的镯子和头上的发饰看去,还打量着屋里的摆设,自以为做得隐蔽,却不知沈锦坐在主位上看得一清二楚。

"郡主,我是你……"最年长的男人刚坐下就道。

沈锦眉头微微一皱,就听见安平斥道:"夫人还没问你话,谁让你开口了?"

那个男人脸色变得格外难看,想要说什么,还是旁边另一个男人拉了拉他的衣袖,这才闭了嘴。

沈锦说道:"你们就是我母亲的亲戚?"

"是啊,是啊。"中年男人连忙应了下来,"我……"

"我没听母亲提过。"沈锦面色平静地打断了他们的话,说道,"这么多年,我还是第一次知道,原来我外祖家竟然还有人。"

在座的人除了沈锦外,脸色都不好看了,沈锦接着说道:"安平,去叫岳文带两个人过来。"

"是。"安平躬身应了下来。

"这是要干什么?"那个刚才拉了中年男人衣袖的人说道,"难不成郡主成了永宁伯夫人,就不认外祖家的穷亲戚了?"

"放肆!"安宁怒斥道。

"不是这个理,不行就报官,看官府管不管。难道永宁伯府就可以仗势欺人了?有本事你就打死我啊!"男人站起来面红耳赤地大声叫了起来。

"打死了又如何?"楚修明从外面进来,开口道,"拖出去,给我打。"

"是。"岳文正好带人进来,听到后就有两个人抓着说话的男人往外拖去,男人甚至没来得及哀号,就被岳文卸掉了下巴。

沈锦看见楚修明,眼睛一弯,露出笑容,说道:"夫君。"

楚修明点头,坐到了沈锦的身边,眼神扫了一下那些人,不管是想求饶的还是想哭号的声音都卡在了嗓子里面。他们只觉得好像有一把刀已经架在了他们的脖子上,随时都会落下一般。

倒是那个长得与陈侧妃有几分相像的姑娘在看见楚修明的那一刻,脸一红,满是羞涩,那眼神只围着楚修明打转了,根本顾不得其他,甚至连被拖出去的那人是她父亲都给忘记了。楚修明和沈锦没有说话,屋里也没有人敢说话,一时静得有些可怕,好像能听见外面的人被打板子的声音。

那姑娘咬了下唇,踩着小碎步走到了大厅中央,盈盈一跪,微微抬着点头,道:"求表姐夫原谅家父一时的口不择言,他不过是心情激愤才会如此情不自禁地说了那般话,并非他的本意。小女子家中遭了难,这才千山万水来了京城,本想着表姐能收留几日,等我们找了落脚的地方,就搬出去的,谁承想表姐却连……"

"哪个是你表姐?"沈锦看着那个哭泣的姑娘,忽然问道,"哪个又是你表姐夫?你说是我母亲的亲戚就是了吗?有证据吗?"

姑娘哭得可怜:"小女子听家父说,小女子长得与表……郡主的母亲有几分相似。"

沈锦面对着茹阳公主装糊涂,是因为茹阳公主身份比她高,又没有楚修明在身边,就算如此她也一点亏都没有吃到。如今她不仅身份比这些人高,楚修明又在身边,又有什么可怕的?所以直接说道:"人有相似,我从不知道家中有这门亲戚,想来是冒认的。"

楚修明神情淡漠,看都没看下面的姑娘一眼,等沈锦说完话,就应了一声。

"夫君,我不想见到他们了。"

就看那些人满脸惊恐地看向了沈锦。沈锦有些疑惑地和他们对视了一眼,然后看向了楚修明。楚修明却知道那些人为什么惊恐。其实沈锦说不想见就是不想见而已,没有别的意思,他闻言说道:"好,岳文把人送到闽中,去之前,让他们开口,谁让他们来的。"

岳文闻言说道:"是。"交到谁手中楚修明没有说,可是岳文也知道,见楚修明没有别的吩咐,直接叫人把所有人都给拖走了。

沈锦问道:"闽中?"

"嗯。"楚修明应了下来,"那些海寇占有了孤岛,打下来后,那边也需要人。"

"他们回不来了吗?"沈锦问道。

楚修明道:"我不会让他们回来。"

沈锦这才点头,说道:"那就好。"

这几个人来得太过巧合,容不得楚修明不怀疑,所以才安排人去让他们开口后才送走,而且送走之前会不会做别的事情就不得而知了,毕竟楚修明不是心慈手软的人。赵嬷嬷心里更是明白,那个与陈侧妃有几分相似的女人留不得,因为那个人不仅与陈侧妃相似,还有几分像沈锦。

不过这些谁也不会告诉沈锦的,那些人也不是什么硬骨头,不过两个时辰,岳文就给楚修明送来了消息。这些人是听了别人的话来的,甚至专门引了他们来永宁伯府,打的什么心思可想而知。楚修明只是点了下头。

第二十五章
机智解局

诚帝像是和楚修明天生犯冲一般,有楚修明在京城,他就没有一天顺心的。这不,年还没有过完,就得知了蜀中有反民的消息。

"你说什么? 有多少反民?"

前来传消息的小太监整个人都趴在了地上,头都不敢抬,诚帝身后的李福公公更是连呼气都放轻了,有些同情地看了小太监一眼。小太监声音颤抖着说道:"回陛下的话,有几千人。"

诚帝一脚把小太监踹翻在地,又狠狠踢了几下,小太监甚至不敢哀号。等诚帝发泄完了,小太监已经头破血流,整个人蜷缩在地上。诚帝看着心中更加烦躁:"拖下去。"

李福赶紧让另外两个小太监把人给抬了下去,还送到了宫门口,从怀里掏了点碎银说道:"大过年的,尽量救一救吧。"

两个小太监也心有戚戚的,使劲点头却不敢接李福的银子。李福塞给他们后,就进去了。

李福进去后就见诚帝坐在椅子上,地上的血迹已经被人清理干净了,像什么也没发生过一样。他给诚帝倒了杯有些凉的白水。在诚帝盛怒的时候,他就喜欢喝这种水。

果然,诚帝连喝了两杯后,才说道:"那个小太监没事吧?"

"回陛下的话,并没什么事情,刚刚抬出去后,已经能自己走了。"李福微微垂眸说道。

诚帝这才应了一声:"让人多照顾点。"

"是。也是那小太监的福气。"李福最了解诚帝,性子暴虐多疑,却又最注重名声。

诚帝其实并不把那几千反民放在眼里,他有百万大军……不过这百万大军有一大半不在他手上。想到这里,他的脸色更加阴沉了。

"这事绝不能让楚修明知道。"

李福没有吭声,就像是没有听见诚帝的话一样。诚帝也不指望一个太监能知道什么,闽中的事情才结束不久,再出了蜀中的事情……这两地还都是他派的人,不就显得他太无能,识人不清了吗?

"去派人把承恩公传进来。"诚帝冷声说道。

李福躬身应了下来,诚帝忽然说道:"先等等,明日再传。明日就说皇后思念家人。"

永宁伯府中,楚修明听完岳文的话,点头说道:"我知道了。"

赵管家看向楚修明,说道:"到现在宫中还没消息,想来诚帝是不想让人知道。不过,这样的事情瞒得住吗?"

楚修明微微皱眉,他还是算错了诚帝的心思,应该说正常人都没办法理解诚帝的想法。

"将军有什么打算?"赵管家说道。

楚修明道:"恐怕,不到上元节诚帝就该打发我离京了。"

赵管家眼睛一亮,又想到夫人的肚子,心中明白为什么楚修明的脸色难看了。

"难不成,诚帝以为将军不在京城,就会不知道那些消息,还是说会让将军去蜀中平乱?"

楚修明摇了摇头。诚帝没有那么天真,而且自闽中的事情后,怕是不会把蜀中的事情交给他了。

赵管家想了想说道:"不如将军与夫人说说?"

楚修明点头,没再说什么。

回房的时候沈锦还没有睡,正在和赵嬷嬷说话,见到楚修明,赵嬷嬷就笑着退了下去。沈锦坐在床上抱着自己的大肚子,说道:"怎么了?"

楚修明脱了衣服和靴子也上了床,伸手摸了摸沈锦的肚子,问道:"孩子闹了?"

"没有啊。"沈锦被摸得有点痒,躲了躲,笑道,"孩子很乖啊。"

楚修明想了一下把蜀中的事情说了一遍,沈锦瞪圆了眼睛,那些人到底做了多少伤天害理的事情,才把百姓逼到那种程度啊。

"怕是没有活路了吧?"若是有一丝活路,他们也不会做出这样的事情。

"嗯。"楚修明说道,"今日宫中就得了消息。"

"我让人给你更衣。"沈锦以为楚修明马上就要进宫,"外面天寒,喝口热汤……"

"不用忙。"楚修明道,"诚帝没有召人进宫的意思。"

"啊?"沈锦这下是真的被弄晕了,"可是蜀中不是出事了吗?"

在沈锦面前,楚修明没有隐藏,脸上虽然没有过多的表情,可是眼神里面满是讥讽。沈锦摸了摸自己的肚子,有些犹豫地问道:"为什么啊? 难道不想打扰大家过年?"说完这句,沈锦自己都觉得不可能:"难道,他害怕丢人?"

楚修明抓着沈锦的手,一起贴在她肚子上,说道:"怕是再过几日就要离京了。"

沈锦不去想诚帝为什么得了消息不马上叫人进宫这件事,而是扭头一脸期待地看着楚修明。楚修明亲了亲她的眼角:"我会想办法留下来。"沈锦如今快七个月的身孕,楚修明不敢让她跟着上路,不管是回边城还是去闽中,马车都要走两个月。在永宁伯府不管是产房还是别的已经安排妥当了,可是在路上……这是沈锦的第一胎,楚修明不敢有丝毫的马虎。所以能做的就是想办法留在京城,直到沈锦坐完了月子为止。

沈锦一时没有反应过来,愣了愣说道:"你不是过几日要离京吗? 为什么又要想办法留下来?"

楚修明轻轻拍了沈锦肚子一下,沈锦低头看了看,反应了过来,有些感动却又觉得这样不好。

"会耽误事情吧。"

"没什么耽误的。"楚修明闻言说道,"我也没准备离京。"

沈锦觉得楚修明说得有些复杂,想了一下便抓住了重点,楚修明不准备离京,却可能离京,但他是坚决不会走的。并不耽误事情,也就意味着会陪着她。这下沈锦彻底安心了,打了个哈欠说道:"那就睡觉吧。"

"好。"楚修明搂着沈锦,说道,"睡吧。"

等第二日醒来,楚修明已经不在了。

赵嬷嬷伺候梳洗后,笑道:"不如夫人想想给孩子取个什么名字?"

"对!"沈锦像被点醒了,笑道,"夫君让我给孩子起小名的。"

过年的时候不能动针线,几个人就在一旁打络子。上次沈锦说喜欢霜巧打的,自从那一盒送来后，安平和安宁都仔细学了学，又去赵嬷嬷那边问了。谁知道赵嬷嬷还真知道不少新花样，就教了两人，两个人如今正在慢慢练。按照赵嬷嬷的说法，已经有几分火候了。

"其实我绣工不错的。"沈锦舒服地靠在软垫上，然后感叹道，"没出嫁的时候，几个姐妹中就我绣得又好又漂亮。"

说完还有些小得意。赵嬷嬷笑着说道："老奴也觉得如此。听赵管家说，夫人给少将军做的那个手捂、护耳一类的，少将军当即就戴上去，还珍藏了起来呢。"

沈锦说道："珍藏起来？下回夫君写信给弟弟，记得提醒我与夫君说，那东西做了就是给弟弟戴的，坏了再做就是了。"

赵嬷嬷笑着应了下来。少将军是喜欢的，可是实在有些不好意思戴到军营，沈锦选的是最好的皮毛，毛色柔顺漂亮，戴上的时候暖和而舒适，可是样子……第一次戴到军营的时候，就被一群人笑话了一路。楚修远年纪小面子薄，自然不愿意，最后收了起来，等不去军营时再戴，可是平时他大半时间都在军营和府中，还真没了用的机会。不过，赵嬷嬷是不会告诉沈锦这些的。

赵嬷嬷在一旁说着产房那些安排："产婆和大夫都是将军专门让人从边城送来的，自己人用着也放心。"

"那奶娘呢？"沈锦是想自己喂孩子的，可是万一奶水不够饿着了孩子怎么办？

"是王妃帮着找的，现在在瑞王府住着。"赵嬷嬷道，"等夫人把孩子生下来了，就接到府中。"

沈锦点点头。赵嬷嬷说道："夫人，老奴有些事情想问问夫人。"

沈锦闻言眼睛都亮了，她一直觉得赵嬷嬷什么都会，现在竟然有问题问她！

赵嬷嬷看了一下周围的小丫鬟，沈锦还是期待地等着她问问题。赵嬷嬷又使了个眼色，沈锦眨了眨眼，看了看周围，愣了一会儿，忽然说道："哦哦，我知道了，你们都下去，安宁和安平守着点。"

"是。"众人闻言就下去了，安平和安宁两个人一个守在了门口，一个守在了窗户边。

沈锦第一次知道赵嬷嬷还这么看重面子，劝慰道："好了，嬷嬷，现在没有人了，其实有问题就问不是什么丢人的事情！"

赵嬷嬷哭笑不得，不过目的达到了，倒是不在意这些了，说道："是。"

沈锦点头催促道:"嬷嬷问吧。"她整日在屋里,也有些无聊了。

赵嬷嬷说道:"今日一大早,诚帝就召了前丞相入宫,说是皇后想念家人。"

沈锦点头。这个借口倒是不错,但是一大早太心急了,不过能忍到今早也不容易了吧?会说什么呢?肯定是要出坏主意欺负夫君了,不过夫君早就知道……等夫君回来,中午不如吃那个糖醋鱼,昨天赵嬷嬷好像说府中专门养了几条鱼……

赵嬷嬷看着沈锦双眼放空,明显在发呆的样子,有些无奈却没有打扰的意思。等沈锦想了一圈,忽然说道:"嬷嬷,中午不如吃糖醋鱼吧?"

"好。"赵嬷嬷知道这是又转回来了,一口就应了下来,然后问道,"老奴一会儿就去厨房交代。"

沈锦满足地抱着肚子,点头说道:"再弄个小素锅,不过豆腐要煎过的。"

"好。"赵嬷嬷全部应了下来。

沈锦点头,想了一会儿说道:"对了,嬷嬷,刚才说皇后想念亲人,叫了父母进宫,然后呢?"

赵嬷嬷接着说道:"夫人觉得他们会如何对付将军呢?"

沈锦想了一下,端着茶喝了一口,忽然想到昨天楚修明说的话:"怪不得夫君昨天说什么走不走的呢。"

赵嬷嬷点头:"是的,将军觉得怕是诚帝要让他离京。"

"嗯嗯。"沈锦点头。

赵嬷嬷问道:"夫人觉得是为何呢?"

沈锦很理所当然地说道:"因为他想让夫君走啊。"

赵嬷嬷闻言竟然不知道怎么反驳好,可是看见沈锦的眼神,就觉得像是只刚偷吃了葡萄的小狐狸,带着几分扬扬得意的意思。

"那夫人与老奴说说吧。"

沈锦这才动了动脚,说道:"不告诉你。"

赵嬷嬷被逗笑了:"老奴下午给夫人做喜欢的糕点。"

沈锦其实也有些不明白。她轻轻抚着肚子思考了起来,赵嬷嬷也没有打扰。沈锦想来想去还是觉得,诚帝可能是怕丢人,然后想把楚修明打发出京,而且觉得没了楚修明,朝中的文武大臣就没有人会说什么了。

再多的她也想不出来，就把刚想到的与赵嬷嬷说了。赵嬷嬷虽然觉得这个理由很可笑，可是……不知道为什么，赵嬷嬷竟然觉得很可信，也不知道是沈锦的神色太真诚了，还是因为诚帝前几次做出的事情实在太……

赵管家说道："将军决定了？"

楚修明道："嗯，再说东西还没找到。"

提到东西，赵管家的面色也严肃了起来，他们这次进京，最重要的目的就是找东西。楚修明没有开口，赵管家说道："怕是真的在宫中。"

楚修明点头。能藏东西的地方不外乎那几个，最可能是在先太子宫中。可是诚帝即位后，也不知是心虚还是在找那些东西，竟然命人夷平了重新修建，到最后更是锁了那栋院子，除了安排几个亲信守着，再不许任何人入住。先太子宫本是除了帝后与太后宫殿外最大最好的，如今被诚帝这么一弄，和冷宫也没差别了。

"恐怕不在先太子宫。"楚修明道。如果在先太子宫，恐怕诚帝早就找到了。想到这些事情，楚修明尚且能够冷静，可是赵管家神色已经狰狞了，想到那个才华横溢又温和谦逊的太子，他咬紧了牙。楚修明的手按住了赵管家握紧的拳头。

赵管家深吸了几口气才冷静下来："在下失态了。"

楚修明松了手，却没有马上开口，赵管家也不用茶杯了，直接就着茶壶喝了大半壶后，才真正冷静下来，说道："那就按照将军所说。这件事要不要先与夫人打个招呼？"

"嗯。"楚修明微微垂眸，说道，"需要的。"

两个人又把计划完善了一下，楚修明这才回去。他看见正在发呆的小娘子，走过去摸了摸她的脸，问道："怎么了？"

沈锦眨了眨眼，看了楚修明一会儿，才反应过来，笑道："夫君。"

楚修明应了一声，坐在了沈锦的身边，问道："想什么呢？"

在楚修明进来后，安平和安宁就退到了外屋，沈锦靠在楚修明的怀里说道："腿不舒服呢。"

楚修明伸手帮着她按摩腿。最近特别是晚上睡觉的时候，沈锦的腿会忽然抽起筋来，沈锦只会小声哼唧。楚修明开始不知道是怎么回事，专门叫了赵嬷嬷来，后来知道了，等她不舒服的时候，就会帮她揉腿。

"赵嬷嬷与我说了些事情……"沈锦就把自己的猜测和一些想法说了出来。

楚修明忽然觉得他和赵管家讨论了那么多,说不定真相还真和沈锦想的一样。

"我也有些事情与你说。"

怕沈锦听了多想,楚修明仔细解释:"我暂时不能离京,因为还有东西。"

谁知道说完,就看见沈锦表情并不是担心也不是愧疚一类的,反而有些像是在看笨蛋。果然等楚修明说完,沈锦就抱着肚子笑个不停了:"夫君,你们好笨啊。"

楚修明护着沈锦,免得她笑起来不小心碰到了。就见沈锦笑笑停两下,然后接着笑,等笑完了才说道:"夫君,你有没有想过,如果真的这样假装被刺杀受伤的话,会让诚帝恍然大悟?"

这点他们也想到,自然会有防备。沈锦故作严肃地说道:"其实有个很简单的办法。"

沈锦今天觉得格外满足,不仅赵嬷嬷来请教她,就连楚修明都要请教她。她兴高采烈地动着脚,满脸期待地看着楚修明,就像在讨食的小动物。

楚修明单手按在软榻上,过去亲了沈锦唇角,问道:"我的娇娘子,与我说说好不好?"

沈锦道:"你们想得太麻烦了。"

楚修明面如冠玉,嘴角微微上扬的时候更添了几分魅力,而且眼神醉人得很,沈锦没忍住用手指去勾了勾他的手背,说道:"其实等诚帝说的时候,你直接拒绝不就好了?难道他还能绑了你出去?"

楚修明竟然有些无言以对,看着扬扬得意的沈锦,忽然笑道:"是我想得太多了,夫人说得对。"

沈锦满意地眯起了眼睛,说道:"嗯,到时候你就说要陪着我好了。"其实对待诚帝那样喜欢耍小计谋的人,最好的办法就是直来直去,这样反而让他没有办法。

楚修明点头:"是啊,我要陪着我的娇娇。"楚修明的手情不自禁地顺着脖颈慢慢摸下去,另一只手伸进了她的裙中:"我的娇娇……"

沈锦只觉得身子一软,整个人软在了榻上,不仅脸红了,就连整个身子都红了,动了动双腿:"嗯……别……不要……"小猫一样求饶的声音,反而让楚修明侧身贴了过去,不让自己压到她的肚子。

诚帝从来没有想过自己有一天会被人这样直接拒绝,一时竟然没有反应过来,就连别的大臣一时也都没反应过来,楚修明说道:"臣近日身体不适。"

有的大臣眼神微妙地看了看楚修明,又看了看脸色难看的诚帝,怎么看这位都是健康得很。不过想到永宁伯夫人的情况,众人心里也明白了。

"朕觉得既然一开始闽中的事情就是交给永宁伯的,接下来的事情别人再插手怕是不好。"诚帝想到与承恩公商量的事情,不能让永宁伯留在京城,更不能让他回边城,想到茹阳来的密信,诚帝眼睛眯了一下,问道:"难道永宁伯有什么不便?"

"是。"楚修明想到自家娘子说的话,开口道,"怕是在入夏之前无法离京。"

果然! 众人心中确定了心中的猜测,等入夏了永宁伯夫人连月子都坐完了,到时候怕是诚帝拦都拦不住。

诚帝脸色一沉,看着楚修明,说道:"不如朕让太医给永宁伯诊脉一下?"

"谢陛下。"楚修明没有丝毫犹豫就同意了。

诚帝当即宣了太医,来的正是太医正。等太医来了,楚修明就道:"臣失礼了。"这才挽了袖子,露出了手腕。

楚修明本身就有内力,想要作假格外容易,又专门找了边城来的大夫询问,确保万无一失。太医皱了皱眉,仔细诊脉以后,躬身说道:"回陛下的话,永宁伯身子内……"

其实就是暗伤很多,如今复发了,需要静养一段时日,否则影响寿元。

诚帝就算巴不得楚修明现在就死,可是在这时候也不敢说出这般话。他皱了皱眉,眼神怀疑地看了一眼太医,说道:"那永宁伯就在府中好好静养,所有人不许打扰永宁伯休养。"

楚修明应了下来。

诚帝的言下之意就是让楚修明不要出门,其他人也不要上永宁伯家的门。

其实来到京城后,楚修明除了瑞王府还真的没去过别人的府上做客,而就算有人想与楚修明联系,也不会光明正大地上永宁伯府,毕竟永宁伯迟早要回边城的,而他们要留在京城,要在诚帝手下,所以做事都要留一线。

如今是初六,距诚帝得到蜀中消息已经过了近五天了,天启朝的假期是从大年三十到初五,然后初八重新放假,直到元宵后。

可是就算到现在,诚帝也没有在朝堂上说出蜀中的事情。

而皇帝特意隐瞒的事情,他们只能装作不知道。瑞王此时心不在焉地想着太医说的楚修明的身体情况,忽然听见诚帝暴怒的声音,他才吓了一跳,见诚帝看向楚修明问道:"你再说一遍。"

"臣请陛下召忠毅侯与茹阳公主回京。"楚修明面色平静地道,"边城苦寒,又有蛮夷虎视眈眈,恐……"

"你是在威胁朕?"诚帝的声音有些低沉,眼中带着压抑不住的狂喜。如何能不高兴?楚修明会提出这件事,不正是说明茹阳密信中的事情是真的。

"臣不敢。"楚修明躬身说道。

诚帝重新坐回龙椅上,说道:"那就退下。"

"臣还有一事。"楚修明并没有依照诚帝的话退回位置上,而是说道,"臣求问陛下,可是蜀中如今灾情如何?"

诚帝放在御案下的手一紧,看着楚修明说道:"爱卿何出此言?"

楚修明却没再说什么。这样的态度反而让诚帝心中发虚,看了一眼下面的臣子,就见所有臣子都低着头,诚帝咬牙说道:"蜀中之事朕还没有得到消息,众卿家可有得到什么消息?"

没有人开口说话,诚帝满意地看向了楚修明说道:"爱卿还有什么疑问吗?"

"回陛下的话,并无。"楚修明道。

永宁伯府中,沈锦看着宫中的来人,问道:"皇后召见我?"

"是。"来的小太监躬身说道,"请永宁伯夫人立即与奴才进宫。"

沈锦抱着肚子,看着小太监,说道:"哦,安宁扶我去更衣。"

"是。"安平和安宁扶着沈锦往内室走走。

谁知道小太监开口道:"皇后说永宁伯夫人有孕在身,穿常服即可。"

沈锦闻言停下了脚步,上下打量了小太监一番,满脸疑惑地问道:"你真的是皇后宫中的?"

"回永宁伯夫人的话,奴才确实是,这是奴才的腰牌。"说着,小太监就取下了腰牌,双手捧着,沈锦看了安宁一眼,安宁就过去拿了过来。

其实这些在进府之前就检查过了,安宁拿过来以后给沈锦看了一眼,沈锦点了点头说道:"我去更衣。"

安宁随手就把小太监的腰牌收了起来，那小太监傻了眼，说道："奴才……"

安宁和安平已经扶着沈锦进了屋，另有小丫鬟请了小太监到方便的屋子喝茶。沈锦进内室后，并没有真的更衣，而是让安宁把腰牌给赵嬷嬷看了，问道："皇后是什么意思？"

赵嬷嬷皱着眉，拿着那块腰牌看了许久，才皱眉问道："这确实是中宫的腰牌，夫人有何打算？"

"不准备去。"沈锦想了一下，说道。她现在揣着大肚子，走路都不方便，更何况皇后就派了这么一个小太监过来，总觉得有些蹊跷。

赵嬷嬷心中松了口气："那老奴喊大夫来。"

沈锦想了一下，说道："先不用喊大夫，派个人把腰牌送到瑞王府，交到我母妃手里。"

赵嬷嬷愣了愣反应过来，沈锦道："想来母妃愿意帮忙的。"

小太监已经喝了三盏茶了，可是永宁伯夫人一直没有动静，而房中除了两个小丫鬟并无他人。小太监有些坐立不安，还是强自镇定地问道："这位姐姐，不知伯夫人可准备好了？"

小丫鬟闻言一笑，态度恭顺地说道："奴婢也不知道。"说完后就不再说话了。

小太监忍不住起身说道："那……"

"这位公公可是需要什么？"另一个小丫鬟开口问道。

"皇后召得急，若是耽误了时间，小的担待不起。"小太监满脸着急地说道，"能麻烦姐姐问问吗？"

小丫鬟眉头一皱，说道："如今夫人有孕在身，行动不便自然会慢一些。"

而行动不便的沈锦此时正端着莲子红枣汤喝着，喝完以后用了两块糕点，这才让赵嬷嬷去叫了大夫。就算怀疑这人有问题，沈锦也要给一个不能出府的理由。

小太监也不傻，听见外面忙忙碌碌叫大夫的情况，心中一凛，就说道："既然伯夫人身子不适，那……"

可是此时他想动却动不了了，就见一直笑盈盈的小丫鬟单手按住他的肩膀，道："这位小公公别急。"

赵嬷嬷请来的根本不是什么大夫，而是赵管家。赵管家进来后就看向沈锦，问道："夫人准备如何？"

"不知道啊。"沈锦道，"我就是不想进宫。"

"若是夫人允许,那剩下的事情就交给在下处理吧。"赵管家心中大喜。他们本来还在想如何把自己的人安排到宫中,谁承想就有人送了机会来。不管这个小太监是不是皇后的人,都要借此事,把事情闹大。若是皇后不多处理一些人,那么他们的人怎么能有机会被提上去?

沈锦点头说道:"好。"

赵管家问道:"不知夫人把腰牌交给瑞王妃有何用意?"

沈锦理所当然地说道:"因为我不想进宫啊。"

赵管家有些不解,却马上恍然大悟,说道:"夫人好计谋。"瑞王妃不仅能进宫,还能直接面见皇后和太后,不管这个腰牌是真是假,瑞王妃直接拿着腰牌和人进宫询问。皇后若是真的要召见沈锦,怎么会如此怠慢?沈锦不仅是永宁伯夫人还是郡主,再急的事情也不会仅仅派了一个小太监来传口谕,除非皇后心中另有打算,或者别人拿了沈锦来对付皇后。

若是沈锦被皇后召见,中途出了点小意外,就算查出这人不是皇后派来的,皇后也脱不了干系。赵管家更倾向于后一个猜测,可是到底是谁要对付沈锦呢,还是说要对付的是皇后?

不对,在这个小太监拿着中宫腰牌出现在永宁伯府的时候,皇后就已经脱不了干系了。这个小太监怕是一枚弃子,看来这次事情主谋是冲着皇后去的,应该说是冲着皇后之位去的。陈丞相出事后,皇后的位置恐怕就有些岌岌可危了,而且诚帝至今没有立太子的意思,难免会给宫中众人一个错觉。可是在前几日皇后召见了家人,诚帝又专门去了皇后宫中与承恩公他们见面,怕是有些人就坐不住了。赵管家把所有的事情顺了顺,不管是谁做了这件事,最大的赢家反而是他们。

沈锦莫名其妙地看着赵管家,却不知道他心中已经九转十八弯了。沈锦见赵管家没有注意自己,又看向了赵嬷嬷。赵嬷嬷倒是比较理解赵管家,问道:"夫人有何吩咐吗?"

"把腰牌给母妃不对吗?"沈锦有些小心翼翼地问道。

赵嬷嬷笑着给沈锦倒了水,说道:"是他想得太复杂了。"

沈锦这才点头说道:"真累啊。"

赵管家把事情想清楚了,就见沈锦和赵嬷嬷正在一旁低声聊着什么,还时不时笑了起来,一脸轻松的样子。

"赵管家想好了？"沈锦正好注意到了赵管家的视线，问道。

赵管家恭声说道："是，若是在下猜得没错，怕是瑞王妃在接到腰牌后就该入宫了。"

"哦。"沈锦想了想说道，"不会的。"

赵管家一脸疑惑地看向了沈锦。

沈锦却没有解释什么，发现赵管家一直盯着自己，沈锦才说道："这是后宫的事情，又不是瑞王府后院的事情，母妃才不会沾手呢。"沈锦觉得瑞王妃可能会把腰牌直接让人送到太后那里，而且不是明着送。

被沈锦这么一说，赵管家也明白了，顿时觉得自己刚才那话有些犯傻了，道："那在下告退了。"

"好。"沈锦觉得自己有些弄不明白赵管家的想法，点头说道，"对了，小太监那里好吃好喝供着，别让他出门就行。"

赵管家应了下来，赵嬷嬷笑道："老奴去送赵管家。"

沈锦点头，开始和安平商量新络子的事情，安宁时不时补充几句，三个人像是都没有意识到外面将要发生的血雨腥风。

赵嬷嬷送了赵管家到门口，压低声音说了几句，赵管家点头，说道："我知道了。"如今这个赵嬷嬷才是赵管家熟悉的，而刚才那个满脸笑容的赵嬷嬷，果然只有在夫人身边才会出现。

瑞王府中，瑞王妃手里拿着腰牌看了许久，说道："翠喜，把我前两日缝的那个抹额拿来。"瑞王妃看向了岳文，说道："与你们夫人说，我知道了。"

岳文并不多问，行礼后就退了下去。

翠喜捧着瑞王妃说的那条抹额过来了，瑞王妃看了一眼说道："找个盒子，把这两样东西装到一起，派人喊了余嬷嬷来。"

余嬷嬷本就是太后宫中出来的，当初瑞王妃专门求了来给女儿当教养嬷嬷。

等瑞王妃吩咐完，翠喜就让个小丫鬟去传余嬷嬷了，而她去选了盒子，把抹额和那块腰牌装在了一起。余嬷嬷很快就过来了，瑞王妃让翠喜把盒子交给了余嬷嬷后，才说道："就麻烦余嬷嬷走这一趟了，锦丫头月份大了，底子也弱了一些，怕是不方便走这一趟了。"

余嬷嬷一头雾水却没有多问，躬身应了下来："老奴一定亲手把东西送到太后手中。"

瑞王妃应了一声说道："翠喜，送余嬷嬷。"

"是。"翠喜躬身应了下来，和余嬷嬷一起给瑞王妃行礼后，就退了下去。

等出了门，余嬷嬷就低声说道："麻烦姑娘与我说句明白话。"

翠喜把事情说了一遍，这才又道："王妃和郡主都觉得有些蹊跷，皇后是最重规矩礼节的人，怎会如此行事？"

余嬷嬷一下子就明白了，确实如此也不好直接去问皇后，毕竟谁也不知道那人到底是不是皇后派来的。翠喜解释道："嬷嬷也是教三郡主的，三郡主生性谨慎小心，如今又有孕在身，永宁伯不在身边就没了主意，这才求到了王妃这边。若真是皇后派人，到时候也请太后……到时候王妃与郡主亲自去与皇后赔罪就是了；若不是，怕是反而……"

这话说得含糊，可是余嬷嬷却明得很。这人不管是不是皇后的，怕是都涉及了隐私。其实三郡主说好听点是谨慎小心，说得实在点就是胆小怕事，不过这样的性子也可以理解，在王府的时候，三郡主就不敢多说一句多走一步。

"我明白了。"余嬷嬷道，"请王妃放心，我到时候与宫中的老姐妹联系一下。"

翠喜笑着应了下来，直接交给了余嬷嬷几个荷包，说道："王妃说，此次麻烦嬷嬷了。"

余嬷嬷是准备在瑞王府养老的，自然是要表忠心的，直接收了荷包，笑着点了点头。这荷包的东西其实并不是给她的，而是让她拿到宫中打点的。

楚修明听完以后，面上没有丝毫的表情，可是手握着桌上看似完整的茶杯直接碎了。

"好得很。"

"夫君，你的手……"沈锦有些担忧地看着楚修明。

楚修明伸出了右手，沈锦见没有一丝伤痕，这才松了口气。安宁和安平已经过来收拾了碎片，重新给楚修明端茶倒水。沈锦说道："夫君不用担心的，我不是坐在这里吗？"

"嗯。"若不是沈锦安然无恙地在家中，怕就不是仅仅捏碎了一个茶杯这么简单了。

楚修明闭了闭眼，稳定了情绪，说道："先用饭。"

"是。"

沈锦说道："我把腰牌交给了母妃。"

楚修明闻言说道："夫人果然聪慧。"

沈锦得意地笑了起来。楚修明说道:"怕是王妃已经让人进宫去见太后了。"

"夫君真聪明。"沈锦闻言笑道,"赵管家都没有想到呢。我也是这么想的,咦,赵嬷嬷和赵管家是亲戚吗?"

"不是。"楚修明看向沈锦问道,"怎么会这么想?"

沈锦也是才想起来:"他们都姓'赵'啊。"

楚修明捏了捏沈锦的手说道:"并非如此,除了他们外,我身边还有许多姓赵的。"

沈锦想了想点头:"因为'赵'是大姓。"

楚修明没有解释,沈锦也没有再问。两个人用完了饭,楚修明陪着沈锦到院子里散步。沈锦小声问道:"夫君,你不需要和赵管家商量事情?"

"夫人有兴趣听吗?"楚修明反问道。

沈锦摇了摇头,有些苦恼地说道:"和赵管家说话好累啊。"

楚修明被逗笑了:"因为他想得太多太复杂了。"

沈锦点头,满脸赞同。

佛堂中,太后扶着身边嬷嬷的手站了起来,打开盒子,看着里面的东西,先拿了抹额出来,放到了一旁,然后才拿了那枚腰牌,眼睛眯了一下后,又重新放了进去,扭头看了一眼观音像,缓缓吐出了一口气:"拿上。"扶着甄嬷嬷的手往外走去。

甄嬷嬷小声劝道:"太后不如先用膳?"

自从那件事后,太后就一直吃斋念佛,就算是中午用的菜色也很简单,不过在冬季也只有太后宫中能用到这么多素菜了。太后吃得并不多,仅用了半碗的米饭和几筷子青菜,就让人把东西撤了下去,端着茶水漱了漱口,让人去传了余嬷嬷。

余嬷嬷一直在等着,等见了太后并没有马上说关于瑞王妃交代的事情,反而红了眼睛,看着太后说道:"奴婢拜见太后。"

"起来吧。"太后对跟着自己的老人态度还是不错的,她看着余嬷嬷,说道,"瞧着你气色不错,想来我那儿媳没有亏待你。"

"都是太后恩典。"余嬷嬷道。

太后摇了摇头,叹了口气说道:"我那儿媳一直是聪明人。"其实有时候太后会想,若是诚帝当初娶的是瑞王妃,后宫会不会更平静一些。

余嬷嬷没有说话,太后也就是感叹了一句,说道:"这腰牌是怎么回事?"

"回太后的话,今日有个小太监拿了腰牌去永宁伯府,传了口谕说皇后召见永宁伯夫人。永宁伯夫人最是谨慎小心,皇后本是最重规矩的人,怎么会只派了一个眼生的小太监来,还催得很急。所以永宁伯夫人就拿了他的腰牌,送到了瑞王妃手上,求个主意。"余嬷嬷躬身说道,"瑞王妃也拿不定主意,这才让奴婢进宫求太后指点一下。"

太后已经听明白了,忽然问道:"三郡主是个什么样的人?"最近她听了不少永宁伯夫人的事情。对于这么一个孙女,太后还真没什么印象,若不是她嫁给了永宁伯,怕是如今还是默默无闻的。

"奴婢有幸当初教过三郡主几日。"余嬷嬷说道,"三郡主与府中大郡主关系极好,有事喜向大郡主讨教。"

余嬷嬷的言下之意就是沈锦是个怕事没有主意的。

"这件事我知道了。"太后问道,"那个小太监人呢?"

余嬷嬷道:"在永宁伯府,瑞王妃刚得了这个腰牌,就让奴婢进宫了。"

太后皱了下眉,说道:"我知道了,甄嬷嬷你去一趟永宁伯府,把那个小太监带进来。"

"是。"甄嬷嬷躬身应道。

太后接着说道:"再去库房备些东西给我这个孙女,让她好好养着。"

甄嬷嬷再次应了下来,太后看向余嬷嬷说道:"你回去与瑞王妃说,这件事我知道了。"

余嬷嬷也躬身应了下来,见太后没有别的吩咐,就退了下去。

太后道:"去传皇后来。"

永宁伯府中,送沈锦回房休息后,楚修明才去了书房问赵管家:"开口了吗?"

"已经开口了。"赵管家说道,"这小太监说是常妃身边的大宫女让他来的,那大宫女与他是同乡,答应只要事成后,就把他要到自己宫中伺候。"

常妃?楚修明皱眉。赵管家道:"常妃育有两子,一个十四岁,一个十一岁。"

"你怎么想?"楚修明看向赵管家问道。

赵管家说道:"在下却觉得怕是有人想要陷害常妃。"

楚修明没有说话。赵管家继续说道:"在下还打听到了一个消息,诚帝有意封贵妃,是在常妃和兰妃之中选一人。"

"你的意思是,为了这个贵妃之位,有人故意陷害常妃和皇后?"楚修明问道。

赵管家点头,楚修明却没有说话,赵管家看着楚修明的神色,问道:"不知将军觉得是谁?"

"谁都有可能。"楚修明沉声说道,"特别是那个最没可能的。"

赵管家愣了一下,问道:"将军觉得是皇后?"

楚修明没有回答,只是说道:"叫赵嬷嬷来一趟。"后宫中的事情,还是赵嬷嬷最了解。

赵嬷嬷很快就过来了,赵管家把事情说了一遍,直接问道:"赵嬷嬷觉得这件事是何人所为?"

"老奴觉得,这件事谁都有可能。"赵嬷嬷说道,"这般事情最后图的不外乎贵妃之位或者太子位,不过老奴觉得最有可能的反而是皇后。"

"为何?"赵管家问道。

赵嬷嬷冷笑道:"这般手段粗糙得很,能坐到妃位又成功养大两个儿子的常妃,不可能这么傻。再说又不是皇后倒了,她就能坐上皇后之位。而兰妃……若是为了贵妃之位陷害常妃也说得过去,只是这事情却牵扯到了皇后,兰妃无子,这样反而容易搬起石头砸自己的脚,最终得利的反而是皇后。这件事出来,猛一瞧怕是皇后才是其中最受委屈的人,被人陷害了。"

赵嬷嬷看向楚修明,说道:"将军准备怎么做?"

楚修明道:"给常妃和兰妃提个醒。"

"是。"赵嬷嬷应了下来。

见没有别的事情,赵嬷嬷就退了下去,楚修明和赵管家说了今日朝堂上的事情。提让茹阳公主和驸马回京这件事,是他们本来就商量好的,如此一来才能让诚帝更加安心,再过一段时日就可以让茹阳公主写信要战马和粮草了。

赵管家问道:"将军,其实不如麻烦夫人……"

话还没有说完,赵管家看着楚修明的眼神竟然说不下去了,楚修明冷声说道:"那件事绝对不能交给夫人。"宫中是有他们的人的,可是至今都没有找到机会去寻那几样东西。

"过不了多久,宫中怕是会大清洗,你与赵嬷嬷商量一下,如何让我们的人动动位置。"

"是。"赵管家心中叹息，也明白了楚修明怕是不会让沈锦冒险。

"赵管家，想来到底什么话该说，什么话不该说，你心里有数。"楚修明的声音很平静，却带着警告。

赵管家应道："是。"

楚修明盯着赵管家许久，才说道："我们所有的人都可以冒险，但是同样，所有的人都没有资格让我夫人冒这个险。"

赵管家低头："在下记住了。"

楚修明这才微微垂眸，说道："记住就好。"

赵管家只觉得后背被冷汗浸透，他知道刚才那一刻楚修明是真动了杀机的，不过却没有任何怨言。楚家到底牺牲了什么，牺牲了多少，没有人比他更清楚。

楚修明道："蜀中的事情，先安排人过去，想办法混进……"

赵管家点头，不时地说上几句，等全部商量好了，楚修明就起身离开了。其实不用赵管家说，楚修明也知道沈锦是最好的人选，可是他却不会开口让沈锦去做那样的事情，任何人都可以为了大业牺牲，可是他却不会让沈锦冒险做这个可能被牺牲的人，因为她是他的妻。

楚修明回到房中，沈锦已经醒了。

"今日怎么醒得这么早？"

"因为在等夫君啊。"沈锦笑盈盈地说道，"我想到孩子的名字了。"

"哦？"楚修明挑眉看着沈锦，问道，"是什么？"

沈锦笑道："不管是男孩还是女孩都叫东东。"

楚修明看向沈锦问道："怎么起这个名字？"

"或者你比较喜欢胖胖、墩墩、硕硕、宝宝？"沈锦一脸我都可以交给你来选的表情看着楚修明。

楚修明面色不变："我觉得东东不错。"抱歉了，孩子，父亲已经努力过了。

沈锦果然喜笑颜开地说道："我都想好了，以后的孩子可以接着叫南南、西西和北北，不管是男孩还是女孩都可以的。"

楚修明闻言笑道："还是夫人想得周全。"如此还是生儿子吧。

沈锦点头,说道:"其实我本想着这个孩子叫北北的,因为这个孩子是在京城出生的,可是想来又觉得东南西北比较顺口,北西东南这样的好奇怪。"

"对了,夫君,你觉得这次的事情是谁做的?"沈锦忽然问道。

楚修明说道:"夫人觉得呢?"

"皇后啊。"沈锦很理所当然地说道。

楚修明挑眉看着沈锦,问道:"你怎么觉得是皇后呢?"

沈锦道:"因为我们比较熟啊。"

楚修明看向沈锦,沈锦解释道:"茹阳公主和昭阳公主都是皇后的亲生女儿,晨阳公主又是皇后养的,她们三个都不太喜欢我。"沈锦皱了皱鼻子:"我也不喜欢她们,所以这样的坏事皇后才会想到我身上,后宫其他的人我又不认识,最多就是见过几面,无冤无仇的就算是想要陷害人,也不会大费周折地想到我吧。"

楚修明被逗笑了,说道:"果然,夫人最聪明啊。"

沈锦笑道:"当然了,我可聪明呢。"

第二十六章
闭门静养

甄嬷嬷来的时候,楚修明正在给沈锦画像,沈锦穿着一身水红色月华锦的高腰裙,斜靠在贵妃榻上,两边是蓬软的垫子。她的头发松松绾起,更多的零散落在四周。躺了一会儿,沈锦有些困了,半睡半醒的时候竟然多了几分慵懒的媚态。

赵嬷嬷进来说了甄嬷嬷的事情,楚修明问道:"既然是私下来的,想来太后也不想让太多的人知道,直接请甄嬷嬷进来。"

沈锦勉强睁开了眼睛,问道:"怎么了?"

"太后身边的甄嬷嬷来了。"楚修明放下笔,走到沈锦的身边把她扶了起来。

沈锦"哦"了一声,然后问道:"画好了吗?"

"还没有。"楚修明当时也是看着沈锦笑的样子,忽然想把她画下来。

沈锦点点头,楚修明扶着她走到客厅。沈锦摸了下肚子,对着安宁招了招手,说道:"我要更衣。"

楚修明看着沈锦的小动作就明白了过来,安平和安宁扶着沈锦往内室走去,说是更衣其实是小解。随着孩子的月份越来越大,沈锦去小解的次数也变多了。等沈锦小解完又换了一身衣服出来的时候,就看见了甄嬷嬷。沈锦对着她点了下头,等甄嬷嬷行礼后,说道:"起来吧,甄嬷嬷坐。"

沈锦坐在了楚修明的身边,安平拿了软垫放在她腰间的位置。甄嬷嬷道了谢才坐下,沈锦问道:"皇祖母可好?"

"回伯夫人的话,太后身子康健,今日想起了伯夫人,特让老奴来探望一下。"甄嬷嬷笑得和善。

沈锦点点头:"该是我这个当孙女的去探望皇祖母的。"

甄嬷嬷道："太后也知伯夫人身子不便，说让伯夫人好好养着，等以后再抱着孩子进宫就好。"

沈锦笑着应了下来，又有些疑惑地说道："那要等好久了。"

甄嬷嬷闻言，心中更确定了几分，这位永宁伯夫人并非那种心机深沉的。

"一切都以伯夫人的身子为重。"

"皇祖母真好。"沈锦感叹道。

甄嬷嬷笑了一下，又问了几句比如"吃得香不香""睡得好不好"一类的。

沈锦抱着肚子说道："吃得不太好。"

甄嬷嬷其实只是客套地问一下，表现太后对沈锦的关照而已，没想到沈锦竟然接了这么一句话。

沈锦一脸苦恼地抱怨道："我觉得这边……"反正就是羊肉太膻牛肉太老鱼肉太少，没有一样让她吃得顺心的。

甄嬷嬷眼角抽了抽，开始听沈锦抱怨糕点的花样太少，没有乔老头家的烧饼好……楚修明坐在一旁没有丝毫不满地听着沈锦的抱怨，还倒了一杯水放到了她的手上。沈锦喝了一口，继续说道："就是青菜都不合胃口，上次我在皇后宫中吃了那个金丝卷味道倒是不错，可惜就是没有人会做……"

与此同时，太后宫中，就见消瘦了许多的皇后坐着，她已经来了半个时辰了，可是别说一句话，甚至连太后的面都没见到，难免心中有些不安。皇后足足坐了一个时辰的冷板凳，就见从里屋走出来一个宫女，皇后认出是太后身边得用的。那宫女态度恭顺地行礼后说道："太后说今日没时间见皇后了，让皇后先回宫去。"

皇后脸色变了变才说道："不知太后……"

宫女笑了一下说道："回皇后的话，太后让奴婢给皇后带一句话：'那个小太监已经处理了，只希望皇后明白什么是皇后。'"说完宫女就低下了头站在了一旁。

皇后抓着帕子的手一紧，勉强笑了一下："妾倒是不太明白，不知可以求见一下母后吗？"

宫女躬身说道："太后已经歇下了。"

怪不得今日太后会忽然把她召来，又让她坐了这么久的冷板凳。皇后只觉得心一紧，明明都安排妥当了,怎么会怀疑到她身上? 心中慌乱,离开的时候,她脸色有些发白,脚步难免慌乱了几分。

永宁伯府中,到了最后,甄嬷嬷甚至有些落荒而逃的味道。等回到太后宫中,那个小太监也没了踪影,太后就像是根本不知道有这个人一样,直接问道:"你觉得如何?"

"永宁伯很宠三郡主。"甄嬷嬷想到永宁伯夫妇之间的小动作,每一次永宁伯都是恰到好处地给沈锦倒了水,让沈锦润润喉后接着说下去,还没有丝毫不耐烦。

太后捻着佛珠说道:"人和人之间的缘分啊……"

甄嬷嬷知道太后又想起了往事,她低着头不敢多说什么,直到听见太后问道:"那人呢?"

"三郡主很活泼。"甄嬷嬷道,"倒是挺喜欢说话的,对皇后宫中的金丝卷有些念念不忘。"

太后问道:"她没问小太监的事情?"

"并没有。"甄嬷嬷道。

太后眼睛眯了一下,说道:"永宁伯呢?"

"永宁伯并没有开口。"甄嬷嬷躬身说道。

太后点了点头,说道:"也是个有分寸的孩子。"

甄嬷嬷伺候太后许久,比旁人多了几分胆子,闻言笑道:"奴婢倒是觉得,恐怕三郡主都不知道小太监被带走的事情。"

太后闻言愣了愣,许久后才说道:"嗯。"端着茶喝了一口,没再说什么。

永宁伯府中,沈锦说得也有些累了,满脸期待地看着楚修明:"夫君,可有事情要忙?"

"并无。"楚修明看着沈锦的样子,手指在她的耳垂上捏了一下。

沈锦扶着安宁的手站了起来,说道:"那我去更衣。"

"好。"楚修明应了下来,"我到书房等你。"

沈锦笑盈盈地点头,看着才出来的赵嬷嬷说道:"太后赏的东西,嬷嬷收拾一下吧。"

沈锦换回了那身月华锦的衣裙后,又回到了刚才的位置舒服地躺下,枕着软垫,看着认真作画的楚修明,色不迷人,人自醉。沈锦看了一会儿,摸了摸肚子,小小地打了个哈欠,又开始迷迷糊糊地睡了。

半睡半醒间,就听见赵嬷嬷进来的声音。

赵嬷嬷双手捧着一根玉兰簪,说道:"这是老奴在收拾东西的时候,在蜀缎中发现的。"

楚修明拿过那只白玉簪,很简单的簪子,但是可以看出用的玉料极好,像是时常被人把玩似的,油润漂亮。楚修明看向了赵嬷嬷。

赵嬷嬷低声说道:"这是太子妃之物。"

楚修明皱眉接过,问道:"确定?"

"是。"赵嬷嬷道。

楚修明拿了过来,看了许久,才问道:"太后宫中有人?"

"老奴不知。"赵嬷嬷说道。

楚修明忽然看见贵妃榻上,沈锦已经醒了,正抱着软垫一脸好奇地看着他们。楚修明放下了玉兰簪,走了过来,伸手整理了一下沈锦脸上的头发,问道:"醒了怎么不开口?"

赵嬷嬷也端了水过来,楚修明扶着她坐了起来。

沈锦端着杯子喝了几口水,说道:"我有些饿了呢,夫君画好了吗?"

"大致画好了。"楚修明单膝跪在地上,给沈锦穿上鞋子,然后牵着她的手到书桌前,让她看着上面的美人酣睡图。

沈锦满脸惊喜:"夫君真厉害。"

"不及夫人一半的美貌。"楚修明道。

沈锦笑得眼睛都眯了起来:"夫君真好。"

楚修明笑了一下,见自家娘子高兴,心中也喜悦。沈锦自然是看见了桌子上的那支玉兰簪:"这是谁的?"

赵嬷嬷看了一眼楚修明,见楚修明点头后,才把事情说了一遍,沈锦"哦"了一声,又看了两眼就不在意了。赵嬷嬷说道:"夫人觉得如何?"

"很美啊。"沈锦说的是自己的画像。

赵嬷嬷笑道:"不及夫人。"

沈锦欢快地笑了起来。楚修明问道:"夫人觉得这支簪子该如何处理?"

"你们知道是谁塞进来的吗?"沈锦反问道。

赵嬷嬷答道:"不知。"

沈锦眼神都没离开画像,很自然地说道:"在单子上吗?"

"不在。"赵嬷嬷回答道。

沈锦说道:"那就收起来放到一边好了。"

楚修明闻言,眼睛眯了一下,确实如此,他们不知道放这簪子的人是敌是友,也不知道图的是什么。既然有人要试探,他们只要动了就落入了下乘,还不如以静制动,不管是什么目的,这个人既然已经出招了,怕是还会有后续。而且只要他动了,就难免会留下线索来。

赵嬷嬷其实不过是被这支玉簪乱了心神,此时也冷静下来说道:"夫人既然饿了,老奴去厨房催催。"

沈锦点头。楚修明伸手拿起那支玉簪交到了赵嬷嬷手上。沈锦皱了皱眉,问道:"我能看看吗?"

赵嬷嬷笑着把簪子放到了沈锦的手上。沈锦拿着仔细看了看,就还给了赵嬷嬷,说道:"好了。"

"安平,你与老奴去厨房,先端些糕点来给夫人垫垫。"赵嬷嬷道。

安平应了下来,和赵嬷嬷一并出去了,安宁也出了书房,从外面把门给关上了。沈锦眨了眨眼,小声问道:"她们怎么知道我有话与夫君说?"

楚修明笑着点了点沈锦的鼻子,沈锦的脸上藏不住事情,刚才脸上满是"我知道一些事情,但是不确定要不要与夫君说一说"的犹豫神色。

沈锦见楚修明没有开口,也不再追问,只觉得赵嬷嬷她们与自己是心有灵犀的,她抱着大肚子,说道:"我好像在母妃那里见过……和这个感觉有些像的。"

楚修明看向沈锦,沈锦仔细想了想才说道:"不是这个样子,好像玉质比这个也差一些,玉兰花瓣也是这样稍稍卷一些……"

"当初太子妃很爱玉兰花。"楚修明这才道,"所以玉兰样式的首饰也流行起来了。"

可是这个和别的玉兰花首饰并不相同。楚修明说道:"我记得赵嬷嬷说过,太子妃的首饰花样都是太子亲手画的。"

"哦。"沈锦忽然问道,"夫君什么时候给我画?"

楚修明笑着说道:"好。"

　　沈锦这就满意了,也不再去管什么白玉兰的事情了,拉着楚修明的手说起了自己喜欢的,比如她更喜欢有颜色的,喜欢开得灿烂漂亮的花……楚修明搂着沈锦的腰往饭厅的方向走去,心中已经有了想法,他也觉得妻子更适合鲜艳的。

　　赵嬷嬷叫安平出去端糕点只是一个借口,很快,饭菜都被摆放好了。沈锦净手后就坐了下来,楚修明坐在沈锦的身边,他们两个人的时候更偏向沈锦的,红稻米粥,还有小巧的包子。沈锦吃到了八分饱就停了下来,楚修明把剩下的都给吃完了,也正好吃到了八分饱。赵嬷嬷从来不会准备太多的东西。

　　晚上睡觉的时候,沈锦忽然想了起来,问道:"夫君,那个小太监呢?"

　　楚修明轻轻抚着沈锦的后背,说道:"被太后身边的甄嬷嬷带走了。"

　　"哦。"沈锦闭上了眼睛,怕是那个小太监活不了了吧?她的手轻轻放在肚子上。她与那个小太监无冤无仇,可是小太监为了私心来害她,谁也不比谁无辜。

　　此时,皇后翻来覆去睡不着。玉竹起身问道:"娘娘,要不要喝点水?"

　　皇后叹了口气坐了起来,玉竹赶紧拿了衣服给她披上,宫女点了灯,皇后道:"给我倒杯水。"

　　"是。"另一个宫女端了水来。

　　皇后接过喝了一口就皱起了眉头:"换。"

　　玉竹赶紧接了过来,亲手倒了水,皇后心烦的时候喝的水要微热一些。果然,这次皇后喝了一杯后,才说道:"玉竹留下,其他人都退下去。"

　　"是。"屋中的宫女嬷嬷都赶紧退了出去,把门也给关好了。

　　玉竹跪在脚踏上给皇后捶着腿,问道:"娘娘可是有什么烦心事?"

　　"那件事……真的不会有人发现吗?"皇后有些犹豫地问道。

　　玉竹躬身说道:"娘娘放心吧,奴婢都安排妥当了,绝对查不到娘娘这儿。"

　　皇后却皱起了眉头,说道:"可是太后……"

　　玉竹柔声说道:"娘娘,若是太后真的有证据,怎么会如此?而且,小太监上午才去的永宁伯府,这么短时间……"

　　皇后眼睛眯了一下。确实如此,若是太后有证据,可就不是这般了,不过是试探而已,若是她慌了阵脚……

"嗯。"皇后应了下来,看向玉竹说道,"那接下来还按照计划行事。"

玉竹应了下来:"下面就和娘娘没有关系了,娘娘才是被陷害的那个人。"

皇后没有说话,心中思量着,想到太后让宫女传来的话,心中一阵烦躁。若是可以,难道她愿如此?如果陛下早早立了她的儿子为太子,她也不会坐不稳皇后之位。皇帝竟然还想要立贵妃。兰妃有宠,常妃有子,不管哪一个都不是省油的灯,还有那些更年轻的姑娘……皇后伸手摸了摸自己的脸,在这个后宫之中,只有坐到了太后之位才能真正地稳下来。

想到太后,皇后心中也觉得憋屈,太后是给她撑腰的,可是偏偏太后虽然吃斋念佛,却不愿意放权。

而此时,被皇后想到的常妃和兰妃在宫中也没有睡着。兰妃长得极漂亮,周身的气质更是如空谷幽兰一般,优雅清冷,就算此时也是一脸淡然,像是没有什么事情能让她动容一般。身边的大宫女静喜问道:"会不会有人故意害娘娘?这消息到底是谁送来的?"

兰妃摇了摇头,说道:"这样的事情,怕是假不了。"

静喜皱着眉头,满脸着急:"若是常妃觉得是娘娘做的怎么办?这事情还牵扯到了皇后。"

兰妃说道:"给我备一份礼,明日我去见常妃。"

静喜说道:"娘娘,会不会是常妃娘娘故意陷害娘娘?毕竟那贵妃之位……"

兰妃只是看了静喜一眼,却没再说什么,静喜也不敢再说,只说道:"那奴婢这就去准备。"

常妃宫中,此时的灯也是亮着,采璇给她换了杯热茶:"娘娘,要不要先休息?"

"采璇,你觉得会是谁?"常妃皱眉问道。

采璇躬身说道:"奴婢不知。"

常妃端着茶杯喝了一口,说道:"就寝吧。"

"是。"采璇伺候着常妃上床休息,而她留在屋中伺候。

常妃并没有睡,只觉得心中乱乱的,反正现在陛下还没定下来太子人选,凭什么她不能争一下?否则到时候就凭着皇后的两个儿子的气量真的能容下她的两个儿子吗?常妃心中冷笑,当初瑞王世子,又是怎么受伤的?甚至连皇子都不是。

　　兰妃吗？常妃觉得不是，兰妃不是那种傻子，她又没有子嗣，就为了一个贵妃位同时得罪她与皇后？那么是谁呢？

　　想着想着，常妃迷迷糊糊地就睡着了。

　　太后常年礼佛，并不要宫中嫔妃早上去问安，所以众人只需要到皇后宫中静坐一会儿，给皇后请安后，就可以离开了。这日，连皇后的人都没见到，兰妃和常妃进来后交换了一个眼神，两个人都坐在位子上并没有开口。等人来齐后没多久，就见皇后身边的玉竹出来说道："皇后娘娘今日身子不适，各位请先回宫吧。"

　　众嫔妃也没有意见，都告辞离开了。常妃回到宫中后，就让宫女去备了茶水糕点。果然没多久，就见兰妃带着宫女过来了，常妃并没诧异，只是说道："妹妹来尝尝姐姐这边的茶。"

　　兰妃点点头，让宫女把准备的礼送上后，就说道："我今日来是有话与姐姐说的。"

　　常妃笑道："那我们到屋里说话。"

　　兰妃应了下来，两个人进屋后，就直接打开了门窗让宫女都退了出去，兰妃也没卖关子，直接问道："姐姐可知昨日有小太监拿了中宫腰牌去请永宁伯夫人进宫之事？"

　　常妃道："知道，还知道是我宫中的人找的那个小太监。"

　　兰妃问道："姐姐怎么想？"

　　常妃反问道："妹妹是如何想的？"

　　兰妃微微垂眸，说道："姐姐可知，妹妹这辈子都不可能有孕了。"

　　常妃愣了一下，眼中闪过惊讶，这她还真不知道。常妃说道："我记得妹妹曾……"

　　"嗯，正是因为那个孩子，伤了身子，这事情太后和陛下都知道。"就算一向淡然的兰妃，谈起这事情，脸上也多了几分惆怅和恨意，"当初……算了，以往的事情就不说了。"兰妃看向了常妃，说道："不过，我与姐姐的敌人怕是同一个人。"

　　常妃一下子就明白了兰妃的意思，怕是那个孩子是被皇后弄掉的。兰妃无子无背景，能坐稳妃位，靠的正是皇帝的宠爱，若是有子的话，早就升了贵妃位了。皇后害得一个女人再也不能做母亲，就算换成了她，也饶不过的。

　　此时常妃倒是确定了，这件事真是皇后所为，为的不过是贼喊捉贼，使得皇帝废掉立贵妃的心思。

　　兰妃说道："妹妹要那高位也没用，只希望姐姐最后成事后，能让妹妹仍享荣华。"

常妃心中一喜，面上倒是分毫不露，对视一眼，心中已有了成算："妹妹怕是还没见过我那小儿子吧，以后不如常来我这宫中坐坐。"

兰妃应了下来。

皇后尚且不知自己的一个昏招就使得常妃和兰妃借机联手了，若是知道了怕是要悔恨交加。

宫中这些事情都与永宁伯府没什么关系，今日上朝的时候，诚帝终于说了蜀中的事情，为显得没那么心虚，还质问道："朕昨夜才得了消息，怎么昨日早朝的时候，永宁伯就问了蜀中的消息？可是永宁伯先得了信？"

楚修明躬身说道："回陛下的话，臣也不知为何会如此巧合。"

"巧合"两个字用得极好，朝上大多数的臣子都知道内情，也觉得好笑，难不成诚帝真以为瞒得住？若是京官真的只知京城事，那这个官位怕是也坐不住了，更何况承恩公府又嚣张起来的姿态，让人不知道其中有鬼都难。

诚帝毕竟心虚，说道："爱卿无须误会，朕不过是感叹一句。"

"不敢。"楚修明态度恭敬，语气淡然，看不出真实的情绪。

诚帝道："那些叛民不知感恩，不思报国，竟然做出这般大逆不道的事情，哪位爱卿愿意为朕去平乱？"

一时间朝堂上鸦雀无声，当初楚修明去闽中的情况他们还记得，他们可没有永宁伯的本事和楚家在军士中的威望，让他们去的话恐怕就有去无回了。

诚帝眼神扫向自己提拔的几个臣子，却见他们都低着头，根本看不到自己的眼神，一时觉得气闷。

"叛民不足千人，朕却有百万大军，此时平乱者封将军职，领五万大军……"

这下子不少人眼睛都亮了，若是如此的话，这还真不是什么苦差。几个人的眼神不禁偷偷看向了楚修明，就见楚修明面上没有丝毫波动。等诚帝话音刚落，就有人上去请命了，看着众多跪在下面请战的臣子，诚帝眼神扫了楚修明一下，意思是就算没有楚家，朕也能坐稳这江山。

诚帝很快就选定了人员，更是存了培养武将的心思，又选了不少青年才俊塞进队伍里面，其中就有永乐侯世子。永乐侯心中倒是高兴，想着不过是混个军功，对世子也算是件好事。

"永宁伯身子不适,这段时日就好好养着吧。"诚帝有些得意地说道。

"是。"楚修明躬身应了下来。

楚修明回府的时候面色如常,就连贴身侍卫都没看出什么,倒是正在外面被丫鬟扶着趁着日头好散步的沈锦,看着换了常服出来的楚修明,脚步顿了顿,说道:"夫君,抱抱。"

"今日走了多久?"楚修明问道。

沈锦看向了赵嬷嬷。赵嬷嬷躬身说道:"夫人今日已经走够了,可以回房休息了。"

"夫君!"沈锦再一次看向了楚修明,楚修明这才小心翼翼把她抱了起来,让她坐在自己的胳膊上,另一手环着。沈锦动了动脚,说道:"我们去看小不点吧。"

"好。"楚修明应了下来。

沈锦有些不好意思地问道:"夫君,我重吗?"

"不重。"楚修明感觉着怀里的小娘子,这不仅是她的娘子,还有他的孩子。

沈锦还是第一次听见楚修明叹气,却没有问什么,娇声说起了今日早上用的东西。小不点听见了他们的声音早就摇着尾巴跑了过来,楚修明这才把沈锦放下:"小不点,你想我了吗?"

"嗷呜!"小不点用大狗脸蹭了蹭沈锦的手。

楚修明说道:"拿梳子来。"

"是。"当即有人不仅拿了梳子,还搬了椅子过来。楚修明坐在矮凳上给小不点梳毛,沈锦坐在椅子上,安平还拿了小毯子给她盖着腿。

小不点在楚修明的手下很老实,让抬爪就抬爪,不过那小眼神哀怨地看着沈锦,它比楚修明回来前瘦了不少,厨房再也不给它美味的大骨头了。沈锦看得笑个不停。

被楚修明一收拾,小不点的毛更加蓬松了,最后甩了甩,看着格外漂亮,楚修明也彻底平静了下来,赵嬷嬷这才说道:"将军、夫人,饭菜已经准备好了。"

饭刚用完,就有人送了帖子给沈锦。"咦,姐姐有急事找我?"

楚修明道:"怕是为了永乐侯世子的事情。"

沈锦点点头,看向了楚修明,问道:"夫君要见吗?"若是见的话,到时候她自然引了永乐侯世子与夫君相见;若是不见的话,也有不见的办法,咬定楚修明不在府中就好了。

楚修明说道："见吧。"

沈锦就应了下来，回了帖子给沈琦。楚修明把沈锦送回房中，这才叫了赵管家到书房。沈锦觉得楚修明很愤怒，也不知道到底是谁惹恼了他，反正不是她。楚修明其实最记仇了，想了想能让楚修明这般的人，恐怕还是诚帝了，可是……当初就算被诚帝派到了闽中，楚修明也没有生气啊。

越想越觉得迷糊，沈锦索性不再为难自己，轻轻摸着肚子。

书房中，楚修明把朝堂上诚帝自以为聪明的安排说了。赵管家脸色一变，冷笑道："这简直是笑话。"

楚修明没有说话，最愤怒的时候已经过去了，想到自家小娘子的眼神，他平和了许多。赵管家气得在屋里走来走去："他安排那么多人过去，五万兵士到底听谁的话？还有那么多世子权贵，甚至还扔了皇子进去……"

越想越气，赵管家咬牙问道："没人反对？"

"五万和一千。"楚修明沉声说道，"就算觉得不妥的人，也没把这千人当一回事。"

赵管家道："其实这事情……对我们有利。"诚帝派去的那五万将士，都是他手下的人马，他不过把这件事当成一场练兵。可就算如此，赵管家也觉得心中说不出的愤慨："他们把这当成什么！过家家吗？"

楚修明都不知道自己怎么忍下来的，除了他之外，还有些经历过战事的武将也看出来了，所以那些人面露犹疑之色，并没有主动请命，反正诚帝也不会用他们，想来五万对一千，只要不是傻子，都不会败的。

"将军觉得胜负如何？"赵管家看向了楚修明问道。

楚修明备了纸笔，随手画了蜀中那边的大致地形。整个天启朝的地图他都记在心里，楚家为这图花费不知几许，怕是诚帝宫中的地图都没有他们的齐全。

"地动还不知如何，到时候还要重新派人测量。"

楚修明画得粗糙，可是大致情况却一目了然："蜀中的情况，比别的地方都要复杂，不仅是地形，还有……真的只有千人吗？诚帝自以为是的隐瞒，却已经让他们扎根更牢了，亲戚连着亲戚，朋友连着朋友，同乡同镇……蜀中有多少兵力？这千人早已不是当初的千人了。"

赵管家心中一惊，他刚才只是愤怒，觉得此战怕是会惨胜，牺牲不少兵士，可是听着楚修明的意思,怎么像是……

楚修明道:"就算是我,也没办法断言胜败,不过七分把握罢了。"

这七分自然是败了,诚帝至今没有立太子,好不容易有个立功机会,这些皇子哪里会放过,自然会格外表现自己,把其他人给踩下去。

楚修明接着说道:"更何况,这其中……说不得还有别的手笔。"

"将军是担心……"赵管家却说不下去了。

楚修明没有再说话,只是把画出来的地图扔进了炭盆,看着它烧成灰烬,才说道:"谁知道呢。"

赵管家不再说话,如今除了愤慨外,还多了一丝无奈,楚修明闭了闭眼,说道:"不过受苦的都是百姓而已。"

"将军……"赵管家看向楚修明。

楚修明摇摇头,不再说什么。

沈琦是永乐侯世子亲自送来的,他也没急着离开。永乐侯下朝后与他说了蜀中的事情。他心中一喜,可是当知道那么多皇子去的时候,难免有些犹豫。而沈琦又忽然派人叫他去瑞王府,永乐侯以为瑞王有什么交代的,也催着他过去了。

等到了才知道,并不是瑞王找他,而是瑞王妃。瑞王妃虽然不懂战事,不过问了请命的都有何人,然后又问了去的名单,心中就觉得不妥。此次请命的虽然有武官,可当初真正上过战场的那几位一个都没有站出来。如果军队说话的人太多,那么到底听谁的?

诚帝任命的那个将领,能压住这些皇子、世家子吗?瑞王妃又问了楚修明的反应。瑞王只说楚修明没有开口。瑞王妃当即就让沈琦把永乐侯世子叫了回来,然后让沈琦给沈锦送了帖子。诚帝虽然说不让人打扰楚修明静养,可是沈琦和沈锦是姐妹,来往亲密些就算是诚帝也无话可说。

瑞王见瑞王妃的样子,问道:"你觉得有什么不对吗?"

瑞王妃摇头说道:"不过是想着女婿第一次出门,到底刀剑无眼的,还是问问三女婿的好。"

瑞王说道:"也是。"

瑞王妃又笑着说了几句,瑞王就不再管了。而沈琦这才看向了瑞王妃,问道:"母亲,可是有什么不对？"

"我也不知道。"瑞王妃道，"你与女婿走一趟的好，让女婿讨教一下经验。"

沈琦抿了抿唇，点头应了下来。瑞王妃说道："你下去准备吧，等女婿来了你们就直接出门。"

"是。"沈琦扶着丫鬟的手下去了。

"只希望是我多想了。"瑞王妃缓缓叹了口气。

永乐侯世子路上也听了沈琦的话，心中难免有些不安，直接问道："妹夫，这次蜀中之行可不妥？"

楚修明道："姐夫可知蜀中的情况？"

永乐侯世子摇头说道："所知不多。"

楚修明道："姐夫必去不可吗？"

永乐侯世子说道："陛下已经点了我的名字，若是不去的话……想来也要给家父一个交代。"

楚修明也明白，说道："若是去了，姐夫记得，莫要开口，莫要争功，莫要靠前。"

永乐侯世子皱眉，问道："可是会有危险？ 不是说那边反民不足千人吗？"

"当初蜀中有多少官员兵士？"楚修明反问道，"结果呢？"

永乐侯世子心中一紧，问道："不是说这次派了五万人前往？"

楚修明却不再说什么，毕竟大多是他的猜测，并非他不信任永乐侯世子，而是这些话，他回去定是要与瑞王妃和永乐侯说的，先不说会不会被人误会，就是永乐侯府的亲戚、瑞王府的亲戚……这些权贵之间姻亲极多，有些话说得太明白了，传出去了却是不好。

永乐侯世子见此也不再问，点了点头说道："我知道了。"

楚修明应了一声，面色丝毫不变。永乐侯世子说道："我那还有不少滋补的药材，晚些时候让人给妹夫送来，妹夫多多注意身体才是。"

"好。"楚修明点头。

永乐侯世子心中有事，也不再多留，说道："我先告辞了。"

楚修明起身送了永乐侯世子离开，沈琦本正在与沈锦说着郑府的事情，没承想永乐侯世子竟然离开得如此快,愣了一下说道:"改日我再来与妹妹说话。"

沈锦扶着安平的手站了起来,说道:"姐姐如今身子重,若只是说话,不如让府上的人传递信笺。"

"也好。"沈琦闻言一笑。

永乐侯世子正在外面等着,面上明显有心事,打了招呼后就接了沈琦走了。在回瑞王府的马车上,忍不住把刚才楚修明说的话与沈琦说了。沈琦看着永乐侯世子的神色,问道:"夫君可是不信?"

"也不是。"永乐侯世子有些犹豫地说道,"总觉得……会不会是……"

沈琦微微垂眸,双手轻轻抚着肚子说道:"会不会是妹夫因为自己不能去带兵,才故意如此说?"

永乐侯世子面上有些尴尬,沈琦却看向了永乐侯世子,沉声说道:"夫君若是真这般想,那就太小看了永宁伯,太小看了楚家,也太小看了我母亲。"

"我不是这个意思。"永乐侯世子第一次见沈琦这般神色,赶紧说道,"我只是觉得会不会是妹夫太过小心了?"

沈琦厉声问道:"夫君,永宁伯从几岁开始带兵?楚家一直镇守边疆,经历的战争又有多少?只论战功的话,如今的爵位却是委屈了。"

永乐侯世子面色一肃,也明白过来,说道:"刚才是我以小人之心度君子之腹了。"

沈琦摇了摇头道:"母亲会让夫君来请教永宁伯,想来也是觉得有些不对了。"

永乐侯世子听沈琦提到瑞王妃,又想到那时候瑞王妃对自己的照看,说道:"我先送你回王府,拜见一下岳母。"

沈琦点头,没再说什么。永乐侯世子轻声哄道:"夫人莫要生气,是我刚才有些小心眼了,本想着好歹弄些功劳,也让夫人风光一些。"

"也是我太过急躁了。"沈琦放柔了声音说道,"妹夫在京城地位尴尬,如今还没出战,肯对你说这些,也是担了责任的。"

"我一会儿回去就备礼与妹夫赔罪。"永乐侯世子说道。

沈琦靠进了永乐侯世子的怀里,说道:"嗯,正巧今日庄子上送了不少新鲜的食材,到时候送与妹夫就好。"

永宁伯府中,沈锦看着急匆匆离开的永乐侯世子和沈琦,又看了一眼楚修明,问道:"这是怎么了?"

楚修明没有瞒着沈锦的意思:"蜀中出了反民,陛下要用兵,点了一些权贵之子和皇子前去。"

沈锦皱眉问道:"那带兵的是谁呢?"

楚修明说了一个名字和官职,沈锦更加疑惑了:"那这样……士兵听谁的?"

"不知道。"楚修明道。

沈锦就算知道楚修明不会拿这样的事情开玩笑,还是忍不住去看了看他的神色,也算明白了为何楚修明回来的时候会那般压抑愤怒了,张了张嘴也不知道说什么好。

楚修明低头看向了沈锦,问道:"夫人觉得如何?"

沈锦摇了摇头。楚修明眼神闪了闪,问道:"夫人,你觉得此战会败吗?"

"会死很多人吧。"沈锦抿了抿唇,有些惆怅地说道。

"为什么?"楚修明扶着沈锦往屋内走去,仿若不经意地问道。

沈锦道:"一根钉子和一盘散沙,哪个更伤人?"

"就算钉子人数不足千人?而散沙有五万人,并且粮草辎重充足?"楚修明问道。

沈锦想了想,说道:"我不知道,不过换成是我,是不愿意去的。"

楚修明和沈锦走进书房,找出了那日没有画完的画像接着上色,问道:"为什么?"

沈锦有些奇怪地看了楚修明一眼,觉得他今日问题有点多,不过还是说道:"比如,今天只能做一份砂锅,你想吃清汤的,我想吃辣的,我们两个都决定不了,那赵嬷嬷听谁的呢?说不得到了吃饭的时候,都还没有解决这个问题,那就谁也吃不到了。"

楚修明缓缓吐出一口气,说道:"是啊。"

沈锦凑到了楚修明的身边,看着那幅画像一点点被渲染上色彩,忽然说道:"我不喜欢打仗。"

"我也不喜欢。"楚修明闻言说道,"怕是没有人喜欢。"

回了瑞王府后,沈琦顾不得休息,就与永乐侯世子一并去见了瑞王妃。此时瑞王并不在屋里,只有瑞王妃一人。瑞王妃把屋里的人打发了出去,只留了翠喜伺候,问道:"可是说了什么?"

永乐侯世子这才把事情细细说了一遍，格外诚恳地问道："岳母，您觉得女婿该如何？"

瑞王妃缓缓叹了口气，说道："若不是琦儿与锦儿关系好，怕是永宁伯也不会与你说这些。"

永乐侯世子想到沈琦的话，不禁脸一红，低下头没说什么。沈琦有些诧异地看向了母亲，却见瑞王妃像是没发现一般，接着说道："去请王爷。"

"是。"翠喜躬身应了下来。

既然楚修明都这般说了，有些事情还是不能瞒着瑞王。

等瑞王也过来了，瑞王妃才说道："王爷可还记得，我刚才问了王爷，此次蜀中之行都有谁请命吗？"

"记得。"瑞王有些疑惑地看向了瑞王妃，"不是说无事吗？"

瑞王妃摇了摇头，说道："只是不敢肯定，毕竟我对外事不了解。"

瑞王看了看永乐侯世子后，又看了看瑞王妃，问道："怎么了？可是三女婿说了什么？"

永乐侯世子看了瑞王妃一眼，又把楚修明的话重复了一遍，瑞王就算再不知事也觉得楚修明这话怕是意有所指，有些犹豫地说道："总不会……三女婿觉得会有危险吧？"

瑞王妃道："王爷，此次您说的请战人中，武将都有何人？其中真正上过战场带过兵的又有何人？"

瑞王仔细想了一下，说道："并无一人。难道是看不上？"

瑞王妃的声音轻柔："军功谁会嫌多呢？"

瑞王没有说话，瑞王妃接着说道："王爷，一个四品武官如何压得住皇子和那些世家子？到时候那些士兵到底听谁的？"

"可……反民不足一千，而这次却带了五万人过去。"瑞王有些犹豫地说道。

瑞王妃说道："可是就这一千人，让蜀中那么多官员士兵无可奈何。"

永乐侯世子此时已经心服口服了，问道："岳母，那我该怎么办？"

瑞王妃叹了口气说道："如今你不能不去了，记着永宁伯与你说的那三句话，想来生命是无碍的。"

"不会这么严重吧？"瑞王底气不足地说道。

瑞王妃却没有说什么。瑞王想了许久，问道："王妃，你说我要与陛下提个醒吗？"

"王爷以为永宁伯为何不在朝堂上开口?"瑞王妃反问道。

想到诚帝的性子,瑞王张了张嘴,最后也闭上了。此时诚帝兴致正高,若是他泼了冷水,怕是落不得好,而且万一……不是万一,是肯定,诚帝不会听他的。

瑞王妃看向永乐侯世子说道:"这事情……若不是关系亲近的,他们主动问起,最好在看见蜀中情况之前不要主动开口。"

永乐侯世子看着瑞王妃,说道:"请岳母指教。"

瑞王妃温言道:"并非别的,就怕传到了陛下的耳中,你也落不得好,而且聪明人不可能只有我们。在路上,你仔细观察一下,再小心选了圈子融进去,等见了蜀中的情况,怕就有人找你请教了。"

永乐侯世子明白了瑞王妃的意思,点头说道:"是。"

沈琦有些担心地看着永乐侯世子,又看向母亲问道:"不如让世子告病?"

瑞王妃摇了摇头:"若是女婿不走这一趟,等真出了事……反而会被牵累。"

永乐侯世子脸色一变,说道:"岳母放心,小婿知道了。"

瑞王妃点头没再说什么:"今日让琦儿陪你回府收拾东西吧。"

永乐侯世子点头:"那最迟后日,小婿再把夫人送回来。"

瑞王妃应了下来,永乐侯世子和沈琦给瑞王、瑞王妃行礼后,就先行离开了。

"夫君准备告诉公公吗?"沈琦看着永乐侯世子问道。

永乐侯世子想了一下,说道:"这件事,谁也别说。"

沈琦有些疑惑地看着永乐侯世子,永乐侯世子并没有解释什么,只是说道:"夫人听我的就是了。"

"好。"沈琦应了下来。

蜀中平乱这件事对京城中的人来说倒是件大事,并非这件事多严重,而是因为去的都是皇子和世家子而引了人注意。有些人好奇为何不选永宁伯去,渐渐地倒是流传出"永宁伯旧病缠身"的消息。

等大军真正出发的时候,已经到了二月初。这日,被诚帝选中的三位皇子意气风发,那些世家子不管实力如何,穿着特制的银甲骑在马上,看着极其俊挺。和当初楚修明离京不同,这次诚帝是亲自去送的,声势浩大。

不过这些都和楚修明没有关系,他此时正在按照诚帝的要求闭门静养。

第二十七章
喜得贵子

按照沈锦的月份来算，应该是三月中旬发动，不过赵嬷嬷已经把产房一类的准备好了，还每日都放了炭盆进去暖着。瑞王妃和陈侧妃还特意来看了一次，谁知道次日，瑞王妃就送了两个小丫鬟过来，是翠喜亲自送来的，说道："王妃说这两个丫鬟的八字比较旺三郡主，产房还是多些人气的好，而且这两人是陈侧妃亲自选的。"

沈锦闻言看向了两个小丫鬟，见两个人脸上并没有勉强的神色，这才点头说道："帮我谢谢母妃了。"

翠喜笑着说道："是，王妃说等郡主生产后，把她们打发回去就是了。"

沈锦问道："嗯？"

翠喜解释道："到时候就到陈侧妃院中伺候。"

沈锦点头没再说什么。

留下了两个瞧着就十三四岁的小丫鬟和沈琦的信笺后，翠喜就离开了，沈锦说道："安宁，拿了红包给她们。"

"是。"安宁应了下来，两个小丫鬟被调教得极好，进来后眼神很稳，并没有乱瞧乱看的。

沈锦说道："到时候，我再给你们封个大红包。"

两个人跪下道了谢，安宁把红包递过去，两个人接过，又给沈锦磕了头。

赵嬷嬷说道："是老奴疏忽了。"

沈锦摇头说道："只是边城没这些规矩而已。对了，奶娘的房间准备好了吗？"

"已经备好了。"赵嬷嬷问道，"夫人真的要亲自喂养？"

"嗯。"沈锦摸着肚中的孩子说道。

赵嬷嬷道:"老奴选了两个稳重些的小丫鬟给奶娘使唤。"

其实说是给奶娘使唤,更多的是为了看着那两个奶娘。沈锦眼睛眯了一下,说道:"派人看着刚才那两个小丫鬟些。"

并非沈锦不相信瑞王妃和陈侧妃,而是沈锦不得不小心,她担不起任何的意外。

赵嬷嬷应了下来。沈锦接着说道:"等送她们走的时候,封个上等封,再送她们一人一匹缎子,叫人给她们拿几身换洗的衣服。"

"是。"赵嬷嬷都记了下来,见沈锦没别的吩咐,就下去安排了。

沈锦这才拆开了沈琦给她写的信,字数不多,说了有些担心永乐侯世子,又说了如今才知道沈锦那段时日有多难熬。沈锦看出沈琦的担心并非因为她真的喜欢永乐侯世子……想了想,回信道:"多想想肚中的孩子就好了。"

其实沈锦不知道该怎么与沈琦说,他们之间又与自己和夫君不一样。她是相信夫君说过的会平安回来,又因为肚中的孩子,这才撑了下来,可是这样的话却不能对沈琦说。

这日晚上,沈锦刚感觉肚子一抽一抽的疼,还没等她伸手去抓楚修明,就见楚修明已经起身了。他看了沈锦一眼,就见她有些虚弱地睁着眼,脸色发白,哼唧道:"有些疼。"

楚修明伸手摸了下沈锦的额头,那里满是汗水,问道:"可是肚子疼?"

"嗯。有些不舒服……"

楚修明直接叫道:"安宁去喊赵嬷嬷,把产婆也给我叫来。"

刚听见声音没多久,赵嬷嬷就系着扣子出来了,后面跟着产婆。等到了正房,就见楚修明正在给沈锦擦汗,赵嬷嬷神色也有些紧张地问道:"可是要生了?"

产婆上前摸了摸沈锦的肚子,然后道了一声"得罪了",就把手伸被子里面摸了摸,说道:"确实要生了,不过羊水还没破,把夫人抬到产房。"

"可是还不到日子……"沈锦疼得咬了咬唇,满脸迷茫无措地说道,"还差一个多月啊……"

"夫人放心,无碍的。"产婆赶紧安抚道。

楚修明直接用被子把沈锦裹了起来,抱着往产房走去,低声安抚道:"别怕。"

沈锦快哭了:"不到日子啊……"

"夫人放心,孩子快九个月了,无事的。"赵嬷嬷也说道。

产房离正屋不算远,很快就到了,里面的炭盆一直没有断过,甚至比正屋还要热些,楚修明把沈锦放在床上。

赵嬷嬷问道:"夫人可要用些东西?"

"还要等一会儿呢,让夫人吃些东西比较好。"产婆劝说道。

沈锦此时肚子又不疼了,闻言说道:"真的没事吗?"

"老奴保证。"赵嬷嬷道。

沈锦这才说道:"给我下碗面吧。"

赵嬷嬷应了下来,赶紧去厨房准备,而安平和安宁她们也有条不紊地准备着产房的东西。产婆看向楚修明,说道:"将军你……"

"我留下。"楚修明说道。他从安宁手中接过布巾,亲手给沈锦擦着脸上和脖子上的汗,另一手抓着她的手。

产婆还想说什么,可是看着楚修明的样子,最终什么也没有说。而沈锦闻言心中一安,不知怎么忽然想到产婆当初与她说的事情,整个人愣了一下,忽然说道:"不行,你出去。"

楚修明看向沈锦,柔声说道:"别怕,我陪着你。"

"不要。"沈锦不仅说,还伸手去推着楚修明,"出去。"

楚修明见沈锦不像作假,安抚道:"我喂你用了东西就出去。"

沈锦这才安静下来,说道:"一定要出去,不许偷看。"

"好。"楚修明保证道,"我就在外面等着你,你只要叫我,我就进来。"

沈锦点头。赵嬷嬷很快端了面来,还叫厨房煮上了粥,蒸了龙眼大小的包子,一时间整个永宁伯府都忙碌了起来。

赵嬷嬷忽然想到了瑞王府中的奶娘,赶紧让人去通知瑞王妃沈锦发动了的事情。

楚修明接过面,亲手喂着沈锦用完,被她又赶了出去。他并没有走远,就在门口的院子里。瑞王府得了消息,瑞王妃就让人去喊了陈侧妃,两个人亲自送了奶娘过来,此时也陪在里面。天亮的时候沈锦又要了一次吃的,然后迷迷糊糊地睡着了,瑞王妃和陈侧妃出来与楚修明说了几句话,把沈锦的情况说了一遍。楚修明这才进屋更衣,可是很快就出来了,眼睛一直盯着产房的门。

沈锦知道楚修明就在外面,而且身边还有瑞王妃和陈侧妃陪着,此时倒是不再害怕。

瑞王妃看着正在吃东西的沈锦,问道:"参汤可备好了?"

"都已经备好了。"赵嬷嬷道,"大夫也在外面备着了。"

沈锦吃到一半忽然痛呼了一声,安宁赶紧把东西端到一旁……

楚修明站在门口,握紧了拳头,他好像听见了沈锦的哭声,刚才差点没有忍住就这样闯进去。此时就见安宁急匆匆地跑了出来,说道:"将军,夫人说您绝对不能进去!您要进去她就不生了。"

"我知道了。"楚修明的声音有些低沉,"告诉夫人,我就在这里陪着她。"

安宁点了下头,顾不得别的再次进了产房。

楚修明只觉得过了许久,从日出到日落,就见那些丫鬟进进出出,虽然动作很快,可是脸上不见慌张。楚修明不知道自己此时竟然也能如此冷静,观察这般细致。不知过了多久,就见赵嬷嬷满脸笑容地跑了出来,说道:"恭喜将军,母子均安。"

听到这个消息的时候,楚修明身子竟然晃了一晃,猛地看向了产房。赵嬷嬷说道:"将军还请稍等一会儿,房中正在收拾。"

大夫也是满脸笑容,说道:"恭喜将军。"既没有用上大夫也没有用上参汤,想来是无事的。

楚修明没有说话,再也顾不得别的,直接往里面走去,却被赵嬷嬷拦住了,不让他进内室,说道:"将军先烤烤火,去去身上的寒气才是。"

"好。"楚修明知道此时应该听赵嬷嬷的,当即就站在了炭盆边,可是眼神还是冲着内室,说道,"孩子在哭。"

赵嬷嬷笑道:"都是如此的。小少爷很健康,重五斤六两,长得俊秀漂亮,像是个仙童一般。"

谁知道赵嬷嬷的话音刚落,楚修明就听见沈锦的声音:"东东怎么这么丑啊……"

屋里产婆已经帮沈锦收拾好了,沈锦看着抱在陈侧妃怀里的孩子,眼神有些纠结。陈侧妃听了一怒:"瞎说,多漂亮的孩子。"

瑞王妃也瞋了沈锦一眼,说道:"不许胡说!"

沈锦委屈得要命,这孩子红红皱皱的不说,鼻子还是塌塌的。

"我给孩子喂奶。"

瑞王妃听了有些诧异地看了沈锦一眼,陈侧妃倒是没有阻拦的意思,让安宁把沈锦扶起来靠坐着,解了衣服。沈锦小心翼翼地抱着孩子,刚把孩子的嘴对上,那孩子就张嘴含着吃了起来,格外有力。

楚修明身上再无一丝寒气才进来,沈锦见到他就说道:"都怪你!"

"怪我。"楚修明都不知道怎么回事,闻言赶紧应了下来。

瑞王妃和陈侧妃见到楚修明进来,两个就先出去了。

赵嬷嬷和安平送了两人出来,瑞王妃说道:"陈妹妹,你留下来照顾一下锦丫头,我先回府与王爷说这个好消息。"

陈侧妃没有推辞,说道:"妾等锦丫头睡着就回去。"

"你多留几日。"瑞王妃说道,"小四那边我会照顾,晚些时候我让人把你的东西送来。"

陈侧妃虽然知道如此有些失礼,可是到底沈锦是她唯一的女儿,就应了下来。瑞王妃这才看向赵嬷嬷,说道:"你晚些时候再与永宁伯说一声即可。"

赵嬷嬷应下,和陈侧妃一并送了瑞王妃上马车,陈侧妃就问了小厨房的地点,亲手去给女儿做吃的。赵嬷嬷本想留下,却被陈侧妃拒绝了:"他们两个小年轻,又是第一个孩子,嬷嬷还是去看着些。"

"是。"赵嬷嬷这才应下来,留了安平给陈侧妃打下手,自己回了产房。

产婆已经离开了,奶娘留在了里面,安宁就站在奶娘的身边。奶娘是个二十多岁的女人,长得眉清目秀的,看着干净老实。

沈锦换了个胳膊抱着东东,让他吃另一边的奶,楚修明走了过去,看着沈锦怀中红彤彤的小家伙。沈锦说道:"东东为什么有点丑?"她真的不是嫌弃儿子,不过好像和她期待的有些不一样。

"是有点丑。"楚修明此时都顺着沈锦的话。

谁知道这话一出,沈锦瞪圆了眼睛看着楚修明,泪珠子开始往下落:"你不喜欢东东?"

赵嬷嬷进来正好听见这句,又见沈锦哭了,急得说道:"我的祖宗啊,不能哭啊。"

楚修明说道:"喜欢。"

"你说他丑。"沈锦更加委屈了。

赵嬷嬷再顾不得别的,瞪了楚修明一眼,赶紧哄沈锦,说道:"不丑,小少爷最漂亮。"

楚修明哭笑不得,伸手擦去沈锦脸上的泪,说道:"不哭,东东是你辛辛苦苦给我生的儿子,我自然喜欢的。"

孩子也吃饱了,在沈锦的怀里睡着了,赵嬷嬷赶紧把孩子抱到了怀里。楚修明亲手帮着沈锦整理衣服,柔声说道:"疼吗?"

"疼,浑身都疼,还饿了。"

赵嬷嬷说道:"陈侧妃已经在厨房了,怕是马上就把东西端来了。"

听着沈锦的话,楚修明只觉得心疼得很,瞧着沈锦脸上掩不住的疲惫,低头吻了一下她的眉心,说道:"我很喜欢。"也不知道是在说孩子还是在说她。

赵嬷嬷见沈锦被哄好了,说道:"将军,让大夫给小少爷检查一下吗?"

毕竟这孩子没有足月就生下来了,还是检查一下更让人放心。

楚修明说道:"好。"

赵嬷嬷让人把屏风摆好,这才叫一直等在外间的大夫进来了,把孩子抱过去让他检查了一下,大夫躬身说道:"将军、夫人放心,小少爷很健康。"

楚修明和沈锦这才真正松了一口气,楚修明说道:"麻烦大夫了。"

大夫躬身道"不敢",然后退了下去,陈侧妃也端了东西过来。她给沈锦弄了红糖小米粥,里面还打了鸡蛋,本想亲手喂沈锦,可是看着在旁边的楚修明,还是把碗递了过去。楚修明道谢后,就一口口喂着沈锦,沈锦只觉得整个人舒服了许多,吃完了一碗粥,她的眼睛都有些睁不开了。楚修明说道:"睡吧。"

"我再看看孩子。"沈锦小声要求道。

赵嬷嬷把孩子抱了过来,沈锦看了看,觉得孩子越发顺眼了起来,这才打了个哈欠,被楚修明扶着重新躺下睡了。

楚修明看向陈侧妃,说道:"岳母,你去休息吧。"

"你一个男人哪里会这些。"陈侧妃道,"我在这里就可以了。"

楚修明摇摇头。赵嬷嬷低声说道:"前段时日,永宁伯特意找产婆、老奴都学过了,侧妃放心吧。"

陈侧妃没想到楚修明竟然专门和人讨教过这些,说道:"那好。"

赵嬷嬷说道:"麻烦侧妃照顾一下小少爷。"

陈侧妃闻言满脸喜悦,这是她的亲亲外孙,若不是她一贯小心,早就忍不住把孩子要过来抱着了,便点头说道:"好。"

赵嬷嬷把孩子交到了陈侧妃手上，引着她去了隔壁的房间，那里是专门布置出来给孩子住的地方。奶娘自然也被带了下去，安宁跟着一并过去，安平问道："将军可要用些东西？"

"拿些馒头和清水来。"这两样东西都没有味道，楚修明怕菜香打扰沈锦休息。

第二天，沈锦醒了以后，楚修明就把孩子抱了过去，赵嬷嬷扶着她坐了起来，喂她喝了一些红糖水。沈锦发现楚修明抱孩子好像很熟练，起码比她要熟练一些。

"你吃饭了吗？"沈锦问道。

楚修明应了一声，等沈锦喂完了孩子，他把东东抱了过来，轻轻抚着后背。等东东打了个奶嗝后，这才把东东放回了沈锦的身边。沈锦也吃完了一碗红糖鸽子蛋："咦，东东好像漂亮了不少。"

"嗯。"楚修明手指轻轻碰了碰东东的小嫩脸，眼中带着笑意，说道，"我们的孩子。"

"是啊。"沈锦也好奇地打量了一会儿，陈侧妃就端着东西进来了。

赵嬷嬷把孩子抱了起来，说道："夫人再用些汤。"

沈锦点点头。她现在饿得很，虽然这些东西里面都没什么佐料，可她还是吃得很香。陈侧妃把东西送来后，就和赵嬷嬷一起照顾小外孙，沈锦那边有楚修明照顾。

东东洗三的时候，有不少人送了礼来，可是楚修明没请什么人来。瑞王和瑞王妃倒是来了，沈琦还在丫鬟的帮助下，小心翼翼地抱了抱孩子，有些眼馋地摸了摸肚子，说道："只希望我的孩子也能和东东这般可爱。"

沈锦总觉得每次见到儿子，他都变得漂亮了许多，听了沈琦的话，不禁道："姐姐，我发现孩子刚生下来的时候越丑就会长得越漂亮。"

"真的？"沈琦一脸诧异地看着沈锦。

沈锦严肃地点了点头："东东刚出生的时候，很丑的。"

两姐妹的话，听得瑞王妃在一旁笑了起来："胡说，东东生下来就很漂亮的。"

瑞王和瑞王妃并没有在永宁伯府停留太久，用过了午饭就离开了，陈侧妃也跟着一并走了，能照顾女儿这么几天她也满足了，而且有楚修明在，照顾沈锦的事情就连赵嬷嬷都有些插不上手。

沈锦虽然舍不得母亲，可也没有说什么，她现在还不能出房门，所以是楚修明去送的人。瑞王其实挺喜欢东东的,毕竟是他第一个外孙,还抱了一会儿,不过因为他不会抱孩子,弄得东东不舒服,东东很快就被瑞王妃给抢走了。

"东东一瞧就是个聪明的孩子。"

当时楚修明笑了一下,没有说什么。瑞王感叹道:"我瞧着这孩子眼睛像我。"

瑞王妃瞪了瑞王一眼,其实那孩子太小,实在瞧不出更像谁,不过怎么也不可能像瑞王。瑞王又看向沈琦说道:"也不知道琦儿的孩子会像谁?"

沈琦闻言一笑,说道:"要是能像父王就好了。"

在很久以后,沈琦无数次后悔说出了这句话。其实瑞王长得不差,可是再不差一个女孩长得像瑞王也不是什么好事情。

送走了瑞王一家后,楚修明就回了屋,沈锦已经睡着了,孩子躺在旁边的小床上,睡得正香,小手握成拳头,身上带着一股子的奶香。

赵嬷嬷在旁边照顾孩子,虽然有奶娘,可就算是沈锦睡着了不方便的时候,他们也没有让奶娘靠近过孩子,都是把奶水挤到碗里,再交给安宁一点点喂给东东吃。说到底,除了边城出来的人,他们在京中根本不信任任何人。

楚修明给沈锦整理了一下脸上的碎发,沈锦下意识地在他怀里蹭了蹭。楚修明眼中带着笑意,又看了她一眼后,就看向赵嬷嬷,压低声音说道:"若是有事了,就去喊我。"

"是。"赵嬷嬷应了下来。

楚修明点了点头,这才回房洗了个澡,换了衣服,去了书房,赵管家正在书房帮着处理事情,见到楚修明就笑道:"恭喜将军了。"

"嗯。"楚修明应了一下问道,"事情安排得怎么样?"

赵管家说道:"已经让人去查了,蜀中的事情确实有英王世子的手笔在里面。"

英王正是当初勾结了蛮夷,最终差点兵变成功,不过被太子带人给斩杀了。不管是太子和英王都没有想到,最后竟然是诚帝渔翁得利了,若非如此……这个皇位轮到谁也轮不到诚帝。

其实真说起来,英王为人虽然不怎么样,可是带兵很有一手,在诚帝为了坐稳皇位全力绞杀太子遗留的人手时,英王世子带着英王残余的势力躲了起来,一直在暗中行动。诚帝天天把楚家视为眼中钉,而忽略了英王世子这些人。

先帝当初身体一直不好，很多事情和势力都转交给了太子，若不是英王之事，先帝就已经退位了。楚家也是先帝留给太子的，可是先帝也没料到诚帝的狼子野心，竟然做出这般事情……

英王世子足足隐藏了二十五年，暗中发展了多少势力，就连楚修明都不知道，毕竟那时候为了保住……诚帝又一直打压楚家，楚家只剩下了楚修明一人，能力着实有限，能做的就是不断安排人暗中留意和打探，特别是在英王当初的属地。

楚修明心中算计了一下："恐怕他们已经到了蜀中了。"

赵管家应了下来。楚修明说道："四月初走。"虽然大夫说沈锦早产却没有伤到身子，可是楚修明还是想让沈锦坐足四十天的月子。赵嬷嬷说过女人若是月子里落了病很不好。

"是。"赵管家应道。

楚修明看向赵管家，说道："到时候先护送夫人他们离开，等晚些时候我会追上去。"

赵管家明白楚修明的打算，打着让他们到庄子里休养的名义，暗中送沈锦和孩子离开，而他自己留在京中，隐瞒诚帝的眼线。没了沈锦和孩子在，楚修明脱身也更容易一些。

"在下明白了。"赵管家应道。

以后的局面怕是楚修明一直不想看到的，不过也早有准备了。他缓缓吐出一口气，不管为了谁，都不能让英王世子真的如愿，在他们眼中，根本没有天下百姓，有的只有自己。

这段时间沈锦被补得脸色极好，越发白嫩，再没有了刚生完孩子时候的那种憔悴。东东也变得越发漂亮了，他是个很乖的孩子，不太哭闹，整天不是吃就是睡的，小胳膊小腿像是藕节一样。

此时，东东已经睁开了眼睛，沈锦也排干净了恶露，逗着东东，稀罕得不得了。楚修明过来的时候，就看见沈锦正抱着东东喂奶，东东小手握成拳头，努力吸着乳汁。

等喂饱了孩子，楚修明就把东东抱了起来。赵嬷嬷帮着沈锦整理了一下衣服，就听见沈锦说道："嬷嬷，我怎么觉得东东越长越像夫君，一点也不像我？"

楚修明也听见了，低头看着东东，说道："东东有酒窝。"楚修明是没有酒窝的，而沈锦有。所以这点，东东像沈锦。

沈锦皱了皱鼻子，说道："可是眼睛不像我。"

其实楚修明觉得儿子的眼睛不像自家娘子是件好事。可是想到娇娘子刚生完孩子，自己不过是顺着她的话说了一句"孩子丑"，沈锦就翻脸的样子，这次什么也不说了。

赵嬷嬷闻言道："夫人，少爷是男孩，长得更像父亲一些也是常事。"

沈锦想了想点头，忽然笑了起来："我都没见过夫君小时候的样子，正好可以看东东。"

赵嬷嬷笑着点头。沈锦忽然问道："我怎么觉得夫君抱孩子很熟练呢？"

"当初少将军被带回府中的时候，将军已经大了，少将军几乎是将军一手带大的。"赵嬷嬷温言道。

沈锦点头说道："怪不得呢。"

楚修明抱着孩子坐在沈锦的身边，看着沈锦抱着东东，自己从身后搂着沈锦。

沈锦小声说道："别离我这么近，我都好久没洗澡了呢。"

楚修明轻轻亲了沈锦头发，说道："我家娘子不管什么时候都是又干净又漂亮的。"

沈锦虽然知道是假，心中也是高兴的。不过忽然想到自己这么久没洗头，而楚修明……娇声说道："你好脏啊……"

楚修明疑惑地看着沈锦，就听见沈锦小声嘟囔着自己的头发有好久没有洗了，然后还嫌弃地推了推楚修明，弄得楚修明哭笑不得。

被沈锦嫌弃，楚修明也没有生气，反而凑到沈锦的耳边低声说了几句，沈锦就笑了起来，说道："不行，就是不行。"

楚修明又说了两句，沈锦的脸红了，就连眼睛也变得水润了起来，娇嗔了一句。看着自家娘子的样子，楚修明也露出了笑容。

就像是洗三一样，东东满月也没有请太多的人，不过此时也没多少人在意了，所有人的注意力都被转到了蜀中的事情上。那里不断有胜利的消息传来，不管怎么说倒是开了个好头，就连瑞王的神色都轻松了。

诚帝得到消息后心情也不错，李福趁机说了永宁伯府的人都去了庄子上的事情，诚帝脸色一变。李福赶紧说道："不过在傍晚的时候，永宁伯就回来了。"

"哦？"

李福躬身说道:"永宁伯夫人和孩子留在了庄子上。"

诚帝皱眉说道:"这个楚修明是想弄什么?"

李福低头没有说话。诚帝接着问道:"听说那孩子早产?"

"是。"李福躬身说道,"就连洗三和满月都没有大办,只请了瑞王一家过去。"

诚帝想了一下,说道:"派人盯着,主要盯着楚修明。"

李福应了下来。诚帝说道:"去皇……算了,去兰妃宫中。"

"是。"李福当即派人去通知了兰妃。

常妃和兰妃结盟后,知道了皇后的打算,怎么可能不先发制人?皇后的打算落了空不说,诚帝对皇后也格外有意见。到兰妃宫中的时候,就看见不仅兰妃在,常妃和自己的小儿子也在,正站在常妃、兰妃面前背书。见到诚帝来,几个人行礼后,这才坐下。诚帝虽然是皇帝也是个普通男人,看着儿子聪慧乖巧,两个爱妃相处融洽,自然心中得意,问道:"这是干什么呢?"

兰妃声音轻柔地说道:"我与常姐姐正在听小皇子背书呢。"

"哦?也背给朕听听。"诚帝看着儿子笑道。

常妃满脸笑容,倒也不多说什么,自己儿子越得皇帝喜欢就越好。等背了两首诗,诚帝夸奖了一番,又赏赐了东西后,常妃就让人把儿子带了下去。兰妃亲手泡了茶,常妃陪着诚帝说话:"陛下,今日可是有什么喜事?"

诚帝笑着把蜀中的事情说了一遍,常妃满脸喜悦又崇拜地看着诚帝。兰妃端了茶给诚帝和常妃才说道:"恭喜陛下了。"

"哈哈哈。"诚帝自然意气风发的,忽然想到常妃育了两子,把楚修明和沈锦的事情隐了姓名说了一遍,问道:"你们说这是为何?"

常妃皱眉说道:"怕是那孩子不太好吧。"

兰妃并没有说话。诚帝看向常妃问道:"为何如此说?"

常妃解释道:"陛下都说了是嫡长子,若不是身子不好,妾还真想不出,会这般委屈孩子的原因。"

诚帝眼睛眯了一下。常妃接着说道:"还有那孩子早产,不知是早了多久,妾听人说,孩子七活八不活的,若是孩子七个月生下来的话,反而能活,若是八个月的话……"

"当真?"诚帝看着常妃问道。

常妃说道："妾也是听经验丰富的老嬷嬷说的。"本身孩子就容易早殇,这也是为什么一般子嗣都等三岁以后才会起名。

诚帝看向了李福,李福说道："回陛下的话,应是八个月多一些。"

"那为何会忽然去庄子上?"诚帝接着问道。

常妃闻言也不知道怎么回答了,正在为难,就听见兰妃说道："莫非是想给孩子祈福?"

诚帝皱眉,说道："去查查。"

"是。"李福躬身应了下来。

常妃也道："若是离寺庙近一些也说得过去,也可能是要让那妇人散心,或者大夫觉得住在庄子上对孩子更好一些。"

诚帝心思已经不在这边,只是敷衍地点点头,常妃和兰妃对视了一眼,兰妃微微垂眸,说道："陛下,可是有什么烦心事?"

其实诚帝只是在想要不要派人偷偷地把沈锦和孩子掳走,毕竟出了京城,他们身边也没有多少人护着,可是换作是他……若是皇后和一个不知道能不能长大成人的长子被掳走,会妥协吗?肯定不会。所以他又觉得有些无用,这才有些犹豫了起来,便说道："没什么。"

常妃起身走到了诚帝的身后,帮他揉着肩膀。诚帝又想起了沈锦的性子,最终还是觉得只要盯紧了楚修明就好。诚帝留在兰妃这边用的饭,最后却是跟着常妃走的,静喜格外不满,在伺候兰妃就寝的时候不禁说道："常妃怎么这个样子啊。"

"无碍的。"兰妃柔声说道,"静喜,我这辈子都生不了孩子,再多的宠爱又有什么用?"

静喜眼睛一红,说道："娘娘,静喜一辈子伺候你。"

兰妃微微一笑,用银签子挑了挑灯芯,说道："好。"

楚修明把沈锦送到庄子的时候,就与沈锦说了目的,沈锦仍旧问了一句话："你会平安地来和我会合一起回边城吗?"

"会。"楚修明依旧这般回答。所以沈锦就点头,让人收拾东西到了庄子上,而楚修明每隔一日都会过来探望她,然后当天再赶回去。

诚帝让人加强对楚修明的监视,而且李福也证实了,那个庄子附近确实有个寺庙,而且每天早上，就见沈锦的贴身侍女都会去那个寺庙待上一个时辰，不管风雨都不间断。

过了十几日，不说被诚帝派去监视的人，就是诚帝也渐渐放松了对庄子的监视，从以往每日都要询问到现在想起来才问一句。

当蜀中的消息再次传来的时候，诚帝简直不敢相信，厉声问道："再说一次！"其实不仅是诚帝，就是朝中的大臣都不愿意相信。

"二皇子被俘……天启朝战败……"跪在大殿中间的人低着头，双手还捧着一封信，"这是那些反民提的要求……"

其实二皇子被俘这件事，只能说他活该，他为了和兄弟争抢战功，带兵直接追击那些人，根本不听任何人的劝阻。谁承想本来软弱不堪的反民，前段日子只是在等候救援的部队赶来。二皇子带的那些士兵都被杀死，而二皇子也被人俘虏走了。抓着二皇子，反民要了不少粮草，就算其他皇子恨不得二皇子赶紧死，也不敢明面上表现出来，只能把那些人要的东西都送去，然后写信给诚帝。

那些反民也写了信，提了不少要求来交换二皇子。

就算二皇子被抓，诚帝派去的人也没把那些反民当回事，只觉得都是二皇子疏忽大意了。

二皇子是皇后所出，虽不是长子，却是嫡子……他们只希望这些人能一不小心把二皇子弄死就好了。

瑞王低着头，想到前几日还怀疑楚修明的话，心中倒是一阵汗颜，也不知道大女婿如何了，他可不想让女儿年纪轻轻就守了寡。

诚帝如今再也没有心思去关心沈锦的事情，厉声质问："那些人是怎么保护我儿的！"拆开反民的信，他们提的要求其实并不过分，只要求诚帝不追究他们的责任，处置那些蜀中的官员，然后公开道歉一类的。

不说别的，就是最后一条他就不可能同意，诚帝猛地把信扔到地上，说道："不可能！回去告诉高昌，若是我儿有丝毫损伤，我就要了他的命，让他把我儿平安救出！"

瑞王觉得这事情难。不过他对那个侄子没什么感情，当初自家的长子就是在和这个侄子出去后，被满身是血送回来的……

因为蜀中的事情，诚帝心情不佳，瑞王回到府中把事情与瑞王妃说了。瑞王妃想着沈锦住到庄子的事情，又联系了一下蜀中的事情，忽然脸色一白，说道："都下去。"

瑞王被瑞王妃的声音吓了一跳,扭头看向了瑞王妃,却见她的脸色极其难看,他小心翼翼地问道:"王妃……你这是怎么了?"

确定屋里没有人,瑞王妃才说道:"王爷,你觉得蜀中真的只有一些反民吗?"

"除了反民还能有什么?"瑞王反问道。

瑞王妃道:"王爷觉得反民能做到这些?"

"不是说二皇子疏忽大意吗?"瑞王看着瑞王妃,有些弄不懂她的意思。

瑞王妃手指蘸着茶水写了三个字,分别是"太子"与"英"。诚帝至今没有立太子,所以这个太子指的是谁,瑞王只是愣了一下就明白了,而那个英……只可能是英王,瑞王脸色都变白了,说道:"不可能吧。"

"我不知道。"瑞王妃道,"只有不足一千的反民和陛下派出的五万大军……"

瑞王摇头否认:"不可能。"虽然他这么说,可是心中却有些相信了。在他心中,那些百姓都愚昧得可以,若不是后面有人,就算二皇子再鲁莽,也不会这么简单就被俘虏了。

"怎么办?"

"王爷,起码现在京中是安全的。"瑞王妃反而冷静了下来,柔声说道,"更何况这也只是我的猜测而已。"若不是楚修明的态度,她也联想不到这些。瑞王妃觉得英王在其中插了一手,而楚修明虽然没有明白告诉他们,却也没有隐瞒自己对蜀中的忌讳,能让楚修明如此的也就剩下那么几件事了。

瑞王咬牙说道:"把熙儿送到轩儿那儿。"

瑞王妃道:"王爷,我想让熙儿跟着永宁伯去边城。"

"啊?"瑞王看向瑞王妃。

瑞王妃说道:"当初我们不是说好了吗?"

"可是现在不一样。"瑞王压低声音说道,"你难道不知道,楚家当初是我父王留给……"

瑞王妃只是看着瑞王说道:"不管出什么事情,我们总归都要保住一个儿子的。"

瑞王愣住了,然后看了瑞王妃许久,说道:"你说得对,那么就不能让楚修明再留在京城,若是他不回边城,边城就太危险了……"诚帝和瑞王是亲兄弟,可是瑞王更喜欢太子这个兄长,太子对他们这些小的弟弟格外和善。瑞王还记得太子当初亲手教过他习字拉弓,不过后来的事情他根本没有能力插手。有时候他也会想,若是太子还在……他也不会像现在这般吧。

"王爷,你如果插手的话……"瑞王妃担心瑞王好心办了坏事。

瑞王想了一下说道:"你放心。"

陈侧妃一过来,瑞王妃看着瑞王越发不放心,问道:"王爷是想做什么呢?"

"我去求母后。"瑞王道。

瑞王妃有些不知道说什么好,还是问道:"求太后?"

瑞王点头。瑞王妃看着瑞王认真的神色,说道:"王爷不如与太后说蜀中之事,你得了消息是英王后人所为。"

"可是我没得消息啊。"瑞王说道。

瑞王妃微微垂眸,说道:"太后问起,你只说因为蜀中地动的事情被责罚了,心中不甘特派人去关注了一些,才偶然得了这个消息,还见到了蛮夷……"

瑞王问道:"那如果陛下问起来,知道了这事情,怕是我也落不得好啊。"

"所以王爷只能去与太后说。"瑞王妃说道,"太后是王爷的母亲,自然会护着王爷,记得一定要提蜀中地动的事情,那时候太后就会明白为什么王爷要去与她说,而非与陛下说了。"

瑞王也明白了,点头说道:"那我现在就进宫。"

瑞王妃应了下来,亲自伺候着瑞王更衣并送了他出去,然后看向了翠喜,说道:"把我刚才的话与永宁伯学说一遍。"

"是。"翠喜躬身应了下来。

若是有瑞王的帮忙,永宁伯就不需要偷偷出京了。不过,瑞王妃也没想到瑞王肯帮这个忙。

瑞王妃都对瑞王的决定惊讶,更别提楚修明了,他听完翠喜的话,只是点了点头说道:"告诉王妃,我定会好好照顾妻弟的。"

翠喜应了下来,又赶紧回了瑞王府。

瑞王肯这样帮他们也算是意外之喜,可是楚修明却没有去接沈锦,毕竟现在情况如何还不得而知。庄子已经布局了许久,若真的有变动,再把人接回来也是一样的。瑞王妃这算是孤注一掷了? 瑞王怕是还不明白,这件事情后,就再也脱不开关系了。楚修明眼睛眯了一下,难道……到底诚帝怎么得罪了瑞王妃这个女人呢?

楚修明想到赵嬷嬷对瑞王妃的评价，说瑞王妃这样的人，现在的位置着实可惜了。

太后就诚帝和瑞王两个儿子，而且瑞王是她的小儿子，就算平时没有表现出来，对这个儿子，太后心中还是有偏爱的。一听瑞王来了，她就从佛堂出来，让人备了瑞王喜欢的糕点去。

瑞王脸色有些不好，太后也知道蜀中的消息，以为是担心他大女婿，就说道："我与陛下说，让永乐侯世子先回来吧。"

"母后，不是这件事。"瑞王道，"我有些事情想与母后说。"

太后看着瑞王的神色，就把屋里的人都打发了出去，就连甄嬷嬷都没有留下来。瑞王趴在太后的耳边说道："母后，你也知道我生辰那日蜀中地动，皇兄还让人打了我，把我关起来。"

"都是自家兄弟。"太后知道那件事是诚帝不地道，可是也没有办法，说到底大儿子是皇帝。

"我知道。"瑞王赶紧说道，"我来并不是因为这个。"想到瑞王妃的话，继续说道："我就是心里不舒服，派人去了蜀中想关注一下地动的事情，还想偷偷弄点东西充当……"

不用瑞王说明白，太后已经明白了瑞王的意思，是想找些东西来充当祥瑞之物。太后轻轻拍了一下瑞王的手，倒是没有责怪他的意思。毕竟这样做，不仅洗刷了身上的污水，对诚帝那边也算有个交代。

"可是不想发生了那么多事情，我派去的人都失去了联系。"瑞王选择趴在太后的耳边说话，也是害怕被太后看出他脸色不对，"我以为都被反民杀了，没想到竟然有个人逃回来，还送了信。"

太后知道事情不对了，问道："怎么回事？"

"那些人探到……蜀中那边的事情好像有英……的后人……还见到了两个蛮夷……"瑞王说得吞吞吐吐的。

太后脸色一变，瑞王继续说道："母后，怎么办？"

"人呢？"太后问道。

瑞王说道："我让人把他给杀了……"

太后松了一口气，说道："是瑞王妃让你来找我的？"

"嗯。"瑞王说道，"我本想找皇兄的，可是王妃让我先来找母后。"

太后眉头这才松了下来:"这件事你就当作不知道。"

"可是……"瑞王犹豫地问道,"母后,我挺害怕的。"

太后没有责怪瑞王的意思,只是叮嘱道:"回去后就当作什么都不知道。"

瑞王问道:"那皇兄那边?"

"我来安排。"太后心知自己大儿子的性子最是多疑,而小儿子就有些……若是让诚帝知道是瑞王发现的,恐怕会怀疑瑞王准备图谋不轨或者对他不满,对瑞王一点好处也没有。怕是因为这个,瑞王妃才会让瑞王来找自己,也多亏被瑞王妃拦住了。若是瑞王真的直接去找诚帝,恐怕诚帝第一个要收拾的就是瑞王了。

瑞王有些犹豫地说道:"母后,若真是英……怎么办?京城安全吗?"

"还有比京城更安全的地方吗?"太后反问道。

瑞王有些尴尬地说道:"我想把熙儿送到茹阳那里去。"

太后皱起了眉头。瑞王说道:"我……茹阳一定会照顾好熙儿的。"

"也好。"太后道,"不过先不急。"

瑞王疑惑地看着太后,太后却没再说什么,直接把瑞王给赶走了,心中却一直思索着瑞王的话。太后从没有想过瑞王会骗自己,想到当初英王做的事情,她只觉得心中一寒。虽然如此,她却没有马上派人去喊了诚帝来,反而叫了甄嬷嬷过来,做了别的安排。

第二十八章
重回边城

一连三天都没有任何消息，瑞王有些坐立不安，倒是瑞王妃神色没有丝毫变化。就连楚修明也和往常一般，每隔一日就往庄子去一趟，陪陪沈锦和孩子。与沈锦说了瑞王的事情，沈锦也很吃惊："父王怎么会……"

楚修明摇了摇头，说道："我也不知道。"

沈锦想了想，说道："怕是为了沈轩和沈熙。"

瑞王对这两个嫡子格外重视，这么一想沈锦就觉得有可能了。"当初英王到底做了什么？"她觉得除了为了两个儿子外，还有可能是英王太过凶残把瑞王给吓住了，这才觉得京城都不安全，早早地给儿子们安排了地方，为了让楚修明出力护着儿子，还愿意出头冒险一次。

楚修明轻轻碰了碰儿子的脸，说道："太多了。"

沈锦也不再问了，楚修明看向赵嬷嬷，问道："嬷嬷，你知道瑞王妃当初和太子妃有什么关系吗？"

赵嬷嬷仔细想了许久才说道："这老奴倒是真的不知道了。"

沈锦在一旁听着好奇，把手指伸进了东东的手里，让他抓着，问道："那除了我父王外，当时还有与我母亲年纪相仿的皇子吗？"

赵嬷嬷愣了一下，说道："有，其实瑞王妃年纪比瑞王大一些……老奴想到了一件事，当初刘妃刚产下六皇子就没了，六皇子就被先太后抱养到了宫中，那时候太子已经娶了太子妃，先太后身子已经不好了。六皇子虽说是养在先太后名下，可都是太子和太子妃照顾的，六皇子也很孺慕太子……真要说起来，六皇子的年纪倒是和瑞王妃更合适一些。在出事前，太子妃还专门召了瑞王妃进宫……"

沈锦忽然问道:"那六皇子人怎么样?"

"绝佳。"赵嬷嬷道,"六皇子是太子亲自教导出来的。"瑞王与六皇子比差远了,不过顾忌到瑞王是沈锦的生父,赵嬷嬷倒是没有说这句话。

沈锦动了动手指,感觉东东的手软绵绵的:"母妃一定很憋屈。"

楚修明在一旁没有说话,沈锦又问道:"赵嬷嬷,你说如果太子妃想要把母妃嫁给六皇子,会让他们提前见面吗?"

赵嬷嬷道:"会。太子和太子妃并不是那种死板的人,特别是太子妃一定会让六皇子和瑞王妃先接触的。毕竟就算双方再好,缘分这样的事情也说不清楚,万一反而牵了怨偶……太子妃很心疼六皇子。"

怪不得不管瑞王怎么样拈花惹草,瑞王妃从来没有管过,因为她本身就不在乎。而瑞王妃恨诚帝也是理所当然的。按照赵嬷嬷的说法,六皇子和太子的关系格外亲密,那么诚帝怎么会留下这么个人?

东东不舒服的哼唧声引起了沈锦的注意,她赶紧去看了看,才发现东东尿了。沈锦刚想动手,就看见楚修明已经接手了,说道:"我来吧。"

等换好了尿布,东东也不闹了,沈锦不再去想这些事情,楚修明也不再提,问道:"东东晚上闹人吗?"

"还好啊。"沈锦笑着说道,"东东很乖的。"

楚修明看着沈锦眼底淡淡的青色,也没有说什么,只是应了一声,碰了碰东东的脸:"这几日太后就该有动作了。"

"嗯。"沈锦点头,"我们能走了吗?"

楚修明点头说道:"很快。"

沈锦闻言就笑了起来,亲了亲东东的小脸,说道:"东东,我们快回家了。"

楚修明坐在沈锦的身边,沈锦伸手推了推他,小声说道:"我好久没洗澡了。"说完还瞪了楚修明一眼。

"委屈娘子了。"楚修明温言安抚道。

沈锦点头,她也觉得很委屈啊。

楚修明握着沈锦的手,沈锦只觉得有什么东西被套在了手上,低头一看,却见自己的手被楚修明遮得严严实实的,感觉了一下,沈锦问道:"镯子?"

"嗯。"楚修明把手镯给沈锦戴上后才松开了手，沈锦就见是个木质的手镯，只有一指粗细，上面并没有什么雕花，只有木头本身的花纹，不过被细细打磨过了，没有一点粗糙的地方。

沈锦举着手看了半天，说道："我喜欢！"

自从怀孕后，沈锦就很少再戴首饰了，等东东出生后，就连耳钉和玉镯一类的都不再上身。楚修明本是想给沈锦雕一支簪子的，不过她如今也用不到，所以才弄了个手镯来。

"漂亮！"沈锦晃了晃手。这个镯子本就是楚修明照着沈锦的手腕弄出来的，她戴上很合适。

楚修明伸手捏了下沈锦的耳垂并没有说什么。

东东正在啃着自己的小拳头，楚修明拿了布巾给东东擦了擦口水。东东睁着眼睛看着楚修明，也不知道到底在看什么。楚修明看了一眼还在稀罕手镯的沈锦，又看向了儿子，捏了捏他的小拳头。

等沈锦坐足了四十天的月子，好不容易能洗澡的时候，诚帝才得了消息，看着承恩公说道："此话当真？"

"老臣绝不敢拿这般事情欺骗陛下。"承恩公也是脸色苍白地说道，"千真万确，若不是……只凭着那些反民怎么能成如今气候？"

英王后人让诚帝乱了心神，竟然还有蛮夷，诚帝没有丝毫怀疑，毕竟当初英王就做过这样的事情。他的后人再与蛮夷联手也说得过去。

"你先下去。"诚帝沉声说道。

承恩公说道："是。"

诚帝想到那个失踪的英王世子，当初在英王后人和太子后人之间，他选择了全力清剿太子那一脉，毕竟太子才是真正的名正言顺。可是如今诚帝却有些后悔了，英王一脉为了这个皇位可是毫无顾忌的。

想了许久，诚帝只觉得一团乱，说道："去见太后。"

李福低头应了下来。

太后宫中，听到宫人的通传，太后没有丝毫的惊讶，只是叹了口气，抬起了手。甄嬷嬷弯腰扶着她站了起来，然后往外走去。诚帝见到太后，松了口气，说道："母后，蜀中……"

"甄嬷嬷,带人下去,这里不用人伺候了。"太后打断了诚帝的话。

"是。"甄嬷嬷带着人给太后和诚帝行礼后,就先退了下去。

李福看了眼诚帝,等诚帝挥手了,也带着人退了下去,还把门给关上了。

太后这才坐下来看着诚帝,问道:"蜀中可是出了什么事情?"

诚帝说道:"母后,蜀中之事是英王世子推动的,他们又联系了蛮夷。"

太后身子一震,像是刚知道这个消息,皱着眉头问道:"这消息可准确?"

"是承恩公刚打听出来的。"诚帝沉声说道,"想来不会错。"

"承恩公……也怪不得了。"太后感叹道,"二皇子那边如何了?"

诚帝其实还是看重这个正宫嫡子的。

"朕让人交涉着,倒是性命无碍。"

太后思索了一下,说道:"茹阳那边呢?"

诚帝摇头说道:"茹阳和驸马去边城时日尚短,虽然进展还可以,可到底……"

太后道:"皇帝,现在最重要的是不能让蛮夷攻破边疆。"

诚帝脸色变了变,说道:"母后,就这样让楚修明回去?"

太后看出了诚帝的不甘心,心中叹了口气,说道:"我只问你,如今哪件事更重要? 或者……和英王后人比,哪个对你的威胁更大?"

"英王后人。"诚帝沉声说道。太子一脉,早被他清洗了无数次,怕是真没留下什么人。

太后道:"若英王世子真的勾结了蛮夷,茹阳他们可能抵挡住?"

诚帝不再说话,也明白如果真是如此,茹阳和驸马绝对没有楚修明可靠。

太后缓缓吐出一口气,说道:"皇帝,英王世子准备了二十多年了,蜀中这件事,不过是借机行事。他别的底牌,我们谁也不知道,不得不防,而楚家……我一直是不赞同你对付楚家的。"

"可是楚修明……"诚帝沉声说道。

太后摇了摇头:"你自己想想吧。"

"那就让楚修明回去。"诚帝想了许久还是下了决心,说道,"把沈锦和孩子接到宫中,陪伴母后。"

太后看着诚帝,说道:"皇帝,你觉得有用吗?"

诚帝道:"朕瞧着他倒是挺在乎妻儿的。"

太后反问道:"皇帝,你觉得永宁伯会缺妻与子吗?"

诚帝问道:"母后的意思……"

太后说道:"皇帝,你现在要做的是拉拢永宁伯,而不是让人觉得他被你猜疑。永宁伯是绝对不会投靠英王世子的。"

"朕知道了。"诚帝缓缓吐出一口气,"朕下旨封永宁伯为永宁侯。"

太后点点头,声音轻缓地说道:"我这一生就你与瑞王两个儿子,总归是想让你们都好的,为母者都是有私心的……"

"母后,你放心,我一定会照顾好弟弟的。"诚帝保证道。

太后笑了下,点了点头没再说什么。诚帝心中有了主意,也没再说什么就离开了。甄嬷嬷进来后看着正在捻佛珠的太后说道:"太后,要不要用些东西?"

"不用了。"太后微微垂眸说道。她心中却在思索着,想办法让瑞王一家离京的事情。诚帝是她的儿子,她最了解不过了,在没事的时候,诚帝自然会照顾瑞王,可是若是有事……就像是因为一个猜测,就把瑞王的女儿嫁给了永宁伯;不愿意下罪己诏,就把责难都推到了瑞王身上。

当诚帝封楚修明为永宁侯的圣旨被送到楚修明手中的时候,不管京中众人心中是怎么想的,都送上了贺礼,而楚修明接了旨后,神色倒是没有丝毫变化,只是上了谢恩的折子。

庄子上也得了消息,沈锦正拿着金铃铛逗着东东,说道:"还有别的吗?"

赵嬷嬷道:"倒是没别的了。"

沈锦问道:"那我们快要回边城了吧?"

赵嬷嬷回道:"是。"

沈锦想了想点头:"那嬷嬷先把行李收拾一下吧。"

赵嬷嬷看着沈锦的神色,说道:"夫人好像并不高兴?"

"因为没什么用啊。"沈锦道,"夫君虽然升了爵位,可是我们回边城了,这个爵位的用处不大。"

沈锦把金铃铛放到一边,伸手把儿子抱起来,亲了亲他的小脸,说道:"还不如给些赏赐实在呢。不过想来以后俸禄会多一些,也算是意外之喜了。"

楚修明又不像京中的那些人一般,他最大的依仗并非爵位。赵嬷嬷闻言笑道:"夫人说的是。"

瑞王府中,瑞王妃正在打点沈熙的行李,既然爵位下来了,那么楚修明也差不多时候该回边城了。

"翠喜,把熙儿叫来。"

"是。"翠喜躬身应下后,就亲自去请了沈熙过来。

边城并不比京城,说得不好听点,沈熙在那边就是寄人篱下了。虽然瑞王妃知道,不管是楚修明还是沈锦都不会亏待了儿子,可是瑞王妃到底有些不舍。沈熙很快就过来了,见到瑞王妃就笑道:"母亲。"

"来。"瑞王妃看着儿子,眼神柔和了许多,招手让他过来后,问道,"看看,喜欢吗?"

沈熙这才看向一旁丫鬟捧着的东西。瑞王妃说道:"换上给我看看。"

"好。"沈熙应了下来。

瑞王妃给沈熙准备的是一套骑马服,正适合现在穿。

沈熙换好出来后,就笑道:"母亲,我很喜欢。"

"嗯。"瑞王妃亲手帮着儿子整理了一下,说道,"合身就好。"

沈熙笑道:"很合身,谢谢母亲。"

瑞王妃轻轻拍了拍儿子的头,说道:"好了,换下来吧,我有几句话要与你说。"

"是。"沈熙下去重新把衣服换了下来。翠喜已经端了沈熙平日里喜欢的糕点水果来,然后带着屋里其他伺候的人下去了。

瑞王妃让沈熙坐在自己身边,沈熙问道:"衣服是母亲给我做的吗?"

"嗯。"瑞王妃给儿子拿了块点心,说道,"这几日你回去收拾一下,想来过不了多久,你三姐夫他们就要回边城了,到时候你与他们一并走。"

沈熙眼睛亮亮的,脸上满是喜悦。瑞王妃看着儿子的样子,笑了一下。沈熙脸一红叫道:"母亲,我会给你写信的。"

"好。"瑞王妃柔声应了下来,"我今日与你说几句话,你要记在心里,知道吗?"

见到瑞王妃的神色，沈熙也收起了笑容，一脸严肃地点点头，说道："母亲放心。"

瑞王妃看着儿子的样子，说道："到了边城后，不管看见什么，都不要送信回京城，知道吗？"

"为什么？"沈熙一脸疑惑地问道。

瑞王妃说道："等到了那边，你可以问你三姐夫或者三姐。"

沈熙点了点头说道："我知道了，那我能写沿途的景色和趣事给母亲吗？"

"可以，不过写完后，要去问你三姐夫或三姐。"瑞王妃叮嘱道。

沈熙皱着眉头，说道："我记住了。"

瑞王妃道："到了边城后，不要与茹阳他们亲近。"

"儿子不用去拜见一下堂姐他们吗？"沈熙一脸疑惑。

瑞王妃看着儿子的样子，说道："到了去问你三姐夫或者三姐。"

沈熙道："母亲的意思是不管我要做什么，都要先问过三姐夫或者三姐吗？"

瑞王妃点头："有任何疑惑都可以问他们，但是剩下的人，就不要问，知道吗？你要听他们的话。"

沈熙第一次觉得离开家好像并不是什么好事。瑞王妃说道："熙儿，你大哥去闽中之前，我曾与他说过，若是楚修明无事，那么除非我写信与他，否则就不要回来。这句话我今天也与你说，除非我写信叫你回来，否则你就在边城，所有的事情都听你三姐夫和你三姐的。"

"我知道了，母亲。"沈熙犹豫了一下回道。

瑞王妃拍了拍儿子的头："要记在心里，你以后就会明白了。"

"嗯。"沈熙说道，"母亲放心，我知道母亲是为了我和哥哥好，一定会听话的。"

瑞王妃露出笑容："母亲这辈子最高兴的就是有你们三个，母亲和你姐姐以后会如何，就靠着你们兄弟两个了。"

沈熙郑重地点头："好，我一定会努力的。"

瑞王妃帮儿子整理了一下衣领，这才说道："好了，回去收拾东西吧，不要带太多，剩下的我会帮你准备。"

"母亲，那我要带谁走？"沈熙问道。

瑞王妃道："谁也不带，你三姐会派人照顾你的。"

沈熙闻言点点头,心中思量着都带什么东西走。

第二日,诚帝就召了楚修明进宫。一进书房,诚帝便道:"爱卿,这几日就收拾下东西去边城吧。"

楚修明躬身领命,并没有多问什么。

诚帝犹豫了一下说道:"爱卿可知蜀中之事?"

"臣略有所闻。"楚修明道。

诚帝叹了口气,倒是没有隐瞒英王世子的事情,毕竟这世上怕是最恨英王的就是楚修明了。当初英王出卖了布防图,为了驱逐这些蛮夷,楚家可是死了不少人,就是楚修明的兄长都是因为这事情战死的。

果然,诚帝见楚修明脸色变了。

"怪不得臣一直觉得这段时日那些蛮夷竟然没有任何举动。"

开始诚帝也没想到这点,此时听楚修明的话,也反应了过来,往年这些时候,边疆总是摩擦不断,而如今竟然这般安生。

"爱卿觉得如何?"

楚修明摇了摇头,说道:"臣足有一年多没有回边城了。"

诚帝道:"边疆的安稳,就靠爱卿了。"

"臣领命。"楚修明沉声说道。

诚帝问道:"若是有什么需求,爱卿尽管说。"

楚修明眼睛眯了一下,说道:"臣请陛下召茹阳公主与驸马回京。"

诚帝如何愿意功亏一篑,闻言便道:"忠毅侯也有几分本事,朕会下旨让忠毅侯听爱卿的,放心吧。"

楚修明皱了下眉头:"那粮草辎重战马之事……"

诚帝闻言,虽然有些不情愿,还是说道:"这些爱卿放心。"

楚修明领旨谢了恩。

楚修明会这般做,也是想到了自家娘子平日的行为。她如果想要干什么,知道赵嬷嬷会拒绝的话,就先撒娇找赵嬷嬷,提一个赵嬷嬷绝对不会同意的事,然后等被拒绝后,再一脸委屈的样子提出真正的目的,那么赵嬷嬷一般都会同意。

而他看得多了,今日就直接用来……没想到效果还不错。不过诚帝可不是赵嬷嬷,根本没想到楚修明的真实目的就是粮草,就算诚帝主动要求楚修明放茹阳公主他们回去,楚修明都不会同意的。

楚修明回去后,就亲自带人去接了沈锦和东东回府,然后开始准备离京的事情。本来是准备偷偷离京的,需要轻车简从,如今要大大方方地离开,那就不需要遮掩了。沈锦还派人去采买了不少东西,特别是药材一类的。

在诚帝当朝说了楚修明离京的事情后,瑞王就下帖子请了楚修明一家过府。沈琦就快生了,这次没有出来见客。沈锦抱着东东来的,瑞王妃去了手上的戒指一类,把东东抱在怀里稀罕了一会儿,就交给陈侧妃看着。沈锦坐在一旁笑呵呵的样子。

"母妃,我把东东放在这里,去瞧瞧姐姐。"

"我与你一并去吧。"瑞王妃闻言笑道。

沈锦应了下来,瑞王妃看向陈侧妃,说道:"陈妹妹,这两个孩子就交给你看着了。"

陈侧妃笑着应了下来,说道:"我一个人怕是看不住,不如让安宁留下来帮把手。"她是见过安宁的身手的,所以留了安宁在,不管是陈侧妃自己还是沈锦都会更放心一些。

"好。"沈锦笑着说道。

安宁应下来,就站在床边。

瑞王妃见事情安排妥当了,就点点头,与沈锦一并往沈琦住的院子走去。瑞王妃道:"锦丫头,我就把熙儿托付给你了。"

"母妃放心。我会照顾好弟弟的,不过母妃……真的要让弟弟上战场吗?"

毕竟刀剑无眼,就算楚修明安排得再好,若是真出了意外,沈锦怕瑞王和瑞王妃反而怪了他们。而且沈锦觉得这件事,恐怕瑞王妃都没告诉瑞王。

瑞王妃何尝不知道沈锦话里的意思,只是说道:"雏鹰总是要学飞的,就算真出了什么事情,也怪不到你们身上,这是熙儿自己的选择。"

沈锦其实还是有些犹豫,毕竟瑞王妃虽这么说,到时候怎么想就不好说了。

瑞王妃自然明白,笑了一下说道:"锦丫头,富贵险中求。熙儿虽然还小,可也是男儿,男儿自当顶天立地,否则以后如何成为家中的支柱?如何庇护妻儿?"

"母妃。"沈锦叫了一声。

瑞王妃说道:"你知我为何一直没给轩儿说亲事吗?"

沈锦很诚实地摇了摇头，试探地问道："因为没合适的？"

"因为轩儿还护不住妻儿。"瑞王妃道，"不过如今倒是可以了，他也长大了许多。"

不知道为什么，沈锦听着瑞王妃的话，心中有些酸涩。

沈锦应了一声，瑞王妃却不再谈这些，只是说道："除了熙儿，过段时日我娘家的子弟也会陆陆续续到边城的。"

"母妃……"

瑞王妃伸手拍了拍沈锦的手："有时候人的运道……算了，与你说这些也没有意思。你回去告诉楚修明，就说人啊，有时候最容易忽略的就是眼前，灯下黑不过如此。"

说完以后，也不管一脸迷茫的沈锦，就进了沈琦的院中，沈琦正靠在软垫上，她看起来气色比永乐侯世子刚离开的时候好了一些。见到瑞王妃和沈锦，她就问道："东东呢？"

"东东留在屋里。"瑞王妃道，"你如今也不方便，就没有带来。"

"我还想多瞧瞧东东呢。"沈琦笑着说道，"妹妹，我让人给你备了些东西，晚些时候直接送到你府上，若是还需要什么，就直接写信来，知道吗？可别委屈自己。"

"嗯。"沈锦毫不客气地应了下来，"放心吧，姐姐。"

沈琦多少有些感叹，说道："总觉得你刚要回来就走了。"

"姐姐，以后有机会了记得与姐夫一并来找我玩。"沈锦握着沈琦的手说道，"我给孩子准备了些东西，就先送来与姐姐了。"毕竟孩子的洗三和满月，沈锦都参加不了了。

沈琦笑着说道："好。"

沈锦今天的打扮很简单，手腕上更是只戴了一个木镯，沈琦一眼就注意到了，却没看出是什么木料。

瑞王书房中，瑞王看着楚修明说道："我就把儿子交给你了。"

"岳父放心。"楚修明道。

沈熙站在一旁并没有说话，瑞王有些尴尬地咳嗽了一声："对了，熙儿年纪小，战场那个地方刀枪无眼的就不让他上了。"

"父……"沈熙刚想开口，就见瑞王瞪了他一眼。

"我与你姐夫说话。"瑞王沉声说道，"一边站着。"

沈熙还有些不服气，可是到底没有再说什么。

楚修明闻言却是一笑:"岳父放心就是了。"

瑞王满意地点头,又说道:"只是女婿你也知道,轩儿是王府世子,熙儿至今还没什么爵位……"

沈熙的脸都红了,瑞王就差直接说,不让他上战场,但要有战功。楚修明也听明白,说道:"岳父放心,小婿明白。"

果然,瑞王眉开眼笑,自觉保护了儿子,又让儿子混到了战功。等以后没事了,他再去母后那边走走,怎么也要给二儿子弄个爵位来。

等出了书房门,沈熙才说道:"三姐夫,你别把我父王的话当真了。"

楚修明闻言说道:"是不是觉得被小瞧了?"楚修明拍了拍沈熙的肩膀,说道:"天下没有不爱子女的父母,岳父为你做了很多。"

若不是为了两个儿子,瑞王怎么愿意去冒险?不过这些事情楚修明不能亲自告诉沈熙。

"其实你可以去与岳母聊聊。"

沈熙点了点头,说道:"母亲让我都听三姐夫和三姐的。"

楚修明应了下来:"我知道了。"

在楚修明和沈锦离开的前一日,沈熙才过去,这是沈熙第一次离家,心中有些紧张也有些兴奋。可是在真正出京的时候,沈熙扭头看着城门,心中却多了几分惆怅。

楚修明对这个妻弟倒也照顾,说道:"会回来的。"

沈熙点头应道:"嗯。"

瑞王府中,瑞王妃坐在铜镜前看着铜镜中的自己,问道:"熙儿他们已经出京了吧?"

"回王妃的话,是。"翠喜道。

瑞王妃缓缓吐出了一口气,点了点头:"让我自己静静。"

"是。"翠喜闻言就带着人下去,自己守在了门外。

瑞王妃打开了首饰盒,这里面整齐地摆放着一些首饰,都是她常用的。她看着里面那支玉兰簪,这支簪子她虽然放在这里,却从来没有戴过,伸手取了出来,手指轻轻抚过。

那一年,她见到了那个一身锦袍、笑容灿烂、满身风华的少年,不识愁滋味。

那一年,她知道等他们再长大一些,她将要嫁给这个少年,情窦初开时。

那一年,她们相约在太子宫的花园,他塞了这支簪子给她,说想要娶她。

满腹经纶的少年在见到她时,却红了脸,磕磕巴巴解释,等到成亲的时候,要送她一支亲手雕琢的玉簪,而非手上这支。那时候她才得知,少年看见兄长给嫂子准备的首饰,只说觉得这玉色适合她,就厚着脸皮要了来。

只是她到底没有等到她想嫁的少年,甚至至今都不知道,她该到何处去祭拜那个少年。

那些烧焦的尸体,哪一具才是她一直等着的少年?其实认不出也好,不知道也好,起码在她的记忆里,少年还是那一身锦袍,而不是面目全非的样子。

她是真的不在乎瑞王这个丈夫的。她在乎的,她想等、想嫁的少年,已经不在了。

其实她已经很久没有想起这些事情了,甚至连少年的面容都模糊了,不过看到了沈锦手腕上的那个木镯……想来那是楚修明亲手做的,才会让沈锦这般珍惜。

瑞王妃看着那支玉簪,轻笑了一下。这个笑容和平日里的笑容都不一样,眼角微微上扬,不够端庄不够温婉,却是神采飞扬的。

"等我们成亲了,我就与皇兄说,我带你出京,我们去游遍天启朝的每一个地方。"

"那时候我们到西北纵马,到江南看烟雨朦胧……"

"嫂子说,她希望我能娶个知心的媳妇,我要做个有担当的人,要一辈子护着妻子护着孩子,不让他们受丝毫的委屈。"

"我是想娶你的,我喜欢看着你笑,那样的骄傲。我会好好对你的,让你一辈子快快乐乐的。"

"我哥说了,不会有事的,再说我会护着你的,就算是英王真的来了,我也会护着你,哪怕死也要死在你前面的。"

瑞王妃把簪子重新放了起来,她这辈子都等不到那个只属于她的簪子了。

"骗子。"瑞王妃小声说道。

明明说好的,却不想那一次竟然是最后一次见面。她还记得那个穿着一身银甲、偷偷翻墙来的少年,天不怕地不怕的样子。她把亲手做的外套递给了他,他笑得灿烂,猛地拥抱了她。

那唯一的一个拥抱……

"王爷。"翠喜的声音从外面传来,瑞王妃闭了闭眼睛,恢复了平日的模样,端庄温婉。

瑞王问道:"王妃呢?"

瑞王妃合上了首饰盒,起身走了出去,说道:"王爷。"

"咦,你眼睛怎么红了?"瑞王看着瑞王妃,问道。

瑞王妃温言道:"不过是想到熙儿。"

"我也是。"瑞王感叹道,"孩子们都长大了。"

"是啊。"瑞王妃说道,都长大了……

沈锦在离开瑞王府的路上,就把瑞王妃的话告诉了楚修明,然后就不再去管了。她觉得这种听不懂的话就是瑞王妃想要告诉楚修明的。沈锦和东东坐的马车是专门被改造的,里面垫着厚厚的被褥,能让她和孩子更加舒服。

楚修明在出了京城后,就上了马车。他让岳文护在沈熙身边,小不点跟在沈熙的马旁边跑。它很久没有这样跑了,所以不愿意上马车。

在马车上,沈锦一只手抱着东东,另一只手拿着蜜汁肉干啃着,坐月子那么久,她都没有吃到这些了。

楚修明上车的时候就看见沈锦吃着,东东乖乖地在她的怀里,眼睛随着沈锦手上的肉干移动,小嘴不停地嚅动。沈锦吃完一块肉干,还会拿了细棉布给东东擦擦嘴角的口水。

看着他们母子两人,楚修明笑了起来,伸手把东东接了过来。

楚修明拿了细棉布仔细地给儿子擦了擦口水。就算在楚修明的怀里,东东也要扭着小脑袋盯着沈锦。沈锦又吃了两块就停了下来,这东西虽然好吃,可是吃多了容易上火,她还需要喂孩子,自然不能多吃。

"夫君觉得弟弟能坚持多久不上马车?"沈锦擦了擦手,然后用手指轻轻点了点儿子的脸颊问道。

楚修明算了一下说道:"两三日吧。"

沈锦点了点头:"那今晚需要给他送药吗?"

"嗯。"楚修明看着沈锦说道,"每晚都让大夫给你和东东把下脉。"

"我知道了。"沈锦点头说道。

楚修明看着闭着眼准备睡觉的儿子,颠了颠把他弄醒,现在还不是他睡觉的时候,如果现在睡了,等晚上的时候就该闹人了。

东东睁开眼睛,"咿呀"一声。

楚修明低头用鼻子轻轻蹭了蹭儿子,说道:"不能睡。"

其实赶路的时候很无趣,这次也不像是来的时候那般经常停下来玩乐一番。如今大部分时间都用在赶路上,就算是休息也是掐着点。沈熙在过了最初的新鲜劲后,就回到马车上休息,有时候会来沈锦这边,请教楚修明一些事情。

楚修明并不藏私,说了不少经验与沈熙,偶尔把孩子交给赵嬷嬷照顾,而他自己带着沈锦到外面骑马散心。

当诚帝知道瑞王竟然让沈熙跟着楚修明走的时候,当即就把瑞王叫来骂了一顿。瑞王一直低着头,听着诚帝怒骂,诚帝怒斥道:"你到底怎么想的?"

"我就想让熙儿混混军功。"瑞王比诚帝还委屈,说道,"轩儿是世子,熙儿还没爵位呢。"

诚帝被气笑了:"难道你不知道边城危险?"

"我给茹阳写信了。"瑞王实话实说,"要不皇兄你也给茹阳写封信?千万不能让我家熙儿上战场。"

诚帝看着瑞王,心中的猜测少了一些:"那怎么混军功?"

瑞王不说话了,低着头又开始装鹌鹑。

诚帝说道:"滚出去吧。"

瑞王很顺从地滚了,顺便到了太后的宫中。其实那日瑞王曾问过太后,如果诚帝问起沈熙的时候他该怎么说,今日的话就是太后教他的。

而诚帝知道后也没有说什么,晚上翻了兰妃的牌子。最近因为蜀中的事情,诚帝每日都累得要命。兰妃最善解人意,不会多问什么。就算有些话与她说了,她也会守口如瓶。

"这个瑞王,简直朽木不可雕。"诚帝搂着兰妃,手肆意地在她身上揉捏。

兰妃微微垂眸,声音有些不稳地说道:"陛下……"

诚帝在兰妃的胸上狠狠捏了一下,这才不再逗弄,问道:"爱妃可是有话要说?"

兰妃疼得吸了口气,这才说道:"想来王爷是信任陛下,才会如此直言。"

诚帝闻言"哼"了一声:"一点本事都没有,帮不上朕的忙,成日里就会给朕找事。"

兰妃没有说什么,若是瑞王真的有本事,怕也活不到现在了。

"不过爱妃说的也有道理。"诚帝说道。

兰妃在外面并没有亲族,她本是宫女出身,因为样貌出众才被诚帝看重。所以此时说话倒是没有顾忌,便道:"王爷这般总比那些心怀不轨的人好。"

诚帝想到蜀中的事情,气就不打一处来,说道:"朕知道那些人当初争着去蜀中是什么心思,可是一点用处也没有,连朕的二皇子至今都在那些反民手中,丢尽了脸面。"

"陛下息怒才是。"兰妃的声音轻缓,"二皇子洪福齐天,定会无碍的。"

英王世子这件事,诚帝并没有与朝臣说,他也怕人心不稳,而承恩公又不能经常进宫。皇后因为儿子的事情一见到他就会哭,太后整日礼佛都不是说话的人。诚帝没忍住低声说道:"爱妃不知道,这里面可是有英王世子的……"

兰妃惊呼了一声:"那二皇子可会有危险?陛下该多担心啊。"

话里满满的都是对诚帝的担心,诚帝"哼"了一声,说道:"这次朕得了消息,早做了安排,定不会像……"先帝那般无能,让人兵临城下的。后面的话诚帝并没有说出口。

兰妃闻言说道:"还是陛下消息灵通呢。"

诚帝刚想说话,忽然想到这件事并非他的人发现的,而是承恩公发现的。他都没有得到的消息,承恩公府竟然得到了。这么一想,他心中就有些不舒服了,再想到那日母后说的话,眼睛眯了一下,直接起身说道:"爱妃先休息,朕想起来还有公事没办。"

"那妾伺候陛下。"兰妃并没有挽留,而是同样起身。因为要就寝,所以身上只穿了一件姜黄色的布兜和浅色的亵裤,伸手把头发绾起后,就让宫女去拿了衣服,然后替诚帝穿上,最后还跪在地上替他穿靴。

诚帝居高临下地看着兰妃卑微的样子,忽然想到当初那个一直高高在上的女人。他会如此宠兰妃,并非只是因为兰妃的样貌,更因为兰妃与那个女人有几分相似。那时候那个女人是后宫默认的下一任皇后,而他不过是个不得宠的皇子,他的生母更是低贱。先帝的眼中根本没有他们母子。这么一想,诚帝忽然起了兴致,在兰妃伺候完他穿靴准备起身的时候,忽然按住了她的头,让她跪在自己的双腿之间……

毕竟是带着孩子,楚修明就算要赶路也快不到哪里去,特别是中途的时候东东忽然发了烧，耽误了不少时间。最后到边城的时候，已经近七月了，中途他们收到了瑞王府的家书，沈琦平安产下了一女。可惜蜀中的事情还没解决，朝廷五万大军竟然难以攻克不足千人的反民，损失惨重。

蜀中的战事会拖这么久，还真怪不得别人。反民手中有二皇子在，朝廷这边多有顾忌，特别是诚帝还下令必须让二皇子完好无损地回来，更是增加了不少难度。

永乐侯世子和其他几个交好的权贵之子不往前凑，没有什么危险，可是也不能回京，就算再心急也没用。

楚修明归来，楚修远亲自带人来接。一年未见，楚修远又长高了不少，整个人也晒黑了许多。见到楚修明的时候，他快步走了过来叫道："哥、嫂子。"

"壮了。"楚修明伸手搂了搂弟弟，说道。

楚修远也狠狠搂了一下楚修明才说道："哥、嫂子，我都让人收拾好了。"

沈锦上下打量了楚修远一番，直接把怀中的孩子塞到了他手里："还没见过你侄子吧，赶紧亲热亲热。熙弟，你帮着点。"

楚修远手足无措地抱着侄子，求救似的看向了楚修明。可是楚修明反而牵着自己小娘子的手往府里走去，还是沈熙看不过眼，低声指点了几句，这才让楚修远抱好孩子。

沈熙一路上可看见沈锦怎么被楚修明宠着了，不仅如此，沈锦还格外迷糊，有时候早上出行得早，都是直接被楚修明裹着披风送上马车的。沈熙都觉得若不是有楚修明这个姐夫在，自家三姐不知道自己怎么丢的。

"我三姐实在让人操碎了心。"

"侄子好小好软，根本抱不住啊。"楚修远虽然抱着东东，可是动也不敢动，看向沈熙说道："这位兄弟，快点把孩子接过去啊。"

"我也不会啊！"沈熙挠了挠头，说道，"赵嬷嬷、安宁，快点把孩子接走。"

赵嬷嬷闻言动都没动，说道："少将军和二少爷，你们还是往里面走吧，想来一会儿将军见不到少将军……"

楚修远说道："万一摔了怎么办？"

赵嬷嬷眼中带着笑意，说道："夫人会哭的。"

这话一出，楚修远脸色变了又变，如果自家嫂子哭了，自家兄长……枉费他欢天喜地地觉得兄长和嫂子回来，靠山就回来了，这简直不能更虐心了。

沈熙也想到了这点，和楚修远对视了一眼："你小心点往里面走，我从下面接着点。"

楚修远也没有别的办法，多亏东东睡着了不爱动。沈熙果然弯着腰双手接在下面。两个难兄难弟对视一眼，姿态僵硬别扭地往里面走去。

赵嬷嬷跟在身后，安宁在旁边仔细盯着。看着楚修远和沈熙的样子，赵嬷嬷轻笑，怕也就自家夫人敢用这样的办法。她们瞧着短短时间就从生疏到亲近许多的两人，慢悠悠跟在他们身后进了院子。

将军府中下人倒是不少，早就备好了东西，等楚修明和沈锦都更衣梳洗了一番出来，就看见浑身僵硬抱着东东的楚修远和累得趴在椅子上不动的沈熙。

沈锦看着他们的样子，忽然趴在楚修明的身上笑了起来："远弟的样子好傻哦。"

楚修明搂着妻子，看了眼弟弟哀怨的眼神，说道："嗯。"

"三姐，你太过分了啊。"沈熙底气不足地说道，"快把东东抱走。"

沈锦笑个不停，还是楚修明对着赵嬷嬷点了点头，赵嬷嬷这才过去把东东从楚修远的怀里接了过来。楚修远赶紧站起来活动了一下："嫂子，这比我练了一天武还累。"

"东东又不重。"沈锦笑够了才反驳道。

楚修远无奈地说道："就是因为太轻了啊，又软乎乎的，我都觉得自己抱不住。"

楚修明拍了一下自家小娘子的手，这才看向沈熙，说道："这是你嫂子的弟弟，你叫熙哥就是了。"

沈熙笑看着楚修远，楚修远说道："熙哥，等改天我带你在边城转转，这里虽然不如京城繁华，可是好玩的地方也不少。"

"好。"沈熙笑呵呵地应了下来，"其实你可以直接叫我沈二或者沈熙。"

"太好了。"楚修远也有些别扭，闻言说道，"那就叫你沈二了，你叫我楚二好了。"

"没问题。"沈熙和楚修远两个年纪相仿，又因为刚刚算是共患难过，倒是很快就达成了共识。

沈锦看着这两个人想着，如果沈熙把楚修远带得蠢笨了，也不知道夫君会不会怪自己。

楚修明等着他们说完话，才说道："就把沈熙安排到修远的院中。"

楚修远一口就应了下来。楚修明接着说道："今日都累了，回去休息吧，有事明日再说。"

"是。"楚修远和沈熙都应了下来,见楚修明没别的事情,这才一并离开。

沈锦从赵嬷嬷怀里把儿子接过来,说道:"我先带着东东去休息了。"

"嗯。"楚修远刚回来还有些事情要处理,起码要见一见王总管这些人。

回到了将军府,不管是楚修明和沈锦还是赵嬷嬷他们,都轻松了许多,脸上难免有些疲惫的神色。等回了房间,沈锦就道:"嬷嬷,你们先去休息,这几日让别的丫鬟先伺候着就好。"

赵嬷嬷也不逞强,闻言说道:"老奴谢过夫人了。"

安平和安宁对视了一眼,安平说道:"奴婢和安宁轮换着休息,夫人身边若是没个熟悉的人也不方便。"

沈锦看向两人,问道:"可以吗?"

安平笑着说道:"夫人放心吧。"

安宁也道:"我先留在身边伺候夫人。"

楚修明没在书房停留多久,就回来和沈锦一起用饭,东东因为来到了陌生的地方,像是不适应一样,醒来后就一直要沈锦抱着,把他放在床上就哭个不停。沈锦一直抱着他,轻声哄着。等楚修明一回来,她就委屈地看着楚修明,说道:"夫君,东东哭了。"

从沈锦怀里接过儿子,本来在睡觉的东东就睁开了眼睛,像是认出了楚修明,哼唧了两声。他刚刚开始哭的时候,就算是在沈锦怀里,也哄了半天才好,现在已经好多了。

"没事了。"楚修明这话是对东东说的,也是对沈锦说的。

沈锦笑着应了一声。很快丫鬟就把饭菜摆好了,楚修明因为要抱着东东,所以单手吃饭。沈锦给楚修明盛了汤放在他手边:"咦,东东是不是想吃?"

楚修明也低头看去,就见东东睁大了眼睛,小嘴不停动着,像是在吃什么东西似的,口水也流了出来。沈锦拿了细棉布给他擦去了口水:"不能吃哦。"

东东无辜地看着母亲。

"吃不了哦。"沈锦点了点东东的小鼻子,笑呵呵地坐回了位子上。

东东扭动着小脑袋,又是"咿呀"一声。

楚修明哭笑不得,轻轻摇动了一下儿子,然后继续吃起了饭来。东东张着小嘴动个不停,可是因为在楚修明的怀里,倒是没有再哭起来,只是不时委屈地叫一声。

第二十九章
独当一面

回到了边城，楚修明放松了不少，选了奶娘出来帮着沈锦照顾孩子，沈锦晚上终于能睡个囫囵觉。

和边城相比，蜀中的情况就严峻多了，那些反民开价越来越高，要求诚帝给反民中带头的人封王，蜀中为其封地，不受天启朝统治，公然要求建起国中国。大臣们也忍不住了，无数次上书要求严惩，甚至不少人暗骂，二皇子若是真的有些骨气，自杀了也好。

在京城，很多事情都不方便，就连消息都不灵通，到边城后，有些消息楚修明怕是比诚帝还先一步得知。

将军府书房中，楚修明看着王总管和赵管家，说道："我准备带兵重新巡视一下边疆，此次会带着修远一并前往。"

"那边城之事……"若是楚修明和楚修远都不在边城，就没有一个做主的人。

前段时日楚修明在京城之中，都是众人辅佐着楚修远处理事务，虽然更多的事情是他们来做，但有些不好处理的事情是加急送到京城让楚修明做决定，可是到底需要个人坐镇，就好像有了一份主心骨。

"我准备交给夫人。"楚修明把早就想好的事情说了出来，"你们来辅佐夫人。"

赵管家闻言说道："也好。"

王总管想到蛮族围城的时候沈锦的表现，犹豫了一下也点了点头。楚修明看向两个人，说道："我下个月才离开，这段时间先做一些安排。"

沈熙是第一次来边城这样的地方，他生于京城长于京城，还从来没见过如此景色。在第一次和楚修远出门时，看见街上来来往往的人，和他们对楚修远看似随意却带着恭敬的态度，心中满是震撼。"怪不得京中都说边城民风彪悍呢。"

楚修远闻言笑道:"因为不彪悍不行。嫂子特别喜欢这家的馄饨,你也尝尝。"

沈熙从没在这样的地方用过东西,可是他也知道"入乡随俗"四个字。

楚修远带着沈熙找了空位子坐下,熟练地要了两碗馄饨:"一会儿回家还要用饭,尝尝鲜就好。"

沈熙点头。老板也是认识楚修远的,很快就把他们的馄饨端了上来。看见沈熙笑道:"这就是夫人的弟弟吧? 好俊的模样。"

楚修远笑道:"是啊,我特意带他来你这里尝尝。"

"哈哈哈,夫人就爱吃我家的馄饨,不知道小少爷怎么样了?"老板乐呵呵地说道。

楚修远道:"嫂子这几日还念叨着呢,不过因为孩子太小离不开身,这才没能出来。"

老板闻言说道:"我一会儿给夫人装点馄饨和汤底,少将军拿回去,煮好了就能吃。"

"晚点我让府里的人来拿吧,我今天没带人出来。"楚修远笑道。

看着沈熙震惊的眼神,楚修远解释道:"嫂子和这些人也很熟的。"

沈熙点头,道:"还是这边自在。"若是没有蛮夷的威胁,他都想把母亲和姐姐接过来。

两个人没再说什么,低头吃了起来,等回去的时候,老板并没有收钱,还再三叮嘱让楚修远派人来拿东西。

回去的路上,楚修远才说道:"其实这边风气会如此,也是因为等真的打仗时,男女老少都是要杀敌的。"

沈熙觉得好像颠覆了他这十几年来的所有认知。楚修远又道:"你知道为什么这些人这么喜欢嫂子吗?"

"不知道。"沈熙也发现了,见到他们时,常有人会问起沈锦的事情,那眼神里面的尊重和亲近做不得假。

楚修远低声说道:"怕是嫂子也没有告诉过你。那是嫂子刚嫁过来的时候,我哥领兵在外,当时蛮族围城,我们抵抗了很久,守城的士兵几乎死伤殆尽,是城中的所有百姓一起上去杀敌,我受了重伤……是嫂子当时站了出来。"楚修远指着远处的城墙,"就站在那里,后来我们都以为等不到我哥了,府中有一处避难之地,嫂子就让城中的孩子们躲了进去,还把自己郡主的印章等信物交给了孩子……"

这些事情才过去没多久,所以此时说起来还历历在目,楚修远的语气并没有什么跌宕起伏,只是很直白地叙述了一遍,可是沈熙听得目瞪口呆,完全无法想象当时的危险,还有沈锦的样子。楚修远接着说道："那时候城中的粮草不多了,那些容易下咽的都留给了伤员,嫂子跟着我们一起吃糠一类的东西,每日都要去照顾伤员⋯⋯最后生生撑到了我哥回来。"

"朝廷为什么没有派援兵呢?"

楚修远笑了一下,并没有说什么。在楚修明离开的这段时间,他也成长了许多。

沈熙由此想到了瑞王妃的话,强忍着没有再追问下去。回到将军府门口的时候,就见一个小厮正在等着,他说道:"少将军,将军请您过去一趟。"

楚修远点头:"我先去找我哥了,你⋯⋯"

"我去见三姐。"沈熙抬头看着"将军府"三个字,心中一团乱,而楚修明明显是有事要做,所以现在他能找的只有沈锦。

楚修远应了下来,挥了挥手,先吩咐了人去馄饨摊那里拿东西,然后就先离开了。

沈熙见到沈锦的时候,就看见沈锦正看着趴在毯子上的小不点和东东,小不点尾巴对着东东,东东伸手去抓的时候,小不点就晃动一下,让东东抓不到。沈锦笑个不停,就是赵嬷嬷她们也没有阻止,反而还出着主意,比如给小不点尾巴上绑个铃铛一类的。

看着这样的沈锦,沈熙总觉得没办法和楚修远口中的沈锦放在一起。

沈锦也看见了沈熙,笑着说道:"熙弟快来看,可好玩了。"

沈熙有些哭笑不得。赵嬷嬷看出沈熙有事,所以主动说道:"夫人,少爷怕是也累了,老奴抱他回去休息会儿。"

"好。"沈锦笑着应了下来。

赵嬷嬷把东东抱了起来,沈锦拍了拍小不点的大狗头,说道:"好了,我一会儿和厨房说明天给你煮根牛骨头。"

"嗷呜。"小不点叫了一声,摇了摇尾巴后,就离开了。

沈熙这才说道:"三姐,我有些事情想要问你。"

"好啊。"沈锦扶着安平的手起身,然后穿了鞋子,说道,"我们去外面坐会儿吧,屋里有些热呢。"

沈熙点头。两个人走到外面的凉亭,坐下后安平就端了茶水糕点来,沈锦问道:"有什么事情呢?"

"母亲说让我有什么不知道的不懂的来问三姐和三姐夫。"沈熙说道。

沈锦端着冰过的酸梅汤喝了一口，说道："嗯，问吧。"

沈熙却不知道从何问起了，直到一杯酸梅汤喝完，这才问道："当初朝廷没有派援兵来吗？"

沈锦愣了一下，有些疑惑地看着沈熙。沈熙见此说道："就是那时候三姐刚嫁过来没多久，蛮族围城。"

"哦。"沈锦这才想起来，"没有呢。"

沈熙问道："为什么？"

"因为陛下不想救我们啊。"沈锦很理所当然地回答。

可是这样的答案让沈熙愣住了，他其实隐隐地猜到了这些，却没有想到沈锦会这样直接地回答，整个人脸色都白了，还是有些无法接受地说道："可是这不是天启朝的边疆吗？若是真的城破了，等于那些蛮族就长驱直入了啊。"

"是啊。"沈锦给沈熙重新倒了杯酸梅汤，说道，"别怕啊，已经过去了。"

沈熙很想说他这不是怕，可是却不知道怎么说好，端着酸梅汤一口饮尽。沈锦说道："恐怕在陛下心中，除掉夫君比蛮族破城更重要一些吧。"

"你这样直白地告诉我，真的好吗？"沈熙许久才问道。

沈锦疑惑地看了沈熙一眼："可是不是你问我的吗？而且母妃既然和你说了那样的话，就是没有瞒着你的意思。"

沈熙愣了一下，想到离开前母亲说的话，好像明白了一些，可是让他有点无从接受。

"功高震主……"沈熙喃喃道。

沈锦闻言笑了一下并没有说话，其实她一直觉得用"功高震主"这样的理由去杀功臣是一种很怯懦的行为，也可能是因为楚修明的原因，人心难免是偏的。

沈熙抿了抿唇，说道："那三姐夫……"后面的话，沈熙竟然说不出来了。

沈锦却明白了，很肯定地说道："不会的。"就算楚修明真的做了什么，沈锦相信最后坐上皇位的还是沈家的人。

沈熙这才松了口气。他长于瑞王府，多少知道一些事情，不会问出"为什么三姐夫不交出兵权"这般的话，若是真的交了，怕是诚帝也不会允许楚修明活下来，更何况除了楚修明外，沈熙还真想不出谁能来守边疆。"对了，茹阳堂姐呢？"

"你要见他们吗？"沈锦看向沈熙问道。

沈熙想了想点头，说道："我想见他们一面。"

"那明天我让人带你去吧。"沈锦并没有阻拦的意思。

沈熙应了一声，他现在心里很乱，整个人比来的时候还要晕乎。沈锦看了半天，发现沈熙在发呆，就看向安宁，说道："找个人守着吧，我要回去陪东东了。"

"是。"安宁应了下来。

等沈熙回过神来的时候，沈锦早就不在了，不过他也没有心情再说什么。倒是沈锦晚上与楚修明说了沈熙的事情，楚修明第二日一早就安排了岳文带着沈熙去见茹阳公主他们。等见过茹阳公主一群人回来后，沈熙把自己关在了房中好几日，这才重新去见了沈锦，问道："三姐，你可知茹阳堂姐他们的情况？"

"知道啊。"沈锦不知道沈熙为什么会问这样的问题，说道，"是我吩咐远弟这样做的啊。"

沈熙目瞪口呆地看着一脸疑惑的三姐，特别是三姐那双杏眼中明明白白地在问他：这有什么问题吗？

"这样不太好吧。"沈熙犹豫了一下说道。

沈锦问道："为什么不好？"

沈熙说不上来了。沈锦再次问道："那些人，每天都有人送吃的，送衣服，还给他们送书籍呢，我听人说都养胖了不少，难道他们还有什么需要吗？"

这样理所当然的态度，竟然让沈熙觉得自己再为他们提什么要求，就太过分了。沈熙深吸了一口气，说道："我明白母亲的意思了，三姐我想通了。"

沈熙说道："三姐放心！我绝对不会出卖三姐夫的！也不会给京城通风报信的，更不会辜负三姐对我的信任。"

沈锦眨了下眼睛："哦，我从来没担心过啊。"

沈熙满脸感动地说道："三姐，我这就去找三姐夫，我准备跟着士兵一起训练。"

"哦。"沈锦应了一声，看着沈熙跑走了，莫名其妙地看向了赵嬷嬷："熙弟到底是来做什么的？不过他多去操练一下也是好的。"

"夫人真的没有担心过吗？"赵嬷嬷问道。

沈锦点头说道："没有啊，没有夫君的同意，他根本就没办法送消息到京城啊，为什么要担心？"

赵嬷嬷缓缓吐出一口气，果然有些真相还是被隐藏的好。

晚上的时候，沈锦就把这件事告诉了楚修明，说道："我觉得这个弟弟有点傻乎乎的。"

楚修明闻言说道："不是谁都和我家娘子这般聪慧的。"

"说的也是。"沈锦满意地说道。

楚修明道："对了，明日起你与我一并去议事厅吧。"

沈锦撑着身子，疑惑地看着楚修明，问道："为什么啊？"

楚修明把沈锦搂回怀里："我准备带着弟弟离开一段时间。"

"很远吗？"沈锦皱眉问道。

楚修明轻轻摸着她的背："我不确定。"

沈锦皱着眉头没有说话，楚修明接着说道："我想把边城的事情交给你。"

"有王总管和赵管家在呢。"沈锦有些不乐意，这样的责任太重，"我还要照顾东东啊。"

"带着东东一起。"楚修明温言道。

沈锦鼓着腮帮子没有说话。楚修明倒是没有生气也没觉得失望，因为他知道，就像在京城那样，没有他在身边的时候，沈锦有足够的能力来保护自己和孩子。可是他知道沈锦并不喜欢这样。如果有可能，他也不愿意让自己的娘子背负这些，只要被他宠着娇养着就好，可是，世事无常……

就像是当年的事情一样，楚修明也是个人，做不到战无不胜攻无不克，沙场上的意外数不胜数，他只想努力多给沈锦和孩子一些保护，就算他出了意外，沈锦和东东也能好好地活下来。

沈锦动了动唇，抓着楚修明的手指咬了一口，说道："你要去哪里？"

楚修明的声音有些低沉："蜀中的事情确实是有英王世子在后面。"

沈锦趴在了楚修明的身上，因为东东不和他们睡一个屋了，所以角落里放着冰，倒是不会让人觉得热。楚修明搂着沈锦，让她趴得更舒服一些才说道："英王世子潜伏了二十多年，这期间天启朝并非一直安稳，可是英王世子却一直隐藏着没有动手，如今蜀中的事情，他怎么会选择插手？"

"因为他已经准备好了。"沈锦也明白了楚修明的意思。

楚修明应了一声："当初英王能为了皇位,暗中和蛮夷们联合,把天启朝边疆出卖给蛮夷,使得……"

沈锦第一次从楚修明这边听到当年的事情,为了把那些蛮夷赶出去,死了那么多的人,楚修明兄长的尸体至今都没能找回来,留在这边的只剩下衣冠冢。

"你说要带我去江南,是因为发现了什么吗?"沈锦忽然想到他们刚去完互市,楚修明在见过那些给他们送货的人后,就做了决定。

楚修明应了一下,说道:"我怀疑英王世子也与蛮族那边有联系。"

"你准备自己带人去?"沈锦抿了下唇,问道。带着楚修远去巡视边疆,不过是楚修明的借口。

楚修明没有否认:"我家娘子果然聪慧过人。"

沈锦只觉得心里揪着疼,低头狠狠地在楚修明的肩膀上咬了一口。楚修明一点阻挡的意思都没有,还放松了肩膀的肌肉,免得沈锦一会儿牙疼。他的手轻轻抚着沈锦的后背,声音平稳地说道:"我会回来的。"

其实沈锦想听的不是这句,她很想说让楚修明派别人去,可是她心里也明白,在边城中最适合的反而就是他自己了。

怪不得诚帝会在知道英王世子和蛮夷勾结的时候,让楚修明回来,因为诚帝有自信,楚家和英王一脉之间是不死不休的关系,就是整个边疆的守军对英王一脉都是如此的,他这是等着坐收渔翁之利。

"诚帝的打算……"楚修明的声音温和,"不过也方便我们以后行事。"

沈锦疑惑地看向楚修明,她不相信楚修明愿意和英王世子联手,更不可能和那些蛮族合作,那就只能按着诚帝的意思来? 若真是如此,楚修明也不可能单独出去。一时间沈锦也想不出楚修明的意思了,楚修明道:"现在我们要做的就是等。"

猜不出来,沈锦就直接问道:"你是准备去哪里?"

"京城。"楚修明道。

沈锦皱眉说道:"你是去找东西?"

"嗯。"楚修明没有否认,"你还记得瑞王妃与你说的话吗?"

"灯下黑?"沈锦想了一下问道。

楚修明应了下来。沈锦觉得能让楚修明这般冒险,还选在这种情况下去京城,那一定是很重要的东西,甚至关乎以后的情况。

难道是真正的先帝遗诏?

若是英王世子想要登上皇位,恐怕只能一路打到京城,把诚帝给赶下皇位了,这时候诚帝会让楚修明对付英王世子吧?楚修明不会愿意去做诚帝手中的这把刀,就算是想要消灭英王世子,楚修明也不会让诚帝当那只黄雀的。

其实沈锦有些疑惑,按照瑞王妃和楚修明告诉她的事情,若真的有太子遗孤,年岁应该不小了。按照楚修明的性子,重要的人他反而会放在身边妥善安排,不会把人远藏起来,因为这样是没办法掌控的。还有赵嬷嬷、赵管家……

“太子妃姓什么?”沈锦忽然问道。

楚修明道:“赵。”

沈锦愣了愣:“除了赵嬷嬷、赵管家,还有赵什么?”

“很多。”楚修明知道自家娘子已经猜到了,就说道,“不光在我们身边。”

沈锦想了想,点头说道:“我知道了。”

直系除了儿子外,还有孙子,若是这样的话,楚修远的岁数也就对上了。

“要知道吗?”楚修明问道。

沈锦想了想,才说道:“要。”

以前不问,并非沈锦觉得不该问,毕竟不管是楚修明还是赵嬷嬷他们都没有瞒着的意思,而是因为她知道问过后会更加麻烦,就像是赵嬷嬷在京中的谨慎和不轻易见人的态度。而如今既然楚修明都愿意把边城的事务托付给她,这些事情她就必须要问。

“先帝为太子娶正妃赵氏,侧妃楚氏。”楚修明把这一段几乎被尘封的往事说了出来。

沈锦道:“不会是楚家嫡系吧?”

“嗯。”楚修明道。

沈锦听着楚修明把事情说了一遍,其实楚修明知道的也不多,毕竟这不是他经历过的事情。等楚修明说完了,沈锦才说道:“也就是说,当初太子侧妃有孕,所以家里的某个长辈因为和侧妃关系极好,正巧到了京城,就去探望……然后出了英王的事情,为了安全就留在了京城。这位长辈有一儿一女,儿子和太子妃的次子年龄相仿,最后用自己的儿子换出了太子的次子?”

“嗯。”楚修明答道。

沈锦皱起了眉头，若是换成了自己呢？会用东东的命去做这件事吗？不会的。如果牺牲的是她自己，那么沈锦不会犹豫，可是牺牲的是自己的儿子，这让沈锦没有办法接受。

其实沈锦不喜欢楚修明的这位长辈，她做出了选择，可是承担这个后果的是她的孩子，那个男孩当初有没有选择呢？

楚修明接着说道："那时候诚帝刚登基，楚家因为英王和蛮夷勾结的事情，也元气大伤，所以他们就一直藏在外面，太子次子因为当初的事情，身体一直不好。"

"他娶的是你家这位长辈的女儿，也就是姑姑？"沈锦问道。

"嗯。"楚修明在提到这些事情的时候，情绪很平静，甚至有点淡漠的味道。

沈锦此时全都明白了，也确定了楚修远的身份，他确实是楚修明的表弟，不过这位表弟的身世有些坎坷。"修远知道吗？"

"知道。"楚修明道，"我们从来没瞒着他。"

沈锦点头应了一声，其实还有很多楚修明没有说的，可能他也不知道。

楚修明发现了沈锦的沉默，低头轻轻地在她的发上吻了下，说道："我不会这样对你们母子的。"

沈锦抿了抿唇，摇了摇头并没有说什么。

"没有人可以强求别人去牺牲。"楚修明声音很平稳，却让人觉得很可信。

沈锦应了一声。其实这件事还真不好说是谁的对错，说楚修明的长辈错了？其实她的选择也没有错，不过因为她有了东东后，才会这样有些没办法接受吧。这么一想，沈锦就起身说道："我去看看东东。"

"我陪你去。"楚修明拿了外衣给沈锦披上后，这才与她一并到旁边的房间。安宁正守在东东的床边，除此之外还有个奶娘准备时刻照顾着东东。见到楚修明和沈锦，她们两个人都愣了一下。

沈锦说道："没事的，你们下去吧。"

"是。"安宁说道，"在半个时辰前，小少爷刚刚醒了，用过奶水。"

"我知道了。"沈锦笑着说道。

安宁和奶娘都没有再说什么，行礼后就退了下去。

东东被养得很好，此时睡得正香，小脸红扑扑的，握着小拳头，也不知道是做梦还是怎么了,穿着袜子的小脚还蹬了几下,吧唧了小嘴。

楚修明和沈锦两个人看着东东的样子,忽然说道:"其实在有东东之前,我并没觉得那样做有什么不妥。"

沈锦点了下头。楚家一直守护着天启朝的边疆,忠君护民,会这样想也不意外。其实真说起来,沈锦觉得自己眼中、心中最重视的都是自己的小家,就像是刚嫁到边城,她根本没办法想象有一天她会站在城墙上,面对那些凶神恶煞的蛮夷,被血溅在身上。

"你要去京城找什么?"沈锦忽然问道。

楚修明愣了一下,才低声在沈锦耳边说了几句话,沈锦脸色变了变,缓缓点了点头。

第二天,沈锦抱着东东一起跟着楚修明去了议事厅,此时楚修远、王总管和赵管家他们都到了,还有一些沈锦不熟悉的人。见到楚修明一家三口过来,除了早已知情的王总管和赵管家,就连楚修远都有些疑惑地看向了楚修明。

楚修明让人在身边安置了座位,先扶着沈锦坐下后,这才在她的旁边坐下,看向众人说道:"坐。"

"是。"楚修远不会质疑楚修明的决定,率先在位子上坐下,剩下的人才按照身份依次坐下。

东东是醒着的,可是并没有哭闹,这里很多人都没见过东东,此时也都有些好奇,只有楚修远往后面躲了躲,果然就见沈锦正盯着他看。"嫂子……"楚修远底气不足地叫道。

沈锦一手抱着孩子,一手对楚修远招了招手。楚修远看向了楚修明,就见楚修明眼睛眯了一下。楚修远不敢反抗,乖乖上前从沈锦怀里把东东接了过来,然后抱着回到自己的位子上坐下。

这段时间只要一有空,沈锦就让楚修远抱着东东,楚修远抱孩子也熟练了许多,不会像第一次见到东东那般紧张了。东东咬着自己的拳头无辜地看着楚修远,坐在楚修远身边的王总管也是第一次见到东东,难免有些好奇地凑过去看了看,东东也不哭,"咿呀"叫了一声。

王总管如今就剩下了一条胳膊,伸手去碰了一下东东的小手,东东又是"咿呀"一声。

因为东东,倒使刚才因为沈锦到来一时有些僵持的气氛缓和了许多。沈锦也没有准备一直让楚修远这样抱着孩子,等楚修明他们开始谈正事的时候,就让赵嬷嬷去把东东从楚修远那接了过来,自己抱在怀中听着他们说话。

沈锦第一次接触这样的事情,其实很多都不明白,比如粮草的储备和调动,还有那些税收一类的……她满脸迷茫,不过并没有插嘴去问。

听了一会儿,沈锦觉得有些昏昏欲睡了,东东更是打了个小哈欠,舒服地趴在她的怀里睡着了,沈锦满心嫉妒,她也想睡觉啊。

沈锦都觉得自己是好不容易熬到了议事结束,先回去给东东喂了奶,把东东交给了奶娘照顾,这才换了衣服重新到饭厅,楚修明和楚修远已经到了。

楚修远笑道:"嫂子真是高招。"

沈锦得意地笑道:"把东东带过去才是对的,不过弟弟你的表现也很好。"

楚修明听着这两个人互相吹捧,盛了两碗汤分别放在他们手边。沈锦和楚修远这才停了下来,开始吃饭。沈熙在主动去找楚修明后,就直接被他扔进了军营之中,一切都跟着士兵训练,根本没有特殊照顾。

等用完了饭,楚修远就让厨房做了点卤肉和馒头带着离开了,他也要去军营转一圈,起码探望一下沈熙。

而此时楚修明和沈锦去了小书房,在他做了决定后,就花费了一段时间画了张地图出来。两个人坐在一起,楚修明仔细地给沈锦讲起了天启朝的情况,挨着让沈锦认地方,除此之外还有天启朝周围的情况。

沈锦听得目瞪口呆,楚修明并不是一直在说地形一类的情况,还经常说些特产和民俗,使她能具体地把地点和情况联系起来。

足足花费了三日,沈锦才把所有的事情记清楚,每日早晨议事的时候,沈锦也从最开始的一点也听不懂到后来的似懂非懂。

这日议事厅中,楚修明面色阴沉却没有说话,只是把手中的信件先递给了沈锦。沈锦自从第一日后就没再带东东来过,便拆开看了起来,如果说楚修明的面色是阴沉的话,那沈锦的已经是满脸不敢相信和惊吓的神色。

沈锦看完以后还给了楚修明,楚修明让人给了楚修远,楚修远看完整个脸色都变了,看向了楚修明。楚修明点了下头,楚修远把信递给了王总管,让他们挨着传阅,而他自己猛地灌了几杯茶水,这才压住心中的愤慨。

这信上的字并不多,蜀中以二皇子为质,坑杀士兵八千,某伯爵世子一人。

坑杀……

因为二皇子被俘的事情,已经死了万人,如今再加上这八千……不提这些,就是光送给那些反民的粮草辎重都不知多少。

"不知朝廷有何反应?"王总管皱眉问道。

这次死的不仅仅有普通士兵,还有个伯爵世子,这样的事情是瞒不住的,就看诚帝要怎么安抚了。

楚修明没有说话,赵管家冷笑道:"还能有什么反应?最多是把那些皇子权贵之子都给召回去,命人救出二皇子。"

"英王一脉的事情已经证实了。"楚修明没有再说这件事,反而道,"下个月我将和修远出去一趟。"

楚修远早就知道这件事,所以并没有惊讶。众人看向了楚修明:"不管别处如何,毕竟要保证边疆安稳,得重新布防。"

这次的布防图,楚修明不准备送到诚帝那里。

众人也知道这是正事,那次的惨剧才过去不到三十年,都记忆犹新。

"边城的事务就都交给我夫人。"楚修明看着众人说道,"你们辅佐。"

不少人皱起了眉头,他们倒不是不信任沈锦,而是边城格外重要,沈锦根本没有接触过这样的事情,他们也不知道沈锦能力如何。虽然在第一次楚修明带着沈锦来议事厅的时候,众人心中就有了猜测,可是没想到这么快。若是楚修明能带着沈锦一年半载,让沈锦慢慢接手,他们也不会如此犹豫了。

楚修明没有再说什么,赵管家倒是第一个站出来说道:"是,属下定会竭尽全力辅佐夫人。"

王总管随后也应了下来。楚修远道:"嫂子,那后方就麻烦你了。"

见此情况,剩下的人也都不再沉默,都应了下来。

沈锦起身朝着众人福了福身,说道:"到时候就依靠各位了。"

这话一出,不少人心中舒服了许多。这么多年来,边城很多事情已经完善了,虽然不像是朝廷那样有明确的官职,却也有着自己的职分,谁管哪里都是自有默契的,所以当初楚修明敢离开一年多,这次同样敢带着楚修远离开,只要沈锦不胡乱插手自作主张,边城也是乱不了的。

等次日的时候，众人发现楚修明和沈锦的位子变了，议事的时候主事的人变成了沈锦，而楚修明坐在一旁。这几日讨论的都是粮草的事情，沈锦并不多说什么，就看着众人有条不紊地商量和安排。

楚修明轻轻握了一下沈锦桌子下面的手，感觉到她的手已经汗湿了，可见她心中还是紧张的，面上却一副认真听人说话的样子。

时间一天天过去，就算他们两人再珍惜这段能在一起的日子，也到了楚修明和楚修远离开的日子。沈锦从楚修明的怀里接过东东，看着小厮给楚修明换上一身盔甲，然后亲自送了他出城门。

"我给东东起了名字。"楚修明看着沈锦和东东，忽然说道。

沈锦闻言并没有问什么，只是说道："你答应过我的。"

"嗯。"楚修明伸手握了东东的小手一下说道，"我会回来，到时候我再告诉你东东的名字。"

"好。"沈锦露出了笑容，可是眼睛却红了，"我等你回来。"

楚修明点了点头，又看了沈锦和东东一眼，就翻身上马，楚修远道："嫂子，我们走了。"

"好。"沈锦笑道，"你也要平安归来。"

"放心吧，嫂子。"楚修远笑了一下。

楚修明摆了一下手，就直接策马奔向军营的方向，楚修远追了上去。

沈锦缓缓吐出了一口气，低头看着什么都不明白的儿子，说道："嬷嬷，我们回去吧。"

"是。"赵嬷嬷应了下来，"夫人放心，将军和少将军一定会平安归来的。"

沈锦闻言说道："是啊，我就是有些……不习惯。"

楚修明离开后，沈锦每日的生活变化不大，就是身边没了个人罢了。每天早上她都要去议事厅，坐在当初楚修明的位子上，听着下面的人说着各种消息和处理办法，然后点头用印一类的。

直到这日忽然传来了京中的消息，诚帝下了旨意让楚修明派兵去蜀中救二皇子，此时宣旨的使臣已经离京了。

赵管家皱眉,看着众人讨论怎么应对。他想到了京城中沈锦做的那些事情,问道:"夫人觉得此事应该如何?"

这段时间因为沈锦轻易不开口,开口更多的是询问众人的意思,所以不少人倒是都疏忽边城此时做主的人是她了,并非他们不尊重她,不过是没认可她的能力罢了。此时听到赵管家的话,他们都停了下来看向了沈锦。

沈锦理所当然地说道:"到了自然是要接旨啊。"

王总管皱眉问道:"那真的要派兵去蜀中?"

诚帝一句"要二皇子毫发无伤",虽然是关心儿子,可就像是给了那些反民金牌令箭似的,反而使得天启朝的将士束手束脚。

"不派的。"沈锦道,"除非诚帝舍弃二皇子。要救出二皇子难。"沈锦可舍不得边城的这些将士去送死。

赵管家问道:"那怎么回复使臣?"

"只要使臣到不了,那就不用回复了。"沈锦说道。

赵管家眼睛一亮,明白了沈锦的意思。确实如此,他们现在还不能明着反抗诚帝,圣旨到了的话,楚修明不在,这点就不好交代,就算是糊弄过去,领旨后是派人还是不派人?不派人是抗旨不遵,派人的话就是拿边城将士的命去填坑,他们如何愿意?

王总管眼睛眯了一下,说道:"这样的话,不如就安排这里……"

"哦,你们讨论吧。"沈锦端着酸梅汤喝了一口,说道,"杀人的事情我不太懂。"

说得好像他们很懂一样。赵管家和王总管对视一眼,都有些哭笑不得。

沈锦接着说道:"不过我听夫君说,禹城那里不是有一伙强盗吗?"

王总管想了一下禹城的位置,当初为了制约边城,诚帝专门在禹城安排了亲信。那时候闽中还不是他们的地盘,自然无所谓,可是自从席云景暗中掌握了闽中后,禹城这个位置就有些让他们不舒服了。

"是的,那一伙强盗穷凶极恶。"赵管家笑着说道。

沈锦点头。今日倒是没有旁的事情,这件事情定下后她又不开口了。

等沈锦走了,才有人问道:"赵管家,我怎么不知道禹城有什么强盗?"

"夫人说有自然是有的。"赵管家闻言笑了一下,说道,"就算没有,也可以安排他们有。不过这些强盗还真是胆大包天,竟然连陛下的圣旨都敢抢,使者都敢杀……"

沈锦回去后就去看了东东,东东如今已经会翻身了,不过却不爱动,除非沈锦来逗他,才给面子翻个身。沈锦先给东东喂了奶,然后抱着轻轻拍打着后背,让他打了个奶嗝出来,才笑着放到床上。

赵嬷嬷这才笑道:"今日夫人怕是让他们都刮目相看了。"

沈锦轻轻咬了一下东东的小手才说道:"他们就是喜欢把事情想得太复杂呢。"

赵嬷嬷说道:"谁说不是呢。"这段时间这些人对沈锦的忽视,让赵嬷嬷格外不舒服,不过见沈锦不骄不躁的样子,心中倒是更加骄傲。

"也不知道夫君现在在哪里。"沈锦按着东东一鼓一鼓的小肚子,东东"啊啊"地叫了起来,然后踢着小脚丫。

沈锦赶紧把儿子抱到怀里:"其实我觉得有些奇怪。"

赵嬷嬷看向沈锦,问道:"夫人觉得哪里不对吗?"

"诚帝让人从京中送旨到边城,路上快马加鞭也要走十数日,边城这边再派兵过去,最少需要五日准备,边城到蜀中也要数十日。"沈锦皱眉说道,"诚帝是真的想救二皇子吗?"

赵嬷嬷听沈锦这么一说,心中也觉得奇怪,二皇子是诚帝嫡子……

她刚才没有提出这点,因为觉得解释不通,说诚帝不在乎二皇子吗?也不是。为了二皇子可谓付出了不少。

"莫非是觉得边城的士兵更英勇善战一些?"

"诚帝不会这样觉得。"沈锦很肯定地说道。在诚帝眼中,最好的士兵应该是他的亲兵。

"而且诚帝知道蜀中的事情有英王一脉的推动,若是夫君真的派了将领去,你觉得边城将领会为了顾忌二皇子,而束手束脚吗?或者说为了二皇子一人,让数千士兵被坑杀?"

"绝对不会。"赵嬷嬷很肯定地说道。

沈锦点头:"所以我觉得很奇怪。"

赵嬷嬷也皱起了眉头,说道:"老奴去与赵管家说说。"

沈锦道:"提个醒就好。我觉得蜀中肯定是个阴谋!所以我们不沾就好了。"

赵嬷嬷闻言松了一口气,笑道:"还是夫人聪明。"

任诚帝有再多的阴谋诡计,他们就是不过去,谁又奈何得了他们?

赵嬷嬷吩咐了安平和安宁好好伺候沈锦后,就去找了赵管家,把这些事情说了一遍。赵管家闻言皱了下眉头,送赵嬷嬷出去后,当即去找了王总管他们,几个人商量了一番后,最后决定就按照沈锦所言按兵不动了。

瑞王府中,沈琦坐完了月子,就回到了永乐侯府。而永乐侯世子如今从蜀中回来了,在家待了一天后,专门带着沈琦和女儿过来。瑞王看着瘦黑了不少的女婿说道:"回来就好,以后可别冒这个险了。"

永乐侯世子说道:"岳父说得是。"他第一次知道死亡是那么容易的事情。

"二皇子到底是怎么被擒的?"瑞王妃柔声问道,"他身边那么多人,怎么会忽然……"

说到这里,永乐侯世子面色有些尴尬了。朝堂上送的折子都是修饰过的,实在是二皇子被擒的事情有些难以启齿,他们也都没敢在信里说明。

"到蜀中后,那里的官员为了保住官职减轻责任,就送了不少美女。"

沈琦挑眉看了永乐侯世子一眼,永乐侯世子有些尴尬地咳嗽了一声:"其中几个绝色自然是被送到了众皇子身边,二皇子得了一对姐妹花……也不知道那对姐妹花怎么说动了二皇子,带着她们又带了不少士兵,就私自去追击那些反民……"

然后落进了别人的圈套,最终使得天启朝惨败。

永乐侯世子说道:"我听了三妹夫的话,果然路上除了我之外,还有些别的世家子弟不愿意冒头,遇事了就往后躲还不说话。渐渐地,我们就聚到了一起,不过除了我们之外,还有不少人聚集在了几位皇子的身边。"死的那个伯爵世子就是这样的一个人。

"二皇子被俘后,你们见过吗?"瑞王妃忽然问道。

永乐侯世子摇了摇头说道:"那倒没有,这件事是交给了其他两位皇子的,毕竟涉及二皇子,我们都不敢往前凑。"

瑞王满脸赞同地说道:"这就对了。你这段时间就不要出门了,待在府中比较好。"

"是。"永乐侯世子说道。

瑞王妃又问道:"一次都没见过?"

"我是没见过。"永乐侯世子不敢保证地回道,"都是高昌和反民交涉的,然后与两位皇子商议。"

瑞王妃皱眉没有说话。瑞王问道："可是有什么不对?"

"王爷不是与我说,陛下已经下旨让三女婿那边出兵到蜀中去平乱和解决二皇子了吗?"瑞王妃微微垂眸说道。

"是啊。"瑞王道。

瑞王妃说道："那万一二皇子已经受伤了呢? 到时候三女婿的人就算是把二皇子救了出来……"这话倒是没有说完。

瑞王也明白了,问道："那如何是好?"

瑞王妃道："所以我想问问,若是真的有什么不对,给三女婿提个醒也好。"

永乐侯世子忽然说道："若是真说有什么不对,就是在永盛伯世子和那八千士兵死的那日……"因为他也不确定,所以说得有些犹豫："半夜三更了吧,高昌忽然派人请了两位皇子去书房,也不知道讨论什么,到了第二天,他们脸色都不太好看。"

瑞王说道："怕是在商量怎么和陛下交代。"

第三十章
计划落空

瑞王妃当初与沈锦说会让娘家人到边城，并非一句空话。

瑞王妃出身赵家，她被指给瑞王后没多久，瑞王妃的父亲就辞官归乡了。如今在京城的赵家也没剩下多少人，不过送个消息还是没有妨碍的。瑞王妃让人把永乐侯世子说的话传回了楚原，此时的赵家子弟已经收拾得差不多，本想过完中秋再离家去边城，可是得了消息后，赵家如今的家主直接安排他们在十日之内出发。

其实说到底，赵家也算是先帝留给太子的。能在诚帝手下保存下来的原因，除了赵家的嫡女嫁给了瑞王外，还有赵家这些人在诚帝抽出手收拾他们之前，都一个个辞官了，子弟至今都没有出仕。

"我这一辈子，最对不起的就是媛儿。"瑞王妃的父亲赵儒提起女儿总有些失落。

赵儒的大儿子、瑞王妃的兄长赵岐说道："是我们对不起妹妹。"

当初诚帝登基，太子一脉几乎被赶尽杀绝，赵儒在太后刚露出想为瑞王迎娶赵家嫡女意思的时候，就答应了下来。那时候诚帝也要稳定朝堂上还存活的大臣的心，对赵家这拨早早投诚的还不错，却不知道那时候赵家一边敷衍他，一边却暗中救了不少当初太子的人，就是太子次子最后能逃离京城，都有赵家人的帮助。

赵儒觉得自己这辈子对得起先帝，对得起太子，唯一亏待的却是女儿。瑞王那般的人品根本配不上他的女儿。

赵岐看向了弟弟赵端，说道："富贵险中求。你这次带着赵家子弟去边城，万万要约束好他们，知道吗？"

赵端应道："是。"

赵儒想到女儿出嫁前,他与女儿的交谈,他们潜伏至今终于等到了这天。

赵端问道:"父亲,蜀中到底是什么情况?"

赵儒思索了一下才说道:"其实有件事,我也不确定与诚帝此举有没有关系。"

赵岐和赵端都看向了赵儒,赵儒说道:"蜀中据说有前朝宝藏。"

"不可能吧?"赵岐看向赵儒,问道:"父亲,这件事我们怎么不知道?"

赵儒道:"当初我帮先帝整理过一些早年的记载,上面曾经写过,太祖皇帝曾七次派人去蜀中。为的是什么并没有写明白,不过有人猜测为的就是前朝宝藏。在太祖带人攻入皇城的时候,前朝皇帝已经带人逃走了,还带走了大批的金银珠宝,而最后抓获末帝的时候,他身边并没找到那些理应随带的东西。经过推测,最有可能的是藏在蜀中附近。"

赵端满脸惊讶。赵儒说道:"不过消息真假不得而知。在太祖后,也有皇帝派人去过,可是都是一无所获。渐渐地,这件事就没人再提起了。那时我看到了太祖皇帝派人去蜀中这样的记载,心中好奇,倒是查了不少资料,才知道了这些。"

"若真是如此,那诚帝怎么会下旨命永宁侯派兵过去呢?"赵岐问道。

赵儒一时也猜不到诚帝的打算,说道:"这件事,你到了边城后,就全部与永宁侯说一遍。"

"是。"赵端说道。

赵岐问道:"父亲,你觉得永宁侯会派兵去蜀中救二皇子吗?"

赵儒眼睛眯了一下才冷笑道:"不会。"

"这不就是抗旨不遵?"赵岐皱了下眉头,说道,"现在这个时候,这般不好吧?"

赵儒摇了摇头没有说什么,倒是赵端忽然说道:"父亲,儿子总觉得那个宝藏的事情有蹊跷,更像是以讹传讹。"

"嗯。"赵儒看向小儿子,说道,"确实如此。当初太祖到底派人去做什么,并没有记载,而会这般猜测,也是因为前朝末帝奢侈成性。可是等太祖攻入皇城,不管是末帝内库还是国库,所余甚少。"

赵岐之子赵骏和赵端之子赵澈急匆匆过来了,先是行礼后,赵骏道:"祖父、父亲、二叔,刚才外面传了消息,诚帝派去边城的使者在禹城之中被一伙强盗给杀了。"

赵澈问道:"祖父,我们需不需要多带点人?"

"禹城?"赵儒眼睛眯了一下,说道,"不用。"

赵骏看向赵儒,赵儒却是一笑,看向了赵岐:"如此一来,你所担心的事情不就解决了?"

"不过为什么是禹城?"赵骏和赵端已经明白过来。这件事怕是与永宁侯有关。

赵儒看着两个孙子,说道:"都过来吧。"

"是。"两人这才起身到了赵儒的身边,赵儒手指蘸着茶水在红木桌上先是画了一个圈,说道:"闽中。"

赵儒又画了一个圈,说道:"边城。"

赵端一下子明白了。赵儒最后在两者之间画了一个圈,说道:"禹城。"

"可是这样一来,怕是诚帝也猜到了吧?"赵岐有些犹豫地问道。

赵儒反问道:"猜到又如何?"

赵岐愣了一下。赵端笑道:"哥,就算诚帝猜到了,难道就有证据说是永宁侯派人做的吗?就算有证据又如何?当初他就只敢用些娘们……"

话还没说完,就被赵儒一巴掌拍到了脑后:"若是你姐姐听到,看她怎么教训你!"

赵端马上认错,说道:"当初他就只敢用一些女人后宅都不用的手段来对付永宁侯,现在还有个英王一脉的威胁,他更不敢动永宁侯了。只是这件事和永宁侯以往的所作所为有些差别。"

赵儒这才点头说道:"嗯,想来不是永宁侯想出来的,太过直接了。"

"祖父,这样不好吗?"赵澈有些疑惑地问道。

赵儒笑道:"并非不好,就像是你与骏儿同样争一个东西,本来你们两个之间各有顾忌,所以你来我往都是用智谋去抢夺。可是骏儿的父亲忽然到了,骏儿就直接把东西夺了过来,目的都是一样的,就是其中的手段不一样。不过按照边城的情况,这般行事倒也妥当。"

赵澈和赵骏点了点头,好像明白了一些。

赵儒看着他们笑了一下:"边城有很多人才,到时候你们记得要虚心学习才是。"

"孙儿明白。"两个人都回答。

赵儒又交代了一些事情后,就打发他们走了,只留下了赵岐,说道:"你这几日抽空回京城一趟,去见见你妹妹。"

"是。"赵岐看向赵儒,说道,"需要我给妹妹带什么话吗?"

赵儒说道:"不需要,到京城后,你就听你妹妹的就好。"

赵岐心中并没有什么不满,应道:"是。"

此时,沈锦还不知道一大批帮手就要到来的事情。自从那日出了主意以后,每日早晨在议事厅,她就再没有办法像以往那样悠闲了,不管是王总管还是赵管家都喜欢找她拿主意。

沈锦正看着楚修远送回来的消息,说道:"哦,没发现什么异常。"

他们却没有说话,看着沈锦,沈锦也疑惑地和他们对视着,问道:"有事情吗?"

沈锦其实觉得不管是王总管还是赵管家,都有些不够干脆,喜欢玩你猜我猜,大家一起猜来猜去的游戏。

"夫人,可知道将军去哪里了?"王总管问道。

这段时日传来消息的都是楚修远,而且其中都没有提到楚修明。就算开始不确定,此时他们也确定了,怕是楚修明和楚修远分开了,但是楚修明至今都没有传回来任何消息,他们心中难免有些担心。

沈锦说道:"哦,夫君去办事了,不过去哪里了,不让我告诉别人。"

王总管和赵管家对视了一眼,两个人都有些哭笑不得。

沈锦接着说道:"你们放心吧,夫君会回来的,我和东东都在这里呢。"

怎么觉得夫人的意思,好像他们拿着夫人和小少爷来威胁将军似的。

沈锦道:"快到中秋了,记得让茹阳公主和驸马写封信回去,再准备点礼一并送往京城。"

这些是王总管的事情,他闻言应道:"是。"

沈锦想了下说道:"我记得那不是有一扇掐金的屏风吗?还有……"连着说了几样东西,都是沈锦不太喜欢的,东西很大看着华贵,却不适合他们,"除此之外,再让茹阳公主做点东西,给诚帝、太后和皇后。"

王总管一一应了下来。沈锦看着王总管说道:"这些东西我会让赵嬷嬷收拾出来给你。"

沈锦接着说道:"记得让茹阳公主的信中提到这里缺药材、粮草、辎重一类的,与蛮夷已经发生过几次摩擦一类的,记得意思稍微隐晦点,但是别让人看不懂。"

"是。"王总管明白了,说到底,沈锦就是要用这些边城无用的东西去换一些有用的回来。

沈锦见众人不说话了,就问道:"还有事吗?"

"并无他事。"赵管家说道。

沈锦点头:"那剩下的都交给你们处理了,我先回去了。"

众人站了起来,等沈锦离开后就重新坐下,然后开始处理边城的事务。沈锦回去后,就先喂了东东,然后换了一身衣服,说道:"对了,还有多久轮到沈熙休息?"

"还有两日。"赵嬷嬷算了一下说道。

边城这边的军营所有士兵每十日都有一日休息的时间,这日他们可以离开军营,回家或出去买东西都可以。

沈锦点了点头,心中思量了一下却没有说什么。

诚帝刚得知了使臣在禹城被杀的消息,咬牙说道:"怎么会这般凑巧?去召承恩公进宫。"

"是。"李福躬身应下,只是还没等他到门口,就听见诚帝让他"站着"。

诚帝想到了蜀中的事情,承恩公那边竟然先一步得到消息,可以说是皇后不放心儿子,所以专门让承恩公那边注意着蜀中的消息,但是私心太重。果然,母后说得对,为人母的总归要为自己的孩子多打算几分的。诚帝有些时候不禁去想,若是他与二皇子同时遇难,皇后只能救一人的话,会选择救谁?想来不会是他这个皇帝。

"去见母后。"诚帝思索了一下说道。

李福躬身应了下来,先让人去与太后说了一声,然后自己伺候着诚帝往太后宫中走去。

自从知道了英王世子的事情后,诚帝就时常去找太后请教一番,他现在谁都不敢相信,只能找太后商量。

诚帝到的时候,太后并没有在佛堂,而是在专门被开出来的一小块菜地那儿,见到诚帝就笑道:"我专门让人给你炖了汤。"

"儿子陪母后一并用饭。"诚帝笑着说道。

太后眉眼间都带着笑意,说道:"我种的菜有些已经成了,我让人摘些,到时候做了给你吃。"

"好。"诚帝陪着太后说了几句,就道:"母后,儿子有事情想要请教母后。"

太后应了一声,放下手中的东西,扶着甄嬷嬷的手起身往殿中走去:"你先用些汤,我去梳洗一下。"

"是。"很快就有人送了汤品来,诚帝尝了一口就知道是自己喜欢的,等一碗汤用完,太后也换了衣服出来。

太后看着诚帝,问道:"皇帝可是遇到什么为难的事情了?"

诚帝道:"朕派人前往边城送圣旨,让永宁侯派兵去蜀中平乱,不过使臣在禹城被杀。"

说到最后两个字,诚帝的眼神阴沉,带着浓浓的怒意。

太后说道:"甄嬷嬷,你先带人下去。"她看向诚帝,问道:"皇帝你怀疑是何人所为?"

"除了英王世子和楚修明外,还有谁敢这般大胆!"诚帝咬牙说道,"而且这件事明显就是楚修明派人做的。"

"皇帝可有证据?"太后倒是没有诚帝这么愤怒,反问道。

诚帝脸色更加难看:"无。"

太后道:"那皇帝如何得知是楚修明做的呢?"

诚帝看向太后。太后说道:"陛下,为何让永宁侯回边城,你可还记得?"

"可是……"诚帝有些犹豫地说道。

太后皱眉看向诚帝,说道:"不过皇帝为何会想让楚修明派兵去蜀中呢?"

诚帝没有开口。太后沉声说道:"这一来一回浪费的时间,皇帝你到底是怎么想的?"

"母后可知道前朝宝藏之事?"诚帝忽然问道。

太后皱眉问道:"怎么回事?"

"太祖带兵攻入京城的时候,前朝末帝已经带人……"诚帝缓缓地把事情说了一遍,"太祖曾多次派人去蜀中寻找……"

"你是怀疑蜀中真的有前朝宝藏?"太后看着诚帝,"那更不该让楚修明派兵去蜀中才对。"

诚帝眼睛眯了一下,说道:"朕怀疑英王世子已经找到了前朝宝藏的地点。"

太后脸上神色一慌,若真让英王世子拿到了前朝宝藏……

诚帝沉声说道:"若是真的话,那么英王世子一定派了重兵护着蜀中那块地声,否则朕的五万大军怎么可能……"想到接连吃的败仗,他并不认为那不足千人的愚民能做到这种地步。

太后没有说话,忽然问道:"这消息是怎么得来的?"

诚帝这才低声说道:"二皇子那日偷听到这个消息,后来又被高昌救了出来。"

"会这么简单?"太后有些不敢相信。

诚帝面色有些不好,说道:"就是永盛伯世子被杀的那日,高昌以永盛伯世子和八千士兵做饵,这才救出了人来。"

太后这才信了几分,诚帝接着说道:"都是暗中行事的,高昌专门送了剩下两位皇儿与其他世子回京的时候,这才把消息给带了回来。"

"二皇子呢?"太后问道。

诚帝说道:"还留在蜀中。"

太后犹豫了一下:"那你让楚修明派兵过去?"

诚帝点头:"朕想让永宁侯的那些兵马探探路,如今二皇子被救出来,想来英王世子在蜀中会更加戒备,此时见到楚修明的人马,自然会紧张……朕也派了亲信过去……"

其实说到底,诚帝就是想做那个得利的渔翁,楚修明为了边疆的安稳并不会派太多的人马,最多五千到一万,就算兵强马壮又如何? 和英王世子的兵马拼杀后,还能剩下多少人? 到时候高昌他们再趁机去找宝藏。

太后如今也明白了过来,问道:"莫不是永宁侯提前察觉了什么?"

"不可能。"诚帝道,"朕开始也不敢相信前朝宝藏的事情,毕竟就是先帝都没提过,还是蜀中那边消息送来后,朕又查了先祖那时候的史官留下的一些记载,这才敢确定的。"

太后皱着眉头没有说话。诚帝又道:"所以除了抗命外,朕想不出别的理由。"

"还有一个可能。"太后忽然说道,"皇帝,你说英王世子与蛮夷合作了,想要使得蛮夷成为助力,那就必须除掉永宁侯,又或者……"

"让朕和永宁侯嫌隙更深。"诚帝也冷静下来,想到了这里,皱眉说道,"而且说不定英王世子是害怕楚修明带兵过去抢夺前朝宝藏……"

边城中,赵嬷嬷正趁着日头好和沈锦一并给东东洗澡,说道:"想来这几日诚帝就该知道禹城的消息了。"

"嗯。"沈锦一手托着东东的头一手托着他的小屁股，还时不时做个鬼脸来逗东东，赵嬷嬷小心翼翼地用细棉布沾了水给东东洗头。

赵嬷嬷问道："夫人觉得诚帝会如何？"

"会生气吧。"沈锦想了一下说道。

"那如果诚帝再下旨呢？"赵嬷嬷觉得诚帝不是个会死心的人。

沈锦道："就说夫君带兵在外，边城没有做主的人。"

赵嬷嬷想了一下说道："怕是到时候会求见茹阳公主吧？"

"那就告诉他们驸马是一起去的。"沈锦毫不犹豫地说道，"见公主？公主身份尊贵，不是什么人都能见的，不给见就好了。"

赵嬷嬷闻言笑道："也是，反正现在诚帝根本对边城这边没有办法。"

沈锦点头。正是仗着这点，她才敢这般直接让人去禹城解决了那些使臣。不过是明白，就算被发现是边城这边派人做的，诚帝也无可奈何。现在是诚帝格外需要楚修明，就算没有诚帝，没有兵符，楚修明也能掌控边城周边的所有兵权。

而此时的沈锦根本不知道，因为前朝宝藏的事情，诚帝和太后已经疑神疑鬼，反而没有把禹城的事情联系到他们身上。

当诚帝和太后联手想要瞒着一件事的时候，就是边城这边也难得到什么消息，所以当赵家子弟赶来，带来了这些消息的时候，沈锦反而有些呆愣了。

"舅舅，你的意思是蜀中可能有前朝宝藏？"沈锦看着赵端问道。

赵端是瑞王妃的弟弟，按照身份倒是担得起沈锦这一声"舅舅"，不仅沈锦愣住了，就是王总管和赵管家两个人也都愣了，又听了永乐侯世子发现的异常，心中总有些微妙的感觉。

赵端闻言说道："只是有这般传言。"他又把赵儒当初说的那些事情都告诉了沈锦。

王总管和赵管家心中已经信了几分。赵嬷嬷皱眉看向了沈锦，沈锦问道："那前朝末帝是被人在蜀中抓获的？"

"并非如此。"赵端解释道，"不过因为末帝逃亡的沿途，蜀中是最有可能藏东西的。"

沈锦问道："为什么觉得是前朝宝藏呢，而不是太祖皇帝去找别的东西？"

"因为宫中不管是内库还是国库都很空虚，末帝是性喜奢侈。"赵端解释道。

沈锦点了点头,也不知道是不是接受了这个解释,反而看向了赵骏和赵澈,笑道:"不知道这两位表弟,舅舅有什么安排吗?"

赵骏和赵澈其实心中有些不舒服,因为他们赵家一族虽是来投靠的,可是永宁侯却到现在都没有露面。赵端笑道:"永宁侯安排就好。"

"哦,夫君不在啊。"沈锦看向赵端说道,"舅舅不知道吗?"

赵端有些无奈地看着沈锦。又没有人告诉他,他怎么会知道?而且他带着族中子弟来的时候,一进边城,边城百姓都是带着防备的眼神看着他们,如果不是有将军府的人来接,怕是那些人就不光是看看了。

"岳文没有告诉舅舅啊。"沈锦看着赵端的表情,有些不好意思地笑了笑,"岳文就是不爱说话,不过若是夫君在的话,一定会亲自去迎舅舅的。"

不管是赵端还是赵骏他们,此时心中都舒畅了许多。沈锦笑着说道:"对了,修远也不在,沈熙现在在军营训练,因为夫君说不给特殊待遇,所以今天他还不到休息日,也没办法出来见舅舅。"

赵端闻言不仅没有不喜,反而觉得永宁侯治军严谨,这样的话,他们的胜算就更多了一些:"自当如此。"

沈锦笑道:"东东现在在睡觉,晚些时候醒了就抱来给舅舅和表弟们玩。"

东东?赵端愣了一下就想到了,怕就是永宁侯的嫡长子。抱来给他们玩?赵骏和赵澈对视一眼,总觉得这个表姐有些不够可靠的样子。

王总管和赵管家哭笑不得,可是见到赵端他们放松了不少,姿态也自在了许多,都默默地不说话了。

沈锦点头:"特别好玩,他现在都会翻身了。"沈锦先是炫耀了一下自己的儿子,接着说道:"舅舅对赵家子弟有什么安排?"

赵端笑了起来,他现在的笑容多了几分真切,说道:"入乡随俗。既然我带他们来了,就该照着边城的规矩来。"

沈锦想了想,说道:"那想要从武的,就和沈熙一起到军营跟着训练;想要从文的话就跟着王总管好了,到时候再安排。"

赵端点头,其实这般安排很合理,不管是做什么事情,若是丝毫不了解,反而容易出事。沈锦这样的安排,想来是永宁侯准备重用赵家子弟的。沈锦又说道:"舅舅的话,就跟着赵管家,过段时间一并去接手禹城事务。"

禹城?赵端看向了沈锦,沈锦说道:"哦,夫君觉得禹城有一窝凶匪太过危险了,想想还是先剿灭了吧。"

沈锦很自然地把这些事情安在楚修明的身上,因为太过血雨腥风了,她还是当个娇养的小娘子比较好。

王总管看了一眼站在沈锦身边、脸色丝毫没有变化的赵嬷嬷,再看看沈锦一脸真诚的样子,好像就连那小酒窝都显得格外无辜。

赵端心中一喜,说道:"自然是愿意的。"

沈锦点了点头,笑道:"舅舅和表弟们住的地方,就在将军府的旁边,若是缺了什么就只管与赵管家说就是了。"

赵端笑道:"那我就不客气了。"

沈锦点头,忽然说道:"其实我觉得那个宝藏是假的。"

众人一时都没反应过来,沈锦说道:"谁逃跑的时候会带那么多金银珠宝?就算带了怎么还会这么悠闲地找个地方去藏起来,还不是顺路藏的?"

不知为何听沈锦这么一说,众人也觉得不太可能。

沈锦端着蜜水喝了一口,看着众人问道:"难道你们觉得是真的?"

王总管和赵管家不说话了,赵端道:"我也怀疑过。"

沈锦道:"其实最重要的一点,末帝根本没有时间把那些东西藏得太仔细,太祖皇帝这么久都找不到,起码是要修建了不短时间才会如此。他逃命还来不及,哪里有人手和时间去修建?"

赵嬷嬷闻言笑道:"夫人说得对。"

沈锦眯着眼睛笑了起来:"说不定太祖皇帝只是去找人或者有事,但是因为没找到,所以就没有记载而已。否则真的有前朝宝藏的话,太祖怎么也要给后人留点线索啊。"天启朝这么久,也就出了诚帝一人而已,并且诚帝登上皇位的手段并不光明正大。

赵骏和赵澈对视一眼,赵澈道:"我觉得表姐说得在理啊。"

"只是为什么会有这么多人相信?"赵骏皱眉问道。

"钱财使人心动。更何况前朝历经七世,又攒了多少好东西。"赵管家沉声说道,"在这样的诱惑面前,恐怕很多人都失去了理智,根本没去仔细想这些事情。"

"可是那些前朝的珠宝去哪里了？"赵澈想了一下，说道，"想来应该少了许多，否则也不会这般地谣传下来。"

"我也不知道，可能被末帝花光了。"沈锦想了想道，"就算前人攒下再多的钱财，也经不住败家子的祸害啊。"

赵端也道："而且前朝末帝上面的两个皇帝也不是什么明主。"

王总管冷笑道："不仅如此，末帝宠信奸佞，那些人也没少从国库和内库偷取东西，反正末帝也不管这些。"

其实就像是沈锦说的，再多的家业也经不起这般的祸害。赵管家道："而且在太祖皇帝攻进皇城之前，末帝已经带着一些大臣、妃子逃离了，那些被留下的宫女、太监甚至一些侍卫大臣，他们怕是也要去抢夺一些的。"

这样下来，就算金山银海也要被拿光了，所以太祖皇帝没拿到什么也就是理所当然了。

沈锦见众人你一言我一语地把事情说了出来，她捧着蜜水喝了几口，忽然说道："咦，你们说诚帝至今没有因为禹城的意外做出什么事情，会不会是因为相信了宝藏的事情？"

被沈锦这么一说，众人都愣住了。沈锦说道："难道诚帝从蜀中知道这件事，怀疑英王世子得到了宝藏？然后派夫君过去，想让英王世子对付夫君？可是没了夫君，谁来镇守天启朝边疆啊？"

"诚帝不会等着英王世子和夫君同归于尽吧？"

赵管家和王总管对视一眼，赵端一向淡定的神色都有些扭曲了。

"哦，也说不定诚帝是想等着夫君和英王世子的人交战。夫君不知道宝藏的事情，可是诚帝知道，但英王世子知不知道呢？不会是英王世子故意让诚帝得知这个消息吧？"沈锦捏了块糕点，吃了下去以后，看向了赵端他们："然后诚帝上当了？若是诚帝是以为夫君不知道宝藏，但是英王世子和他是知道宝藏的，夫君派人过去的时候，英王世子为了保住宝藏一定会狗急跳墙的……"

"不管是夫君带兵去了还是夫君派的人去了，英王世子自然会竭力抵抗。"沈锦想了想说道，"所以诚帝想要夫君过去，因为他想要宝藏，但是又不想和英王世子正面对上。"

众人觉得沈锦的话，让他们有些难以相信，可偏偏又觉得沈锦说出来的事情，按照诚帝以往的想法和所作所为，还真是有可能。

"那二皇子呢?"赵骏是最没办法接受的。

赵端面色沉了下来,说道:"不是死了就是已经被救出来了。"

沈锦没有说话。赵管家问道:"夫人觉得呢?"

"啊?"沈锦明显有些心不在焉,所以一时没有反应过来。

赵管家又把问题重复了一遍,问道:"夫人还有什么想法吗?"

沈锦道:"东东该醒了吧。"

赵嬷嬷闻言笑道:"那老奴去看看?"

沈锦摇头说道:"不用了。若是东东醒了,安宁她们会抱过来的。可是英王世子又想做什么呢?"英王世子的打算沈锦是真猜不出来了,她猜诚帝那么准,是因为有当初的许侧妃来当对照,而英王世子那边却是没有的。

王总管眼睛眯了一下,说道:"怕是下一步就该有前朝余孽出来了。"

如果真是这样的,也就让他们明白了,为什么诚帝至今没有追究使臣的原因了。

瑞王府中,楚修明正和瑞王妃隔案而坐,瑞王妃的身边还坐着赵岐,见到楚修明的时候,赵岐都愣住了。任他再怎么想也想不到本该在边城的永宁侯竟然在京城之中,而且还在瑞王府中。

赵岐问道:"不知那位可好?"

楚修明点了下头,赵岐松了口气也不再问。若是没有那位,他们所有的谋算和努力都是一场空了。永宁侯应该把人留在边城好好护着,任赵岐再猜也猜不到,楚修明根本不像是他想的那样把人严严实实护起来,反而直接把人扔到了战场上去。

赵岐想了一下就把赵儒来之前说的话,与瑞王妃和楚修明说了一遍,瑞王妃眉头一皱,问道:"莫非诚帝是信了?"

赵岐道:"宁可信其有不可信其无,万一被别人拿到了又该如何?"

楚修明也明白赵岐话里的意思,眼睛眯了一下,想了最近打听到的事情,心中冷笑,怕是诚帝还觉得自己出了高招,却不想还有赵儒这样的一个人在京城之外的地方窝着,恐怕很多连诚帝都不知道的事情,赵儒都是一清二楚的。

"不好,永宁侯在京城,那么边城之中……毕竟那位年纪尚小,万一从我弟弟那得知了这件事……"赵岐脸色大变,但楚修明、瑞王妃都面色如常。

楚修明安慰道："放心吧，边城之中并非那位主事。"

"啊?"赵岐满脸疑惑地看着楚修明。

瑞王妃温言道："如今边城的事务是交给永宁侯夫人，也就是我三女儿。"

赵岐看了看瑞王妃又看向了楚修明。楚修明说道："那位带兵重新布防了，毕竟布防图京城中有一份。"

"那宝藏的事情……"赵岐还是担心，万一弟弟劝不住，那边的永宁侯夫人会直接派人去蜀中寻那莫须有的宝藏。

楚修明道："夫人并不喜欢金银之类的。"就是因为是金银珠宝，他才一点都不担心，只要不会被这些迷了眼，就不会上当。

瑞王妃坐在一旁并没有开口。说到底，英王世子弄出宝藏的事情，不过就是为了引诱诚帝的，可是如此却又有什么好处?

楚修明沉思了一下，说道："怕是过不了多久，就该有蜀中有前朝余孽的消息了。"

瑞王妃眯了眯眼："莫非他是打着……"

楚修明笑着点了点头。赵岐在一旁，总觉得自己有些多余。

边城的议事厅中，睡醒了的东东被安宁送了过来，此时正在沈锦的怀里。王总管说道："等前朝余孽的消息传出后，那么再加上前期铺垫的前朝宝藏之事，怕是诚帝肯定会相信。到时候，诚帝不管是为了绞杀余孽还是为了宝藏，都会派重兵过去，不仅如此，所有的视线都会集中在蜀中。"

赵管家沉思了一下，说道："那么就说明蜀中并不是英王世子的大本营?"

赵端沉思了一下，说道："那会在哪里?"

沈锦正在低头和东东玩，等注意到众人都看向她的时候愣了愣，然后抬头看向众人："我也不知道啊。"

"夫人觉得会在哪里?"赵管家心中已经隐隐有了猜测。

沈锦捏了捏儿子的肥手，想了想，说道："要是我的话，会选江南那边。"

赵管家眼睛眯了一下，和王总管对视一眼，他们其实也猜在江南，没想到沈锦一下就说了江南。

赵澈皱眉问道："为什么会是江南?"

"因为那边富庶。"沈锦道。这是一个很实际的问题,不管是养兵还是造反,都需要钱,还不是小数。楚修明这边可以名正言顺地做这些,比如管朝廷要辎重,开设互市,甚至去打劫那些蛮夷,可是英王世子不能。那么他必须有个弄钱的方法,还不能引人注意,所以江南那边比较适合。

"而且离蜀中比较远。"

其实沈锦想的就是这么简单,那边有钱,离蜀中远,所以英王世子可能会在那里。

而赵管家他们是从各方面和线索推测出了是在江南的。

瑞王府中,赵岐问道:"妹妹,你们打什么哑谜呢?"

瑞王妃看向赵岐,微微一笑,说道:"不过是在猜测英王世子到底藏在哪里。"

"想来不会是蜀中附近。"赵岐闻言说道。

瑞王妃点头:"虽然说最危险的地方就是最安全的地方,可是按照英王世子的性子却不会如此。"

"诚帝可不会想那么多。"楚修明道,"'最危险的地方就是最安全的地方'这点,只能对聪明人。"

赵岐闻言愣了愣,点了下头:"不知永宁侯这时候来京中是什么打算?"

楚修明道:"找一样东西。"

赵岐问道:"有我可以帮忙的吗?"

楚修明摇头。赵岐明白了,想来这件事需要的是瑞王妃的帮助。想到父亲叫他来的目的,他看向瑞王妃,说道:"妹妹,父亲说让我来这里找你。"

瑞王妃问道:"父亲可有什么吩咐?"

"父亲让我听你的。"赵岐说道。

瑞王妃眼睛眯了一下,也明白了父亲的意思。想来是父亲感觉到如今情况不对,若是边城那边真有什么事情发生的话,会牵累到他们身上。瑞王虽然是诚帝的弟弟,可是这个弟弟的处境并不够安稳。她抿了抿唇,说道:"我知道了,你想办法联系一些人,让他们上书请诚帝立太子。"

说完,瑞王妃看向了楚修明:"我后日会和王爷一并进宫去见太后。"

楚修明应道:"好。"

　　两个人都是聪明人,剩下的不用说都明白了,瑞王和瑞王妃去见太后,而楚修明需要混进皇宫,目的也是太后的寝宫。

　　等商量完了,楚修明和赵岐就离开了。瑞王妃回到正院的时候,就看见瑞王正在屋里等着她。

　　"王妃去哪里了?"

　　瑞王妃闻言笑了一下,说道:"我去花园里面转了转,孩子们都离开了,总觉得有些安静了呢。"

　　瑞王看见王妃发间的桂花,叹了口气说道:"是啊,总觉得孩子们一下子都大了。"

　　瑞王妃应了一声,坐在了瑞王的身边,瑞王闻到了淡淡的桂花香。瑞王妃微微垂眸,说道:"王爷,你想过我们以后怎么办吗?"

　　"嗯?"瑞王有些心不在焉地应了一声。

　　瑞王妃说道:"当初的事情……若是英王一脉真的兵临城下了,王爷觉得陛下会做什么?"

　　瑞王愣了一下才反应过来,那时候太子带兵和英王厮杀,而诚帝就是趁着这个时候,和承恩公以及一些人……然后等太子好不容易打败了英王,没有戒备的时候,诚帝……这些事情其实瑞王只知道个大概,却清楚诚帝的这个皇位不过是仗着太子对几个弟弟没有防备,又一心想要击退英王,护着京中的众人才得到的。

　　瑞王妃缓缓说道:"你说那时候陛下会不会怀疑王爷,先下手为强了?"

　　"先下手为强"这句话一出,瑞王脸色一变,咽了咽口水,说道:"应该不会吧? 我可是他亲弟弟,还有母后……"

　　瑞王越说越不敢肯定了,瑞王妃面上带着几分担忧和难受:"不过无碍的,反正儿子们都被送出去了,不管发生了什么事情,我都会陪着王爷的。"

　　瑞王这么一听,反而更加不安了。

　　"可是陛下至今没有立太子,是不是因为害怕太子……太子还是陛下的亲儿子,而我不过是个弟弟……"瑞王站起身来在屋里转来转去的,嘟嘟囔囔个不停,然后看向瑞王妃,问道:"王妃是怎么想的?"

　　"妾不知。"瑞王妃看着瑞王。

　　瑞王咬牙说道:"我去见母后。"

"可是王爷见太后要如何说呢?"瑞王妃有些怅然地说道,"太后毕竟也是陛下的母亲。"

瑞王有些颓废地坐在了位子上,问道:"那王妃觉得本王该怎么办啊?"

瑞王妃缓缓叹了口气,说道:"明日我兄长就要到了,不如到时候请兄长过府问上一问吧。"

瑞王有些疑惑地看着瑞王妃。瑞王妃抿唇说道:"琦儿生女,我写信给父亲,父亲就派了大哥来,不过因为蜀中的情况,所以多做了一些准备。"

"对对,我派人去城门口接。"瑞王赶紧说道。

瑞王妃瞪了瑞王一眼,说道:"王爷这是要把我兄长架在火上吗?"

瑞王闻言没有明白,瑞王妃道:"王爷也知道,陛下对我父兄……因为我嫁与王爷,为免陛下多想,父兄族人皆辞官离京,若不是琦儿生女,怕是他们也不会来京中呢。王爷这般大张旗鼓的,让陛下知道如何去想?"

"是我考虑不周。"瑞王开口道。

瑞王妃笑了一下,没再说什么。

因为赵岐的到来,瑞王倒是在府中专门等着了,瑞王妃也专门收拾了一个小院子,让赵岐可以暂时住在这里。

赵岐像是刚从外面赶来一样,鞋上和衣摆都带着尘土,整个人看着也有些劳累,说道:"王爷。"

瑞王赶紧让人端茶倒水,请了赵岐坐下,说道:"大哥怎么这般客套。"

瑞王妃也说道:"大哥,叫他'妹夫'就好了。"

"是的。"

赵岐点头说道:"我有几句话想与妹夫、妹妹说。"

瑞王妃皱眉问道:"大哥,要不要先梳洗一番再说?"

"很重要。"赵岐一脸严肃地说道。

瑞王闻言说道:"那屋中伺候的都退下,守好门窗。"

"是。"

等人都退下后,赵岐才看向瑞王,说道:"妹夫,你可知二皇子的事情?"

"知道。"瑞王道,"可是蜀中又有什么变动?"

赵岐叹了口气,面上露出了担忧,低声问道:"妹夫可知道陛下让永宁侯派兵去蜀中,为的是何事?"

瑞王摇头。赵岐接着说道:"朝廷的使臣在禹城被杀,妹夫可知是何人所为?"

"不是强盗吗?"瑞王问道。

赵岐心中叹息,面上却是凝重地摇了摇头:"不过是对外的说法,我父亲因为知道这些事情后,觉得不太对,专门派人去打探了,禹城之事怕是英王世子所为。"

瑞王皱眉问道:"图的是什么?"

"不过是为了不让永宁侯派兵去蜀中,因为他在蜀中发现了前朝宝藏。"最后四个字,赵岐说得很轻,像是怕惊扰到什么一样。

瑞王惊讶地瞪大了眼睛,就连呼气都重了几分:"前朝宝藏? 这是怎么回事?"

赵岐摇头说道:"更多的已经打听不出来了,不过……"像是有些犹豫。

瑞王妃说道:"大哥,王爷并不是外人。"

瑞王点头:"直说就好。"

赵岐皱着眉头,低声说道:"妹夫,陛下是把所有的皇子和世家子都叫回京了吧?"

"是啊。"瑞王很肯定地说道。

赵岐这才说道:"那为什么我们派去蜀中的人说高昌一直在招待一个贵客,而那个贵客根本没有露面?"

瑞王愣住了,瑞王妃惊呼一声:"莫非二皇子已经被救出来了?"

赵岐摇了摇头,瑞王的脸色变了变。瑞王妃皱眉问道:"可是如此的话,陛下为何还要让修明派兵去蜀中呢? 而且二皇子为何不露面?"

"所以不管是父亲还是我都觉得奇怪,还是父亲想到有史记载当初太祖皇帝多次派人去蜀中这件事,还有那个前朝宝藏的传闻。"赵岐什么结论都没有说,不过是引着瑞王朝着他们想要的方向去想。

瑞王的脸色一白。见火候差不多了,瑞王妃就道:"大哥,你也累了,我让丫鬟带你下去休息吧。"

"好。"赵岐这次没有推辞说道,"父亲这次让我过来,除了因为外甥女产女这事情,还让我与妹夫提个醒,早做准备比较好,毕竟……"剩下的话没有再说。

瑞王妃让翠喜进来带了赵岐离开,亲手给瑞王倒了杯茶,说道:"王爷,您说陛下到底是怎么个想法?"

瑞王道:"陛下这是防着我呢,怕是陛下也知道了前朝宝藏的事情,说不定这就是当初英王世子放了二皇子提的条件。陛下糊涂啊!"

瑞王妃听得目瞪口呆,怎么也猜不到瑞王竟然联想到这个方向去了。莫非瑞王根本不信诚帝派人救出了二皇子?

"那英王世子为何还要派人去截杀了陛下的使臣呢?"

瑞王解释道:"怕是因为地动,使得前朝宝藏露出了线索。英王世子先得知了这件事,就有了反民这个噱头,为的不过是想办法运走那些宝藏。谁知道好运抓了二皇子,就和陛下做了交易,想要修明的命来换二皇子的命,陛下早就……可是陛下知道了前朝宝藏的事情后,就想要宝藏,所以并不在乎二皇子的命了,下旨想让修明派兵去打退英王世子,或者想要个两败俱伤,他好捡便宜……"

瑞王妃瞬间无语。瑞王还在低声说着自己的猜测:"英王世子怎么可能让宝藏落入别人之手,但又有些害怕楚修明,自然不能让楚修明得了圣旨到蜀中,就安排了人在禹城杀了使臣,这样一边阻止了楚修明到蜀中,一边可以让诚帝怀疑楚修明。"

"那高昌身边的贵客呢?"瑞王妃有些犹豫地问道。

瑞王低声说道:"怕是英王世子的人,要不怎么都没人见过?"

瑞王妃见瑞王竟然把整件事情这样连了起来,而且貌似在他心中,诚帝也不是那么可信的。虽然和他们安排的想法差了很多,但是最终的目的也算是达到了。

"二皇子可是陛下的嫡子啊。"瑞王妃小声说道。

瑞王咬牙说道:"为了皇……不行,京城太危险了,我必须走,要不不管是三女婿还是英王世子那边有动作,陛下第一件事一定是收拾我。"

瑞王妃看着瑞王,一脸诚恳地说道:"王爷,不管生死,妾都陪着你。"

"放心,本王一定不会让你们出事。"瑞王道,"本王现在就进宫求母后,咱们一并离京,你让琦儿也收拾收拾,把她和女婿都带走。"

"那二丫头那边?"瑞王妃有些犹豫地问道。

瑞王想了一下说道:"不管了,我们都自身难保了,让女婿也悠着点,永乐侯府的人,除了他们一家三口外,也都不能带,要不我们都走不了。"

"妾知道了。"瑞王妃道,"就说是妾的主意吧,若是没事了,等英王世子的事情都平息了,我们再回来,让二丫头记恨在我身上就好。"

"王妃……"瑞王满眼感动。

瑞王妃摇头笑道:"王爷,过两日再进宫吧,我们再等等消息。陛下现在一定因为禹城的事情怒火中烧,若是陛下不追究这件事了,怕是王爷的猜测就是真的;若是追究了,我们也看看是追究哪边的,毕竟就算王爷要带着我们离京,也要找个安全点的地方。"

瑞王点头:"对,也要找个安全点的地方。不如我们去楚原?"

楚原正是瑞王妃娘家所在的地方。瑞王妃闻言一笑:"我也想念父亲和母亲他们了,若是能去自是最好,只是怕陛下会不放心呢。"

瑞王一想也是,便问道:"那王妃觉得去哪里好?"

"妾只是觉得,王爷也别说封地,只说想出京走走比较好。"瑞王妃缓缓说道,"走了三年五载想来就没事了,我们再回来。"

瑞王想了想,点头应道:"也好,这般的话想来陛下更容易接受一些,不过要去哪里?江南那边如何?"

去江南? 现在还不确定英王世子到底是在哪里,去那边纯粹是找死好不好? 瑞王妃微微垂眸,说道:"妾想去闽中瞧瞧轩儿,轩儿的年纪也该说亲了。"

"那个地方能有什么名门闺秀?"瑞王也挺想大儿子的,不过还是觉得不该在闽中给沈轩说亲事。

瑞王妃眼神闪了闪,小声说道:"王爷,若是轩儿能在闽中站稳,对王爷来说也是件好事,起码……有个可以避一避的地方。"

瑞王想了想,点头说道:"还是王妃考虑得周全。"

"王爷不怪罪我胆小就好。"瑞王妃笑着说道。

瑞王说道:"我知道王妃都是为我着想,不过前朝宝藏……若是能得之一二……"

边城中,沈熙好不容易放假从军营出来,整个人都黑瘦了不少,瞧着健壮了许多,身上的稚气也磨去了许多。

赵端双手抓着沈熙的肩膀,上下打量了一番笑道:"好小伙,个子都快比舅舅高了。"

因为沈熙回来,沈锦特意让厨房做了烤全羊一类的东西,众人围在一起边吃边聊,气氛很好,就是赵骏和赵澈也从开始的不适应到现在的下手抓东西吃完全无障碍了。

沈熙回去换了一身衣服,伸手抱了抱东东,这才笑道:"舅舅,外祖父和大舅舅可还好?"

"都很好。"赵端笑着说道。

沈锦也笑着说道:"对了,又多了不少人和你一并去军营受苦。"

沈熙闻言笑道:"太好了,到时候表哥可别哭着回来。"

赵骏拍了沈熙一下,说道:"我怎么听说第一天训练,哭的是你呢?"

沈熙哀怨地看向沈锦,说道:"三姐,你怎么能连这个都和他们说,而且我可不是哭着要回来,不过是太累了,不是我想哭的!"

"哦。"沈锦先是应了一声,才说道,"原来你竟然哭过。"

赵骏也笑了起来:"我就随口一说。"

沈熙捂着脸不说话了,赵端也笑了起来,见他们几个表兄弟凑到一起说话,沈熙还与他们说了楚修远的事情,满脸羡慕:"他与我差不多大,就已经独立带兵了。"

沈锦用完了饭就先带着人走了,并没有打扰沈熙他们几个说话的意思,毕竟真说起来,沈熙和赵端他们才是真正的亲戚。

"对了,嬷嬷,"沈锦忽然问道,"这个赵家和太子妃有关系吗?"

赵嬷嬷道:"并无直接关系。太子妃出身百瑞赵家,若是真说起来,也是在太祖的时候,百瑞赵家和楚原赵家是一脉的,后来因为一些事情,就分开了。"

沈锦点了点头。那么这算是凑巧了吧。

瑞王和瑞王妃进宫去见了太后,谁也不知道瑞王到底怎么与太后说的,太后却应了下来,只是不让瑞王自己与诚帝开口,她想办法让瑞王离京。说到底,太后也是想要保全自己的两个儿子,而楚修明是怎么混进宫中的,这点连瑞王妃都不知道。只是早上的时候有人给翠喜送了信,只说让瑞王妃一切如常即可。

而瑞王妃并没有多问什么,毕竟有些事情知道得太多反而不好。

当前朝皇室的消息从蜀中流传开来的时候,只有诚帝大吃一惊,在朝堂上怒道:"胡言乱语!那些反民觉得宣扬自己是前朝皇室就能做出这般恶行了吗?还想分地而治?做梦!"

众多官员怒火中烧,如今天启历朝已经一百多年了,怎么可能还余留下什么前朝皇室血统？就算有也早就稀薄了，如今不过是打着这个旗号罢了，就像是当初太祖皇帝，不也说其母梦中见五爪金龙入腹中，次日发现有孕，三年后太祖方降吗？

"陛下，一定要剿灭这些反贼，他们大逆不道！"兵部尚书咬牙说道。

除了兵部尚书，其他的大臣也纷纷请命要剿灭这些反贼。

诚帝怒道："来人，宣……"

诚帝这次再不轻视那些人，也动了真火，选了不少一直被他打压的武将，让他们带兵去蜀中。

第三十一章
正面对峙

此时的楚修明正在兰妃宫中。兰妃把诚帝无意中透露出的消息都与他说了一遍,然后问道:"将军,何时才能给太子、太子妃报仇?"

楚修明看着兰妃,缓缓说道:"快了。"

兰妃这才点头,再也没有了诚帝面前的那种淡雅,反而神色扭曲,咬牙说道:"将军有什么事情就吩咐奴婢去做,宫中危险,将军还是早点离开比较好。"

楚修明也知道兰妃的意思,说道:"若是要有东西藏在太后宫中,你觉得会藏在哪里?"

兰妃皱眉想了一下,说道:"奴婢……"

"你也无须再自称'奴婢'了。"楚修明道。

兰妃闻言说道:"将军就让奴婢这般自称吧,也可以提醒奴婢永不忘记太子和太子妃之仇。"

楚修明看着兰妃的神色,缓缓点头。兰妃这才说道:"若是太后要藏东西,奴婢觉得可能是在小佛堂中,因为太后每日都要去那里诵佛。"

"若是别人藏的呢?"楚修明想了一下问道。

兰妃摇了摇头:"奴婢不知了,将军可是要找什么东西? 奴婢去帮将军找。"

"你不要冒这个险,如今能留在诚帝身边可信的就剩下你一人了。"那时候安排了众多钉子到皇宫,真正能存活下来的不足三成,其中还有些不知可信不可信的。

兰妃闻言道:"奴婢这条命本就是太子妃的,若是没有太子妃,奴婢一家早就死了,更不会有奴婢什么事。"

楚修明点了下头。他这次冒险进宫除了找东西外,也有和这几个人联系的意思。兰妃看向楚修明道："将军，谢谢你能信任奴婢。"

"以后你还是按兵不动，注意安全。"楚修明并不准备轻易动用兰妃这条线。

"是。"兰妃躬身说道。

楚修明看向兰妃，说道："保重。"

兰妃抿唇应了下来："奴婢能问一下，将军为何会信任奴婢呢？"

"因为你不可能有孕。"楚修明道。

兰妃一下子就明白了，笑着点了点头，没有再说什么。看着楚修明摸黑离开，微微垂眸，眼角有泪落下。当初她知道自己有孕后，其实挣扎过，最后才做了这样的选择。正巧皇后有心对付她，她就顺水推舟了，甚至加重了药量使得自己再也没有怀孕的可能。

一个女人有了孩子难免就会多出一些私心来，而太子妃于她全家有恩。兰妃知道自己能下得去一次手，却不定下得去第二次。所以她这辈子都不会要自己的孩子，更不会给害了太子妃的仇人生孩子。

边城中，睡得正香的沈锦被赵嬷嬷叫了起来。她灌了一碗蜜水，收拾好后就去了议事厅。赵管家等人都已经在了，赵端也坐在了王总管的身边。沈锦问道："可是有什么急事？"

"蜀中那些反民自称前朝皇室血统，又弄了些骗子把戏，使得不少百姓相信了他们有天助。"赵管家沉声说道。

沈锦皱了皱眉，并非因为这个消息，而是明明他们都讨论过这点，若只是如此万不会半夜把她给叫醒。赵管家说道："还有消息，查到了英王世子所在……"

"他动了？"沈锦问道。

赵管家回道："是。"

沈锦皱眉没有说什么，王总管道："晏城那边有异动。"

"哦。"沈锦应了下来，"你们有什么打算？"

"加强边城的防备，点狼烟召少将军回来。"赵管家道，"只要英王世子那边动了，想来那些蛮夷就该动了。"

沈锦问道："来得及吗？"

王总管说道："应该来得及。"其实如果楚修明或者楚修远其中一人留在边城，那么他们就不会点狼烟,毕竟这样容易打草惊蛇,最好的办法就是对那些蛮夷前后夹击。

沈锦想了一下说道:"还有别的办法吗?"

赵管家犹豫了一下才把办法说了,沈锦想了想,说道:"就按照这个办法吧,修远是带人重新布防的,若是弄完了自然会回来,如今怕是还在忙呢。"

王总管道:"那万一有危险呢?"

"不是还有你们在吗?"沈锦很理所当然地说道。

赵端第一次觉得,永宁侯会把沈锦留下来做主事的人并非只是因为这里有足够的文士武将,而是沈锦本身的能力。如果这个时候沈锦慌了,就算是赵管家他们再有能力,能做的也只是让沈锦待在将军府中,赶紧把楚修远召回来主持大局。

赵嬷嬷脸上带着笑容,赵管家闻言愣了一下也笑了起来,就是断了一臂的王总管脸上的神色都柔和了许多。

沈锦接着说道:"所以都按照计划来,反正他们也不知道夫君到底离没离开。"

沈锦的作息一直很好,她觉得事情已经解决,所以又有些昏昏欲睡了,听着赵管家的声音,眼睛都有些睁不开了。赵嬷嬷看着心疼得要命,狠狠瞪了赵管家几眼,赵管家这才停了下来:"其实这些都不太重要,夫人还是先回去休息吧,等我们商量好了,明日再与夫人说。"

"好的!"沈锦很快就答应了下来,"你们也早点休息。"

众人应了下来,沈锦就带着赵嬷嬷离开了,到了门口说道:"让厨房晚些时候给他们送点汤面一类的。"

赵嬷嬷道:"老奴记下了,夫人赶紧休息吧。"

沈锦点了点头,还是先去东东那边看了一下,索性留在了那里,搂着东东睡了。

等第二天醒来的时候,熬了一夜的赵端已经回房休息了,王总管倒是精神抖擞地带着赵家子弟去了茹阳公主那边,毕竟他们还需要她的亲笔信件和她做的东西。

沈锦知道后,直接叫了赵管家一并用早饭,然后赵管家把他们商定的事情与沈锦说了一遍,沈锦点了点头说道:"那今天去议事厅的时候,就这样安排吧。"

楚修明隐藏在皇宫之中,得到消息有些滞后,可就算是在边城的沈锦也没有想到英王世子会这么快就举兵造反。而英王世子自认为并非造反,他打着为先皇和太子复仇的旗帜,列举了诚帝数十条罪状。

其中第一条就是诚帝弑父杀兄。

说当初英王带兵进京是得了先帝密令进京救人的，可惜失败了，不仅先帝和太子被诚帝所害，就是他的父王英王都没能逃过诚帝之手。

此时边城的议事厅一阵沉默，谁也没有想到英王世子竟然会如此颠倒是非。

沈锦端着菊花茶喝了一口才说道："这个英王世子不好对付啊。"

真说起来英王世子心机阴沉，可不是诚帝能比的。英王世子公布的诚帝罪名，每一条都是点着诚帝的死穴，而且每一条都可以衍生出很多条，甚至有的用词模糊，引人联想，在不同人眼中的意思也是不同的，毕竟有些事情每个人了解的程度都不同。

"脸皮真厚啊。"沈锦感叹道。对付这种不要脸的，她还真不擅长。

关于永嘉三十七年的事情，沈锦所知道的，如果不是英王，再给诚帝点本事他也暗算不到太子。可是如今英王世子就差把自己说成忠肝义胆的小白菜了，还忍辱负重了这么久。

赵管家终于没忍住翻了个白眼，王总管更是眼角抽了一下，原来夫人口中的难对付就是脸皮厚。

赵嬷嬷笑了一下，给沈锦的杯中续满了菊花茶。沈锦说道："诚帝要面子，所以边城能发展成现在的样子，夫君才能平安至今，若是换成了英王世子，他才不会管什么民心大意，直接下旨让夫君回京就好。就算夫君最后还是不回去，可是在民心上恐怕就已经吃亏了。"

就算诚帝再多的不好，可是在更多的百姓心中诚帝才是正统，是皇帝，而楚修明抗旨不遵，难免是心中另有打算。

"而且换成了英王世子，你们觉得他还会给边城粮草吗？"

这话一出，众人也明白了，和诚帝不同，英王世子本就擅长军事，否则也不会和蛮夷合作，怕是打算先得了皇位，再把人给打跑，自然不会像诚帝这般畏忌。

"而且夫君一到京城，就算是在早朝，英王世子都敢喊侍卫来围杀夫君，夫君武功再高又有什么用？"

早朝的时候不管是文臣还是武将都不能带兵器。

众人的神情已经从惊讶变成了无奈，就听沈锦还在假设若现在的皇帝是英王世子会如何弄死将军的方法，而且现在已经从围殴到下毒又到暗杀了。

见沈锦停了下来，王总管赶紧说道："果然，不要脸的英王世子比较难以对付。"

"夫人觉得诚帝会怎么应对呢？"赵管家问道。

沈锦想了想，说道："要打口水仗了吧。"

王总管笑道："越心虚，他的声音就该越大。"

赵端皱了皱眉头才说道："诚帝最大的心虚，就是先帝和太子都死于他手。"

这话一出众人都沉默了，却不得不说确实如此。虽然英王当初带兵到了京城，却是被太子打败了，并没有做下弑君之事，他还没来得及。

沈锦看着众人沉重的神色，有些不解地问道："这些都是诚帝和英王世子的事情，你们这么担心干什么？"

众人面色都僵硬了一下，然后看向沈锦，沈锦也是疑惑地看着众人："你们难道不该去想怎么趁机得利吗？"

沈锦捧着杯子喝了几口，才接着说道："而且，不管我们想再多，诚帝和英王世子都不会听我们的啊。"

赵管家和沈锦相处得比较久一些，倒是习惯了沈锦的说话习惯，所以最先反应过来说道："夫人说得是。"

沈锦的话虽然听着直白，却也是在理的，不管他们怎么想，诚帝和英王世子都不会听，不仅如此，这两人的想法，往往出乎正常人的意料。

王总管问道："夫人觉得他们接下来会打嘴仗吗？"

沈锦点头。

赵管家想了想也说道："英王世子都忍了这么多年，为什么不等诚帝的兵马都集中到蜀中呢？"

赵端犹豫了一下说道："莫非发生了什么变故？"

王总管眼睛眯了眯，端着茶水喝了一口，问道："英王世子为什么没有选在江南？"

其实在沈锦说江南后，众人心中都觉得江南更有可能，毕竟有时候人的运道很奇妙，谁知道这次英王世子竟然没有选江南，莫非……

"在下倒是想到一个可能。"赵管家说道，"会不会和蜀中一样，只是一个幌子？"

"极有可能。"王总管咬牙说道。

赵端想了一下，问道："可是为何如此？"

"其实也有一种可能。"沈锦看了下正在思索的人，说道，"他本来就没有准备在江南举事啊。"

"可是夫人不是说在江南吗？"王总管说道。

沈锦一脸迷茫，明显不太记得自己说过什么了，还是赵嬷嬷趴在沈锦的耳边低声说了一下，她这才恍然大悟，说道："哦，我只是说若是我的话……可是英王世子又不是我。"

赵管家和王总管面面相觑，竟然不知道怎么反驳才好。沈锦接着说道："他没有选在江南不是更好吗？或者其实他把江南当成钱袋子，自然不希望那边被战火波及。"

这样也说得过去了，只是为什么英王世子这次会如此急切？

"不管是为什么，英王世子准备不周全的话，对我们来说都是好事。"王总管说道。

赵管家也是点头："现在需要防备的就是诚帝会不会下旨让将军带兵过去。"

沈锦说道："那我们就先上奏折说蛮夷异动好了。"

这也是个办法，但是却不够好。赵管家问道："若是诚帝说让忠毅侯接管边城的事情呢？"

王总管眼睛眯了一下，说道："那就麻烦忠毅侯病上一病或者受点伤了，蛮夷凶残，忠毅侯英勇抗敌，只是战场刀枪无眼。"

"那就给忠毅侯请功吧。"沈锦想了一下，说道，"毕竟忠毅侯是诚帝的女婿，他总不好不赏赐吧？"

沈锦并非觉得边城穷，而是觉得诚帝的便宜不占白不占，特别是在知道那些往事之后。

这些都是小事，所以王总管很快就应了下来，还赞了一句："夫人真是持家有道。"

沈锦笑了一下，带着几分得意的味道："其实我觉得英王世子会这么着急，说不定是因为他身体不行了。"

王总管说道："那么就看诚帝如何应对了，怕是诚帝会抓住英王和蛮夷合作的事情来回击。"

"还有英王世子说的先帝召英王入京这件事，英王世子根本拿不出证据。"赵管家眼睛眯了一下接道。

赵端想了想道："诚帝当皇帝这么久，很多人都以为当初是英王杀害了先帝和太子，诚帝又惯会做面子，每到先帝和太子的忌日都要做作一番，就是如今朝堂上很多后来的官员也都不知道这些真相了。"

"你们有没有想过，英王世子其实根本不需要理由？"沈锦道，"他只要抓着诚帝的把柄来说就好，根本无须理会诚帝的质问。"

众人沉默了。

沈锦接着说道："如果英王世子要些脸面，也不会打着先帝和英王世子的名号。所以他为什么要在意诚帝的质问呢？他只要让天下百姓和跟随他的士兵相信不就行了吗？"

赵管家想了想说道："确实如此。当初英王就是个不要脸面的人，若不是楚家抵抗住了蛮夷，说不得真让英王成功了，可是如今看来英王世子像是更针对诚帝。"

赵端点了下头说道："确实如此，而且每件事都把着了诚帝的命脉。"

王总管道："说不定正是因为英王世子的目标是皇位，和我们没有什么冲突？"

"也可能是英王世子单纯地看不上诚帝。"沈锦没有把事情想得那么复杂，"当初英王被太子打败，成王败寇，既然英王选择了这条路就做好了准备，所以才提前安排了世子。如果是太子继位，这也算是理所应当了。"

"外甥女的意思是，英王世子也算是英雄惜英雄，所以对诚帝用了这般卑鄙手段坐上皇位很不服气？"赵端闻言说道。

沈锦疑惑地看向了赵端，说道："不是啊，我的意思是英王世子只是怨恨为他人作嫁衣这样吃力不讨好的事情，就像是他觉得那皇位本该是他们一脉的，可是被诚帝玷污了。"

"感觉不太可能。"赵端犹豫了一下，说道，"若是真的如此就太过儿戏了吧？"

沈锦"哦"了一声："我就是随便说说。"

赵管家却道："其实在下觉得夫人所言很有可能。"

王总管想了想说道："我也觉得这样的理由太过儿戏了。"

"其实不管理由是什么，总归是对我们有利的。"赵管家道，"如今我们只要继续潜伏就好。"

王总管点头："万不可使得那位的事情被传出去，否则不管是诚帝还是英王世子，都不会放过我们的，毕竟真说起来，这对我们的威胁更大一些。"只要不曝光那位的事情，他们完全可以隔岸观火了。

赵管家准备了纸笔，说道："那么现在先列举一下英王世子和诚帝之间骂战的事情。"

"这个有用吗?"沈锦有些疑惑地问道。

王总管解释道:"可以根据这个来推测他们的计划,然后先发制人。"

沈锦其实还是有些不明白,不过此时却点了点头,就看王总管、赵管家和赵端你一言我一语讨论了起来。沈锦听了许久,发现他们都是一个人提出一条,然后三个人再一起反驳。她吃了两块糕点又喝了点菊花茶后,发现没自己什么事情,就到后宅顺便给东东喂了喂奶。东东见到沈锦格外兴奋,吃饱以后还手舞足蹈的。东东长得胖墩墩的,身上穿着红色绣金鲤的衣服,头上还戴着当初陈侧妃专门给他做的虎头帽。

赵嬷嬷等沈锦和东东玩了一会儿才说道:"夫人该回去了。"

沈锦应了一声:"好。"

交代好奶娘和安宁仔细照顾东东后,沈锦就起身离开了,谁知道刚才还很乖的东东见沈锦要离开,就开始"咿呀咿呀"叫个不停。

东东的声音娇娇嫩嫩的,此时听来格外让人不忍心。

沈锦看了看东东,又带着期盼看向了赵嬷嬷。东东眼睛都红了,含着泪没有落下来,对着赵嬷嬷"咿呀咿呀"叫个不停,然后一屁股坐在了毯子上,胖乎乎的胳膊冲着沈锦,小手还一抓一抓的。

赵嬷嬷只觉得心都要化了,赶紧说道:"老奴准备毯子,夫人抱着东东一并去议事厅吧,想来没什么重要的事情了。"

沈锦过去抱着儿子,在他的脸上亲了亲。

等沈锦带着东东过去的时候,他们几个还没有讨论完,看见东东后,赵管家和王总管都起身,等沈锦抱着东东坐下之后才重新坐好。东东刚会坐不久,只能坐一小会儿,更多的时候是在沈锦的怀里睁着大眼睛看着众人。

"你们还没讨论完吗?"沈锦问道。

王总管闻言说道:"已经讨论了一些了。"把他们讨论的说了一番,

沈锦点头:"那我也补充几个。"她给东东换了一个更舒服的姿势,说道:"英王世子会追问太子遗物的事情,若是诚帝真如他所说的所表现的那般对太子尊重的话,想来会把太子遗物保存得极好。"可惜的是诚帝因为心虚,所以早就把太子遗物都给毁得一干二净了。

"还有太子家人的事情。"沈锦想到楚修明与她说的话,"太子宫中人的事情。"

诚帝清洗了这么多次，别说太子宫中原来伺候的，就是这些宫人的家人都没能留下多少。

"还有英王世子会不会有太子旧人或者太子后人？"说到最后，就连沈锦都有些犹豫了。

赵端思索了一下说道："太子旧人有可能，不过太子后人绝无可能。"当初能保下一个太子次子，他们就付出了不少代价，甚至更多的是一种巧合。若不是那时候正好有楚家人在太子宫中做客，还有个年纪相仿的孩子，没有太多的人知道这些事，恐怕就连太子次子都逃不出来。

他们怀疑过太子宫的那场大火到底是谁放的，若是诚帝的话，为什么他会一直怀疑太子宫中还有人存活？毕竟因为那把火，只是烧焦的尸首，这才使得换人的秘密被保护了下来。

"不一定是真的。"沈锦说道，"可能就是找年龄相仿或者样貌相似的，毕竟若是真的后人的话，英王世子也不会让人活下来。"

众人沉默了。

果然不出众人所料，诚帝很快就做出了反应，怒斥英王世子是乱臣贼子，当初正是因为英王才使得太子早逝，先帝被生生气死，还质问了英王世子若是先帝召英王进京，那么密旨呢。

英王世子也让人回应，直言怒问，质疑了先帝和太子的死因，诚帝不可能出示太子遗物或者太子宫后人。当初京城和周围的百姓都知道，英王并没能攻进皇城。

诚帝和英王世子你来我往。可是众人都发现诚帝避开了太子遗物等问题，如此一来，不少外官心中都明悟，怕是先帝和太子的死有些微妙，不仅如此，很多当初被隐藏起来的细节一一被人找了出来。

皇宫之中，因为诚帝心情不好，很多人都小心翼翼的，就怕出了差错。而楚修明并没找到机会进入太后宫中，不过也收拾了一些已经背叛的细作。

见到如此情况，楚修明没有再耽搁，联系了暗线偷偷离开了皇宫，等到了瑞王府中，就发现瑞王和瑞王妃正在收拾行李。

楚修明想了一下，先联系了京中的人，得知了这段时间的消息后，就直接偷偷地给瑞王妃送了消息,然后由赵岐带着去见了瑞王。瑞王见到楚修明的时候脸色大变,问道:"三女婿,你怎么会在京城?"

楚修明说道:"岳父,夫人知道京中的情况后,格外担心岳父岳母的安危,特意让我来问问岳父有没有什么打算?"

赵岐皱眉说道:"就算是担心王爷,永宁侯也太过冒险了。"

瑞王也说道:"是啊,女婿你真是太冒失了。"虽然这么说,可是他倒是觉得高兴,毕竟这样被人惦记着的感觉极好。

楚修明露出几分无奈:"夫人每日都要问京城的情况,还泪眼汪汪的。"说完以后看向了瑞王,说道:"不知岳父可需要小婿帮忙?"

瑞王想了想说道:"我与王妃准备去闽中,不知这沿途……"

楚修明闻言皱了皱眉头,说道:"既然岳父已经决定,那小婿就送岳父过去,不过最好在楚原时多停留几日。"

瑞王闻言说道:"这是自然,我也要拜见岳父。"

楚修明应了下来:"我送信回边城,调些侍卫来,这般更加妥当。"

瑞王笑道:"极好。"

赵岐也道:"恭喜妹夫,竟然得了如此女婿。"

瑞王也是满脸笑容:"不过女婿万不能被陛下知道你来了。"

楚修明应了下来,瑞王妃亲手端了茶点进来,正好听见几个人讨论,就说道:"让三女婿留在府中,到时候与我们一并出城。"

"还是不要了。"还没等瑞王多想,楚修明就拒绝道,"岳父这般冒险,女婿心有不安。"

瑞王想到楚修明为了自己冒险来京城的事情,说道:"不用多言,就这样定下来了。王妃给三女婿安排个妥当的住处,过两日,让女婿混在我们中间出城,我就不信那些守门的士兵敢拦着我。"

见楚修明还想拒绝,瑞王就道:"就这样定下来了。"

楚修明这才说道:"那就麻烦岳父了。"

瑞王摆摆手,也不知道是因为马上要离开京城的缘故还是知道了还有闽中这个退路,瑞王倒是比往日要有气魄了一些。

"对了,英王世子说的到底是真是假?"瑞王犹豫了一下问道。

楚修明抿了下唇，说道："想来岳父心中已经有了定论。"

瑞王叹了口气，没有再说什么，几个人又讨论了一番。楚修明把沿路的情况仔细与瑞王说了，瑞王根本不知道外面竟然可怕成这样，他本以为不过是诚帝和英王世子之间口舌之争。

"这么说来，天启朝又要……"

楚修明点点头："只希望百姓能安然无恙。我送岳父去闽中后也要回边城了，蛮夷那边……也不知道英王世子许诺了何等好处，使得他们如此拼命。"

瑞王点头："自当如此。"

就像是瑞王自己说的，京城的守卫还真的不敢仔细去查他，毕竟瑞王是诚帝唯一还活着的兄弟，又是诚帝亲自下令许他出京的。诚帝更是不知道楚修明进京的消息，所以楚修明就坐在瑞王妃的马车里面大大方方地离京了。

只是还没有到楚原，他们就得知了一个让众人都惊讶的消息，英王世子竟然放出有先帝太子嫡孙的消息。

瑞王脸色变了又变，才低声说道："这可是真的？"

楚修明也皱着眉头，并没有说话。莫非英王世子知道了楚修远的身世？

赵岐脸色也有些难看，瑞王妃倒是说道："谁知道他说的是真是假，更何况，谁又能保证那个人是真的？若是真的想要震撼，为何不说是太子嫡子的消息呢？不过是因为还有人认识太子嫡子，记得当初太子和太子妃的样貌，如今说是孙子，只要有三四分像也说得过去了。"

楚修明也笑道："岳父，你觉得陛下会留下这样的把柄吗？"

瑞王想到就连伺候过太子的那些家人，诚帝都没有放过，更何况太子的后人呢？

"说得也是。"不过说完以后又惊讶地看向了楚修明。

瑞王妃给瑞王倒了杯茶，这才说道："莫不是王爷以为三女婿不知道那些往事吗？"

瑞王没好意思点头，却真是这么以为的。

楚修明道："当初太子的侧妃，也是我堂姑。"

"那你……"瑞王有些犹豫地看向了楚修明。

楚修明道："我楚家一直保的是天启朝的江山和百姓。"楚修明微微垂眸，遮去了眼底的情绪："当初我父兄明知是去赴死，却还是毅然去了，不过是想让天下太平，百姓安居乐业，至死都毫无怨言。"

只是那些都是他父兄的想法，楚修明却从来不这么想，他只觉得血债自当血偿。

瑞王难掩着愧地说道："是我沈家对不起楚氏一族。"和楚家的大义相比，诚帝的心思太过下作了，就算他们是亲兄弟，瑞王也不喜欢这个亲哥哥。

那时候先帝身体不好，已经很少管他们这些年幼的皇子。他们都是太子亲手教出来的，太子那时候已经监国，就算再忙碌，也会每日来书房教他们功课。除了他们之外，太子的长子也在书房学习，还有次子刚入学。

这也是为什么诚帝登基后，所有的兄弟就剩下他一人……瑞王还记得那时候他五哥、六哥带着亲卫，冲进太子府中，想要救出太子妃和侄子，最终却被乱箭射死，那一夜的大火从太子殿中燃起……

好像一夜之间什么都变了……他那时候意气风发，去见母后，母后让他躲在内室，却不想听到了诚帝和母后的话。瑞王还记得诚帝那时候的神色，狰狞而恐怖，兴奋地说着父皇的死，太子的死，太子妃的死，还有那么许多兄弟的死。甚至四皇子因为怒骂诚帝，死无全尸……好像也是从那一刻起，瑞王明白了，诚帝也只是诚帝了……所以小的时候还被太子称赞过聪慧的瑞王，变得越来越平庸糊涂，越来越荒唐……

可能是因为离开了京城，也可能是因为英王世子提到了太子后人，瑞王不禁想起来了那些往事。

他再一次见到父皇和太子的时候，只剩下已经收拾过的冰冷尸体……

瑞王有时候会想，如果那时候他没有被母后关在屋中，而是亲眼看见太子的死，会不会也像其他兄弟那样，怒骂诚帝？会不会也和那些兄弟一样，已经死了……

瑞王妃也不会知道，当初是他主动与母后说想要迎娶瑞王妃的，为的是什么，瑞王也忘记了。可能是因为那时候太子妃满脸笑容，柔声对着他说："小六如今也有心上人了，就等着你再长大一些，嫂子定会给你相看个喜欢的……"

如果太子还在，他是不是就不会像现在这样文不成、武不就了？

那时候太子对他们的功课格外重视，太子告诉他们："我们沈家是皇族，在享受着百姓的崇拜时，也要好好保护着所有百姓。"

楚修明和赵岐对视了一眼，赵岐道："那么现在要做什么？"

"回楚原。"瑞王妃道,"就算有太子后人出现,该为难的也是诚帝。"

"若是真有太子后人……"瑞王顿了顿才接着说道,"只希望不要是被英王世子养大。"

瑞王妃疑惑地看了瑞王一眼,说道:"王爷,莫非……"

瑞王没有再说什么。众人见此也没有再问,不过楚修明却看出了瑞王眼中的怀念,心中不禁叹了口气。瑞王虽然耳根子软又糊涂,却也比如今的诚帝好许多,当初就算是瑞王登基,也不会如现在这样,内忧外患。

等晚上休息的时候,瑞王才低声和瑞王妃说道:"其实太子是一个很好的人。"

瑞王妃柔声说道:"王爷怎么忽然想起这些了?"

瑞王叹了口气:"我那几个兄长人也很好,只是可惜了……天要亡我天启朝吗?"

瑞王妃听到瑞王的话,心中狠狠一颤,抿了抿唇,这才让声音不会发抖,安慰道:"王爷莫要如此悲观,再说还有王爷在呢。"

"本王?"瑞王道,"不行的。王妃你说那个太子后人到底是真是假?"

"妾也不知道。"瑞王妃的声音轻柔。

边城中,当得知这个消息的时候,众人看着沈锦的眼神就有些微妙了,要是猜对一件两件事还能说是凑巧,可是如今不管沈锦说的诚帝还是英王世子的事情,几乎都是对的,唯一一件不肯定的就是关于江南的事情。不过众人也觉得,英王世子把江南当成钱袋子这点很可信。

沈锦喝着暖暖的红糖姜水,莫名其妙地看着众人这样盯着自己。赵嬷嬷直接说道:"夫人把诚帝和英王世子的心思猜得很准,他们不过是惊讶和崇拜罢了。"

赵管家也说道:"夫人到底是如何猜出的?可是有什么规律?"

沈锦想了一下:"我就是随便说的啊。"

王总管忽然说道:"当初夫人说英王世子身体不好……"众人闻言眯了下眼睛。

赵端道:"要不要从这个方面打探一下?"有了方向后,就比漫无目的的打探要简单了许多。

赵管家点头说道:"在下会去安排的。"

沈锦愣了愣,说道:"我就是随口说的。"

赵管家笑道:"说不定夫人与他们心有灵犀呢?"

这话音一落,就见沈锦瞪圆了眼睛,惊恐地看着说话的赵管家:"那样就太恐怖了!"

看着沈锦的样子,赵嬷嬷狠狠地瞪了赵管家一眼,才安抚道:"夫人莫要听他们胡言乱语,这是因为夫人聪慧过人的缘故,他们猜不到不过是因为资质愚钝。"

资质愚钝的王总管和赵端对视了一眼,有些哭笑不得。记恨赵嬷嬷?他们不敢。记恨夫人?和夫人没什么关系啊,所以全部记恨在了赵管家身上。

赵管家苦笑了一下,说道:"是在下胡言乱语了。"

"没关系的,人有失手,马有失蹄。"沈锦反而安慰道,"其实我想了想,可能因为我们是亲戚。"

众人一时没有反应过来。沈锦解释道:"就是你们不是问我怎么猜到的吗?我觉得可能是因为我和诚帝、英王世子是亲戚的缘故,所以想得比较一样。"

有点无法反驳的感觉。

沈锦接着说道:"因为我和英王世子是同辈人,所以想法比较一致,而诚帝毕竟年纪大了许多,如果是我,我当初就不会承认英王世子的身份,只说他是冒充的就好了。"

王总管皱了皱眉头,说道:"这样一来,虽然大臣们都知道英王世子的身份,可是普通百姓不知道。"

赵端也觉得,沈锦这个办法虽然粗糙,却直接把英王世子接下来的打算都给堵死了,而诚帝这般和英王世子对骂,承认了英王世子的身份,反而对自己不利。

"可是英王世子为什么还没动兵?"沈锦有些疑惑地问道。

这件事王总管他们在一起讨论过了,便说道:"怕是在等什么。"

"而且英王世子说知道太子嫡孙消息这件事……到底是真是假?"赵管家担心的是这点。

王总管道:"怕是假的。"

赵端皱眉说道:"会不会想要嫁祸将军?"

"其实那不算嫁祸吧。"沈锦有些犹豫地说道,因为确确实实有太子嫡孙在他们这边。

他们都敢确定,英王世子不可能知道,因为就连赵端他们也是到了边城后,才猜到了那位的身份。

王总管眼睛眯了下,说道:"先下手为强。"

赵端道:"我倒是觉得英王世子会把那个所谓的太子嫡孙带在身边,这才是正统,打着这个名义,怕是一些大臣都会犹豫的。"

"是啊。"赵管家也说道,"不过就怕到时候他的那个太子嫡孙出来后,后面再出来的反而会吃亏。"

王总管点头说道:"除非有铁证。"他们手上一点证据都没有,毕竟那时候为了让诚帝相信太子所有子嗣都没能逃出去,代表皇室身份的玉牌一类的,并没有拿出来。

沈锦忽然想到楚修明选在这个时候进京,莫非在知道英王世子的事情后就想到了这些? 她咬了咬唇说道:"不行的话,到时候就仿造一个。"

这话一出,众人都看向了沈锦,就听见沈锦说道:"真真假假反正也没人分得清,再加上夫君的身份,你们说是英王世子保了太子后人让人觉得可信,还是楚家一家牺牲了性命才保护了太子后人可信?"

这么一说,王总管也道:"如此也可以解释为什么诚帝对楚家这般忌讳。"

赵管家也点头:"不仅如此,还有当初太子侧妃是楚氏的族人,有些事情也是真的。"

赵端眼睛眯了一下:"我那姐夫也快到楚原了,到时候把他的身份牌借来用用,找能工巧匠,我就不信不能以假乱真。"

沈锦见众人你一言我一语已经把事情商量好了,也就不再开口。赵嬷嬷倒是说道:"老奴那倒是还有几件太子妃的遗物。"

等事情商量完,众人也都离开了,沈锦带着赵嬷嬷往正院走去,她把安平和安宁都留在了东东的身边。

"嬷嬷,修远长得像太子吗?"沈锦有些好奇地问道。

赵嬷嬷想了想说道:"不像,其实少将军更像是楚家人。"也就是长得比较像母亲。

沈锦点了点头说道:"这样也安全。"

赵嬷嬷点了点头,沈锦问道:"太子妃是个什么样的人呢?"

"太子妃啊。"赵嬷嬷沉默了一下才说道,"其实太子妃人很好,就像是瑞王妃和夫人加在一起,又聪慧又善良。"

沈锦闻言叹了口气:"真可惜了。"

赵嬷嬷应了一声:"太子妃其实很喜欢笑。"

"太子妃一定又漂亮又聪慧。"沈锦感叹道。有她的美貌和瑞王妃的聪慧,这样的女子还真是难得。

赵嬷嬷闻言看了沈锦一眼，其实真说起来，太子妃长得只能说是一般，不过笑起来的时候特别快乐，能感染周围的人。

沈锦回去的时候就见小不点陪着东东玩，东东在垫得厚厚的毯子上练习翻身，等翻不动的时候，就见一直懒洋洋趴在旁边的小不点伸出大爪子拨拉一下。东东坐着的时候，它就整个狗身子窝在他的身后，让东东可以靠着它。

见到沈锦，东东拍着小手"咿呀咿呀"叫个不停，而小不点也"嗷呜"了一声。

一开始，奶娘根本不愿意沈锦不在的时候让小不点靠近东东，就怕小不点不知道轻重伤了东东。沈锦观察了一段时日，就直接下令不许奶娘阻止小不点和东东玩耍。小不点被驯得极好，除了安宁、安平等人，根本不让别人靠近小不点，就连奶娘靠近小不点，它都要浑身戒备地盯着。

不仅如此，东东现在没个轻重，那次生生拽掉了小不点的毛，小不点只是疼得夹着尾巴，却根本没有别人担心的那样去挣扎或者去咬东东，反而用大脑袋蹭了蹭东东。

沈锦把东东抱到怀里，然后笑着亲了亲他的脸："小坏蛋又欺负小不点。"

听见自己的名字，小不点就仰头，"嗷呜"一声。

"小不点真乖。"沈锦伸手摸了摸小不点的大头。

赵端并没有写信，反而直接找了一个赵氏子弟，准备了一些边城的特产让他送回本家，不仅如此还给父亲赵儒带了话，只提了瑞王的身份玉牌，想来赵儒会明白他的意思。

永乐侯世子和沈琦并没有跟着瑞王离开，而是选择留在了京中，但是派了奶娘和霜巧带着两人的女儿跟着瑞王一家。

不管是瑞王妃还是楚修明都是细心的人，虽然楚修明没有亲自给陈侧妃解释，可也托了瑞王妃安抚了陈侧妃。

瑞王一直在想着英王世子说知道太子嫡孙消息的事情，所以路上倒是沉默了，等到了楚原的时候，瑞王才收拾了心情。他也许久没见过岳父了，所以难免殷勤了一些。

赵儒对瑞王的态度还算温和，他并不询问瑞王的学识一类的，反而与瑞王谈天说地，因为瑞王喜欢古董玩物的关系，与他说了不少这些事情。瑞王松了一口气，心情好了许多。

可是英王世子像是与瑞王天生犯冲一样，还没等瑞王高兴两天，他竟然直接点了瑞王的名字，直接质问，诚帝至今没有立太子，是不是要立瑞王为皇太弟。

英王世子可能觉得自己做的还不够诛心，又紧接着质问，瑞王这次举家离京，莫不是诚帝准备重新做起永嘉三十七年的事情，所以瑞王提前逃跑了？

永嘉三十七年到底发生了什么事情，不仅在外当官的人心中隐隐有了猜测，就连很多百姓都开始疑惑起来，那年不仅有蛮夷的威胁，还有英王兵临京城，宫中的大火，先帝的丧钟，太子和众多皇子的丧事，诚帝登基……

比外地人更加了解情况的是京城中的百姓，一时间虽然没有人敢多说什么，可是气氛已经有些不对劲了。

这样一来，瑞王就被推到了人前。除了那次地动外，瑞王第二次这般被众人皆知了。

不仅是瑞王妃就是楚修明都被英王世子给弄得有些不明白了。

瑞王整个人脸色都苍白了，看着赵儒追问道："岳父，我该怎么办？"

赵儒看着瑞王说道："如果你现在回京，活着倒是没有问题的。"

不过也只是会好好活着，恐怕再多就不好说了，毕竟英王世子提了一句皇太弟的事情，就算是瑞王没有这个想法，诚帝会相信吗？他其实已经把瑞王所有的路都给堵死了。

赵儒当然不希望瑞王回去，瑞王一回去，女儿也必须回去，京城那种情况，回去恐怕就要失去了自由。

而此时太后宫中，诚帝狠狠掀翻了桌子，怒道："都是你，现在出事了吧！把他给我叫回来！马上写信给我这个好弟弟，皇太弟……"

太后看着儿子，手指紧紧捻着佛珠："你知道，你弟弟不会如此想的。"

"我知道！我现在只知道是你劝我让他们一家走的！你真是我的好母亲！"诚帝眼神阴鸷地看着太后，冷声说道。